"한 번만 더 날 숙녀라고
부르면 혀를 뽑아주지."

으윽, 깜빡했다.
저 여자 사냥꾼은
숙녀답다는
말을 무지 싫어한다는 걸.

"너희는 다 멍텅구리야!"

말투를 보니 이 퓌톤이란 뱀은
정신연령이 어린 것 같았다.
그렇다면 좀 더 주의할 필요가 있었다.
동심의 일면에는 순진무구한 잔인함이
숨겨져있기 마련이니까.

"그래,
이게 신의 힘이로군."

신화 속 무법자 1

지은이 박제후

삽화 ICE

길찾기

프롤로그

나는 신화의 세계로 온 한국인이다.

이곳은 그리스 신화의 올림포스와 꼭 닮은 장소였다.

평범하게 살던 내가 어떻게 여기로 온 건지 정확히는 모르겠다. 이런 이야기가 대개 그렇듯 정신을 차리고 보니 새로운 세계가 펼쳐져 있었다.

나는 이 낯선 장소에서 10년을 버텼다. 스스로 자랑스럽게 생각해도 좋을 성과였다.

다만 흔한 이야기와 다른 점이 있다면 주인공이 될 수 없었다는 것이다. 이곳은 인간의 상식을 아득히 뛰어넘는 영웅들이 날뛰는 곳이었으니까.

일반인인 내가 할 수 있는 건 없었다.

심지어 처음 도착했을 때 이곳 전사들에게 '아이의 힘을 가진 자'라고 놀림을 당하기까지 했다. 열 받긴 했지만 틀린 말도 아니었다. 여기 사내들은 황소처럼 덩치가 좋고 표범처럼 민첩했으니까.

그야말로 신화 속 영웅들이 넘쳐났다. 실제로 그들 중 몇몇은 신의 혈통이라고 했다.

현실이 이러니 나는 영웅들의 근사한 모험에 함께할 수 없었다. 빛나는 그들의 삶을 동경했지만 낯선 세계에선 입에 풀칠하고 살아가는 것조차 힘겨웠다.

다행히 죽으란 법은 없었다. 현대 지식이 있던 탓에 신전의 서기로 취직할 수 있었다. 그렇게 10년을 살아왔고, 앞으로도 변하는 건 없을 듯했다.

하지만 인생에는 딱 한 번이라도, 신비한 일이 벌어지기 마련이다. 특히 이런 세계라면 더더욱.

1. 헤라클레스의 보석

째액! 짹! 짹!

"저놈의 참새 새끼들은 진짜…."

이부자리에 아직 버티고 있을 때 참새가 시끄럽게 구는 건 지구나 여기나 똑같았다. 뭐랄까, 또 똑같은 하루가 시작되는구나. 결국 이세계로 와서도 난 별로 변한 게 없었다. 별 볼일 없는 놈은 어딜 가도 똑같은 거겠지. 세수를 하고 집 밖을 나서니 앞집 농부 놈이 반겨준다.

"이봐, 펠레우스! 게으름뱅이 서기 놈이 아침 댓바람부터 웬일이야?"

펠레우스는 이곳 식의 내 이름이다. 위대한 영웅의 이름을 따서 지었기 때문에 처음에는 꽤나 거창하단 소리를 들었다. 이름만 들으면 당장 괴물이랑 싸우러 갈 거 같은데, 실상은 신전에서 평생 숫자랑 씨름하는 게 전부였으니….

"가볼 데가 있어서 그래."

앞집 농부는 나이가 비슷해서 서로 친구처럼 지내는 사이다.

"어딜?"

"암튼 그런 게 있어. 뭘 자꾸 묻나?"

"낄낄낄. 어디 참한 과부라도 만나러 가나 싶어서 궁금했지."

웃는 꼴을 보니 참 음흉한 놈이다. 올해 나는 이쪽 세계 10년차로 29살이다. 보통 10대 후반에 결혼하는 이곳 사람들 기준으로는 노총각 중의 노총각이랄까. 그래서 과부 운운하는 거다. 망할놈 같으니라고.

"시끄러, 임마."

퍽!

괜히 앞집 농부네 쌓여있는 밀짚을 걷어차 주고는 길을 나섰다. 사실 오늘은 신전에 출근하기 전에 특별히 갈 곳이 있어 서두르는 거다. 그곳은 찾는 이가 거의 없는 작은 숲이다. 내가 사는 시골마을에서 두 시간 정도 걸어가면 나온다.

오가는 사람 하나 없는 별 볼일 없는 장소지만 내겐 의미가 있다. 신화의 세계에서도 동경하는 모험과 영 거리가 멀었던 나지만, 딱 한 번 특별한 일을 겪은 적이 있었다. 지금 찾아가는 숲에서 말이다.

"그때 헤라클레스를 따라갔다면 내 삶은 달라졌을까?"

문득 상념에 잠겨 혼잣말이 나왔다. 그렇지만 이내 고개를 저을 수밖에 없었다. 후회해봤자 지난 일이니까. 그래도 미련이 남았는지 목적지인 숲으로 향하면서 갑자기 그때 기억이 선명하게 떠올랐다.

············

·········

······

우지끈! 콰아앙!

천둥이 치는 줄 알았다. 귀청을 울리는 소리와 함께 큰 나무들이 우르르 무너지더니 거인과 헤라클레스가 나타났다. 숲에서 혼자 멍하니 있다 얼마나 놀랐는지 모른다.

헤라클레스는 키가 5미터가 넘는 거인과 육탄전을 벌이고 있었다. 피가 터지고 고성이 난무했다. 지켜보던 나는 완전히 겁에 질려 버렸다.

헤라클레스의 용력은 참으로 대단해 그 덩치 큰 거인이 결국 매를 견디지 못하고 달아나더라. 놓친 거인을 보고 혀를 차던 그는 곧 나를 발견하고는 외쳤다.

"이보게 젊은 친구! 나는 헤라클레스라고 하네. 혼자서는 저 거인을 잡기 힘들군. 좀 도와주겠나? 저놈이 내 보석을 훔쳐갔다네!"

오랜 시간이 지났지만 그의 우렁찬 목소리가 생생하다. 나는 헤라클레스를 처음 보았지만, 그는 이미 대영웅이었고 소문이 무성했다. 2미터가 넘는 키에, 예술가들이 조각한 것 같은 완벽한 육체, 그리고 그 유명한 네메아의 사자 가죽을 걸친 모습까지. 듣던 대로의 모습이라 몰라볼 수가 없었다. 특히 사자 갈기처럼 풍성한 검은 머리칼은 그야말로 남성미를 한껏 뽐내고 있었다.

"…저는 전사가 아닙니다."

겁먹었지만 용케 말을 더듬지 않고 대답한 건 지금 생각해도 좀 대견하다. 하지만 어떻게 코끼리도 잡아먹을 것 같은 거인과의 싸움을 돕겠나? 말도 안 되는 요청이었다.

"그 정도는 바로 알아차렸다네. 내 자네에게 부탁하려는 건 싸움이 아니야."

헤라클레스는 자신이 거인과 싸우는 동안 놈의 허리춤에서 보석을 훔쳐달라고 했다.

"허리에 있는 보석이 놈에게 힘을 주고 있어. 자네가 그걸 훔쳐 준다면 어렵지 않게 잡을 수 있을 거야."

호기롭게 도움을 요청하는 헤라클레스의 모습에 나는 망설였다. 그는 별 거 아니란 듯 말했지만 일반인에겐 너무나 위험했기 때문이다. 거인의 허벅지는 언뜻 봐도 오래된 삼나무처럼 두꺼웠다. 몰래 접근하다가 잘못 채이기만 해도 즉사다.

"거인의 허리가 너무 높던데요?"

"내 창을 건네줄 테니 이걸 장대처럼 이용해서 빼내주게."

두 손으로 창을 높이 올려 거인의 허리춤의 주머니를 톡톡 건들면 될 것 같긴 한데… 하지만 그러다 거인에게 걸린다면 생각만 해도 두려웠다. 결국 거절할 수밖에 없었다.

"죄, 죄송합니다…. 제겐 무리입니다."

말은 이렇게 하면서도 헤라클레스가 혹시 성을 낼까 두려웠다. 하지만 그는 어쩔 수 없다는 표정으로 살짝 웃을 뿐이었다.

"미안하군, 젊은이. 무리한 부탁을 했나보군. 이 일은 나 혼자 처리할 테니 걱정 말게. 위험하니 이 숲을 어서 떠나는 게 좋겠군."

헤라클레스는 내 어깨를 두드려주더니 거인을 쫓아 사라졌다. 그게 이 세계에 와서 신화와 만난 처음이자 마지막이었다. 나는 거인과 헤라클레스의 싸움을 보고 싶었지만 이미 오금이 저리고 있는 상황이라 그대로 달아났다. 그리고 한동안 숲에는 얼씬거리지 않았다.

하지만 호기심은 이길 수 없는 법인가 보다. 일주일 뒤에 결국 숲을 다시 찾아가 보았다. 그리고 땅바닥에 어지러이 널린 발자국과 부러진 고목 등 전투의 흔적을 쫓아갔다.

윙. 위윙-.

깊이 들어가자 날파리가 잔뜩 나타나기 시작했다. 썩은 내가 코를 찔렀다. 불안한 기분이 들었지만 궁금증이 더해져 숲을 헤치고 나갔다.

"윽!"

잠시 뒤 나는 눈앞에 펼쳐진 광경에 말문이 막혀버렸다. 허리가 끊어지고 팔다리가 사라진 우람한 거인의 사체가 썩어가고 있었기 때문이다. 바닥에는 수십만 마리는 될 것 같은 구더기가 들끓었고, 사방에 파리가 시커멓게 구름처럼 몰려다녔다.

컹! 컹!

어디서 온 건지 모를 들개들이 거인의 갈비뼈 안으로 들어가 살을 뜯어먹고 있었다. 내장이 사라지고 텅 빈 거인의 속에는 셀 수도 없이 많은 구더기가 드글드글거렸다. 구더기가 썩은 살에 코를 파묻고 있는 들개의 몸에 잔뜩 떨어지고 있었지만 놈들은 신경도 쓰지 않았다. 위험한 야생 들개들은 거인의 살덩이에 만족해서인지 날 힐끔 보더니 신경도 안 쓰고 먹는데 열중했다.

우걱. 우걱. 쩝쩝.

게걸스럽게 먹는 들개들을 지나쳐 주변을 살펴봤다. 그러다 순간 눈을 찌르는 듯한 빛이 있었다. 뭔가 싶어 수풀 속을 뒤져보니 녹색의 무언가가 반짝이는 게 보였다.

"음?"

가까이 가서 보니 그건 주먹만한 녹색 보석이었다. 나는 직감적으로 이게 거인이 훔친 헤라클레스의 보석임을 짐작했다. 그도 그럴 게 주머니에서 반쯤 나와있었는데, 그 주머니가 거의 포대자루만했기 때문이다. 거인의 물건이라 그런지 사이즈가 장난 아니었다.

"이게 왜?"

분명 이 보석은 헤라클레스에게 중요한 물건이겠지. 정확한 사연은 모르지만 이것 때문에 싸움을 벌인 듯했다. 한데 왜 이걸 두고 갔을까? 의문에 사로잡혔던 나는 주변을 천천히 둘러봤다. 그리고는 처음에는 몰랐던 흔적을 발견했다.

"이건!"

조금 더 상황을 냉정하게 바라보자 미처 보지 못하고 놓쳤던 흔적들을 다수 발견할 수 있었다.

"누군가 습격했었어?"

헤라클레스와 식인거인 외에도 제3자가 난입한 흔적이 보였다. 숲 한쪽의 나무 위쪽이 모조리 부서져 있다. 마치 무언가 저 위에서 고속으로 매처럼 떨어져 내린 것 같았다.

"게다가 여기…."

한쪽에 끈적한 오물이 가득한 웅덩이가 있었다. 파리와 구더기가 득실거렸는데 분명 원래 있던 게 아니다. 포탄이 떨어진 것 같은 충격에 파인 게 틀림없었다. 그 후 여기에 거인의 피와 살덩이가 고여 썩어가는 중인 것 같았다.

"음…."

누군가 싸움에 끼어들었고 커다란 충돌이 일어났다. 그 바람에 헤라클레스가 보석을 놓친 게 아닐까? 보석은 그대로 수풀 속에 떨어졌고, 워낙 급박해 미처 회수하지 못한 모양이다. 그도 그럴 게, 덩치 큰 누군가가 서둘러 도망간 흔적이 보였다.

"이상한데…?"

대관절 누가 감히 그 대영웅을 황급히 피하게 만들겠나? 아무리 생각해도 알 수가 없었다. 이런 싸움은 일반인의 감각을 넘어선 것이었으니까. 대신 나는 헤라클레스에게 양심의 가책을 느꼈다.

……

………

…………

"내가 도와줬더라면…."

무심결에 흘러나온 목소리가 날 상념에서 깨웠다. 이미 오래 전 일이다. 믿을 수 없지만 헤라클레스는 몇 년 전에 죽고 말았다. 12 가지 과업을 완수한 대영웅이 그렇게 허무하게 죽을 줄은 신들도 몰랐을 거다.

"쯧."

안타까움 때문일까, 가볍게 혀를 찬 나는 고개를 절레절레 저었다. 어느새 인적 없는 작은 숲에 도착해 있었다. 나는 익숙하게 길을 찾아 안으로 들어갔다. 과거 여기서 헤라클레스가 그 무시무시한 식인거인과 싸웠다는 게 믿기지가 않는다. 이렇게 조용하고 평화로운 숲인데.

"이쯤일 텐데…."

한참 헤매던 나는 농구공만한 큰 돌덩이 하나를 발견할 수 있었다. 바로 여기다. 이 밑에다가 그날 주운 녹색 보석을 파묻어 놨다. 본래 헤라클레스가 찾아오면 돌려주려고 보관하고 있던 거다.

하지만 헤라클레스는 이제 죽고 없으니 고민 끝에 꺼내기로 했다.

"끄응!"

애를 좀 쓴 후에야 돌덩이를 치워냈다. 나는 축축한 돌바닥에 자리 잡고 있던 지네들을 발로 차서 치운 뒤 땅을 파 들어갔다.

툭!

깊게 묻지는 않은 탓에 땅을 쑤시던 막대기 끝에 곧 뭔가 걸렸다. 손으로 헤집어 보니 오래된 상자가 나타났다. 다행이다. 그대로 있구나. 흙을 털어낸 뒤 상자를 열어보니 큼직한 녹색 보석이 모습을 드러냈다.

"오오!"

하나도 변하지 않은 채 영롱한 광채를 뿜어내는 그 모습에 나도 모르게 감탄이 터졌다.

"기이한 물건이야."

신전에서 일한 탓에 성물이나 여타 특이한 걸 많이 봤지만 이토록 비범한 건 처음이었다. 이제 주인을 잃은 물건이다. 그냥 이대로 두긴 뭐해서 신전에 봉납하려고 한다. 지난 10년 동안 비밀과 침묵의 신 하포크라테스의 신전에서 이래저래 도움을 많이 받았다. 뭐라도 보답하고 싶었는데 마침 이게 생각난 거다. 좋아, 얼른 가지고 돌아가….

우르르릉!

그때 지축이 흔들리며 귀가 윙하고 울렸다. 갑자기 땅이 출렁여 혼비백산하며 풀썩 쓰러졌다. 정신이 없는 와중에도 지진이 났다는 것만 알 수 있었다. 과거 지진을 몇 번 경험해 본 적이 있기 때문이었다. 하지만 이번 건 차원이 달랐다.

우르르르!

연달아 땅이 흔들려서 엎드려 비명을 지르는 것 밖에는 달리 할 수 있는 게 없었다. 순간 든 생각이 세상이 망하려나 싶었을 정도다. 한동안 근처의 나무에 매달려있던 나는 땅의 흔들림이 좀 잠잠해지자 서둘러 숲을 빠져나왔다. 두 다리가 절로 후들거렸다. 하지만 재난은 이제 시작에 불과했다.

콰아아아아앙!

귀가 먹먹해지는 폭음이 터지더니 위이잉- 하는 이명만 들렸다. 대체 무슨 일이 벌어진 건가! 굉음이 들린 남쪽을 본 나는 놀라서 입이 쩍 벌어졌다.

"오! 신이시여!"

남쪽의 기다란 산맥에서 연달아 화산이 터지고 있었기 때문이다. 하늘이 순식간에 화산재로 시커멓게 변해간다. 그런데 지금 내가 놀란 건 단순히 화산 폭발 때문만은 아니다. 저 남쪽 산줄기에 얽힌 불길한 전설 때문이다.

저 기다란 산줄기는 원래 거대한 뱀이었다고 한다. 신들조차 잡아먹을 정도로 위대했던 뱀이 죽어 땅에 쓰러졌는데 그대로 산줄기가 됐다는 얘기다. 그리고 언젠가 저 뱀이 깨어날 때 세계가 멸망한다는 전설이었다.

"안 돼…"

이 세계에서 한 가지 확실한 게 있다. 신화가 살아 숨쉬는 세계인만큼, 그런 전설은 단순히 내려오는 옛 이야기로 끝나지 않는다는 점이다. 나는 정말로 세계 멸망이 시작됐다는 걸 느꼈다.

우르르릉!

거대한 산줄기가 마치 몸을 일으키려는 것처럼 들썩이고 있었다.

구르르르르릉!

다시 천지가 요동치며 들썩였다. 두 눈으로 보고도 믿을 수가 없었다. 정말 거대한 산이 몸을 일으키려는 것 같았다.

죽어서 산줄기가 됐다는 뱀의 이름은 '불타는 이름 없는 자'로 대지모신 가이아의 딸이라고 한다. 그 뱀은 델포이의 신탁소를 지배하고 있었는데, 아폴론 신이 활로 쏴 죽였다고 전해진다. 만약 그런 존재가 되살아난다면 얼마나 큰 원한을 불태울지 안 봐도 뻔하다.

우르르릉! 콰아앙!

멀리서도 산줄기에서 어마어마한 토사가 쏟아지는 게 보였다. 마치 산사태라도 난 것처럼 주위를 집어삼킨다. 자욱하게 일어난 흙먼지가 산줄기를 반쯤 가리고 있었다. 정말로 지금 전설 속에서 무언가가 깨어나는 중이었다.

평범한 인간인 나는 이런 현상 앞에서 한없는 무력감을 느꼈다. 정말 할 수 있는 일이 하나도 없었기 때문이다. 그러다 한 가지 생각이 머릿속에 스쳤다.

신전으로 서둘러 돌아가야 한다는 것이었다. 내겐 신전 서기로서의 사명이자 행동규범이 있었다. 이런 비상사태가 터지면 신전의 성물을 안전한 장소로 대피시켜야 하는 소임이다.

얼이 빠져 있던 나는 비로소 다리가 떨려 돌아온 길을 되짚어 달리기 시작했다. 숨이 턱까지 차올랐지만 멈출 생각은 들지 않았다. 땅이 마치 우는 것처럼 진동하고 있었다.

"헉! 헉! 허억!"

그건 그렇고 한 가지 이상한데. 숨결이 거칠어지긴 했지만, 쉬지 않고 달리고 있음에도 생각보다 힘들지 않았다. 내가 이렇게 체력이 좋았나?

쿠아아아앙!

그때 등 뒤에서 떠미는 것 같은 충격을 느끼며 앞으로 나뒹굴었다.

"어이쿠야!"

입에 들어온 흙을 퉤퉤 뱉어내며 뒤를 보니 어마어마한 광경이 눈에 들어왔다. 높이 피어오른 시커먼 화산재를 뚫고 시커먼 뱀의 머리가 치솟아 오른 것이다. 뱀의 머리통은 작은 산만큼이나 컸고 입에서 화산을 토해내고 있었다. 또한 피눈물처럼 눈에서 용암을 흘렸다. 맙소사, 전설이 이뤄지는 중이구나!

"구우… 에… 우우우……!"

마치 파이프 오르간 같은 묵직한 소리가 뱀의 입에서 흘러나왔다. 그 울림은 천지사방으로 퍼졌고 순식간에 내 전신을 덮쳐왔다. 그러자 순간 목덜미가 뻣뻣해지더니 숨구멍이 턱하고 막히는 기분이 들었다.

엄청난 악의와 분노가 부활한 거대한 뱀의 목소리에서 흘러나왔다. 다만 그건 신적 존재의 언어였기에 무슨 뜻인지는 알 수 없었다. 식은땀이 나고 숨조차 쉴 수 없는 게 이대로라면 죽어버릴 것 같다는 공포에 사로잡혔다.

아니, 이건 단순한 공포만이 아니었다. 내 발밑에 있던 풀들이 실시간으로 말라비틀어지는 게 보였다. 일제히 날아오르던 풀벌레들도 모두 살충제를 맞은 것처럼 떨어졌다. 거대한 뱀, '불타는 이름 없는 자'는 저 멀리에 있음에도 여기까지 음험한 죽음의 기운을 뻗치고 있었다. 전설처럼 정말 세계 종말이 시작됐다는 느낌이 들었다.

나도 이대로 저항도 못하고 픽 쓰러져 죽나 싶었지만 갑자기 가슴팍 쪽이 따뜻해지며 몸을 오랏줄처럼 묶고 있던 공포가 사라짐을 느꼈다. 방금 전까지 고양이를 만난 쥐처럼 꼼짝도 못하고 있었는데 숨통이 다시 트였다.

"후우! 후우! 후우!"

겨우 다시 숨을 쉴 수 있게 되자 가슴에 뜨거운 게 뭔가 싶어 품을 더듬어 보았다.

"이건?"

헤라클레스의 보석이 빛을 뿜어내고 있었다. 이 특별한 물건이 알 수 없는 힘을 발휘해 날 지켜주고 있는 게 틀림없었다. 과연, 대영웅의 물건인 만큼 신비로운 힘을 지니구 있구나. 그렇다면 지금이 기회. 빨리 이 장소를 벗어나야 한다. 저 거대한 뱀의 사악한 기운이 미치는 범위도 한계가 있을 테니까.

하지만 운이 나빴다. 보석을 꺼내서였을까? 허공을 향해 알 수 없는 신의 언어를 웅얼거리던 뱀과 눈이 마주치고 말았던 것이다.

"아니…, 이럴 순 없어."

저 뱀과는 굉장히 멀리 떨어져 있다. 못해도 10킬로미터는 될 터. 게다가 덩치가 산맥만한 저 괴물이 보기에 나는 벌레보다도 작은 미물. 눈에 들어올 리가 없다. 내 마음은 그렇게 현 상황을 부인했지만 용암을 피눈물처럼 흘리고 있는 거대한 눈동자는 분명히 날 주시하고 있었다.

혼돈으로 가득 찬 신의 눈은 마치 블랙홀처럼 내 영혼을 빨아들이는 느낌이었다. 조금만 넋 놓고 있다가는 모든 걸 잃을 것 같아 있는 힘껏 입술을 깨물고 버텼다. 그러자 헤라클레스의 보석이 마치 호응해 주는 것처럼 빛을 더욱 뿜어냈다.

-재밌는… 물건을… 갖고 있구나….

순간 심장이 떨어질 만큼 놀랐다. 사악하고 두려운 신이 마음속으로 말을 걸고 있었다. 멀리 떨어져 있지만 마치 바로 앞에서 대화하는 느낌이었다.

-그 비열한 자의 조각을… 네놈이 왜….

직접 입을 열 때는 마치 파이프 오르간 같은 괴음이었지만 마음에서는 남자인지 여자인지 알 수 없는 중성의 목소리였다. 대지모신 가이아의 딸이라고 하니 굳이 성별을 따지면 여자긴 하겠다만, 저런 괴물의 성별이 뭐 중요하겠나.

-빼앗아야 할까…?

일방적으로 말을 걸던 뱀은 어째서인지 날 더욱 노려보기 시작했다. 갑자기 보석에 관심을 잃어버리고 나란 존재 자체에 흥미를 느낀 것 같아서 굉장히 괴이했다.

내가 왜? 나는 극히 평범한 인간이잖나.

-흐음… 그것보다 이상하구나…. 네놈과는 인연이 느껴진다…. 하찮은… 미물인 네놈과 그럴 리가 없을 텐데….

인연이라니. 이쪽에서 사양하고 싶다. 저런 괴물과 연이 생겼다가는 밤에 편안히 잠드는 나날은 끝날 테니까.

-이제 보니… 네놈은 벌레치고는… 특별하고도… 특별하다.

나는 그 의견에 반대할 수밖에 없었다. 내가 특별하다고? 한국에서도 이 신화의 세계에서도 단 한 번도 특별한 적 없던 게 나다. 그야말로 소시민이랄까. 아무래도 저 괴물은 눈깔이 삔 게 틀림없다.

　-크크크크….

　놀랍게도 그 순간 뱀이 웃음소리를 냈다.

　-대담한 놈이로구나…. 올림포스의 신들조차 사냥하는 이 몸을 보고… 눈깔이… 삐었다고 하다니…….

　화들짝.

　깜짝 놀랐다. 마음을 읽을 수 있구나. 하긴, 저건 신이다. 나 같은 존재의 속마음은 맑은 물을 보는 것처럼 쉽게 알 수 있겠지.

　-인연이라뇨?

　겁에 질렸지만 대담하게 뱀에게 물었다. 어차피 죽기 아니면 까무러치기다. 하지만 뱀은 대답하지 않고 한동안 가만히 있다가 마침내 결론을 내렸다.

　-그렇군… 네놈과의 인연은 지금 이 시간대가… 아니구나.

　-네? 그게 무슨 소리십니까?

　하지만 이번에도 대답 받지 못했다.

　-그 보석이 탐나긴 하지만… 지금부터… 네놈이 해야 할 일을… 위해 빼앗지는 않으마….

　뱀은 탐욕스러운 눈길을 돌리며 축객령을 내렸다.

　-가거라…. 다른 시간대에서 다시 만나자….

　그걸로 일방적인 대화는 끝이었다. 나는 저렇게 두려운 존재가 내게서 관심을 끊었다는 데 진심으로 안도하고는 돌아서서 걸음아 날 살려라, 하고 달렸다. 그때 뒤에서 하늘이 찢어지는 것 같은 비명 소리가 들려 슬쩍 돌아보니 지옥과도 같은 끔찍한 광경이 벌어지고 있었다.

거대한 도시 델포이가 불바다였다. 뱀이 용암을 토해내자 도시 전체가 불길에 휩싸여 시커먼 연기를 하늘 높이 피어 올렸다. 그리고 거대한 뱀이 숨을 들이키자 하얀 빛 수천 개가 주둥이로 빨려 들어가고 있었다. 나는 그게 한 눈에 인간의 영혼이란 걸 알아챘다.

실로 살이 떨리고 손발이 마비될 것 같은 광경이라 더는 볼 수 없어 나는 고개를 돌린 채 있는 힘껏 달려 나갔다. 뒤에서는 억울하게 죽은 인간들의 영혼이 내뱉는 처절한 귀곡성이 끊이지 않고 들렸다.

세계는 지옥 그 자체였다.

서둘러 마을로 돌아왔다. 헤라클레스의 보석 덕분인지 나는 마라톤 선수처럼 쉬지 않고 달려올 수 있었다. 다행히 마을은 부활한 뱀의 사악한 기운이 닿지 않았으나 다른 의미로 난리가 났다.

"이럴 수가!"

마을이 온통 불바다였다. 사방에 살해된 주민들의 시체가 어지러이 널려있었다. 아니, 이게 무슨 일이야. 별 볼일 없는 시골 마을을 누가 습격했단 말인가! 일단 서둘러 집으로 갔다. 그러다 앞집

에 쓰러져 있는 사람을 보고 비명을 질렀다.

"아니!"

오늘 아침에 인사를 했던 앞집 농부였다.

"이 망할 새끼야! 왜 칼침을 맞고 쓰러져 있어!"

나는 격해진 목소리를 감추지 못한 채 힘없이 쓰러져 있는 농부에게 다가갔다. 배가 완전히 피로 시커멓게 물들어 있었다. 숨소리도 나약하기 짝이 없는 게 의학에 지식이 없는 내가 봐도 가망이 없어 보였다.

"아니, 이게… 누구야…. 펠레우스, 너구나?"

"괜찮나! 어! 괜찮냐고! 이 새끼야!"

"흐흐흐, 과부는 잘 만나고… 왔냐?"

"이 상황에서도 농담이 나와! 아, 시발. 이 피 좀 봐!"

왈칵 눈물이 쏟아지려고 했다. 10년을 이웃사촌으로 지내온 놈이다. 그런데 이렇게 칼에 찔려 쓰러져 있으니 팔이 다 덜덜 떨렸다.

"이게 다 어떻게 된 거야!"

"이상한… 놈들이 쳐들어왔어. 검은 옷을… 입은 자들이더라. 백 명도 넘게… 들이닥친 것 같아. 펠레우스… 어서 너라도… 도망가라…."

"시발 놈아! 같이 가야지!"

어느새 눈앞이 뿌옇게 변했다. 그러거나 말거나 앞집 농부는 씩 웃었다.

"나는 이미 틀린 거 같다…. 그런데 너, 언제부터 그렇게… 근육질이었던 거냐……?"

"근육질이라니?"

"신전에 가면 청동 거울이라도 좀 봐…. 그 정도면 과부가 아니라… 좋은 처자랑 만나도 되겠는 걸…?"

그걸 마지막으로 앞집 농부 녀석은 그대로 숨을 거뒀다.

"으아아아!"

나는 오열하며 그의 가슴에 머리를 박았다. 얼굴이 쏟아진 눈물과 콧물로 엉망이 됐다. 오늘도 늘 반복되는 평범한 하루였을 텐데, 어째서 이렇게 된 건지 모르겠다. 하지만 생각보다 빨리 정신이 들었다. 이글거리는 분노 때문이었다. 마음속에 불덩이가 하나 타오르는 것 같았다.

"누군지 모르겠지만, 이 새끼들 가만 두지 않겠다!"

서둘러 집으로 돌아간 나는 묵직한 봉을 하나 꺼냈다. 탄력있고 단단한 물푸레나무로 만든 물건이다. 도둑놈이나 들짐승이 집에 들어오면 쫓아버리기 위해 가지고 있던 거다.

이걸로 사람 머리를 치면 두개골이 그대로 함몰될 정도로 위력적인 물건이다. 그런데 봉을 쥔 내 팔을 보니 믿을 수 없을 정도로 근육질이었다.

"이게 뭐야? 팔이 왜 이래?"

몸을 더듬어 보니 팔만이 아니었다. 놀란 나는 상의를 잡아 뜯었다.

부욱!

질긴 천이 너무나 간단히 찢어지며 터질 듯한 근육이 드러났다. 누가 봐도 단련한 전사의 몸이었다. 이유는 잘 모르겠지만 아마 헤라클레스의 보석이 뭔가 힘을 발휘한 모양이다.

"잘됐군. 으득!"

이럴 때 힘이 생기다니 그야말로 신들이 도운 셈이다. 마을을 이 지경으로 만든 놈들을 생각하니 이가 절로 갈렸다. 정체가 뭔지 모르겠지만 그 개자식들에게 신전 서기의 무서움을 가르쳐줘야겠다.

콰앙!

나는 문을 걷어차 박살내고는 뛰쳐나갔다.

봉을 들고 마을 밖에 나가니 여기저기가 난리였다.

"살려주세요!"

"아아악! 여보!"

사방에서 비명이 끊이질 않는다. 열불이 터져 뛰쳐나왔지만 저런 광경을 보니 오히려 차분해졌다. 마음 같아서는 당장 놈들을 요절내고 싶지만, 이럴 때일수록 냉정함을 잃지 않는 게 중요하다. 헤라클레스의 보석 덕분에 힘이 세지긴 했어도 나는 전사가 아니다. 평생 한 일이라고는 서류 정리뿐이었으니까. 흥분해서 날뛰다가는 금방 칼을 맞고 죽겠지.

일단 신전으로 가는 걸 목표로 삼았다. 싸움을 하더라도 거기서 다른 자들과 합류해야 한다. 나는 위험한 대로를 피해 골목길로 이동했다.

"꺄악!"

그때 앞쪽에서 비명이 울렸다. 이 망할 녀석들, 사방팔방 돌아다니고 있는 건가! 달려가서 보니까 정말 검은 옷에 갑옷을 입은 사내였다. 그는 막 늙은 여자를 찔러 죽이고 있었다.

거리에서 늘 빵을 팔던 노파다. 나도 자주 사먹었기에 아는 얼굴이었다. 순간 눈이 돌아갔다. 이 녀석들이 정든 마을을 엉망진 창으로 만들고 있구나.

"이 새끼야!"

봉을 꼬나들고 달려들자 상대가 날 본다. 검은 색 투구를 쓰고 있어 눈구멍만 보인다. 하지만 그 눈으로 충분히 상대의 표정과 감정을 알 수 있었다.

히죽.

비릿하고 잔인한 미소다.

내 비록 근육질이 됐다고 하나 얼굴은 샌님 같이 평범하다. 신전에서 일한 탓에 햇볕에 그을리지 않아 얼굴이 하얀 편이었다. 아무래도 우습게 보인 모양이다. 그건 그렇고, 저렇게 섬뜩한 눈동자는 처음이었다. 사람을 여럿 죽인 살인마의 눈이 틀림없다. 하지만 물러날 생각은 없었다.

"좋아! 어디 한 번 해보자!"

부우웅!

파공음이 날 정도로 힘껏 봉을 휘둘렀다. 그러자 놈이 왼손에 든 방패를 들어올린다. 나 같은 애송이의 봉 따위는 가볍게 막아낸 뒤에 칼로 찔러 죽일 심산인 것 같았다. 하지만 그건 명백한 실수였다.

카앙!

요란한 소리가 나며 놈의 청동 방패가 깨져나갔다. 그리고 방패를 들었던 팔은 이상한 모양이 돼 덜렁덜렁 거렸다. 순간 그는 상황을 이해할 수 없다는 듯한 표정이었다. 이런 사태가 벌어질 거라고 상상도 못했겠지.

퍼억!

이번에는 머리를 후려쳤다. 투구를 때리자 안타깝게도 봉은 더 버티지 못하고 부러지고 말았다. 하지만 상대는 정신을 잃은 듯 휘청거렸다. 그야말로 절호의 기회!

"하압!"

노호성을 터뜨리며 맨주먹으로 갑옷을 입은 놈의 가슴팍을 강타했다.

콰아앙!

사내는 그대로 포탄에 맞은 것처럼 날아가 옆에 있는 담벼락을 우르르 무너뜨리고 쳐 박혔다. 사방에 먼지가 자욱하게 일었다.

"세상에…."

내가 하고도 얼떨떨하기 짝이 없었다. 이 무슨 영웅호걸의 힘이란 말인가. 양피지나 만지는 신전 서기가 주먹질 한 방으로 살인마를 날려버리다니. 어깨가 들썩이며 팔이 바르르 떨렸다. 손에 놈을 때리던 감각이 그대로 남아 찌릿찌릿했다. 하지만 지금은 흥분하고 있을 때가 아니다.

일단 침착하게 생각했다. 이번 싸움은 운이 좋았다. 마을 사람들을 일방적으로 학살하던 놈이 방심하고 있었으니까. 하지만 제대로 싸웠다면 결과는 달랐을 거다. 저런 놈들이 백 명도 넘게 쳐들어왔다고 하니 신전으로 가는 도중에 몇 번이고 만날 터. 방법이 필요했다.

"아, 맞다."

주먹으로 손바닥을 탁 친 나는 담벼락을 무너뜨리고 쓰러져 있는 사내의 옷과 갑옷을 벗겨내기 시작했다. 적으로 위장하기 위해서였다.

"정말 이게 내가 한 거란 말이지… 오졌다."

놈의 흉갑을 보니 딱 내 주먹 모양으로 움푹 파여있었다. 다시 봐도 놀랍군. 사람의 힘이 아닌데?

스윽. 철컥.

서둘러 놈의 옷과 갑옷을 착용했다. 주먹 자국이 난 흉갑이나 여타 착용이 복잡한 갑옷 부위는 대강 버려뒀다. 얼굴을 가려주는 투구만 써도 날 알아보지 못하겠지.

"음?"

놈의 옷을 벗겨내니 가슴팍에 특이한 문신이 있었다. 다섯 마리 쥐의 꼬리가 서로 엉킨 괴상한 문양이었다. 기억에 있는데? 내가 저걸 어디서 봤더라? 미간이 좁혀졌지만 고민하고 있을 시간이 없었다. 서둘러 신전으로 달려갔다.

"후우, 후우."

흥분에 숨소리가 절로 커졌다. 오늘 하루는 정말 기가 막히군. 조용히 지내온 지난 10년보다 이 반나절이 훨씬 격동적이니.

"이놈들! 아악!"

대로에서도 싸움이 간간이 이어지고 있었다. 하지만 일방적인 학살이었다. 침입자들은 생각 이상으로 강자였다. 땅바닥에 있는 시체는 마을 자경대원들뿐이었다.

"미안…"

나는 작게 중얼거리며 계속 신전으로 향했다. 도움을 주고 싶었지만 나서봐야 개죽음이다. 그리고 신전 서기의 사명도 무시할 수 없다. 다행히 변장 덕에 여기저기 보이는 검은 옷의 사내들은 날 보고도 신경 쓰지 않았다. 그들은 마을을 돌아다니며 자기 일에 열중이었다.

뭐지? 보니까 재화를 탐내 약탈을 하는 것 같지는 않다. 다들 뭔가를 찾는 것 같아. 심지어 나처럼 뛰어다니며 부산을 떠는 자들도 여럿이었다. 대체 이 별 볼일 없는 시골 마을에 무슨 일이란 말인가?

"쳐라!"

"저딴 노친네들은 다 죽여 버리라고!"

신전에 도착해 보니 생각 이상으로 격렬한 공방전이 벌어지고 있었다. 내가 10년 정도 일했던 신전은 '비밀과 침묵의 신 하포크라테스'를 섬기는 곳으로, 작은 마을에 있는 것치고는 굉장히 규모가 큰 편이다. 또한 안에 신전을 지키는 전사들이 많았다.

그도 그럴 게, 비밀과 침묵의 신 하포크라테스의 특성과 관련이 있다. 주로 퇴역한 군인이나 어두운 과거를 숨긴 칼잡이들이 말년에 신전에 의탁하는 일이 흔했다. 이는 지난 일을 비밀과 침묵에 묻는다고 하는 하포크라테스의 계율 때문이다. 살아오며 양심에 가책을 느낄 일을 저지른 전사들이 말년에 신이 무섭기도 해서 오는 곳이 하포크라테스의 신전이다. 대신 그들은 젊을 때 익힌 솜씨를 이용해 신전을 지켜준다.

"와아아아! 밀어내라!"

"물러나지 마!"

덕분에 신전은 아직 점령되지 않은 듯했다. 지은 죄가 많아, 죽은 후에 믿을 거라곤 하포크라테스 밖에 없는 늙은 전사들이 악착 같이 싸우고 있기 때문이다. 그들은 오히려 순교하길 바라는 듯했다.

침입자들의 기량은 굉장했지만 평생 칼밥 먹은 노전사들의 솜씨도 장난이 아니었다. 하지만 나이 탓에 체력의 한계는 어쩔 수 없을 터. 이대로 싸움이 계속 되면 서서히 무너지기 시작할 거다. 서둘러야 한다.

"음…."

어떻게 신전으로 들어가지? 혼자 발을 동동 구르며 고민하던 차에 좋은 생각이 떠올랐다. 신전에서 오래 일한 사람이나 알 만한 길이다.

바로 음식물 쓰레기나 분뇨를 운반하는 지하통로다. 아무래도 신성하고 상서로운 모습을 보여줘야 하는 신전인지라 그런 것들은 보이지 않게 처리하곤 했다. 한 때 그 일도 담당했던지라 잘 안다.

"좋아."

나는 몰래 마을 하천 석재 다리 밑으로 갔다. 이곳에 감춰진 통로가 있었다. 마을 사람들이야 여기로 신전에서 쓰레기를 내보내는 걸 다 알지만 침입자들은 생각도 못한 모양이다. 나는 입구를 막은 더러운 판자를 치우고 냄새나는 통로로 들어갔다.

찍찍.

쥐들이 놀라서 사방으로 달음박질친다. 위에서는 전쟁이 났는데 쥐새끼들은 운반 중에 흘린 음식물 쓰레기를 먹으며 잔치 중이었다.

"비켜, 이놈들아!"

찌이익-!

쥐떼를 흩어버리고 신전 안쪽으로 향했다. 한참을 가다보니 계단이 나타났다. 여길 올라 문을 열고 들어가면….

"이놈!"

"기어코 들어왔구나!"

계단을 올라 신전 안쪽으로 들어가자마자 여러 자루의 창칼이 날 겨눈다. 신전에 의탁한 노전사들이었다.

"어서 막자고 그랬잖아!"

"설마 이쪽으로 기어들어올 줄이야. 쥐새끼 같은 놈이로세!"

"용케 알고 들어왔어!"

폐자재를 가지고 온 건 보니 이쪽 통로를 막아두려고 했던 모양이다. 나는 투구를 벗어던졌다.

"접니다. 어르신들."

내 모습에 노전사들이 깜짝 놀랐다.

"아니, 펠레우스!"

"자네가 갑자기 무슨 일이야!"

다들 놀란 얼굴로 반갑게 맞아줬다.

"왜 신전 서기가 적들의 옷을 입고 있어?"

"이 친구야! 안 보이기에 영락없이 어디 가서 뒈졌나 싶었다니까!"

젊은 시절에는 꽤나 불한당이었을지 모르나 이제는 다들 신전에서 조용히 지내는 자들이었다. 늘 보다보니 친해질 수밖에 없었다. 모험담을 동경한 나는 그들이 풀어놓는 썰을 자주 듣곤 했는데, 왕년의 이야기를 펼치고 싶은 늙은이들에게 나는 아주 좋은 청자였다. 덕분에 예쁨 좀 받고 있달까.

"이런 망할 영감탱이들 같으니라고. 뒈지긴 누가 뒈져요? 사실 말이죠."

나는 입고 있던 갑옷을 벗어던지며 숨어들어온 사정을 설명했다. 그러자 다들 감탄을 터뜨렸다.

"이 녀석, 글씨나 끄적이는 샌님인 줄 알았는데 다시 봐야겠구먼!"

"킥킥킥. 오늘 살아남으면 술이라도 대접해야겠군. 자네는 우리 못지않은 한 명의 전사야! 아니, 죽어도 괜찮지. 저승에서 대접함세!"

늙은 전사들의 유쾌함에 나는 기분이 조금 나아졌다. 그런데 그때 한 전사가 갑자기 생각났다는 듯 손뼉을 쳤다.

"아, 맞다! 펠레우스! 그러고 보니 최고 사제님이 자네를 급히 찾았었네! 어서 가보도록 하게!"

"최고 사제님께서요?"

최고 사제가 왜 날? 그는 나에게 딱 한 번 커다란 특혜를 베풀어주긴 했지만 별다른 인연이 없는 자였다. 10년을 일하면서 실제로 본 적도 몇 번 없다. 거의 칩거하듯 나타나지도 않는 자다.

소문을 듣자니 최고 사제는 젊었을 때 대단한 영웅이었다고 한다. 그야말로 살아있는 신화나 전설 수준이란다. 하지만 그 외에는 거의 알려진 바가 없었다.

듣자니 200년도 넘게 살았다고 한다. 거의 인간이 아닌 수준인데, 대체 왜 그런 비범한 인물이 이런 별 볼일 없는 촌구석에 있는지는 다들 기이하게 여겼다.

"이 사람아! 어서! 아주 급한 일이라 하셨단 말이야!"

"알겠습니다."

최고 사제가 찾는다고 하면 서두를 수밖에. 나는 달려가면서도 좀 이상하단 생각이 들었다. 성물을 피신시키는 내 임무가 중하긴 해도 따로 부를 정도는 아니다. 성물이라고는 하지만 평범하게 예배당에 진열된 것들로, 진짜 귀한 건 사제들이 따로 들고 간다.

"음⋯."

뭐, 가보면 알겠지.

신전 안은 완전 난리 법석이었다. 부상병들이 계속 안쪽으로 들어오고 신전의 무녀들은 그들을 치료하려고 악전고투였다.

"누가 이 사람 다리 좀 잡아줘요! 잘라야해!"

"끄아아아악!"

싸움에 임하며 죽기를 각오했다지만 고통이 없을 리가 없다. 나는 속으로 혀를 차며 부상병동이 된 신전 안을 가로질렀다. 드문드문 숨이 끊긴 전사들도 보였는데 익히 아는 얼굴들이었다. 속이 쓰렸다.

"서기님! 무슨 일이십니까!"

최고 사제의 방 앞을 지키고 있던 젊은 사제 하나가 날 보더니 반색했다. 델포이에서 온 귀족의 자제로 평소 나와 막역한 사이다. 얼굴에 초조함이 가득해서 나도 모르게 손을 꽉 잡아줬다.

"너무 걱정 마십시오. 우리 신께서 도와주실 겁니다."

"서기님…."

나는 고개를 한 번 끄덕여 준 뒤 최고 사제님이 불러서 왔다고 했다.

"알겠습니다. 들어가시지요."

"고맙습니다."

문을 두드리고 안으로 들어가자 늙은 최고 사제가 무거운 표정으로 앉아있는 게 보였다. 이 양반은 몇 번 본 적은 없지만 늘 인자하고 차분한 표정이었다. 하지만 그런 그라도 오늘 같은 날은 침중한 기색을 감추지 못하고 있었다.

방 안에는 은은한 향이 피워져 연기가 일렁였다. 평소라면 꽤 운치가 있었겠지만 지금 같은 때에는 오히려 심난하기만 했다.

"앉으십시오. 서기님."

"최고 사제님, 죄송하지만 그럴 때가 아닙니다. 어서 제 소임을…."

"그런 사소한 거라면 됐습니다."

"예?"

설마 최고 사제란 양반이 신전의 일을 사소하다고 할 줄은 몰라 벙쩌버렸다.

"앉으세요. 어차피 서기님이 맡은 건 금붙이 같은 게 아닙니까? 그런 재물은 아무래도 좋습니다."

물론 내가 옮기기로 되어 있는 성물이 신의 힘이 깃든 귀한 물건은 아니다. 그런 건 일반인인 내가 함부로 만질 수도 없다. 주로 예배당을 화려하게 장식한 금은보석류를 비밀스러운 장소로 갖고 가 숨기는 임무다.

"성물은 신전의 재산이 아닙니까? 이는 결코 작은 일이 아닙니다."

서기지만 신전의 회계도 상당부분 관리해 온 나. 돈 문제라면 민감할 수밖에 없었다. 그런 비보들은 몇 세대에 걸쳐서 하나씩 마련해온 거다. 즉, 신전의 역사 그 자체라고 할 수 있다.

"특히 지금 같은 사태가 벌어졌을 때 그 재물들은 신전을 재건하는데 요긴하게…."

내가 열변을 토하자 최고 사제는 인자한 얼굴로 말을 잘랐다.

"역시 자기 일에는 성실하신 분이군요. 우리의 신께서 사람 보는 눈이 틀리지 않으셨나 봅니다."

"네? 그게 무슨 소리신지?"

듣기에 따라 내가 일하는 신전의 주인인 비밀과 침묵의 신 하포크라테스가 날 알고 있다는 듯한 말이었다. 하지만 나는 그를 위해 일하긴 했지만 실제로 신앙을 갖고 섬기진 않았다. 그냥 여기는 일 터, 직장이랄까. 게다가 신이니 뭐니 하는 건 평생 볼 일 없는 구름 위의 존재가 아닌가.

"일단 설명하기 전에 당신께 한 가지 묻고 싶습니다. 서기님."

"말씀하십시오."

나는 조금 짜증이 났다. 지금 어서 맡은 임무를 하러 튀어나가야 하는데 왜 여기서 선문답을 하고 있어야 할까? 하지만 최고 사제는 전설적인 인물이며 나 같은 것보다 훨씬 현명하다. 뭔가 중요한 일이니 이럴 터.

"끄응…."

앓는 소리가 나왔지만 일단 듣기로 했다.

"펠레우스 서기님. 당신은 자신이 평범하다고 생각하고 있습니까?"

2. 아폴론 신의 아들

대체 이건 무슨 뚱딴지 같은 소리인가 싶었지만 성실히 대답하기로 했다.

"평범하지요. 최고 사제님께서는 제가 다른 차원에서 왔음을 아실 겁니다. 그곳에서도 극히 평범하게 지냈습니다. 여기 와서 한 일도 별반 다르지 않습니다. 제 삶의 어디를 돌아봐도 특이한 구석이라고는 없었습니다."

참 꾸밀 것도, 과장할 것도 없는 삶이었다. 그냥 물 흐르듯 살아 온 인생이었다. 이 낯선 세계로 온 뒤 한동안 좀 방황했지만 사람은 역시 적응의 동물이더라. 천연덕스럽게 신전에 취직해서 10년이나 보내지 않았나.

"하지만 당신은 특별하고도 특별합니다. 펠레우스 서기님."

단박에 부정하려다가 갑자기 아까 있었던 일이 떠올랐다. 그 뱀도 나보고 같은 소리를 했다. 특별하고도 특별하다고.

"…어째서입니까?"

"간단합니다. 우리가 섬기는 비밀과 침묵의 신, 하포크라테스 님께서 선택한 자이기 때문입니다."

"그건 좀 이해하기 힘들군요. 평생 신전을 위해 봉사했습니다만, 그분의 음성을 들어본 적도 없습니다."

신앙심이 없어서 그렇다면 할 말은 없다만, 자신이 선택한 인간이라면 하다 못 해 한 번 말이라도 걸어야 하지 않겠나? 이곳은 신의 혈통이 버젓이 대지를 걷는 세계인데.

"때가 되지 않았을 뿐입니다. 하지만 생각해 보십시오. 당신은 지난 10년간 엄청난 특혜를 받아왔습니다."

"특혜요?"

딱히 뭔가 보너스라도 두둑하게 받은 기억은 없는데. 궁하진 않았지만 아껴 써야 하는 삶이었으니까. 미간을 좁히는데 딱 하나 생각나는 게 있었다. 이 최고 사제가 아주 예외적으로 허락한 게.

"설마 금서를 정리했던 일 말입니까?"

"맞습니다."

이 신전에는 외부에 알려지지 않은 특별한 공간이 있다. 바로 비밀과 침묵의 신 하포크라테스의 금서들이 보관된 도서관이다. 그 도서관은 신들과 신화에 대한 수많은 비밀이 잠든 장소로 오직 눈앞의 최고 사제만 들어갈 수 있었다. 그런데 이례적으로 나는 그곳의 출입을 아주 예전부터 허락 받았다. 어지러이 널린 책들의 색인과 목차를 만들라는 이유 때문이다.

"제가 금서들을 몰래몰래 읽은 걸 알고 계셨군요."

"물론이지요. 사실 읽으라고 보낸 거니까요."

나는 금서들이 가득 찬 도서관을 정리하면서 무려 10년간 그 책들을 탐독했다. 원래 한국에 있을 때부터 신화나 전설을 좋아했고, 게임의 설정 같은 것도 관심이 많았다. 그래서 책에 쓰진 믿기 어려운 수많은 비밀들이 그렇게 재밌더라.

다만 이쪽 세계에서도 워낙 평범하게 살아가고 있는지라 금서보단 도서 정리를 더 중요하게 생각했다. 워낙 책이 많아 작업은 꼬박 10년을 다 채웠다. 얼마 전에 그게 끝났는데, 완벽한 목록을 만들어 비치한 게 내 대단한 자랑거리 중 하나였다.

그런데 사실 읽으라고 보낸 거였다니?

"생각해 보십시오, 서기님. 처음 도서관에 들어갈 때 제가 신성한 축복을 내려드리지 않았습니까?"

"아⋯ 그랬죠. 고대어나 이족어 등을 읽지 못해 책을 정리하지 못했으니까요."

신의 축복 덕에 나는 도서관의 온갖 난해한 비밀문자를 쉽게 이해할 수 있었다. 역시 비밀의 신이 내린 축복답다는 생각이 들었었다.

"이제야 말하지만 서기님이 보신 금서의 내용들은 인간에게 금지된 지식입니다. 하지만 하포크라테스 님께선 그걸 당신이 10년이나 꼼꼼하게 보도록 했습니다. 이래도 당신의 삶에 특별함이 없다고 생각하십니까?"

"허⋯⋯."

"당신은 제우스 신의 비밀을 알고 있습니다. 당신은 하데스 신의 비밀을 알고 있습니다. 당신은 포세이돈 신의 비밀을 알고 있습니다."

"⋯⋯."

생각지도 못한 얘기에 뭐라 대답해야할지 알 수가 없었다.

"이는 인간이 입 밖에 냈다가는 신들의 진노를 사게 될 위험천만한 지식입니다. 하지만 당신은 그걸 다 알고 있지요."

콰아아아앙!

그때 밖에서 폭발음이 들렸다. 아까부터 계속 이어지던 폭음은 점점 가까워지고 있었다. 최고 사제는 살짝 미소 지었다.

"저들은 〈비밀의 서〉를 찾으러 왔지만 정작 우리 신께서 안배한 핵심이 당신이란 걸 모르고 있지요. 후후후. 어리석은 자들."

"비밀의 서? 그건 또 뭡니까?"

그 말에 최고 사제는 올리브 가지를 꼬아 만든 지팡이를 들고 자리에서 일어났다.

"자, 이제는 움직이지요. 늙은 다리가 영 무겁습니다만, 한가하게 앉아서 얘기하기에는 좋지 않은 때로군요. 가면서 설명드리겠습니다."

최고 사제는 근처 책장의 장신구 하나를 조작하기 시작했다. 그러자 책장이 드르륵 움직이더니 비밀 통로가 나타났다.

"따라오십시오."

"어디로 가시는 겁니까?"

"방금 얘기한 비밀의 서가 있는 장소로 갑니다. 오늘 신전을 친 사특한 무리는 그 비밀의 서를 노리고 있습니다."

이 신전에서 10년을 일했지만 내가 알지 못하는 비밀이 한두 개가 아닌 것 같았다. 〈비밀의 서〉란 건 대체 또 뭘까? 혼자 그 생각을 하다가 한 가지 의문이 들었다.

"죄송한 말씀이지만 최고 사제님."

"말씀하시지요."

"직접 나가서 적들을 물리치실 수 있지 않으십니까? 듣기로 사제님께서는 전설적인 영웅이라고 하더군요."

내 말에 앞서 가던 최고 사제는 나직하게 웃었다.

"확실히 그건 그렇습니다. 인간 중에 저 정도 수준에 오른 이는 별로 없지요."

"하면 왜…?"

왜 나가서 전사들을 돕지 않냐는 듯 물었다. 어쩐지 힐난하는 것 같아서 말끝을 흐릴 수밖에 없었다. 아는 이들이 여럿 죽은 걸 봤기에 아무래도 감정이 좋지 않았다.

"서기님의 의문은 당연합니다. 하지만 제가 나가봐야 시간을 끄는 정도에 불과하니까요. 그것보다는 당신에게 진정한 사명을 알려주는 게 중요합니다. 이런 날이 갑자기 와서 유감입니다만…."

뭐라? 200년을 넘게 살아온, 인간을 초월한 전설의 영웅이 시간 끌기 밖에 못한다고?

"네?"

어이가 없어 반문하자, 최고 사제는 씁쓸한 말투로 대답했다.

"신이 쳐들어왔어요. 적의 우두머리는 아폴론 신의 아들입니다."

"예? 신이라고요?"

아폴론 신의 아들이 직접 쳐들어오다니. 상대가 신이라면 아무리 최고 사제가 전설의 영웅이라고 해도 감당하기 어려운 건 이해가 됐다.

"하지만 신은 함부로 세상사에 개입할 수 없는 것 아닙니까?"

"그렇지요. 신들이 내킬 때마다 강신하면 우리 세계는 엉망이 될 테니까요. 하지만 이번에는 많은 신들의 묵시적인 동의가 있었답니다."

"동의라고요?"

"혹은 묵인이라고도 할 수 있겠죠……."

말끝을 흐린 최고 사제는 더 대답하지 않았다. 아무래도 이번 일에는 나 같은 일개 서기가 알기 어려운 사정이 있는 모양이라 더 묻지 않았다.

우리는 퀴퀴한 냄새가 가득한 오래된 굴을 지나갔다. 수십 년 간 사람이라고는 들어오지 않은 것 같았다.

쿵! 쿠웅!

밖에서 계속 폭음이 터졌고 그럴 때마다 머리 위에서 먼지와 흙이 떨어져 내렸다.

"대체 그 비밀의 서란 게 뭡니까? 신이 직접 쳐들어올 정도의 물건이라면 평범한 건 아닐 텐데요."

"도착하면 알려드리죠. 일단 그 전에 아폴론 신에 대해 이야기 해 볼까요? 당신이 도서관의 금서를 잘 읽었는지 시험해 보고 싶 군요."

지팡이로 앞쪽의 거미줄을 치우던 최고 사제가 이쪽을 돌아보 며 물었다.

"…알겠습니다."

"당신은 아폴론 신을 어떻게 생각하십니까?"

아폴론은 이 세계에서 제일 유명한 신 중 하나라 대답은 어렵 지 않았다.

"위대한 분이죠. 음악과 시, 의술, 궁술, 예언의 신이기도 하고 요. 태양빛의 신이며 최고신 제우스의 아들이니 그 혈통은 가히 신들의 왕자라고 할 만합니다."

거기다 표현할 길 없을 정도의 미남이며, 정의롭고 공정하기까지 하다. 그야말로 좋은 건 다 가지고 있다고 할까? 솔직히 더 말해봐야 입만 아플 정도다. 내가 그렇게 누구나 알만한 걸 나열하자 최고 사제가 의미심장한 말투로 되묻는다.

"한데 서기님, 그렇게 공정하고 정의로운 신이 왜 아들을 보내 우리 신전을 공격하는 걸까요?"

"……음."

내가 선뜻 대답하지 않자 최고 사제는 금서에서 봤던 걸 얘기해 보라고 했다. 분명 거기에는 아폴론 신의 비밀이 적혀있긴 했다. 하지만 쉽게 납득할 수 없는 얘기여서 나는 바로 대답할 수가 없었다.

"…그건 매우 불경한 내용이었습니다. 아폴론 님께서 그럴 리가 없습니다. 저는 그게 위서이며 모함으로 가득 찬 내용이라고 생각합니다."

"정말 그렇게 생각하십니까? 뭐, 좋습니다. 사람의 고정관념이란 게 쉽게 바뀌는 건 아니지요. 그렇다면 질문을 바꾸죠. 아폴론에 관해 어떤 책에서 무슨 내용을 본 겁니까?"

결국 대답할 수밖에 없나. 나는 한숨을 내쉬고 마음속으로 지금부터 읊조릴 불경을 아폴론 신께 사죄했다.

"보랏빛 가죽으로 만들어진 두꺼운 책이었습니다. 온갖 세계의 악에 관해 기록된 서적이었지요. 놀랍게도 거기에 아폴론 신에 대한 내용이 있었습니다."

"하하, 재밌군요. 어째서 위대한 아폴론의 이름이 악을 정렬해 놓은 금서에 올랐을까요?"

최고 사제의 말투에서 올림푸스의 왕자를 향한 명백한 비웃음이 느껴졌다.

"저도 알 수 없습니다. 그 황당한 모함은 아폴론 신의 정체가 사실 쥐의 신이란 것이었습니다. 또한 현재 그의 영광된 모습은 진정한 태양신 헬리오스의 신성을 빼앗은 결과라고 합니다. 일종의 거짓연극을 하며 정의로운 태양빛과 예언, 의술의 신으로 살아가고 있다는 것이지요."

"그렇습니까. 후후."

최고 사제는 나직하게 웃고 있었지만 이미 내가 말한 내용을 다 알고 있는 게 틀림없었다. 그러고 보니 마을에서 빵을 파는 노파를 죽인 병사의 옷을 벗길 때 몸에 다섯 마리의 쥐가 꼬리가 엉킨 문장이 있었다. 분명 그건 쥐의 신의 문장…

"그 쥐의 신의 진정한 이름은 스민…"

"거기까지!"

최고 사제는 지팡이를 내 입 앞까지 들이밀어 신의 이름을 말하는 걸 막았다. 그리고 엄한 표정으로 경고했다.

"결코, 결코! 아폴론 신이 살아있을 때 그 이름을 말하지 마십시오. 인간 중 그 이름을 입에 담았다가 살아남은 이는 없습니다."

"그게 무슨 소리십니까?"

"저주받은 신의 이름을 입에 담는 순간 당신은 미쳐 죽게 될 겁니다. 모든 경솔했던 이와 용감했던 이가 미지의 공포에 사로잡혀 광인이 됐습니다."

그 신의 이름을 뱉는 순간 인간이 봐서도 안 되고, 감당할 수도 없는 광경을 보게 된다고 했다. 어떤 영웅도 그걸 견뎌내지 못하고 비참한 최후를 맞았다고 한다. 끔찍한 얘기였다.

꿀꺽.

소름이 돋아 나도 모르게 침을 삼켰다. 최고 사제의 말투는 마치 그 금서에 써진 황당한 내용이 진실이라는 듯했다. 대체 아폴론 신이 그런 존재라면, 이 세계는 뭐란 말인가? 나는 최고 사제를 묵묵히 따라가면서 가슴이 쿵쿵 뛰었다.

그간 따뜻하고 조용한 곳이라 여기던 이 세계는, 한 꺼풀 벗기고 보니 점점 미지의 공포가 드러나고 있었다. 나는 금서에서 이와 비슷한 내용을 많이 읽었지만 대부분 위서라고 여겼고 믿지도 않았다. 그저 재밌는 판타지 소설이라고 생각했을 뿐인데, 만약 그게 진실이라면 모든 걸 어떻게 감당해야 할까? 갑자기 두 다리가 후들거리기 시작했다.

"겁먹지 마십시오."

그런 내 마음을 아는지 최고 사제는 다소 엄한 말투로 꾸중했다.

"당신은 비밀과 침묵의 신, 우리가 섬기는 위대한 이께서 직접 선택한 사람입니다. 그런 약한 마음으로는 아무 것도 못할 겁니다."

"…어찌 저 같은 존재가 그분의 선택을 받았습니까? 솔직히 믿을 수가 없군요. 저는 그저 평범한 서기입니다. 평생 신의 음성조차 듣지 못했던 것을."

심지어 이쪽 세계 사람도 아니잖은가. 하지만 최고 사제는 뒤돌아보지 않고 걸으며 고개를 흔들었다.

"신의 뜻을 누가 알겠습니까?"

그 말은 묵직하게 가슴을 흔들었다. 나는 점점 이 세계의 공포

속으로, 마치 수렁에 빠지듯 빨려들어 가고 있음을 깨달았다.

"도착했습니다."

어느새 엄정히 닫힌 철문 앞에 도착했다. 딱 봐도 대단한 솜씨로 만들어진 문이었다. 연결부나 문이 맞물린 곳에 정말 작은 틈새도 보이지 않았다.

"견고한 문이군요."

"그래봐야 인간의 솜씨입니다. 신의 힘 앞에서는 오래 버티지 못할 겁니다."

안으로 들어가니 정교하게 만들어진 방이 나타났다. 외부의 침입을 막고 안에 든 보물을 보호하기 위한 장치들이 가득했다.

웅! 우우웅!

모터가 돌아가는 듯한 소리가 시끄러웠는데, 방 가운데 있는 기계에서 나는 것이었다. 마치 조선시대 혼천의처럼 생긴 물건으로, 거대한 원형의 금속 테가 여러 개 겹쳐 돌아가며 안에 든 물건을 보호하고 있었다. 억지로 들어가려고 하면 끼어 죽을 게 틀림없겠군.

"저 기계 가운데 떠있는 책이 비밀의 서입니까?"

"그렇습니다. 서기님. 허락 받은 이만이 이 기계를 멈출 수 있지요."

"하지만 인간의 솜씨겠지요? 신이 나타나 때려 부수면 별로 도움이 안 되겠군요."

"배우는 게 빠르시군요. 서기님."

최고 사제는 비밀스러운 신성어를 외우며 빛나는 지팡이를 기계 장치 쪽으로 뻗었다. 그러자 회전하며 돌아가는 커다란 금속의 원형 테들이 멈추기 시작했다. 모터 같은 소음이 줄어들고 원형 테들의 회전이 점점 느려졌다. 그래도 완전히 멈출 때까지는 제법 시간이 걸릴 듯했다.

안에 있는 비밀의 서는 굉장히 커 길이만 1미터가 넘어보였다. 표지는 철로 보강돼 두께도 엄청나 무게도 장난 아닐 것 같았다. 책 표지는 사슬이 연결돼 있었는데, 등짐처럼 짊어질 수 있게 해 주는 용도였다. 그나저나 묘하군? 이곳에는 저런 방식의 서책이 없다. 우리가 흔히 아는 모양의 책은 아직 발명되지 않아 두루마리에 문자를 기록한다. 한데 어찌? 심지어 책은 종이로 만들어진 듯했다. 종이는 이 세계에 아직 존재하지 않는 물질이었다.

"서기님, 당신은 저걸 가지고 떠나야 합니다."

"…어디로 가야 합니까?"

대체 신을 피하려면 어디로 가야 한단 말인가.

"크흠…."

최고 사제도 대답하기 쉽지 않은 질문인 듯 흘렸다. 대답 대신 지팡이를 원형틀 너머의 방 끝을 가리켰다. 그러자 감춰져 있던 비밀문이 열렸다.

"신전 뒤의 산으로 향하는 길입니다."

"산에 숨는다고 신을 따돌릴 수 있을 것 같지는 않습니다만…."

"비밀의 신께선 그저 당신이 저 책을 가지고 떠나게 하라고만 하셨습니다. 이후에는 자연스럽게 모든 게 이뤄질 거라고요."

요컨대, 구체적인 방법은 하나도 없다는 건가. 상당히 무책임한 신이 아닌가. 하지만 뭐 어쩌겠나. 까라면 까야지.

"알겠습니다."

마침 회전하던 원형 틀도 많이 느려져 곧 안에 있는 비밀의 서를 빼낼 수 있을 것 같았다. 물끄러미 그걸 보던 최고 사제가 입을 열었다.

"약간 시간이 남았으니 비밀의 서에 대해서 설명 드리겠습니다."

그의 목소리는 처음보다 많이 초조해져 있었다.

"이 책은 종말에 관해서…"

콰아아아아아앙!

갑자기 폭음이 터졌다. 순간 무슨 일이 일어난 건지 알 수 없었다. 엄청난 소음, 사방을 가득 채운 먼지, 회전하는 시야, 귀를 울리는 이명 등 모든 격렬한 감각이 한꺼번에 밀려들어 내 가여운 뇌는 어느 것 하나 명쾌하게 인식할 수 없었다. 그저 데굴데굴 굴러갈 뿐이었다.

"크으으악…"

온몸이 부러진 것 같은 격통 속에서 이를 악물었다. 무언가 강력한 폭발이 일어난 것 같았다. 원래라면 그 충격에 목숨을 잃었겠지만 헤라클레스의 보석 덕에 아직 살아있었다. 온몸이 화끈화끈 거렸다. 얼마 남지 않은 머리를 쓸어 넘기자 어느새 타버린 듯 바삭거리며 부서져 내렸다.

"최… 최고 사제님."

애써 불러보았지만 대답은 없었다. 입 안이 다 터져 피 맛이 가득했다. 정교한 장치가 가득했던 방 안은 엉망이었다. 바닥에는 다양한 크기의 원형틀이 박살나 뒹굴었고, 먼지로 가득한 방에서 비밀의 서만이 허공에 둥둥 떠 있을 뿐이었다.

"으윽…."

간신히 몸을 일으키던 그때 저 앞에서 발자국 소리가 들려왔다.

저벅저벅.

그리고 기골이 장대한 한 사내의 실루엣이 보였다.

"누구…."

제대로 물어볼 틈도 없었다. 갑자기 바닥에 뒹굴던 원형의 금속테가 둥실 떠오르더니 내 얼굴을 향해 쏘아졌기 때문이다.

콰아아앙!

간발의 차로 피했다.

"허억!"

있는 힘껏 몸을 숙여 정말 아슬아슬하게 피해냈다. 구부정한 자세로 벽에 등을 기대고 숨을 몰아쉬는 내 머리 위에 커다란 철제 원형틀이 박혀있었다. 양팔을 벌린 것보다 큰 물건이었다.

부스스.

먼지가 머리칼 위로 쏟아져 내렸지만 움직일 생각도 못했다. 그대로 머리가 터져서 죽을 뻔했기 때문이다. 지금껏 이렇게 죽음을 실감한 적이 없었다. 극심한 공포에 입도 잘 열리지 않았다.

"이런 빗나갔나? 키키킥."

앞쪽에서 재밌어 하는 듯한 음성이 들려왔다. 이어서 일진광풍이 몰아치더니 먼지가 사라지며 목소리의 주인공이 드러났다. 그는 훌륭한 체구에 휘황찬란한 금제 장식을 몸 여기저기에 두른 미남자였다.

천박하면서도 기품있었고.

비열함 속에서도 고결함이 엿보였으며.

미소는 악랄했지만 동시에 순수해 보였다.

조각같이 멋진 육체가 잘 보이는 한쪽 어깨가 드러나는 옷차림에 태양처럼 반짝이는 금빛 머리칼을 길게 기른 장신의 사내였다.

나는 보자마자 그가 신임을 알 수 있었다. 하지만 입을 열어 묻지 않을 수 없었다.

"다, 당신은… 누구십니까?"

대답은 다른 곳에서 돌아왔다.

"도망치십시오! 서기님!"

최고 사제의 목소리였다. 그제야 나는 그가 바닥에 쓰러져 있다는 걸 깨달았다. 신의 위용에 정신을 빼앗겼던 까닭이다. 최고 사제는 지팡이에 의지해 몸을 일으키려 했으나 그 순간 신이 그의 얼굴을 짓밟았다.

"본인의 이름을 물었나?"

신은 최고 사제 따위는 아랑곳없다는 듯 여유를 부리며 날 향해 멋진 미소를 지었다.

"이 몸은 위대한 아폴론 신의 아들인 퀴크노스다. 참고로 덧붙이자면…"

그는 검지로 최고 사제와 날 가리켰다.

"이 자리에서 너희 둘을 죽여 버릴 작정이지. 키키킥."

뭐? 퀴크노스라고?

퀴크노스는 올림포스의 하급신으로 자기 아버지에 대한 지극한 애정으로 유명했다. 그는 한 점의 의심도 없이 아폴론 신을 따른다고 한다. 그러니 지금 이렇게 쳐들어온 것도 아폴론의 의지라고 봐도 좋겠지.

"어찌 신의 아들이자 존귀한 존재께서 신전에 와 행패를 부리십니까!"

상대가 신이라 털컥 겁이 났지만 따져 물을 수밖에 없었다. 금서에서 다양한 지식을 보았다고 하나 이 세계에서 10년간 살면서 쌓인 고정관념이란 게 쉽게 없어지는 건 아니다. 아폴론은 분명 정의로운 신이었을 텐데…. 정말 금서에 나온 게 그의 본질이란 말인가.

"행패? 지금 행패라고 했느냐? 인간."

"그, 그렇습니다! 이곳은 비밀과 침묵의 신 하포크라테스 님의 신전입니다. 당장 악행을 멈추십시오!"

나름대로 용기를 쥐어짜 외쳤지만 상대는 폭소했다.

"뭐라? 크하하하핫! 지금 누가 누굴 보고 악이라고 하는 것이냐! 이런 음험한 놈들이!"

"그 무슨!"

순간 황망함에 말문이 막혔다. 지금껏 살면서 남에게 피해 준 적은 단 한 번도 없다. 우리 신전도 마찬가지다. 사제들은 조용히 봉사하며 마을의 신망을 얻고 있었다. 그런데 음험한 놈들이라니? 내가 어리둥절해 하든 말든 퀴크노스는 자신만만하게 외쳤다.

"네놈들이 세계의 종말을 일으킨 배후임을 모르지 않는데 참으로 뻔뻔하구나!"

"하?"

"비밀의 신 하포크라테스는 이미 올림포스의 공적이 되었다. 그 교활한 신이 우리 아버님께서 쓰러뜨린 거대한 뱀을 깨워 델포이를 불바다로 만든 걸 모른단 말이냐!"

뭐라고? 하포크라테스 님이 불타는 이름 없는 자를 깨웠다고?

"거짓입니다! 믿지 마십시오!"

퀴크노스에게 밟혀있던 최고 사제가 외쳤다. 그러자 퀴크노스가 노여워하며 그를 잘근잘근 짓밟아댔다.

"이 악의 종자들아! 네놈들의 사악한 계획이 그 비밀의 서란 것에 명명백백하게 써있음을 모르지 않는다! 내 그것을 올림포스의 성스러운 신전에 가져가 제우스 신께 모두 고할 것이야!"

듣다보니 헛웃음이 나올 지경이었다. 평생 있는지 없는지 모르게 살던 신전 서기가 갑자기 세계 멸망을 위해 활약하는 악당이 돼 있었다.

"너희 두 놈이 최고 간부급임을 알고 있다! 실로 일망타진할 기회로구나!"

가, 간부라니…. 난 그냥 신전 서기인데. 세계 멸망을 시켜본 적은 없지만 재직 중에 실수로 신전의 회계를 멸망시켜 본 적은 있다. 결국 감봉 반년이라는 지독한 일을 겪었다.

아무튼, 이쪽 입장에선 터무니없는 모함이었지만 퀴크노스는 확신으로 가득 차 있었다. 자신이 정의이며 선이라는 점을 조금도 의심하지 않는 기색이었다. 그래서 나는 도리어 침착해졌다. 살면서 저런 맹목적인 모습을 몇 번 본 적이 있었다.

바로 광신도다.

상대에게서 광신도의 모습을 보고나니 그가 말한 진실에 대한 신뢰도가 확 떨어졌다.

"서기님! 속으면 안 됩니다!"

최고 사제는 내가 흔들린다고 여겼는지 서둘러 외쳤다.

"저들이 비밀의 서를 노리는 건 다른 이유가 있습니다!"

그의 말에 나보다 퀴크노스가 먼저 반응했다.

"뭐라?"

씩 올라간 입매를 보니 흥미가 동한다는 표정이었다.

"좋다! 그렇다면 어디 한 번 말해보라. 그 요사스러운 입에서 무슨 변명이 나오는지."

그는 이미 자신의 승리를 믿어 의심치 않고 있었다. 그저 악을 토벌하기 전에 가련한 악당의 변명을 들어주겠다는 태도가 아닌가. 저 혈기 넘치고, 다소 멍청해 보이는 젊은 신은 지금 이 상황과 정의의 영웅이란 자신의 역할을 한껏 즐기는 듯 보였다. 최고 사제는 이걸 기회로 빠르게 말을 쏟아냈다.

"비밀의 서에는 종말의 때에 일어날 일이 자세히 적혀 있습니다. 아폴론은 그 지식을 먼저 확보해 종말을 막을 작정입니다! 원래 그는 하포크라테스 님께 종말에 대해 물었습니다만, 거절당하자 비밀의 서를 노리고 있는 겁니다!"

최고 사제의 말에 나는 이상함을 느끼고 반문했다.

"신들께서 종말을 막아주시면 좋은 게 아닙니까?"

대화를 듣던 퀴크노스도 어이가 없던지 웃음을 터뜨렸다.

"거 봐라! 네놈의 부하조차 의문을 표하잖느냐! 사악한 신의 사제여!"

하지만 최고 사제는 퀴크노스의 비웃음을 무시하고 다시 외쳤다.

"그 종말은 우리 인간의 종말이 아니기 때문입니다!"

"뭐라고요?"

"종말의 실체는 신들의 종말입니다! 인간도 많이 죽긴 하겠지만 결국 우리는 살아남을 겁니다! 반면 신들의 세계는 끝이 납니다. 아폴론은 그걸 막으려고 하고 있습니다!"

종말의 실체가 그런 것이었다니. 생각지도 못한 얘기였다. 퀴크노스도 놀란 표정을 감추지 못했다. 그리고 그게 틈이 됐다. 노련한 최고 사제는 허영심에 찬 젊은 신의 미숙함을 놓치지 않았다.

"하앗!"

최고 사제의 기합과 함께 빛이 터지며 강력한 힘이 퀴크노스를 밀어냈다. 그는 그대로 뛰어올라 허공에 있던 비밀의 서를 낚아채더니 순식간에 내 앞까지 당도했다.

"어서 이걸!"

최고 사제가 커다란 비밀의 서를 던져주며 외쳤다.

"본래 서기님에게 스스로의 결정에 대해 고민할 시간을 드리고 싶었습니다! 하지만 지금은 여유가 없군요. 어서 책을 펼치십시오!"

비밀의 서에 대한 얘기가 서로 달라 어느 쪽이 진실인지는 잘 모르겠다. 분명 이 건에는 나 같은 일반인 나부랭이가 알기 어려운 거대한 음모가 개입해 있는 게 틀림없었다. 이 비밀의 서란 걸 열면 어쩐지 거대한 모험에 휘말릴 것 같은 예감이 들었다. 솔직히 사양하고 싶은 일이었다.

그렇다면 어떻게 해야 하나?

짧게 고민한 나는 단순하게 생각하기로 했다. 그간 누구한테 도움을 받았는가? 바로 비밀과 침묵의 신인 하포크라테스다. 그의 신전에 취직한 탓에 10년간 끼니 걱정도 없었고 길가에서 이슬을 맞으며 자지도 않았다.

일종의 애사심이라고 할까? 고용주에 대한 의리라고 할까?

솔직히 무시 못 할 은혜다. 신전에 적을 두지 않았다면 이 낯선 세계로 와 무슨 고초를 겪었을지 알 수 없다.

반면 저 퀴크노스란 놈은 초면부터 상당히 재수가 없었다. 이 정도면 결론을 내리기 충분한 이유였다. 이 비범한 책을 펼침으로 내 앞에 무슨 운명이 펼쳐질지 모르겠지만 일단 저지르기로 마음을 먹었다.

"알겠습니다!"

나는 주저 없이 책을 붙잡고 펼쳤다.

하지만 그때 충격으로 날아갔었던 퀴크노스가 끼어들었다.

"어딜 감히!"

퀴크노스는 신인 자신이 인간에게 한 방 먹었다는 사실에 무척 노여워한 듯했다. 젊고 자존심 높은 신답게 쉽게 달아올랐다.

"신의 분노를 느끼게 해주마!"

갑자기 퀴크노스의 눈이 붉게 충혈됐다. 나는 보자마자 그게 뭔지 알 수 있었다.

"최고 사제님! 피하십시오!"

금서의 지식에서 퀴크노스가 아버지인 아폴론의 총애로 태양

광의 힘을 받았다는 걸 읽었다. 그래서 눈에서 모든 걸 태워버리는 태양 광선을 쏘아낼 수 있다고.

분노해야만 쓸 수 있다는 제약이 붙은 만큼 그 위력은 가공할 수준. 인간이 막아내려면 아테나 여신에게 이지스의 방패를 빌려와야 할 것이라고 적혀있었다.

번쩍.

빛이 작렬해 나는 황급히 책으로 앞을 가렸다. 피하라고 말은 했지만 최고 사제가 그러지 못할 것임을 알고 있었다. 그가 피하면 비밀의 서와 내가 잿더미가 될 테니까.

태양광은 오래 지속되지 않았다. 잠깐이면 모든 걸 없애버리기 충분할 테니까.

"크윽!"

나는 고통스러운 예감에 입술을 깨물었다. 차마 방패처럼 앞을 가리고 있던 책을 내릴 수가 없었다. 잿더미로 변해버린 최고 사제를 볼 용기가 없었기 때문이다. 하지만 외면할 수도 없는 일. 겨우 앞을 봤을 때 황망함에 입이 벌어졌다.

"…마, 막았어?"

놀랍게도 최고 사제는 아폴론 신의 힘을 빌렸다는 퀴크노스의 태양광을 견뎌냈다.

치이익.

그의 전신에서 연기가 피어오르고 있었지만 어쨌든 사지는 멀쩡했다. 경악한 건 나뿐이 아닌 듯 그 잘난 척하던 퀴크노스가 눈이 커져서는 얼빠진 표정을 짓고 있었다.

아마 지금 내 얼굴도 저 당황한 신과 똑같지 않을까?

"흐…, 서기님. 이제… 제가 좀 전설의 영웅 같습니까?"

"네?"

최고 사제의 말에 멍청하게 반문하자 그는 뒤를 살짝 돌아보며 피식 웃는다.

"꽤나… 미심쩍은 듯 보지 않으셨… 습니까?"

"허허…."

이 양반 눈치는 빨라가지고. 나는 지금 이 순간 뭘 해야 할지 깨달았다. 당황한 신은 방심하고 있었다.

"사죄의 의미로 제가 할 일을 하겠습니다."

나는 주저 없이 책을 펼쳤다. 그런데 바로 난처해졌다.

"이게 뭐야?"

책 안쪽에는 어떤 글씨도 써있지 않았기 때문이다. 온통 백지다. 아니, 흑지(黑紙)라고 할까? 아무 것도 적혀있지 않은 검은 종이만 가득했다.

막 실망감이 가슴에 퍼지려는 찰나, 갑자기 변화가 일어났다. 책의 안쪽에서 시커멓고 끔찍한 어둠이 흘러나오기 시작한 것이다. 그리고 마치 묵직한 톱니가 돌아가는 듯한 기계음이 들려왔다.

"안 돼!"

뒤늦게 퀴크노스가 외쳤지만 이미 멈출 수 없는 무언가가 움직이고 있었다.

우우우웅!

커다란 책은 마구 진동했고 그 격렬함에 하마터면 놓쳐버릴 뻔했다. 책은 마치 살아있는 생물처럼 발작하며 사방에 어둠을 토해냈다. 퀴크노스의 신성으로 환하던 지하는 점점 불길하고 사이한 흑암에 물들어가며 독한 공기로 가득 찼다.

실로 위험해 보였는데 의외로 나와 최고 사제는 영향을 받지 않고 멀쩡했다. 반면 퀴크노스는 괴로운 듯 가슴을 쥐어뜯기 시작했다.

"으으윽! 이놈들! 지금 너희들이 무슨 짓을 한 건지… 크윽! 아느냐!"

그는 애써 우리를 막으려 발걸음을 뗐지만 곧 무너지듯 한쪽 무릎을 꿇고 말았다. 그저 견디는 게 고작인 듯 땀을 비 오듯 흘리고 온 몸을 바들바들 떨어댔다. 그리고 드높은 자존심으로 빛나던 그의 눈동자엔 두려움이 가득했다.

"이상하군…. 그는 신인데 마치 공포에 빠진 사람 같잖습니까?"

지금 사방에 가득한 어둠과 사이한 기운은 분명 불길한 것이었지만 어쩐지 친숙하게 느껴졌다. 뭔가 오래 알고 지낸 듯하다고 할까? 퀴크노스는 있는 힘껏 방어막 같은 걸 전개하며 버티고 있었지만 나는 그의 버거움이 전혀 이해가 안 됐다. 대체 무슨 일이기에 저 대단한 신이 어쩔 바를 모른단 말인가?

"글쎄요…. 영문을 모르겠군요."

최고 사제도 어리둥절한 기색이었다. 그는 지팡이를 퀴크노스에게 겨냥하며 조심스럽게 이쪽으로 물러났다. 그런데 뜻하지 않는 곳에서 내 의문이 대답 받았다.

"이, 이건!"

책 위에 하얀 글씨가 떠오르기 시작했던 것이다. 검은 바탕에 하얀 글씨라 단번에 눈에 들어왔다.

〈하포크라테스 신의 선택받은 종복들은, 그의 권능으로부터 안전하다.〉

짧은 문장이지만 내용은 의미심장했다. 하면 최고 사제와 나는 비밀과 침묵의 신인 하포크라테스 신에게 선택받은 종복이란 말인가.

"지금 글씨를 보여주는 당신은 하포크라테스 님이십니까!"

〈아니다. 나는 그분의 권능이 깃든 책일 뿐이다.〉

최고 사제도 현 상황에 크게 관심을 보이며 끼어들었다.

"하포크라테스 님께선 어디에 계십니까?"

이어서 그는 퀴크노스 쪽을 보더니 들릴 듯 말 듯 작게 속삭였다.

"최근 신탁이 내려오지 않고 있습니다."

뭐? 신탁이 끊겼다고? 만약 그렇다면 교단 입장에선 보통 중요한 문제가 아니겠지. 나도 펄쩍 뛸 만한 일이었다. 사장님이 연락 안 된다는 거니까.

〈그대 역시 선택 받은 종복. 질문에 대답하겠다. 현재 하포크라테스 님의 행방은 불명이다.〉

"그 무슨!"

최고 사제는 당황한 듯 움찔했지만 입술을 깨물고 아무 말도 하지 않았다. 지금 안간힘을 쓰며 몸을 일으키려 하고 있는 퀴크노스가 뭔가 알게 될까 우려해서겠지.

다행히 책의 대답은 흑지 위에 글씨로 떠올라 퀴크노스는 보지 못한다. 당장 그는 자신을 짓누르고 있는 힘과 싸우느라 정신이 없어보였지만.

"쿠아아아아!"

퀴크노스는 비명에 가까운 고함을 지르며 꿇었던 한쪽 무릎을 기어코 다시 일으켰다. 하지만 그는 하얗게 질린 얼굴로 덜덜 떨고 있었다.

"으으! 이건 올림포스 신의 힘이 아니다! 하포크라테스! 대체 네놈의 정체는 무엇이냐!"

허? 그게 무슨 소리일까? 비밀과 침묵의 신 하포크라테스는 제우스를 주신으로 하는 올림포스 만신전에 속한 신이다. 그 세가 별로 크진 않지만 악신도 아니며, 티탄족도 아니다. 한데 왜 올림포스 신의 힘이 아니라고 하는 거지?

게다가 퀴크노스의 태도를 보면 마치 미지의 공포를 대하는 것 같았다. 처음 보는 기괴함에 온 몸을 떠는 것 같달까. 그는 땀을 비 오듯 흘리고 있었지만 차마 손으로 닦을 엄두도 내지 못하고 있었다. 오히려 턱과 어깨를 달달 떠느라 땀방울이 사방에 튀었다.

"으아아아아!"

퀴크노스는 귀를 틀어막고 비명을 질러댔다. 나름 근사하던 그의 목소리는 거칠게 갈라져 있었다. 신의 이런 모습은 처음이었기에 최고 사제와 나는 당혹감을 감추지 못했다. 그런데 그때 새로운 글씨가 책 위에 떠올랐다.

〈펠레우스. 신전의 충실한 서기여. 하포크라테스 님께선 그대를 '종말의 집행자'로 삼고자 하신다. 이를 받아들이겠는가?〉

종말의 집행자? 그게 대체 무엇인가. 급박한 상황이었지만 그게 뭐냐고 묻지 않을 수 없었다. 하지만 제대로 된 대답은 돌아오지 않았다.

〈대답할 수 없다.〉

"어째서 입니까!"

〈그 이야기를 밝히면 제우스나 포세이돈, 하데스 신이 이곳으로 강신할 테니까. 그들은 아직 하포크라테스 님의 계획을 알지 못한다. 신들이 방심하는 사이에 결정을 내려야 된다.〉

"음……."

순간 머릿속으로 한 가지 시나리오가 떠올랐다. 지금 제우스나 여타 올림포스의 강한 신들은 직접 하포크라테스를 찾고 있는 게 아닐까? 그래서 신탁도 끊기고 행방불명 된 듯했다.

반면 상대적으로 중요성이 떨어지는 비밀의 서 쪽에는 퀴크노스를 보낸 거고. 어쨌든 그도 신이니 지상에서 적수를 찾기 어렵다. 그냥 책 하나 가져오는 임무로는 차고 넘친다. 한데 돌아가는 상황을 보니 예상외로 하포크라테스보다 비밀의 서 쪽이 중요한 것 같지 않은가.

그야말로 성동격서의 작전. 하포크라테스 본인이 시간을 버는 사이에 비밀의 서로 무언가 하려는 건가?

"제가 아니라 최고 사제님이 더 적임이 아니겠습니까? 분명 중요한 과업일 텐데."

〈하포크라테스 님께선 너를 택했다. 펠레우스. 서둘러라. 시간이 많지 않으니까. 종말의 집행자가 되길 수락하면 정해진 절차를 시작하겠다.〉

어차피 달리는 호랑이 등에 올라탄 격이다. 이제 와서 안 한다고 할 수도 없다. 거절해 봐야 눈앞에 있는 퀴크노스에게 맞아 죽을 게 뻔하니까. 알 수 없는 힘에 짓눌려 있는 그는 잘생긴 얼굴이 마귀처럼 일그러져 있었다.

"용서할 수 없다아아! 용서할 수 없어어-!"

뭔가 상대의 기세가 심상치 않았다. 더 주저할 시간이 없다고 느낀 나는 바로 수락했다.

"알겠습니다. 제게 주어진 과업을 수행하겠습니다."

〈확인했다.〉

우우우우웅-!

〈정해진 절차를 시작하겠다. 현 시간부로 펠레우스를 종말의 집행자로 임명한다.〉

육중한 진동음과 함께 웅장한 무언가가 움직이기 시작했다. 그제야 나는 이 방 안이 어떤 거대한 기계 부품의 일부라는 걸 깨달았다. 땅 속의 있는 상상할 수 없는 거대한 기계의 톱니바퀴 한쪽 같았다. 그도 그럴 게, 방이 시계 방향으로 느릿하게 돌아가며 바닥에 형형색색의 마법진이 생겨나기 시작했던 것이다.

"으아아아아! 안 돼에!"

퀴크노스가 발작에 가까운 움직임을 보였다. 아마 뭔가 단단히 잘못됐다는 걸 느꼈겠지. 한데 그는 내 생각 이상으로 용감하던지, 아니면 상상을 초월한 미치광이였다. 갑자기 시퍼런 단검을 꺼내 온 몸을 자해하기 시작한 것이다.

"크으윽! 크아아아! 아버지! 아폴론 신이여! 제게 힘을 주소서!"

신은 사방에 자신의 신성한 피를 뿌리더니 마침내 오라처럼 온 몸을 구속하던 압박을 깨부쉈다.

"아버님께! 위대한 아폴론님에게 실망을 안겨드릴 수 없다! 그리고 이 몸은 영웅신으로 올림포스에서 찬양 받을 것이다!"

아무래도 이 젊은 신의 허영심은 내 상식을 아득히 초월한 것 같았다. 퀴크노스는 사방에 찬 어둠의 기운 때문에 약해진 상태였으나 흉신악살처럼 돌격해 왔다.

콰아아앙!

폭음이 터지며 앞을 막고 있던 최고 사제가 단번에 피를 토하고 날아갔다. 그는 인간 중 전설로 불릴 만한 힘의 소유자였으나, 분노로 눈이 돌아간 신의 공격에는 상대가 되지 못했다.

"당장 이 마법을 멈춰라! 인간!"

성난 사자 같은 퀴크노스가 태양 같은 안광을 번쩍이며 다가왔다. 어찌나 그 기세가 무섭던지 절로 움츠러들 수밖에 없었다. 공포 때문에 입이 덜덜 떨려 대답도 채 나오지 않았다. 최고 사제가 날아간 이상 날 지켜줄 존재는 아무 것도 없었다.

〈정해진 절차가 진행 중이다. 끝날 때까지 책에서 몸을 떼서는 안 된다.〉

힐끔 글씨를 보니 책을 빼앗기면 안 되는 모양이다. 하지만 신을 상대로 어찌 저항하란 말인가.

"말귀를 못 알아듣는다면 네놈도 날려주지!"

퀴크노스가 솥뚜껑만한 주먹을 들어올렸다. 저걸 맞았다가 한 방에 대가리가 터져 죽을 것 같았다.

"크합!"

그의 기합성에 놀란 나는 본능적으로 들고 있던 비밀의 서를 들어 막았다. 책을 방패처럼 쓰면서도 내심 끝장이란 생각만 들었다. 아무리 두툼한 책이라곤 하나 어떻게 신의 주먹을 막나. 찰나의 순간, 헤라클레스에게 죽어 썩어가던 거인의 시체가 떠올랐다. 아마 나도 그렇게 피떡이 돼 썩어가겠지.

카앙!

요란한 소리와 함께 비명이 터졌다.

"으아아악!"

하지만 어째서인지 그 비명은 내 것이 아니었다. 철권으로 날 응징하려던 퀴크노스가 주먹을 부여잡고 고통에 차 울부짖었다.

"어흐흐흑! 대체 무슨 짓을 한 거냐!"

놀랍게도 그의 팔은 독에 당한 것처럼 시커멓게 변해, 오래된 석상처럼 금이 가는 중이었다. 아무래도 비밀의 서에서 흘러나온 시커먼 기운이 신을 오염시켜버린 듯했다. 원리는 잘 모르겠지만 책에 깃든 하포크라테스의 권능이 신에게 쥐약인 건가?

"그렇다면!"

헤라클레스의 보석 때문에 힘만큼은 센 나다. 이대로 당하고 있을 수만은 없지. 거대하고 무거운 책을 양손으로 잡아서 아파하고 있는 퀴크노스를 있는 힘껏 내리찍었다.

퍼억!

"꽥!"

퀴크노스가 참으로 신답지 않은 비명을 지르며 쓰러졌다. 무릎을 꿇고 양팔로 땅을 짚으며 무너져 내렸다. 분명히 이건 유효타였다. 그저 인간에 불과한 내가 그 유명한 아폴론 신의 아들을 쥐팰 수 있단 사실이 믿기지 않았다. 세상에 이렇게 짜릿할 수가.

"믿을 수 없어! 신인 내가 인간한테 맞다니!"

"한 대 더 먹여주마! 머리에 피도 안 마른 놈아!"

"당할 것 같나!"

다시 때리려 했지만 이번엔 손이 붙잡혔다. 우리는 서로의 손을 붙잡은 채 빙글빙글 돌았다. 당사자인 둘은 무척 심각했지만 아마 제3자가 보면 춤이라도 둥실둥실 추고 있는 걸로 보이겠지. 그러다 서로의 얼굴이 가까워져 나는 힘껏 박치기를 했다.

퍼억!

둔탁한 소리와 함께 퀴크노스의 코뼈가 주저앉으며 쌍코피가 터졌다. 내 이마에서 끈적끈적한 그의 피가 느껴졌다.

"아아악!"

그야말로 막싸움이었는데 이 한심한 신은 무술을 전혀 할 줄 몰랐다. 막강한 신의 권능이 있으니 아마 무술 같은 걸 익힐 필요도 없었겠지. 거기다 비밀의 서 때문인지 일시적으로 힘을 잃어버리자 그냥 몸 튼튼하고 성질 급한 바보가 돼버렸다.

"나는 영웅신이란 말이야!"

그래도 퀴크노스의 고집 하나는 알아줄 만했다. 체면도 구겨지고 높고 잘난 콧대도 부러진 와중에도 책을 빼앗기 위해 발버둥을 치는 것이었다. 성질 머리가 보통 고약한 놈이 아니었다.

촤르르륵.

진흙탕 싸움을 하던 그때 책이 펼쳐졌다. 그 때문에 새로 떠오른 메세지가 보였다.

〈정해진 절차가 완료됐다! 10년 전으로 회귀를 시작하겠다!〉

뭐라고? 회귀? 어떤 거대한 일이 일어난다는 건 바보가 아닌 이상 알고 있었다. 그런데 설마 시간을 거슬러 올라간다니? 생각지도 못한 나는 싸움도 잊고 멈춰버렸다. 그건 퀴크노스도 마찬가지였다. 그 역시 책에 써진 글자를 본 것이다.

"정해진 절차? 회귀?"

퀴크노스는 어리둥절해 했다. 전후사정을 대강 아는 나도 당황했는데 그는 더하겠지. 그는 이 비밀의 서에 종말에 대해 써있다고 철썩 같이 믿던 터라 갑자기 회귀라고 하니 이해가 안 되는 모양이었다.

지이이잉!

그때 내 몸이 점점 빛의 입자가 돼 흩날리기 시작했다. 몸을 구성하는 요소들이 빛나는 가루로 변해 시공간의 틈으로 빨려 들어가는 게 느껴졌다.

"안 돼!"

퀴크노스는 본능적으로 이 일을 막아야 한다고 생각한 모양이었다. 하지만 이미 그가 할 수 있는 일은 없었다. 더 이상 이 멍텅구리 신이 위협이 안 된다는 걸 깨달은 나는 여유를 되찾았다.

"음?"

그래서 퀴크노스의 허리띠에 범상치 않은 물건이 매달려 있다는 걸 알게 됐다. 황금과 보석으로 장식된 30센티 정도의 길쭉한 가죽 가방이었다. 안에 뭐가 들었는지 모르겠지만 회귀인지 뭔지 사라지기 전에 그걸 빼앗아야겠다는 생각이 퍼뜩 들었다.

"이건 이 몸이 합의금으로 챙겨가마!"

재빨리 퀴크노스의 허리에 있는 가죽 가방을 빼앗으려 하자 그가 깜짝 놀라서 막으려 했다. 뭔지 몰라도 대단히 중요한 물건임에 틀림없다.

"이 미친 악당 놈이! 안 된다!"

반항이 심하기에 비밀의 서로 한 대 더 찍어버렸다.

퍼억!

"꾸엑!"

상대가 신이든 뭐든 간에 회귀하면 어차피 안 볼 놈이다.

"함께해서 좆같았고! 다시는 보지 말자!"

나는 퀴크노스의 허리춤에 있는 물건을 힘껏 잡아 뜯었다. 헤라클레스의 보석 덕에 완력만큼은 무식할 정도로 강한 나다. 뚝! 하는 소리와 함께 그의 허리띠가 끊어지더니 가방이 딸려왔다.

"안 돼! 아버님의 물건이!"

뭔지는 몰라도 되게 귀중한 것 같았다. 오죽하면 퀴크노스는 비밀의 서보다 이것부터 되찾으려 했다. 그는 악착 같이 달라붙었지만 이미 내 몸은 반 이상 사라지고 있었다. 퀴크노스의 손이 헛되게 허공을 가르며 미끄러졌다.

"으아아아! 아직 나도 써보지 못한 건데!"

말하는 걸 봐서는 이게 아마 아폴론 신의 것인가? 하면 그야말로 신물이 아닌가! 흐흐흐, 아주 좋군. 신의 물건을 날름 먹어치우다니. 그때 뒤쪽에 있던 최고 사제와 눈이 마주쳤다.

"서기님! 무운을 빕니다!"

최고 사제의 외침에 인사라도 하고 싶었지만, 그 순간 빛이 번쩍였다. 내 의식은 사방을 집어삼키는 백색과 함께 사라졌다.

3.이국에서 온 왕자

"맙소사. 정말로 회귀한 건가?"

눈앞에 10년 전 이 세계로 처음 왔을 때와 같은 광경이 펼쳐져 있었다. 황량한 돌산과 청명한 가을 하늘, 그리고 마른 풀밭 위에 그을려서 새겨진 거대한 마법진의 자국. 분명 차원을 이동하게 해 준 정체불명의 '문'이 있던 자국이다. 10년 전 이 올림포스 세계로 처음 왔을 때처럼 나는 외딴 산자락에 홀로 버려져 있었다.

"맞다!"

서둘러 주변을 둘러봤다. 옆을 보니 다행히 비밀의 서와 퀴크노스의 가죽 가방이 보였다.

"후우."

안도의 한숨이 절로 나왔다. 하지만 이내 차가운 날씨에도 불구하고 이마에 식은땀이 한줄기 흘러내렸다. 대체 나는 얼마나 엄청난 일에 휘말린 것인가. 이제 좀 자리 잡고 살만해졌다 싶었는데 말이지.

"좋아…"

마음을 다잡은 나는 일단 비밀의 서부터 펼쳤다. 빨리 상황을 파악하는 게 우선이다. 곧 책의 흑지 위로 새로운 글씨가 떠올랐다.

〈회귀가 성공했다. 서둘러 비밀의 서를 유착하는 절차를 진행하도록.〉

"어째 좀 명령조다?"

〈아까는 초면이고 정해진 절차라 좀 자중했다. 이제 회귀를 했으니 쓸데없이 예의 차릴 거 없지. 서열상 이 몸이 네놈보다 높으니 편하게 말하겠다.〉

생각보다 뻔뻔한 놈이로고. 하지만 지금 자존심 싸움하며 아웅다웅할 때가 아니다. 궁금한 게 너무 많았다.

"유착? 그게 대체 뭐지?"

〈비밀의 서와 종말의 집행자가 한 몸이 되는 과정이다.〉

"윽."

뭔가 싫은데? 노골적으로 인상을 찌푸리자 비밀의 서도 기분 나빠하는 기색이었다.

〈이놈, 누군 좋아서 하려는 줄 아냐? 네놈 같이 하등한 인간과 위대한 하포크라테스 신께서 직접 만든 내가 한 몸이 되다니, 지금 같은 비상시국이 아니면 절대로 있을 수 없는 일이다. 마치 고귀한 귀족이 천한 개와 하나가 되는 것과 같지.〉

"지금 나보고 개새끼라고 한 거? 이 망할 놈의 책이 초면부터 싸가지가 없구먼. 확 태워버린다?"

태운다고 하자 비밀의 서가 다소 당황하는 기색이 느껴졌다. 책에서 은은하게 흘러나오던 검은 연기가 움찔하는 것이었다.

〈흠흠! 비유가 그렇다는 거다. 아무튼, 서둘러라. 말을 듣지 않으면 네놈 신상에 좋은 일은 없을 거다.〉

그래도 책과 한 몸이 되다니, 좀 생리적으로 거슬리는데?

"안 하면 안 되나?"

〈똥배짱이라면 그렇게 해보던지? 너 같이 하찮은 놈이 신들에게서 어떻게 날 숨기게? 솔직히 말해보자. 네놈, 지금 나 말고 그럴 듯한 밑천이 있냐?〉

그 지적에 대꾸할 말이 궁해졌다.

"헤라클레스의 보석…"

단번에 비웃음이 터졌다.

〈크하하하핫! 무식하게 힘만 세서 뭐하게? 게다가 그 보석빨이라고 해봐야 신이 달려들면 아무것도 아니란 거 잘 알 텐데? 회귀 전에 이 몸의 힘 아니었으면 너랑 최고 사제는 퀴크노스가 뼈와 살을 분리해 버렸을 걸? 지금쯤 그 낡은 신전의 지하에서 팔다리가 따로 놀았을 거라고.〉

"……."

〈너 아까 보니까 남의 힘을 빌려서 천방지축으로 날뛰더라? 신을 두들겨 패니까 아주 신났었지? 그게 설마 네 능력이라고 생각하면 참으로 큰 오산이다.〉

구구절절 맞는 말이었다. 결국 나는 내키지 않지만 고개를 끄덕였다.

"알겠다. 하면 되잖냐. 그놈의 유착."

어쩐지 이 비밀의 서란 놈. 상당히 피곤한 이웃이 될 거 같아서 예감이 안 좋았다.

〈서두르는 게 좋아. 신들의 눈에서 날 감출 수 있는 유일한 수단이니까. 신이란 놈들 말이야. 하나 같이 무섭다고. 퀴크노스만 봐도 알잖아?〉

부르르르.

비밀의 서의 지적에 갑자기 오한이 들었다. 심지어 퀴크노스는 올림포스에서 심부름이나 하는 하급신인데도 그렇게 살벌했지. 아폴론이나 아레스, 아테나 같은 네임드 신이 나서면 생각만 해도 무섭다. 아마 천지개벽할 수준일 게 뻔하지.

지구에 있을 때 그리스로마 신화를 봐도 신들이 변덕을 부리면 인간은 파리 목숨이었다. 아폴론 새끼, 지금 생각해 보면 졸렬하기 그지없어서 활로 쏴 죽인 애들이 한둘이 아니잖아. 그게 내가 되지 말라는 법도 없다.

"좋아. 하자고."

〈잘 생각했다. 그 멍청한 머리로도 용케 쓸모 있는 결정을 하는구나. 책 위에 손 올려봐.〉

비밀의 서가 시키는 대로 손을 올렸는데, 책의 표면이 얼음장처럼 차가워 움찔했다. 일순간 두려움이 일어 손을 떼려 했으나 무언가 바로 시작됐다.

화르르르!

갑자기 책이 불타기 시작하더니 검은 연기로 화해서는 내 코와 입으로 빨려 들어왔다.

"으아아아악!"

갑자기 뜨거운 연기가 들어오자 식도가 녹아버리는 것 같았다. 통증이 머릿속까지 울려서 정신이 하나도 없었다.

"켁! 케엑!"

눈물, 콧물을 한참 쏟아내고 뒹굴길 한참, 정신을 차리고 보니 비밀의 서가 온데간데없었다.

"콜록! 콜록! 야, 어디로 간 거야?"

의아해 묻자 마치 기다렸다는 듯 비밀의 서가 허공에 둥둥 떠 있는 상태로 다시 나타났다. 그런데 반투명해졌잖아? 게다가 무심결에 손을 뻗어 만져 봤는데 잡히지 않았다. 뭐랄까, 이건. 홀로그램 디스플레이 같다고 할까? 아니면 게임의 스탯창이랑 비슷한데?

"크크크, 놀랐냐? 얼빠진 얼굴이 볼만하군."

갑자기 들린 음성에 깜짝 놀랐다.

"뭐야? 너 말할 수 있어?"

비밀의 서의 목소리는 묵직하고 거칠었다. 꽤나 사납게 느껴진달까?

"유착이 완료돼서 그렇다. 이제는 서로 대화할 수 있어. 물론 필요한 때는 책 위에 글씨로 표시할 거다."

녀석의 말로는 '객관적인 정보'는 책 위에 표시한다고 했다. 주관적인 자신의 생각은 말로 하고. 자아가 있는 녀석이라 그렇게 정보 전달의 방식을 나누겠다는 거군. 성격은 별로지만 꽤 합리적이야.

"이제부터 이 몸은 종말의 집행자인 네놈만 볼 수 있다. 신들도 눈치채지 못해. 물론 아예 방법이 없는 건 아니니까 조심해야 해. 뭐든 예외란 존재하는 법이지."

그래도 그건 아주 특별한 경우라 어지간해선 걱정할 건 없다고 했다.

"쉽게 말하자면 이제 더는 날 신들에게 빼앗길까 신경 쓸 필요 없다는 거다."

특히 한 몸이 된다고 뭔가 이상한 일이 없어서 좋았다. 그저 책이 눈앞에 스탯창처럼 떠있는 게 전부였다. 원하면 사라지게 할 수 있단다.

"다행이네. 것보다 비밀의 서. 이제 질문을 좀 해볼까?"

물어볼 말이 엄청 많았다. 너무나 모든 게 급작스럽게 일어났고, 정신을 차리고 보니 과거로 내던져져 있었다. 충분한 대답이 필요했다.

"하긴, 궁금한 것 투성이겠지. 나 역시 네놈에게 필요한 걸 알려줘야 하고."

중요한 부분이었는지 이 까칠한 놈은 순순히 정보를 풀겠다고 했다. 드디어 들을 수 있겠군. 하포크라테스 신의 의도와 내가 왜 종말의 집행자로 선택됐는지 등등.

"좋아, 뭐부터 물어볼까…."

팔짱을 끼고 머릿속으로 질문을 정리하던 그때 갑자기 비밀의 서가 다급히 외쳤다.

"이런, 젠장!"

"왜 그래?"

"신들이 차원 이동을 눈치챘다. 벌써부터 이러다니, 생각보다 빠른데! 역시 올림포스 녀석들, 만만치 않아."

마치 지는 올림포스랑 관련이 없는 것처럼 말하는 걸.

"정신 똑바로 차려라!"

내게 경고한 비밀의 서는 펼쳐진 책에 하얀 글씨를 띄우기 시작했다. 직접 말로 하는 게 아니라 글씨로 보여준다는 건 객관적인 정보라 그거다.

〈태양빛과 음악의 신 아폴론이 당신에게 관심을 갖습니다!〉

〈술의 신 디오니소스가 당신에게 관심을 갖습니다!〉

〈지혜의 여신 아테나가 당신에게 관심을 갖습니다!〉

〈처녀신 헤스티아가 당신에게 관심을 갖습니다!〉

....

....

....

아폴론을 시작으로 십여 명의 신이 내게 관심을 보인다는 글씨
가 줄줄이 떠올랐다. 뭐, 뭐야? 신들이 갑자기 왜? 설마 예전에 이
계진입하던 당시에도 이랬던 걸까? 만약 그렇다면 그때는 비밀의
서가 없었으니 아무 것도 모를 수밖에.

이들은 내가 과거로 돌아온 건 전혀 모른다. 그저 다른 차원에
서 희한한 놈이 넘어와서 관심을 보이는 중이었다. 아마 전혀 눈
치채지 못했던 과거에도 신들은 내 차원 이동을 파악하고는 관심
을 가졌었겠지. 그런데 내가 워낙 평범해서 다들 금세 관심을 잃
어버렸던 거 아닐까.

"세상에, 날 주시하는 신이 한둘이 아냐…"

중얼거리는 내 말에 비밀의 서는 대꾸하지 않고 정보를 계속 글
씨로 띄웠다.

〈대장장이 신 헤파이스토스는 차원이동자 따위는 무시하고 자
신의 작품에 열중합니다.〉

과연 헤파이스토스다운 걸…. 이 양반은 세계가 망해도 한 자
루의 검을 만들 신이니까. 반면 이런 둘과 다른 반응도 있었다.

〈전쟁의 신 아레스가 당신의 조각 같은 육체에 흡족해 합니다.

전사의 자질을 높이 평가하고 있습니다.〉

싸움질을 주업으로 삼고 있는 아레스는 헤라클레스의 보석 덕에 육체미를 뽐내게 된 내가 맘에 드는 모양이었다. 이렇게 신들은 저마다의 반응이었는데 미묘한 태도도 보였다.

〈최고신 제우스는 일단 관망하기로 합니다.〉

〈바다의 신 포세이돈은 일단 관망하기로 합니다.〉

〈저승의 신 하데스는 일단 관망하기로 합니다.〉

올림포스에서 가장 강하고 서열이 높은 삼주신(三主神)은 일단 어르신들답게 나서지 않겠다, 그건가. 이제부터 어떻게 해야 하나? 회귀하자마자 신들의 주의를 끌었다. 미간을 좁히고 있는데 비밀의 서가 다급하게 속삭였다.

"과거 무슨 일이 있었는지 서둘러 떠올려봐! 이제 신들이 다른 차원에서 온 자에게 흥미를 보이고 시험하려 할 거다. 분명히 과거의 너도 똑같이 신들에게 시험받았을 거 아냐!"

가만, 그러고 보니 예전에 좀 이상한 기억들이 있었지. 나는 그게 이곳의 별난 풍습이라고 생각했었는데 말이야.

"이거 일이 재밌게 돌아가겠어…."

잘만 하면 많은 기회를 잡을 수 있을 것 같았다. 그런데 비밀의 서가 한 가지 중요한 문제를 지적했다.

"자, 이제 결정해야 해."

"뭘?"

"신들의 주의를 끌지, 말지."

"중요한 문제로군…."

신은 양날의 검이다. 눈에 들면 이런저런 후원을 받을 수 있지만 심기를 거슬러 파멸하기도 쉽다.

"과거처럼 무능력을 보여주면 신들은 네게서 관심을 잃어버릴 거다. 대신 네놈 앞길은 가시밭길이겠지. 헤라클레스의 보석이 있다고 하나 이 세계엔 한 가닥 하는 놈들이 무수히 많다. 분명 종말의 집행자의 직을 수행하는데도 차질이 생길 거다."

위험도 없지만 대가도 없다 그건가. 아니, 잠깐. 그냥 전처럼 하포크라테스님께 의탁하면 되잖아? 책에 갑자기 신들의 이름이 왕창 떠서 생각이 미치지 못했다. 회귀 전에 평범한 나를 선택에서 밥 먹고 살게 해준 게 그분이다. 종말의 집행자의 사명이 뭔지는 모르겠지만 그것도 하포크라테스님이 명한 게 아닌가. 내가 이런 점을 묻자 갑자기 비밀의 서가 입을 다문다.

"흐음…."

상당히 침통하고 무거운 침묵이었기에 불안감이 스멀스멀 피어올랐다.

"왜 그래?"

"……."

"내가 이상한 소리한 건 아니잖냐? 우선 다른 신들의 눈을 속이고, 하포크라테스님 밑에서 하나씩 시작하면……."

그때 비밀의 서가 내 말을 딱 끊었다.

"안 계신다."

"뭐?"

"두 번 말하게 하지 마라. 안 계신다고…."

"두 번이 아니라, 세 번, 네 번 말해야 할 것 같은데?"

무슨 소리야? 이해를 할 수가 없는데. 안 계신다니. 비밀과 침

묵의 신 하포크라테스가 왜 없어? 나는 퍼뜩 생각난 게 있어 급히 비밀의 서 위의 글씨인 '객관적 정보'를 살폈다.

〈술의 신 디오니소스….〉

〈곡물의 여신 데메테르….〉

〈분노의 여신 네메시스….〉

〈기타 등등.〉

내게 관심을 보였던 신을 쭉 훑어보던 나는 한 가지를 발견했다.

"어, 없어?"

정말로 비밀과 침묵의 신 하포크라테스가 안 보였다. 그가 존재한다면 당연히 내게 관심을 보일 터인데. 뭔가 꼬인 거 같단 생각에 식은땀이 주르륵 흘렸다. 갑자기 부모 잃은 천애고아가 된 기분이랄까?

"……이유가 있겠지. 분명 고향 마을로 가면 여전히 신전이 그곳에…."

"아마 없을 거다."

"뭐?"

"하포크라테스님의 신전 대신 뭐가 있을지 모르겠지만, 분명 우리가 알던 마을의 모습은 아니겠지. 이 세계에서 하포크라테스님은 처음부터 존재하지 않는 걸로 됐다."

"좀 자세히 말해봐."

비밀의 서는 회귀하기 전에 하포크라테스에게 몇 가지 사항에 대해 언질을 받은 게 있다고 했다. 그중의 하나가 회귀 후의 세상에 자신이 없을 거라는 것.

"시간을 되돌리는 기적에는 엄청난 대가가 필요하다. 하포크라테스님께서는 자기 자신이 그 대가로 적합하다고 하셨지."

"뭐?"

아니, 빌어먹을! 결국 내 뒤를 봐줘야 할 신이 뒤졌다는 소리잖아?

"그래서 죽었다고?"

"말조심해라! 이놈! 결코 돌아가실 분이 아니시다! 네놈 같은 하루살이와 차원이 다르시다고!"

비밀의 서란 녀석, 하포크라테스에게 대단한 존경심을 품고 있는 모양이다.

"하지만 하포크라테스님은 사라졌고 나는 여기 남아있지."

"……"

"그래서 결국 어떻게 됐다는 건데?"

"모른다…"

"아니, 모른다니… 네놈 주인이잖냐."

"모른다고 하지 않았냐!"

주인의 행방을 전혀 모르는 게 상당히 뼈아픈 듯 녀석은 벌컥 화를 냈다.

"알았어. 진정하라고."

"크윽…. 회귀한 우리의 과업에는 실종된 하포크라테스님을 찾는 일도 포함된다. 그분이 없으면 모든 일이 마무리가 되지 않을 거야."

"모든 일의 마무리라…"

아직 뭘 해야 하는지도 구체적으로 모르겠구먼, 마무리는 지랄. 하지만 하포크라테스에게 이것저것 따져 묻기 위해서라도 그 양반이 어디로 가버린 건지는 찾아야겠다. 개인적으로 궁금하기도 하고.

"일단 앞으로 할 일은 차차 진행하기로 하자고, 비밀의 서. 것보다 어쩔 수 없게 됐는데? 이젠 신들의 관심을 끌 수밖에."

"결국 할 생각이냐?"

"하포크라테스님에게 도움을 받을 수 없으니까. 나도 내키지 않는다고."

망할, 그 감정기복 심한 불멸자들이랑 엉켜야 하다니….

"의지는 알겠다. 하지만 할 수 있느냐가 더 중요해. 신들을 상대하는 일이라고."

"걱정 마. 나도 할 때는 하는 놈이니까."

"그럼 앞으로 무슨 일이 벌어지는 거냐? 네 과거 경험에 의하면."

"일단 신들은 직접 모습을 드러내지 않은 채, 인간들을 시켜 연회를 열 거야. 다른 세계에서 온 나를 환영하는 자리지."

그 연회에서 여러 가지 방법으로 나에 대해 검증하려고 할 거다. 과거 나는 다른 차원으로 와 크게 당황한 터라 신들에게 실망스러운 모습만 보였다.

"나도 나름 이 세계에서 잔뼈가 굵었다. 그러니까 한 번 해보자고."

"호, 잠깐이지만 괜찮은 눈빛이로군. 비루한 놈이라고 여겼는데 왜 하포크라테스님이 널 선택한지 알 것 같다. 좋아, 기왕 이렇게 된 거 최대한 보조해 주지. 펠레우스."

"오? 지금 날 이름으로 부른 거?"

"시, 시끄럽다. 그걸로 네놈을 인정했다고 여기면 큰 오산이야!"

"그러고 보니 네 이름은 뭐야? 계속 비밀의 서라고 부를 순 없잖아."

"흠, 그건…."

나는 비밀의 서와 대화하면서 동쪽으로 나아갔다. 이대로 가면 거대한 도시 미케네에 이른다. 그리고 미케네로 가는 도로에서 우연을 가장해 한 무리의 귀족들과 만나게 된다.

그들은 이런저런 이유를 대며 미케네의 저택으로 초대한다. 다른 세계에 와 어리버리하고 있는 나를 완벽히 속였었지. 과거 나는 단순히 운이 좋았다고 여겼지만 이제는 그 모든 게 계획적이란 걸 알게 됐다. 그리고 내일 밤 화려한 연회가 벌어지고, 신들이 보낸 사자들이 날 이리저리 저울질해 보겠지.

"좋아, 이번에는 그자들 뜻대로 움직여줄 수는 없지."

나는 그들의 연회 따위 참석해줄 생각 자체가 없다. 왜냐하면 연회가 열리는 날의 밤, 왕궁에서 아주 중요한 사건이 터진다는 걸 알기 때문이다. 나는 그걸 이용할 작정이었다.

"미래를 알고 있다는 게 이렇게 유리한 일이군. 흐흐흐."

"펠레우스, 네놈. 표정이 너무 사악하지 않느냐? 좀 건전한 얼굴을 하거라. 우리는 악당이 아니다."

신들은 어디에나 거주한다.

지하 세계에도 있고, 바다나 강에도 있으며, 지상에서 인간과 더불어 살아가는 신도 있다. 하지만 신의 거처로 가장 유명한 곳은 산꼭대기에 자리 잡은 장엄한 올림포스다.

인간은 오를 수 없는 신들의 거처로 영원한 행복이 있는 곳.

어딜 봐도 웅장했지만 유독 풍광이 좋은 곳이 한 군데 있었다. 과거 올림포스 신들과 싸웠던 이름 모를 티탄이 쓰러진 장소다.

용감했던 그 티탄은 이 올림포스 산 정상까지 와서 신들과 겨뤘다. 그러다 기력이 다해 이곳에 쓰러졌는데, 그대로 굳어 산의 일부가 됐다. 신기하게도 그 뒤 티탄의 머리에서는 푸르른 나무가 자라났다. 마치 죽은 티탄을 양분으로 삼은 것 같았다.

아삭.

사과를 베어 무는 듯한 듣기 좋은 소리가 울렸다. 태양처럼 찬란한 금발이 아름다운 신 하나가 신비로운 나무에서 열린 열매를 따서 크게 한입 베어 물고 있었다.

"변함없이 달콤하군요. 자, 헤르메스. 당신도 먹어보세요."

그의 이름은 태양과 예술의 신 아폴론이었다. 아폴론은 곁에 있던 또 다른 신에게 열매를 던져줬다. 사과만한 열매를 받아 든 이는 신들의 전령인 헤르메스였다. 날개달린 샌들을 신고 온갖 메시지를 바람같이 전하기로 유명한 신이다. 그는 손에 쥔 열매를 보며 묘하다는 듯 중얼거렸다.

"볼 때마다 기이하네요. 그렇게 불길한 티탄의 몸에서 자란 나무가 암브로시아를 맺는다니…"

아폴론과 헤르메스가 먹고 있는 열매의 이름은 암브로시아로, 올림포스 신들의 불멸을 보장해 주는 음식이다.

"쉿! 그 얘기는 함부로 하지 마세요. 헤르메스. 알려져서 좋을 게 없는 이야기랍니다."

"아차, 경솔했군요. 하하하."

신들의 불멸성이 과거에 죽은 사악하고 불길한 티탄에게서 연원한다는 건, 외부로 퍼져서는 좋을 게 없는 소리였다. 올림포스의 신들은 언제나 고고하고 아름다워야 하니까. 하여 오직 신들만이 이곳까지 와서 암브로시아를 딸 수 있었다. 올림포스에서 사역하는 다양한 존재들은 암브로시아가 어디에서 오는지 알지 못했다.

"그나저나, 아폴론 님. 다른 세계에서 인간이 나타나서 신들이 수선스럽습니다."

"저도 봤습니다. 일견 평범해 보이더군요."

헤르메스는 대수롭지 않다는 듯 말했지만 사실 신경 쓰이는 점이 있었다. 차원이동이란 대단한 일에 휘말린 인간이 지나칠 정도로 침착했던 것이다. 하지만 그런 감상을 아폴론에겐 말하지 않았다.

"그렇지만 많은 신들이 주목하고 있습니다. 다들 종말의 예언을 무시할 수 없으니까요."

"예언이라… 골치 아프군요. 하긴, 100년만에 차원을 넘어온 인간입니다. 예언을 생각해 보면 신경이 쓰일 수밖에요."

"헤르메스, 당신도 관심이 있습니까?"

아폴론의 말투는 따뜻했지만 어째서인지 살짝 차가움이 서려 있었다. 헤르메스가 그걸 눈치챘는지는 알 수 없지만, 일단 명랑하게 웃어보였다.

"하하하핫! 저야 심부름 다니기 바쁜데 그럴 여력이 있겠습니까."

"그렇군요."

"아폴론님께서 나서보시지요. 그자는 여태 나타났던 차원이동자와 다르게 특별함은 안 보입니다만, 휘하에 두면 도움이 될 겁니다."

"음, 글쎄요…."

아폴론은 짐짓 딴청을 피웠지만 헤르메스는 잘 알고 있었다. 그 차원이동자에게 뭔가 그럴 듯한 재능이 발견되면 아폴론이 가만있지 않을 거란 사실을.

"어찌 저 혼자 처리를 할 수 있겠습니까. 다들 관심을 보일 텐데."

"뭔가 생각하시는 바라도 있으신가요?"

"음… 연회를 열어보는 게 어떻겠습니까? 올림포스의 관대함을 보여주는 동시에, 그자의 기량을 저울질해 볼 수 있는 기회가 될 것입니다."

"오! 실로 명안이십니다. 과연 지혜로운 아폴론님이십니다."

노골적인 아부였지만 아폴론은 싫지 않은 듯한 표정이었다.

"과찬입니다. 관심있는 신들은 연회에 종복이나 대리인을 보내면 될 것입니다. 그리고 그가 어떤 신에게 관심을 갖는지 우리끼리 내기해 보는 것도 재밌겠지요."

"말씀대로입니다."

"그러면 헤르메스. 다른 신들에게 제 뜻을 전해주겠습니까?"

"물론이지요."

헤르메스는 고개를 꾸벅 숙이고 순식간에 그 자리에서 사라졌다. 역시 빠르기로는 신들 중 제일인 자 다웠다.

아삭.

아폴론은 자기 결정에 만족하며 남은 암브로시아 열매를 씹어 먹었다. 그러자 죽은 티탄을 양분삼아 맺힌 열매의 어둠이 그의 몸속으로 빨려 들어갔다. 시커먼 혼돈의 힘, 그게 신들이 가진 불멸의 증거였다.

"저도 내려가 볼까요."

오늘 그는 저녁 연회에서 올림포스 신들을 위해 자랑인 리라를 연주해 보일 예정이었다. 아버지인 제우스까지 오는 자리니 특별히 신경 써야 할 터. 아폴론은 최고신의 총애를 잃지 않기 위해 늘 분주했다.

티탄의 머리에서 내려와 올림포스의 궁전으로 향하던 그는 뒤쪽에서 풍겨오는 섬뜩한 기운에 몸이 굳었다. 실로 오금이 저릴 만한 흉험한 기세였다.

'정말 좋아할 수가 없다니까⋯.'

내심 혀를 찬 그지만 몸을 돌렸을 때는 다시 따뜻하게 웃어보였다.

"오셨습니까? 형님."

선의 어린 미소였지만 상대는 노골적으로 아폴론을 무시했다.

"흥!"

나타난 이는 전쟁의 신 아레스였다.

전사 중의 전사이자, 올림포스의 적통 왕세자. 아폴론도 왕자라고 할 수 있지만 어머니가 누군지 정확히 알려지진 않았다. 그저 어떤 이름 모를 여신이라고 할 뿐이다.

반면 아레스는 최고신 제우스와 그의 아내인 헤라 사이에서 나온 자식이다. 그야말로 왕과 왕비의 피를 이은 정당한 후계자로, 서자라 할 수 있는 아폴론과 차원이 달랐다.

하지만 올림포스에서 둘의 평가는 가진 신분과 상이했다. 고고하고 우아한 올림포스의 신들은 늘 피 냄새를 풍기는 아레스를 좋아하지 않았다. 심지어 그의 아비와 어미인 제우스와 헤라조차 아레스를 싫어했다.

이 누구보다 고귀한 혈통의 왕자는 늘 티탄과의 전쟁을 주장하고 세계의 외딴 경계를 쏘다니며 싸움질만 하기 때문이었다. 지금도 그의 갑옷은 온통 피칠갑이다. 잘 정돈했으면 감탄이 나올 만큼 아름다운 금발도 끈적끈적한 혈액으로 보기 흉하게 뭉쳐있었다.

"형님, 이번엔 어디를 다녀오신 겁니까? 아버님의 걱정이 크십니다."

"세상의 끝에 갔다 왔다. 분명 티탄 놈들이 다시 돌아올 거야. 이번에 결정적인 단서를 찾아냈다."

그 말에 아폴론은 안타까운 표정을 지었다.

"티탄은 이미 진작 사라졌습니다. 이 올림포스만 해도 죽은 티탄의 몸 위에 세우지 않았습니까? 형님, 그만 돌아오셔서 후계자 수업을 받으셔야지요."

아폴론의 말에 아레스는 비웃음을 터트렸다.

"맘에 없는 소리를 하는구나! 네놈이 내가 없는 사이에 아버님께 알랑방귀를 뀌는 걸 모르지 않는다."

"오해십니다. 형님."

무례한 아레스의 태도에도 아폴론의 섬세한 얼굴은 조금도 화난 기색이 없었다. 그저 안타깝다는 듯한 표정만 짓고 있을 뿐. 마치 늘 가면을 쓰고 있는 것 같은 태도라 아레스는 더는 그를 상대하기 싫어졌다.

"천박한 놈. 비켜라."

아레스는 다가올 종말을 대비해 티탄의 흔적을 찾는 일이 제일 중요했다. 이번에 제법 수확이 있었으므로 얼른 제우스에게 보고하러 갈 생각이었다. 매번 그렇듯 아버지는 얼굴을 찡그리겠지만 아레스는 포기하지 않았다. 그는 성난 사자처럼 성큼성큼 걸어갔다.

"참으로 미련하시군요. 형님."

아폴론은 어느새 멀어지고 있는 아레스의 등을 보며 입 꼬리를 올렸다.

"티탄이 아직 남았다는 말 자체가, 우리 아버지의 업적을 부정하는 일입니다. 그렇게 미움 받고도 어찌 아직 모르십니까?"

제우스는 티탄들을 끝장내고 올림포스의 시대를 열었다. 그런데 친아들이 사사건건 그게 틀렸다는 증거를 가져와 전쟁을 주장하고 있으니 영 달갑지 않을 터. 제우스도 하루아침에 아레스를 미워하게 된 건 아니다.

"뭐, 저야 상관없지요."

늘 창칼만 붙들고 있는 아레스 덕에 아폴론은 누구보다 제우스의 총애를 받고 있었으니까. 그는 자신의 경쟁자는 싸움 밖에 모르는 저 덩치 큰 바보가 아니라고 여겼다.

"아테나…"

지혜의 여신 아테나. 명성이 자자한 그녀야말로 아폴론의 숙적이었다. 이번 연회에서도 분명 방해가 들어올 터. 아폴론은 자신의 아름다운 곱슬머리를 뒤로 쓸어 넘기며 어찌 누이를 상대할지 고민하기 시작했다.

비밀의 서와 함께 미케네 방면으로 걷기 시작했다. 내 입에서는 욕이 절로 나왔다.

"아, 씨발."

벌써 두 시간째 걷는 중이기 때문이었다.

"이럴 줄 알았으면 나귀라도 마련해서 회귀했어야 했다."

"아주 지랄을 한다."

"시끄러워, 쓸모없는 책 같으니라고. 타지도 못하는 주제에 대체 네놈이 할 수 있는 일이 뭐야. 비밀의 서란 건 나귀만도 못한 존재가 아닌가!"

"이, 이놈! 감히 고귀한 이 몸을 나귀랑 비교해? 심지어 나귀만도 못하다니!"

이제야 기억났다. 10년 전 일이라 깜빡했는데 차원이동을 한 장소에서 미케네까지는 거리가 꽤 멀었다. 과거에도 엄청 걸었던 것 같다. 낯선 세계로 와 반쯤 패닉이었지.

생각해 봐라. 어딘지도 모르는 세상에 던져져 사람도 못 만나고 몇 시간이나 걷는다고 하면 어떤 기분일지. 보통 이세계물에서 보이는 친절한 안내 따위는 없었다. 나는 아무런 정보도 없이 그냥 길바닥에 버려졌던 것이다. 솔직히 무서워서 죽을 뻔했다. 지금은 과거와 다르게 두려움은 없었지만 대신 다리가 아팠다.

"아이고, 나 죽어. 더는 못 가."

"이 굼뜬 돼지 새끼야. 얼른 안 움직여?"

"뭐? 돼지 새끼? 허공에 둥둥 떠있는 주제에 말 다했어?"

우리는 그렇게 떠들며 몇 시간을 나아갔고, 드디어 저 앞에 한 무리의 사람들이 보였다. 언뜻 봐도 백 명이 넘었다.

"펠레우스, 저 놈들이야?"

"그래."

귀한 옷을 차려입고 종을 거느린 귀족들이다. 무장한 전사들도 잔뜩 있었다. 마치 우연히 마주친 것처럼 보이지만 실제로는 날 기다리고 있었음을 모르지 않는다.

–앞으로 나랑 대화할 때 마음속으로 하면 된다. 허공에 중얼거리면 미친놈처럼 보일 거야.

그때 무장한 기병 20기 가량이 이쪽으로 먼지를 일으키며 다가왔다. 선두에는 투구에 높은 깃털을 꽂고 화려한 치장을 한 귀족이 보였다.

두두두두–!

보기만 해도 기병들의 기세에 질려버릴 정도였다. 말 탄 이들이 우르르 몰려오면 얼마나 무서운지 직접 본 사람만 안다.

–과거에는 어떻게 대응했냐?

–팬티를 축축하게 지리고 도망갔지.

하지만 이번에는 다르다. 일부러 겁을 주려고 저러는 걸 잘 알고 있으니까. 나는 달려오는 기병을 보고도 느긋하게 서있었다. 그러자 기병들은 알아서 속도를 줄이고 앞에 멈춰 섰다. 선두의 귀족은 내 이런 태도에 눈빛에 이채가 감돌았다. 꽤나 담이 센 사내라고 생각하는 모양이겠지.

"여행자, 그대는 누구인가? 신분을 밝혀라!"

그는 일부러 엄포를 놓는다. 과거에는 도망가다 기병에게 둘러싸여서 살려달라고 질질 짜며 빌었다. 솔직히 한국에서 평범하게 살다가 칼 들고 창 든 기병들에게 쫓겨봐라. 살려달라는 말 밖에 안 나온다.

-어쩔 거냐?

비밀의 서는 상황이 심상치 않아서 다소 걱정하는 목소리였다.

-그냥 너는 보고만 있어.

이미 난 2회차라고. 저딴 귀족에게 쫄 수 없지. 나는 상대의 말에도 굴하지 않고 당당히 외쳤다.

"네 이놈! 감히 내가 누군지 알고 망발이냐!"

설마 창칼에 둘러싸여 있는데도 이럴 줄 몰랐던지 귀족은 놀란 기색이 역력했다. 한 번 시험해 보기 위해 위협했지만, 기본적으로 이들은 날 잘 대접 해줘야하는 입장이다. 신들이 그렇게 시켰을 테니까. 그걸 알고 강하게 나가자 귀족 녀석의 말투가 대번에 바뀌었다.

"귀, 귀하께서는 누구십니까?"

마침 한국에서 입고 온 옷 그대로라 옷차림이 특이하기도 하다. 염가 메이커지만 이쪽 기술로 보기엔 염색이나 자수가 예사롭지 않겠지. 좋아, 기왕 강하게 나가는 거 뻥을 제대로 쳐볼까.

"네놈 같은 하급 귀족은 썩 비켜서라! 이 몸은 왕족의 신분이니라! 응당 격에 어울리는 자가 나서 맞이하지 못할까!"

"허억!"

설마 왕의 혈통일 줄은 몰랐는지 귀족은 놀라서 눈이 휘둥그레졌다. 그런데 비밀의 서가 더 당황했다.

—야! 너 진짜 왕족이었냐!

그 말에 나는 속으로 피식 웃었다.

—당연히 구라지, 빡대가리야.

—뭐, 뭣?

비밀의 서는 놀란 기색이 역력했다. 그러더니 묘한 감탄이 섞인 기색으로 덧붙였다.

—숨 쉬는 것처럼 자연스럽게 거짓말을 하다니, 이 무슨 썩은 인성이란 말인가? 네놈은 대단한 사기꾼이 되겠군.

—그냥 한 번 가볍게 속임수를 쓴 것뿐이잖아.

임기응변 가지고 사기꾼으로 모니까 좀 불쾌했다.

—이, 이런! 양심의 가책조차 느끼지 않는 건가! 회귀하다 인성을 두고 왔나?

음, 이 새끼. 그냥 날 놀리는 거였군.

그렇게 속으로 비밀의 서와 아웅다웅하는 사이에 상대방은 당혹감을 감추지 못했다. 그저 기를 좀 죽여 날 시험해 볼 생각이었는데 왕족이라며 호통을 들었으니까.

"네놈은 귀가 먹은 것인가!"

기왕 혀를 놀린 거 이제는 돌아갈 길도 없다. 재차 다그치자 귀족은 말에서 내려 한결 공손해진 태도로 자신을 소개했다. 누구의 아들인 아무개라 했는데 기억에 없는 걸 보니 대단한 인물은 아닌 듯해 건성으로 고개를 끄덕였다. 기왕 왕족으로 나가기로 하니 건방이 알아서 스멀스멀 기어 나왔다.

"귀하신 분께선 대체 어디서 오신 겁니까? 제가 들어본 왕국인지 궁금하군요."

"대답해주지 못할 것도 없지. 코리아에서 왔다."

대강 지구에서 살던 곳을 대자 상대는 고개를 갸웃거렸다.

"코리아요? 들어본 적 없는 이름입니다만…."

그렇겠지. 코리아가 어디에 있는지는 제우스 신도 모를 텐데 지가 어찌 알겠나.

"저 동방의 박트리아 너머에 있는 국가다."

"박트리아 너머입니까. 호…."

박트리아는 이쪽 세계의 문명이 교류하는 동쪽 끝이다. 거길 지나면 다른 신들이 다스리는 세상이 있단 말도 있는데 나도 자세히는 모른다. 어쨌거나 올림포스가 문명의 중심이니까.

"차림새가 범상치 않으니 귀하신 분이란 건 알겠습니다."

말은 그렇게 하면서도 상대는 여전히 의심하는 듯한 기색이었다. 귀인이라 하고 있지만 전하라고는 안 부른다. 왕족으로 인정하지 않는다는 소리였다. 하지만 그렇다고 무시하기엔 내 옷이 너무 특이하겠지. 여기에선 구할 수도 없는 선명한 색과 화려한 자수. 아무리 봐도 비범할 터.

"한데 따르는 이 하나 없이 홀로 계신 건 어쩐 연유십니까?"

의표를 찌르는 질문이라 여겼는지 귀족은 약간 득의양양한 표정이다. 당연히 귀한 신분이라면 호위를 잔뜩 대동하는 게 상식.

도시를 조금만 벗어나도 불한당이나 도둑놈이 넘쳐나니까. 괜히
이들이 도시 국가를 세우며 사는 게 아니다. 치안이 유지되는 건
도시뿐이었다.

"당연한 걸 묻느냐."

나는 이런 질문은 이미 예상하고 있었기에 별 어려움 없이 술
술 대답했다.

"이 몸의 고향인 코리아와 이곳은 이역만리. 멀고도 먼 곳이라,
가장 빠른 준마를 타고도 오고가기 불가하다. 한 사람이 죽을 때
까지 여행해 그 수명이 다하는 날에도 닿을까 말까니라."

이렇게 새로운 구라를 풀어놓을 때 듣고 있던 비밀의 서가 기
가 막힌 듯 탄식한다.

ㅡ야, 너무 뻥이 심한 거 아니냐?

ㅡ뭘 모르시네. 뻥칠 때는 차라리 크게 쳐야 상대가 믿는다. 그
래야 쉽게 가늠하기도 어렵고, 듣다가 귀가 얇아져 속는 거지.

ㅡ와, 이제 보니까 신전 서기가 아니라, 사기꾼 꿈나무였네?

ㅡ좀 닥쳐. 일단 구경하라고. 봐, 벌써 효과가 있잖아.

아닌 게 아니라, 평생을 여행해도 닿지 못한다는 말에 상대가
멍한 표정이 됐다.

"아… 예. 하오시면?"

"하여 이 몸은 강력한 주술을 사용해 시공을 뛰어넘어 왔으니
라. 하지만 워낙 고등한 주술이었기에 홀로 올 수밖에 없었다. 아
쉽게도 시종까지 데려올 힘이 부족했단 것이다. 그리고 이는 절대
거짓말이 아니니, 너희 세계의 가장 위대한 신께도 맹세할 수도
있다."

제우스 신에게 맹세한다는 건 실로 위험천만한 행위. 여기는 신이 정말 사는 곳이다. 함부로 최고신 제우스를 기망하다가는 마른하늘에 날벼락 맞는다.

"허억!"

그래서인지 상대는 대경실색해서는 몸을 움츠린다. 그뿐만이 아니라 따라온 모든 이가 기겁한다. 제우스를 끌어들여서 천연덕스럽게 사기 치면 정말 신의 분노를 겪기 때문이다. 그들은 벼락이라도 칠까봐, 겁먹은 사슴처럼 눈이 동그래져 있었다. 하지만 아무 일도 없었다.

"후후."

당연히 그럴 수밖에. 내가 코리아에서 온 것도 맞고 시공을 넘어온 것도 맞으니까. 일단 틀린 얘기 한 건 아니잖나. 한데 그때 비밀의 서에 객관적 정보인 하얀 글씨가 떠올랐다.

〈최고신 제우스가 '저 새끼가 저거 참······.'이라고 생각합니다.〉

마침 바쁜 제우스가 지금 상황을 지켜보고 있었나 보다. 황당해 하는 게 생생히 느껴졌다. 지혜로운 최고신이 지금 내 행동의 진위를 파악하지 못할 리가 없다. 따지고 보면 거짓말은 아니니 벼락은 안 때리지만 정말 어이없는 듯하다. 그런데 내 거짓말은 생각보다 좋은 결과를 불러왔다.

〈최고신 제우스가 당신을 흥미롭게 생각합니다. 그의 관심을 약간 끌었습니다.〉

곧 제우스의 시선이 떠났다. 내가 자기를 들먹여 짧은 시간 이쪽을 쳐다봤는데 생각보다 깊은 인상을 준 모양이다. 그건 그렇고, 이 세계의 신들은 맹세 운운하며 언급하면 진짜 보기도 하는구나. 앞으로 함부로 나대면 안 되겠다는 생각을 한 나는 계속 눈앞의 놈들을 구워삶기 시작했다.

"이 몸은 한 점의 거짓도 말하지 않았는데 어찌 자네들은 엉거주춤하게 하늘을 두려워하는가?"

다들 거북이처럼 웅크리고 있다가 내 지적에 민망한 표정으로 몸을 바로했다.

"흠흠, 송구합니다. 전하."

헛기침을 한 상대는 날 향한 호칭을 바로 바꾸었다. 귀한 행색과 제우스 신을 운운하고도 멀쩡한 걸 보고 신뢰할 만하다고 여긴 듯했다.

"하면 어쩐 연유로 그 먼 곳에서 예까지 오셨습니까?"

"그건 네놈이 알 것 없다. 왕족은 왕족을 상대로만 얘기할 것이다. 가서 전하라, 위대한 예언을 위해 왔다고."

왕족답게 건방을 떨자 상대는 더 날 추궁하지 못했다. 이미 전하라고 부르기까지 하지 않았나. 급의 차이가 크단 걸 인지했기에 자존심 상한 표정이지만 말대꾸는 없었다.

"…알겠습니다. 전하의 지위에 합당한 분을 부르겠습니다. 다만 저희끼리 상의를 해야 하니 기다려 주시겠습니까?"

"물론이다. 그대는 신속히 다녀오라."

귀족이 기병들을 남겨두고 떠나서 기다리던 일행과 얘기를 시작했다. 나는 근처의 바위에 걸터앉아 아주 당연하다는 듯 명령했다.

"여봐라, 목이 마르다. 포도주가 있으면 가져오도록."

너무나 자연스러운 이 연기에 기병들은 충성스럽게 행동했다.

"여기 있습니다! 전하!"

마치 타국의 귀빈에게 무례한 태도를 보일 수 없다는 듯한 모습이었다. 이 상황에 비밀의 서가 항의했다.

-이놈! 하포크라테스님의 사제가 남을 속여서 종처럼 부리다니 부끄러운 줄 알아라!

-말은 똑바로 해야지, 누가 그분의 사제야? 그냥 계약직 사무원이지. 저는 서기라고요. 아저씨, 서기 몰라요?

-그분의 선택을 받지 않았나! 그럼 사제 이상의 경건함이….

-아, 맛있다. 어디 사는 누구는 항상 종달새처럼 떠들 주둥이는 있는데 포도주를 마실 주둥이는 없으니 참으로 불쌍하군.

-뭐라!

부들부들.

어째서인지 허공에 반투명하게 떠서 나만 볼 수 있는 거대한 책이 덜덜 떨고 있었다.

-흥! 헛소리를 하는군. 너 같은 멍텅구리랑은 더 대화할 것도 없다!

그걸 끝으로 비밀의 서는 입을 꼭 다물었다. 삐친 모양이다. 하지만 상대가 매력적인 미녀도 아니고 토라지든 말든 내 알 바 아니었다. 그 사이 저 멀리 성으로 전령이 출발하고 있었다. 아무래도 다가온 일행 중에는 왕족은 없었던 모양이다.

"이거 죄송하게 됐습니다. 전하. 조금만 더 기다려 주십시오."

아까 먼저 왔던 귀족을 필두로 그들의 일행이 우르르 몰려왔다. 그리고는 날 위해 천막을 치고는 음식과 술을 한상 차리기 시작했다.

"전하의 신분에 어울리는 이가 올 것입니다."

"고맙네."

나는 미케네의 귀족들과 어울려 포도주를 마시며 환담했다. 그렇게 모든 게 술술 잘 풀렸는데, 그때 퍼뜩 한 가지 떠올라 식겁하지 않을 수 없었다.

─이런, 시발! 큰일 났다! 이봐!

─…….

다급히 비밀의 서를 불렀지만 삐돌이라 대답이 없다. 그러거나 말거나 나는 계속 얘기했다.

─잘못하면 사달이 나겠어! 아까 한 가지 생각 못한 부분이 있다고. 지금 미케네 왕이 그 유명한 아트레우스 대왕 아니냐?

그 말에 여태 묵언시위를 하던 비밀의 서가 반응했다.

─그러네. 맞다! 생각해 보니까 그 아트레우스네!

─아, 망했다. 그 아트레우스 대왕이 직접 오면 큰일인데… 끄응.

절로 앓는 소리가 나왔다. 내가 뭘 걱정하는지 안 비밀의 서는 곧장 활기를 찾아 신을 냈다.

─캬하하하핫! 어리석은 놈! 상대가 아트레우스 대왕인 걸 생각하고 주둥이를 놀렸어야지! 꼴좋다! 내 주둥이는 포도주는 못 마시지만 네놈처럼 사고는 안 치거든!

─좀 닥쳐, 이 등신아. 지금 잘못하면 너랑 나랑 같이 나가리 될지도 모르니까.

갑자기 이마에서 식은땀이 주르륵 흘렀다. 아, 왜 지금 미케네 왕이 아트레우스 대왕이란 걸 까먹었었지? 10년 전이면 살아생전 악명을 떨치던 그놈이 왕을 해먹던 시절 아니냐. 너무 과거로 와서 생각을 못했다. 미케네 왕이라고 하면 가장 먼저 떠오르는 유명한 자가 있어 착각해버렸네. 이런, 불찰이….

-야, 아주 근사하겠네! 전설의 폭군과 술 한 잔 하는 거 아니냐? 응? 말 한 번 잘못하면 청동소에 널 집어넣고 구워버릴지도 모르겠다만! 캬하하하하!

비밀의 서는 응원하는 축구팀이 역전골이라도 넣은 것처럼 신이 났다. 그러거나 말거나 나는 심각했다.

-좀 입 닫으라고. 지금 두뇌 풀가동 중이니까.

미케네 왕가는 여러 영웅을 배출한 명가로 유명하지만 동시에 신들도 고개를 설레설레 젓는 막장 가문이다. 그들의 집안일에는 온갖 신들이 엉켜 별별 쓰레기 같은 추문이 벌어지니 실로 복마전 그 자체랄까. 게다가 집안 내력도 어지간한 막장 드라마는 우습게 볼 정도다.

구구절절 설명하면 길지만, 아트레우스 대왕에 대해 쉽게 설명하자면 고려사의 궁예를 떠올리면 된다.

-완전 궁예랑 만나게 되는구먼.

-궁예가 누군데?

-내가 살던 곳의 왕. 아트레우스랑 비슷한 자지.

궁예가 진짜 폭군인지 여부는 논란이 있으니 차치하더라도 일단 고려사의 내용을 보면, '스스로 미륵임을 칭했다. 관심법으로 사람의 마음을 뚫어볼 수 있다 주장하며 법봉으로 신하를 때려죽이는 등 그 행실에 광기가 가득했다.'라고 한다.

아트레우스 대왕도 똑같다. 스스로 반신(半神)임을 칭하고 누구라도 거짓말을 하면 알아낼 수 있다고 주장한다. 또한 그의 앞에서 거짓을 고하는 자는 달군 청동 황소에 넣어서 태워 죽인다.

실로 광기 그 자체인 게 고려사의 궁예랑 비슷하지 않나. 아니, 사실 이쪽이 더 심하다. 아트레우스가 '대왕'이라고 불리는 건 그의 위대한 업적 때문이 아니라 노릇노릇하게 구워 죽인 사람 숫자에 기인하니까. 내가 이 점을 설명하자 웃던 비밀의 서도 황당해했다.

-너 지금 그런 사이코 폭군한테 오라 가라 한 거냐?

-…….

순간 말문이 막혔다. 생각해 보니까 그렇긴 하네. 아무래도 이대로는 안 된다. 옆에 있는 귀족 말이라도 훔쳐서 튀어야지. 그렇게 주변 눈치를 보며 엉덩이를 달싹거리고 있는데 저 멀리서 흙먼지가 일어나고 있었다.

-빨라! 벌써 왔어?

심장이 덜컥 떨어질 것 같다. 그러거나 말거나 비밀의 서가 심드렁하게 대답한다.

-아무래도 슬슬 저녁이라 배고프신가 보지.

-그게 무슨 소리야?

-무슨 소리긴 무슨 소리야. 오늘 대왕의 저녁 식사가 너란 거 잖아.

이 새끼가 아까부터 주둥이로 뼈 때리네. 뭐라 받아쳐 주고 싶었지만 지금은 그럴 재간이 없었다.

두두두.

화려한 차림의 남자가 한 무리의 기병을 이끌고 오는 중이다. 초조하게 다리를 떨며 보던 나는 선두의 얼굴이 보이자 뭔가 이상하다는 걸 깨달았다.

-아니, 잠깐.

-왜? 유언이라면 들어주겠다만.

-아트레우스 대왕이 너무 젊잖아!

즉, 그 폭군이 아니라는 소리다. 아마 대왕의 아들 중 하나가 온 모양이다. 다행이다! 살았다. 최악의 상황은 피했어.

-쳇, 그 포악무도한 놈의 아들이 대신 온 건가. 네놈은 운이 좋은 편이군. 회귀해서 시작하자마자 끝나는 줄 알았다만.

-누가 아니라냐. 휴우.

솔직히 진짜 식겁했다. 안도의 한숨을 내쉬던 나는 이쪽으로 오는 왕족을 보고 깜짝 놀라 입을 벌렸다.

-잠깐! 저 자는!

내 반응에 비밀의 서가 다급히 반응한다.

-아는 인물이냐!

-아니, 그냥 너무 잘생겨서….

-뭐어?

비밀의 서가 황당해 하는 게 느껴졌다. 하지만 내가 괜히 그러는 게 아니다. 잘 생겼다는 표현으로는 그의 매력을 10분의 1도 나타낼 수 없었다. 외모는 가히 신과 비견할 정도고, 자칭 왕족인 나와는 다르게 진짜만의 위엄이 후광처럼 뿜어져 나왔다. 마치 지배하기 위해 태어난 자가 아닌가.

-갑자기 초라한 기분이 되는데.

-그걸 보통 주제파악이라고 하지.

상대는 진짜 백수의 왕인 사자 같았다. 반면 나는 왕족인 채하는 사기꾼. 마치 가짜 갈기를 만들어 달고 허세부리는 자칼 같지 않은가.

"워, 워."

가까이 온 젊은 왕자는 이쪽을 보더니 말에서 내린다.

-그나저나 누구지? 으으음….

애써 떠올려 보려고 하자 비밀의 서가 비웃는다.

-왜? 기억을 되짚어 보면 누가 나올까봐? 관둬라. 평생 시골에서 산 촌놈이 저런 귀인을 어찌 알까.

-그건 그렇지. 살면서 저런 고귀한 인간은 본 적이 없다.

-그래, 드물게 있지. 저런 인간을 초월한 자가. 하지만 너무 외모에 홀리지 마라, 펠레우스.

-왜?

-겉과 속이 같을지는 겪어봐야 아는 거니까. 게다가 아트레우스의 아들이라면 제우스의 혈통이다. 저렇게 특별한 인간이 태어난다고 해도 이상할 것 없어.

확실히 그건 그렇지. 아트레우스 대왕의 증조할아버지가 제우스 신이니까.

-그러니 너무 기죽지 마라.

-그런가?

-저 왕자는 그래봐야 제우스의 고손자(高孫子)다. 반면 펠레우스 네놈은 비밀의 신이 직접 택한 자다. 쉽게 말하면 신의 사도(使徒)지. 세상에서의 위치는 왕과 서기로 차이가 날지도 모르지만, 신성의 영역에선 오히려 네놈이 더 높다 그거야.

뜻밖에 비밀의 서는 날 응원해줬다. 듣고 보니 맞는 말이었다.

제우스가 하포크라테스보다 지위가 높은 최고신이긴 하지만, 고손자 따위 보다는 사도가 훨씬 위다. 게다가 제우스는 여기저기 쑤시고 다닌 탓에 자식이 셀 수도 없다. 자기도 손자 뻘인 인간이 대체 몇인지 모를 걸.

–의외로 상냥하시네?

–시끄럽다. 그냥 네놈이 과업을 포기하면 곤란하니 한 마디 해 준 거다. 기어오르기는.

–흐흐흐. 뭐, 좋아. 아무튼 네 말이 맞지만 한 가지 틀린 점이 있다.

–어떤 게?

나는 왕자를 맞이하기 위해 자리에서 일어나며 뻔뻔스럽게 선언했다.

–세상의 지위도 차이가 나지 않는다! 이 몸은 코리아의 왕족이니다!

–하!

비밀의 서는 기가 막힌다는 소리를 내더니 기왕 이렇게 된 거 그 거짓말을 열심히 밀라고 했다.

–들키면 바로 청동소니까.

–으윽, 그놈의 청동소 소리 좀 그만해!

세상에 청동소 형벌처럼 잔인한 것도 없을 터. 청동으로 만든 그 소 모양의 형구는 안이 비어 있다. 사람을 거기 넣고 밖에서 불을 지피는데, 안에서 터진 비명은 청동소의 입으로 처참하게 흘러나온다. 실로 지옥의 금관악기랄까.

"안녕하십니까. 멀리선 온 분."

젊은 왕족은 선량한 미소를 지으며 자신을 소개했다.

"저는 미케네를 다스리는 대왕 아트레우스의 아들, 아가멤논이라고 합니다."

그 소개에 나는 겉으론 태연자약했지만, 내심 크게 놀랐다. 그러자 비밀의 서가 관심을 보였다.

–왜 그리 놀라는 것이지? 저놈은 후일 제우스의 보검을 쓰게되는 놈 아니냐? 뭔가 더 알고 있는 건가?

아가멤논이란 인물은 내가 지구에서 읽은 그리스로마 신화에서 굉장히 유명하다. 바로 온갖 영웅과 신들이 뒤엉킨 트로이 전쟁의 총사령관이기 때문이다. 그 유명한 오디세우스, 아킬레우스와 함께 적장 헥토르와 싸운 게 바로 이 아가멤논이다. 그러니 놀랄 수밖에.

반면 이쪽 세계에서 아가멤논은 그 정도 명성은 없었다. 제우스 신이 내린 보검을 쓸 수 있게 돼 명성을 떨친 게 다랄까. 내가회귀하기 전만 해도 아직 왕위에도 오르지 못한 상태였다. 하지만이 올림포스 세계가 내가 지구에서 읽은 그리스로마 신화와 상당히 유사하게 흘러가는 걸 보면, 앞으로 큰 가능성을 가진 인물이라 할 수 있겠다.

–비범한 인물이라서.

–뭐야? 사람 보는 눈까지 있었냐?

–후일 제우스 신의 보검을 쓰기도 하잖아.

–하하하, 그 정도 영웅은 널리고 널렸다.

–평이 꽤 박하네.

이쪽 세계의 지식만 갖고 있는 비밀의 서는 시큰둥한 반응이었다. 반면 나는 아가멤논과 가깝게 지내야겠다는 생각이 들었다.

"아가멤논 왕자시군요. 저는 코리아의 왕자인 이준희입니다."

"이준희 왕자님이십니까? 코리아라… 오는 길에 내력을 듣긴 했습니다만, 시공을 건널 정도로 먼 곳이라지요?"

"맞습니다. 이제 저와 격이 맞는 이가 오셨으니 방문한 이유를 밝히겠습니다."

내 말에 일대가 쥐 죽은 듯 조용해졌다. 아가멤논 왕자 역시 눈빛이 달라졌다. 이미 다들 신에게 어느 정도 언질을 받았을 것이다. 과연 내가 정말로 신이 말한 것과 같은 이유로 찾아온 건지 궁금하겠지.

"저는 고향에서 수행이 높은 예언가에게 두려운 예언을 들었습니다. 세계에 종말이 찾아올 테니 서방을 향해 떠나라고요."

"아!"

아가멤논이 작게 탄식했다. 나는 그의 태도로 이미 왕자가 종말에 대해 나름대로 알고 있다는 걸 눈치챘다.

"예언가는 이곳에 제 소명이 있다고 했습니다. 마침 전하를 만났으니 모든 게 신들의 뜻이라고 생각합니다. 하니 왕자께서는 제가 그분들을 위해 일을 할 수 있도록 도와주시겠습니까?"

아가멤논은 말없이 고개를 끄덕였다. 아마 내 말이 신들이 미리 언질을 준 거랑 다르지 않기 때문이겠지. 나는 왜 신들이 차원 이동자에게 관심을 보이는지 안다. 그렇기에 상대가 혹할 이야기를 이리 지어낼 수 있었다.

"이를 말입니까? 예언을 듣고 찾아오셨다니 이 아가멤논, 전하를 성심으로 돕겠습니다. 아니, 예언이 아니라도 타국의 왕자에겐 예를 보이는 게 당연합니다."

"감사합니다. 그리고 앞으로는 저를 펠레우스라고 불러주십시오."

"펠레우스?"

"예언자가 말하길 본명을 버리고 이곳 땅의 이름을 취하라 했습니다. 하여 펠레우스라 칭하고자 합니다."

"오, 영웅의 기개가 느껴지는 작명입니다. 참으로 훌륭하십니다. 자, 펠레우스 님, 저와 함께 미케네 궁으로 가시지요. 오늘은 연회를 열어 크게 대접하겠습니다."

"감사합니다."

대범하게 사기 친 게 먹혀, 왕자의 환대를 받으며 미케네로 입성했다. 물론 신들이 사전에 아가멤논에게 언질을 준 것과 내가 제우스 신을 들먹인 게 결정적이었다. 그게 아니었으면 이렇게 순순히 풀릴 리가 없겠지. 이것만 봐도 이 세계에서 신이 어떤 위치인지 금방 알 수 있는 부분이다. 낯선 타향인인 내가 단번에 왕자로 신분을 세탁했을 정도니까.

-나름대로 괜찮은 시작 아니냐?

좀 칭찬해 보라는 듯 비밀의 서에게 말하자 녀석은 어이없어 했다.

-염병. 말은 똑바로 해야지. 괜찮은 시작이 아니라, 범죄의 시작이에요. 이 아저씨야.

"신들은 종말을 기정사실로 여기는 건가?"

미케네의 왕궁에서 무화과 열매를 까먹으며 비밀의 서에게 물었다.

그나저나 과거와 비교하면 격세지감이로구나. 예전에 처음 이 세계에 왔을 때 완전히 공황에 빠져 귀족들에게 집에 보내달라고 울며 매달렸었다. 한데 이제는 궁궐에서 편하게 누워 내 집처럼 뒹굴고 있으니 관록이란 게 이리 중요한 법이다.

"그렇다. 신들은 종말을 극복하기 위해 저마다 휘하에 영웅을 끌어들이고 있다. 아테나처럼 인재를 찾아 후원하기도 하고, 제우스처럼 아예 씨를 뿌려서 만들기도 하지."

"음, 예를 들자면 오디세우스가 아테나의 후원을 받는 영웅이잖아? 맞지?"

"잘 아는군."

그밖에 황금양털 원정으로 유명한 이아손 같은 경우는 가정의 여신 헤라가 후원했었다. 이름난 영웅들은 다 그렇게 뒤에 신이 있었다.

"특히 차원 이동자는 그런 영웅 중에서도 특별한 위치라 그거 아니야?"

"맞다. 차원 이동자들은 이 세계에 없는 괴이한 힘을 가진 경우가 많으니 요주의 대상이지. 오히려 너 같이 무능력한 쓰레기는 드물다. 대체 원래 세계에서 뭐하는 놈이었냐?"

"방구석 폐인에 게임만 하는 인생이었지. 대학생활은 학사경고였고."

"···무슨 뜻인지는 모르겠다만, 네놈이 쓰레기 중의 쓰레기라는 건 확실히 알겠다."

반론을 하지 못할 지적은 엄청 실례다. 나중에 엄하게 주의를 줘야지.

"그나저나 이제 어쩔 테냐? 연회에서 주목받을 거?"

비밀의 서의 질문에 나는 고개를 저었다.

"아니, 그걸론 부족해. 애초에 그 정도로 그칠 거면 왕궁으로 들어올 필요도 없었지."

"뭐? 너 일부러 왕궁으로 온 거냐? 그냥 되는대로 왕자라고 지른 줄 알았는데?"

"이봐, 네 마음속의 내가 구제불능인 건 알겠는데 그래도 아주 바보는 아니라고. 이미 미래를 어느 정도 알고 있다. 단순히 따라가는 게 아니라 응용하는 편이 더 나은 결과를 낳지 않겠어?"

"오…."

내 이런 태도가 예상 외였는지 비밀의 서는 조금 감탄한다. 그리고 뭘 할 건지 묻는다.

"일단 과거와 상황이 조금 달라졌어. 예전에는 어떤 귀족의 저택에서 연회가 열렸다. 지금처럼 아가멤논 왕자를 만나지 못했으니까. 하지만 왕궁까지 왔다고 해도 연회 중에는 비슷한 일이 일어날 거야."

연회의 이벤트는 뻔하다. 분위기가 오르면 내게 씨름을 권해서 힘을 시험해 보려고 하겠지. 그리고 미의 여신 아프로디테의 사제가 직접 유혹하기도 한다. 자제력을 알아보기 위해서다. 그 외에도 몇 가지 시험이 더 있다. 나는 그 모든 걸 어찌 대처해야 할지 잘 안다. 하지만 그런 시시한 일에 참가할 생각은 없었다.

"기왕 하는 거 제대로 하자고. 과거 연회가 어떻게 파한지 알아? 아주 어수선하게 끝나버렸다."

"아무래도 그렇겠지. 네놈의 비루한 능력에 다들 한숨을 내쉬고 흩어졌을 테니까."

"아 좀! 그게 아니라고."

"그럼 뭔데?"

"왕궁에 도둑이 들거든. 연회가 한창일 때 왕의 비보가 사라졌다는 소식이 들려와 다들 급하게 돌아가 버리지."

"뭐? 도둑?"

생각지도 못한 얘기인 듯 비밀의 서는 흥미를 나타냈다.

"그래, 미케네 왕가에는 제우스가 내린 보검이 있다. 헤파이스토스 신이 직접 만든 신물이라고."

제우스의 혈통만이 사용할 수 있는 그 검에는 번개의 힘이 깃들어 있다. 또한 진정한 왕의 상징이라는 전설이 내려온다. 한데 어째서인지 아트레우스 가문 누구도 여태 쓰질 못했다.

나중에 아가멤논이 처음으로 검의 힘을 불러내는데 성공하는데, 문제는 도둑으로 부터 칼을 되찾기까지 무려 10년이나 걸린다는 사실.

"나는 오늘 그 칼을 누가 훔치는지 알아."

그건 역사 속에 묻힌 비밀도 아니고, 지금으로 부터 10년 뒤에 밝혀져 장안을 떠들썩하게 할 얘기니까.

"이놈! 도둑을 막고 왕자의 신뢰를 얻어 한 자리 차지하려는 속셈이구나!"

사실 지금 시각으로 보면 누가 이 왕국의 새로운 주인이 될지는 오리무중이다. 뛰어난 후계자들이 너무 많으니까. 왕의 동생들, 왕의 아들들, 왕의 외척들, 이 모두가 눈치 싸움을 하느라 그야말로 한 치 앞도 안 보인다.

게다가 아트레우스 대왕이 애지중지하는 청동소에 들어가기 싫으면 감히 그의 앞에서 후계자 얘기를 꺼낼 수도 없다. 하지만 나는 결국 아가멤논이 승리할 거라고 생각한다. 분명 이쪽 세계의 역사도 트로이 전쟁까지 똑같이 흘러갈 터.

10년간 지내면서 관찰했던 결론에 의하면, 지구에서 봤던 그리스로마 신화랑 똑같았다. 변수가 있을 수도 있지만 일단은 나만 알고 있는 그 지식에 걸어보고 싶었다.

"미래의 권력자에게 환심을 살 좋을 기회야. 현재 그와 나의 관계는 신들의 불확실한 언급 정도가 다지. 언제 파탄이 나도 안 이상하다고."

"하지만 오늘밤 그를 도우면 맹우가 된다?"

"맞아, 왕자를 등에 업고 미케네의 권력을 얻는다."

내 말에 비밀의 서가 탄식했다.

"와, 이 새끼. 권력 얘기 나오니까 눈망울 비열해 지는 것 좀 보게? 헤라클레스의 보석에 퀴크노스에게 훔친 신물까지 있으면 지 발로 뛰어서 영웅이 될 생각을 해야 맞지 않냐? 한데 벌써부터 왕자한테 아첨해서 세도를 부릴 생각만 하니, 역시 네놈은 쓰레기다!"

그 말에 나는 가당치 않다는 듯 귀를 후비적거렸다.

"아, 모로 가도 목적지에만 가면 되지 아마추어 같이 왜 그래?"

"허어!"

"내가 이 나이에 손에 흙먼지 묻히면서 동굴에서 기연이나 찾아다닐까? 권력을 얻으면 그런 건 아랫것들 시키면 될 일이지."

나는 기막혀 하는 비밀의 서를 내버려두고 자리에서 일어났다.

"좀 고급스럽게 가자."

4. 제우스 신의 보검

"바로 움직일 거냐?"

비밀의 서는 내가 뭔가 시작하려는 걸 알아채고는 물었다.

"그래야지."

"잠깐, 그 전에 점검할 게 있다."

"음?"

뭔가 싶어 도로 자리에 앉았다.

"나는 만능은 아니지만 여러 가지 쓸 만한 능력을 가졌다. 하포크라테스 님이 널 돕도록 내리신 힘이지."

"뭐야. 그런 게 있으면 진작 말해."

"그럴 틈이나 있었냐?"

듣고 보니까 그렇다. 퀴크노스에게 쫓겨 허겁지겁 회귀했다. 그 뒤 정신을 차려보니 미케네 왕궁까지 와버렸달까.

"뭘 할 수 있는데?"

"가장 기본적인 건 정보 제공이다. 나는 이쪽 세계의 일이라면 무엇이든 대답할 수 있다."

"정말?"

진짜로 대단한데. 비밀의 서라 모르는 게 없다 그건가? 하지만 세상에 그렇게 편리하기만 한 힘이 있을 리가…. 아니나 다를까 조건이 붙어있었다.

"그래, 대신 그만한 대가가 지불되어야 한다. 작은 비밀에는 작은 대가를. 커다란 비밀에는 커다란 대가를 요하지."

"요금이 필요하다 그거군."

"맘에 안 드는 표현이긴 하지만 그렇다."

만약 맘대로 비밀을 누설하는 게 가능했다면, 신들의 치부는 오래 전에 저잣거리에 풀렸겠지. 보통 신의 비밀을 함부로 입에 담는 자는 끔찍한 최후를 맞았다. 그런 걸 무마하거나 감수하면서까지 비밀을 누설하기 위해서는 그만한 대가가 필요하다 그거군.

"뭘 바쳐야 하는데?"

"쓸모있는 건 뭐든 가능하다. 가령 인간의 육체와 영혼을 바치는 인신공양이 가장 보편적이지."

"으…!"

인신공양이란 말에 내가 거부감을 나타내자 비밀의 서는 그럴 줄 알았다는 반응을 보였다.

"꼭 그러라는 게 아니다. 신의 힘이 깃든 물건, 인과율, 여타 가치 있는 건 모든 통한다. 한 번 시험해 봐라."

"뭘?"

"네가 가진 것들 말이야."

그러고보니 내겐 보물이 두 가지 있다. 헤라클레스의 보석과 퀴크노스의 가방이다. 나는 먼저 헤라클레스의 보석을 내밀었다. 그러자 책 위에 하얀 글씨로 정보가 나타났다.

> **〈헤라클레스의 보석〉**
> 사과만한 크기의 녹색 보석. 소유자에게 괴력과 무병장수를 선물한다. 하지만 진정한 의미는 이것이 제우스가 가진 신성의 조각이란 점이다.

"신성의 조각?"

"그래."

"신성의 조각이 뭐지? 게다가 제우스라니?"

"그건 대가가 필요한 비밀이다."

"아, 그렇군."

비밀의 서란 시스템이 단번에 이해됐다.

"그래도 추가로 한 가지 정도는 가르쳐 줄 수 있어."

"뭔데?"

"이 보석, 필요할 때 힘을 한꺼번에 끌어낼 수 있다. 그 뒤에 방전돼서 한동안 능력을 잃어버리지만."

일시적으로 위력을 폭발시킨다니 재밌는 기능이네. 잘 기억해 두면 쓸 곳이 있을 듯했다.

"좋아, 다음."

이번에는 퀴크노스에게서 훔쳐온 기다란 가죽 가방을 내밀었다.

〈아폴론의 보물〉

태양과 예술의 신 아폴론의 보물이다. 그의 아들 퀴크노스가 허세를 부리기 위해 들고 다녔다. 퀴크노스는 사용법을 익히지 못했다.

뭐야, 멍청한 퀴크노스 녀석. 아버지의 물건을 폼 잡는 용도로 들고 다녔던 건가? 그러다 나한테 빼앗겼고? 하는 짓만큼 답이 없는 놈이구나. 아마 돌아가서 아폴론 신에게 뒤지게 얻어터지지 않았을까.

"끄응. 열리지도 않는군. 뭔지 알려면 대가를 준비하는 수밖에."

지금은 어쩔 수 없다. 하지만 언젠가는 두 보물의 진정한 가치에 대해 알 수 있겠지.

"그런데 가방 위에 뭐라 써있는데?"

나는 퀴크노스에게 빼앗은 전리품을 살피다가 읽을 수 있는 문자를 발견했다. 가방에 붙은 금속 장식에 불길한 언어가 새겨져 있었다.

"고대 티탄의 비밀문자잖아?"

"펠레우스, 한 번 읽어봐라. 지금 세상에 그걸 읽을 수 있는 건 몇몇 신들을 제외하곤 너 밖에 없을 거다."

"음…, 아폴론이 태양신 헬리오스를 몰아낸 승리를 기념하기 위해… 그의 위대한 어머니 '천 마리의 새끼를 밴 염소'가 선물하다…. 이게 대체 무슨 소리야? 제대로 읽은 건 맞는데."

몇 번을 다시 봤지만 틀리지 않았다. 금서의 지식 덕에 나는 고대 티탄의 비밀문자에 대해 잘 알고 있었으니까.

"천 마리의 새끼를 밴 염소가 누구지? 고대 티탄 중에 그런 존재는 없는데?"

"……."

비밀의 서는 대답하지 않았다. 어쩐지 울적한 기색마저 느껴졌다. 나는 더 얘기해 봐야 소용없는 걸 깨닫고는 어깨를 으쓱했다.

"됐다. 나중에 대가로 지불할 게 생기면 물어보지. 그건 그렇고, 앞으로 아폴론은 각별히 주의할 필요가 있어. 회귀하기 전에 신전을 습격한 게 그놈이니까. 망할 놈이 직접 아들까지 보내고 말이야. 우리 주적이라고."

"맞다. 절대 실수해서는 안 된다. 펠레우스. 두 번 회귀할 방법은 없으니까."

얘기는 이 정도까지 하고 나는 자리에서 일어났다. 아가멤논을 찾아가기 위해서였다. 그런데 뭔가 일이 잘 되려는 듯 왕자 쪽에서 먼저 사람을 보내왔다.

"전하께서 점심 식사에 초대하셨습니다."

"오, 기꺼운 마음으로 임하지. 앞장서게."

시종은 우리를 궁전의 정원으로 안내했는데, 분수가 설치된 아름다운 장소였다. 꽃이 만발한 그곳에선 어여쁜 시녀들이 음식을 나르고 있었다.

"오셨습니까? 펠레우스 님."

아가멤논이 미리 기다리고 있다가 환하게 웃으며 날 맞이했다. 정말 인상이 좋은 청년이네. 저 호감 주는 얼굴로 사람의 마음을 휘어잡는 재주가 있구나.

"초대해 주셔서 감사합니다. 아가멤논 님."

"당연한 일이지요. 말씀드릴 일도 있고 해서 이리 모셨습니다."

우리는 먼저 포도주부터 한 잔 나눴다.

"일단 송구하다는 말씀 드리고 싶습니다. 펠레우스 님을 환영하기 위해 연회가 이틀 뒤로 연기됐습니다."

"저야 괜찮습니다. 객으로 온 처지에 그런 걸 따질 수 없지요."

"하하하, 한 나라의 왕자시니 그리 말씀하실 것 없습니다. 사실 현재 궁에 부왕 전하께서 안 계십니다."

음? 이 시점에 아트레우스가 부재중이었나? 나는 살짝 미간을 좁히고 기억을 떠올려 봤다. 하지만 생각나는 건 없었다. 과거에는 궁으로 오지도 않았고 아트레우스와 만날 일도 없었기 때문이다.

"대왕께선 어디 가셨습니까?"

"사냥터에 계십니다. 왕가에 종사하는 님프에게 부탁해 펠레우스 님에 관한 소식을 알렸더니 꼭 한 번 직접 만나고 싶다 하십니다. 하여 연회는 부왕께서 도착하시는 날로 미루게 됐습니다."

"그렇군요. 나라의 주인께서 관심을 기울여 주신다니 저야 영광입니다. 하… 하하…."

아트레우스 대왕을 만난다니, 애써 맘에도 없는 웃음이 나왔다. 그때 비밀의 서가 말을 걸었다.

-어쩌면 아트레우스 대왕 그 자신의 의지가 아닐지도 모른다.

-뒤에서 시킨 신이 있다 그거야?

-이해가 빨라서 좋군.

-흠, 이상한데….

과거 이 시점에도 내가 미케네에 온 건 같다. 하지만 그때는 아트레우스 대왕, 아니, 그를 후원하는 신은 내게 관심을 보이지 않았다. 이 점을 설명하자 비밀의 서가 대답했다.

-그때와 지금 달라진 게 뭔지 비교해 봐라.

-음, 단순하지만 유용한 조언이군.

마침 포도주 잔을 새로 채웠기에 생각할 시간이 있었다. 나는 되도록 천천히 잔을 넘기며 머리를 부산하게 굴렸다.

-너무 어렵게 생각하지 마라. 신들은 우리의 비밀을 모른다. 하니, 겉으로 명징하게 보이는 특징에 좌우될 거다.

-단순하게라…. 그러면 답은 간단한데?

내가 과거와 달라진 건 왕자의 지위를 사칭한 것과 헤라클레스의 보석 때문에 조각 같은 근육질이 됐단 거다. 훗날 위대한 전사가 되는 아가멤논 왕자도 은근히 쳐다보며 감탄할 정도다. 지금도 날 힐끔힐끔 보며 내 전투력에 대해 가늠해 보는 듯했다.

-현재 나는 왕자이며, 극도로 단련된 전사로 보인다. 과거와 명백히 다르지. 그때 나는 멸치였으며 집에 보내달라고 울던 애송이였다.

-하면 펠레우스. 왕자와 전사에 관심을 가질 신은 누군가?

언뜻 떠오르는 후보들이 있었다. 문제는 후보가 여럿이라는 것.

-아직 정확히 판단을 내리기가 어려운데.

-하지만 아트레우스 대왕을 만나기 전까진 결론을 내리는 게 유리할 걸?

-그거야 그렇지.

아가멤논의 말을 들어보니 왕은 이틀 뒤에 돌아온다고 했다.

"이틀 뒤 성대한 연회를 열겠습니다. 펠레우스 님, 그때까지는 무료함을 참아주시지요."

"무료함이랄게 있겠습니까? 하하하."

분위기를 보니 상대의 용건은 그게 다인 듯했다. 슬슬 식사도 끝나가고 있었다. 이제 내가 왕자를 찾은 목적을 꺼내놓을 때였다. 드디어 이 궁궐의 복마전에 발을 들여놓게 되는 건가. 나는 앞으로 있을 피바람을 예견하고 마른침을 꿀꺽 삼켰다.

"아가멤논 님, 한 가지 드릴 말씀이 있습니다."

"편하게 말씀해 보시지요."

"사실 제가 변변치 않지만 가끔 예지력을 발휘할 때가 있습니다."

내 말에 아가멤논은 화들짝 놀랐다. 예언을 한다는 건 보통 일이 아니기 때문이다. 그건 오로지 신들의 사랑을 받은 이만이 가능하다. 누군가 예언을 하게 되면, 경우에 따라 한 국가의 왕보다 더한 대우를 받기도 한다. 왜냐, 신의 은총이 임한 자니까.

"예지력이라니! 정말 대단하시군요! 펠레우스 님!"

빈 말이 아닌 듯 아가멤논의 얼굴은 붉게 달아올라 있었다. 아마 그에게 예언은 몹시도 간절한 분야일 것이다. 폭군이 아비 밑에서 살벌한 왕위 계승 후보들과 부대끼고 살고 있다. 그야말로 매일, 매일이 파리 목숨 같은 신세니 뭐라도 들을 수 있다면 큰 위안이 될 터.

"대체 신들께서 펠레우스 님께 뭐라 속삭이셨습니까?"

아가멤논은 왕자의 품위를 잃지 않으려 애썼지만 벌써부터 엉덩이를 들썩거리고 있었다. 그 꼴을 보고 있는 비밀의 서는 기막혀 했다.

　–아무래도 네놈은 죽으면 지옥에 가겠다. 무슨 사기를 숨 쉬듯 치냐? 한 번만이라도 진실하게 살 순 없는 건가?

　–내가 언제 신들에게 들었다고 했나? 나는 거짓말 한 적이 없어요.

　앞으로 일어날 일은 아는 건 신들의 사랑 때문이 아니라 이미 겪어봤기 때문이다.

　"불길하고 민망한 예언인지라 얘기를 꺼내기 참 어렵습니다. 하지만 아가멤논 님께만 말씀드리지요."

　"네, 부디 부탁드립니다."

　"참담한 얘기입니다만, 오늘 궁전에 도둑이 들 것입니다."

　"뭐? 도둑이요!"

　깜짝 놀란 아가멤논은 눈을 크게 떴다. 하지만 혹시라도 누가 들을까 큰 소리를 내진 않았다.

　"네, 그렇습니다. 오늘 밤 도둑이 왕가의 보검을 훔치려 할 것입니다. 제우스신께서 내려주신 그 신물을 말이지요."

　"보검은 엄중히 보호받고 있습니다."

　"전하, 세상에 절대적인 건 없는 법이지요. 특히나 그 보검처럼 평소에는 아무도 들여다보지 않는 물건이라면 더더욱 말입니다."

　아가멤논은 하면 어쩌면 좋겠냐고 물었다.

　"걱정 마십시오. 이제부터 제가 그 도둑놈을 잡을 방법을 알려드리겠습니다."

　"오오!"

　"아가멤논 님께서 아트레우스 대왕께서 부재중일 때 도둑을 잡으면 참으로 큰 공을 세우는 것입니다. 대왕께서 돌아오시면 이 일을 상찬하시지 않겠습니까?"

내 지적에 아가멤논의 눈이 번쩍였다. 그의 머릿속에 번개가 친 것 같았다. 쟁쟁한 후계자들 때문에 늘 생글생글 웃고 다니며 적을 만들지 않으려는 그지만, 누구보다 권력욕이 강한 자였다.

아버지의 눈에 들 결정적인 찬스가 오자 입술을 살짝 떨기까지 했다. 하지만 아직 그가 환장할 만한 정보가 하나 더 남아 있었다.

"아가멤논 님."

"네, 펠레우스 님."

"오늘 일은 아주 신중을 기해야 합니다. 단순히 도둑을 잡는 일이 아니니까요."

"하오면?"

나는 친근하게 웃으며 그에게 어깨동무를 한 뒤 귓가에 속삭였다.

"그 도둑질을 사주한 이가 바로 전하의 형님들 중 한 분이기 때문입니다."

나름대로 침착함을 유지하던 아가멤논도 이번만큼은 크게 놀란 기색이었다.

"펠레우스 님, 그 말씀 책임질 수 있겠습니까? 아무리 귀빈이라도 본국의 왕자를 모함한다면 용서하기 어렵습니다."

일순간 눈빛이 달라지는 게, 생글생글 웃던 젊은 왕자의 모습은 온데간데없었다. 안광이 시퍼렇게 빛나서 화들짝 놀랄 뻔했으나, 용케 겉으론 내색하지 않았다.

"제가 무슨 이득이 있어 생면부지인 귀국의 왕자를 음해하겠습니까? 그저 일어날 일을 알고 있으니 말씀드린 것뿐입니다."

"흐음…."

아무래도 내가 미케네와 무슨 이해관계가 있는 게 아닌지라 뭔가 목적이 있다고 생각하기도 어려울 거다.

"아가멤논 님. 불길한 예언일수록 이뤄지지 않는다면 좋은 법입니다. 일단 믿을 만한 자들을 오늘밤 보검이 있는 방에 매복시키시지요. 만약 아무 일도 없다면 그걸로 좋은 거고, 허황된 말을 한 제게 책임을 물으면 그만입니다."

별 일 없으면 책임지겠다고 나가자 왕자는 입을 다물었다.

"하지만 만에 하나 불상사가 일어난다면…."

의도적으로 말을 늦추니 아가멤논은 마른침을 꿀꺽 삼켰다. 그는 아무 일도 일어나지 않는 게 제일이라고 했지만, 마음 속 깊은 곳의 생각은 다를 거다. 나는 그가 원하는 일이지만 차마 입 밖에 내지 못한 것을 대신 말해주었다.

"아가멤논 님께서는 왕가에 큰 공을 세우시는 겁니다. 동시에 불측한 마음을 먹은 혈족을 징치할 수 있겠지요."

구미가 당기지 않을 리 없다. 구밀복검이란 말이 있다. 입에는 꿀을 바르고 뱃속에는 칼을 품고 있다는 뜻으로, 겉과 속이 다른 눈앞의 젊은 왕자를 가리키는 말로 딱이겠지.

"크흠……"

아가멤논은 침음을 흘리며 고민하다가 조심스럽게 물어왔다.

"형제들 중 누구인지 알고 계십니까?"

당연하다. 10년 뒤에 이 사건의 진상이 밝혀져 온 도시국가를 떠들썩하게 만드니까.

"네, 예언에 이르길 대왕의 셋째 아들이 탐심을 품는다고 했습니다."

"셋째 형님입니까. 어찌 형님께서…!"

아가멤논은 겉으로는 자기 형을 걱정하는 듯 침통해 보였다. 지켜보던 비밀의 서는 재밌다는 반응이었다.

-크크큭. 영리한 놈이다. 반응은 저래도 마음속으로는 셋째 왕자가 몰락한다면 후계 구도가 어떻게 돌아갈지 계산하고 있겠지. 아니, 자기 형제를 어떻게 죽일지 고민 중이려나?

비밀의 서의 신랄한 말에 나는 씁쓸해졌다.

-왕자도 못해먹을 직업이네.

-하지만 내가 인간에 대해서는 좀 알지. 너희 인간은 그렇게 생각하면서도 만약 선택할 수 있다면 언제나 왕자로 태어나려고 할 거다.

꽤 정확한 지적이구먼. 그래, 권력은 고결하진 않지만 매혹적이지.

-펠레우스, 네놈도 마찬가지 아닌가?

-그래, 부정하지 않겠어. 나라도 거지굴에서 형제와 함께 음식물 쓰레기를 나눠먹느니, 왕자로 태어나 형과 동생을 향해 칼을 뽑을 테니까.

이점에 있어서 아가멤논도 다르지 않았다. 그가 결국 조언을 받아들여 오늘밤 보검이 있는 방에 매복하겠다고 했을 때, 나는 작게 고개를 끄덕였다.

-꽤 현명한 남자야. 마음에 드는 걸.

-음… 어째서 내가 여기에 있는 걸까.

아가멤논을 설득한 것까진 좋았다. 그런데 어쩌다 보니 오늘밤 잠복에 나까지 함께하게 됐다.

-멍청이. 입을 함부로 놀리니까 그렇지.

-그건 적절한 조언이었다고!

나는 아가멤논이 사태를 쉬이 보다가 일을 그르칠 게 걱정스러웠다. 그래서 기왕 하는 거 제대로 하라 설득했다. 분명 만만치 않은 자가 보검을 가지러 올 거라고 말이다. 그러자 아가멤논은 내게 직접 도움을 청했다.

"왕가의 명예를 위해 솔선수범하려고 하나 혹여라도 일을 그르칠까 걱정입니다. 한손 거들어 주실 수 있겠습니까?"

헤라클레스의 보석 때문에 전사의 풍모가 다분한 나. 아무래도 아가멤논의 눈에 즉시 전력감이었나 보다.

"알겠습니다. 나랏일을 걱정하는 전하의 뜻이 참으로 아름답습니다. 미력하나마 함께하겠습니다."

정말 어쩔 수 없었다. 이번 건 자체가 내가 부추긴 거 아닌가. 도와달라는데 어찌 나만 입 싹 닦고 빠지겠나. 만약 그랬다가는 앞으로 궁중 생활이 고달파질 거다. 결국 그렇게 현재 상황에 이른 것이다.

그래도 나는 비밀의 서와 잡담을 하고 있어 괜찮았지만, 다른 이들은 꽤 긴장한 기색이었다. 아가멤논은 믿을 만한 전사들을 선발했는데 다들 무예로 한 가닥 하는 장정들이라 했다.

우리는 왕자와 나를 포함해 총 12명으로, 방 안에 새로운 구조물을 설치하고 뒤에 숨었다. 전에 없던 가구나 조각상을 가져다 놓고 몸을 숨긴 것이다.

-이 정도면 충분하겠는데.

-몇 명이 오는지 알고 있나?

-소문에는 한 명이라고 하더라.

10년 뒤에야 이날 사건이 일파만파 터지는데, 보검을 훔친 도적은 홀로 잠입했다고 한다.

-다만 그 정체는 끝까지 알 수 없었지. 하도 알려진 게 없어서 나중에는 도둑의 신인 헤르메스가 직접 나섰던 게 아니냐는 얘기도 있어.

-으음… 그것 참 재밌군. 그나저나 아깝네. 제물만 충분하다면 나한테 물어볼 수 있을 텐데.

비밀의 서는 세상의 모든 비밀을 안다고 했다. 제물을 제공하면 오늘 누가 오는지, 어떤 힘을 가졌는지 모두 알 수 있겠지만, 마땅한 재물이 없다.

-그냥 궁인들을 붙잡아서 인신공양하면 된다니까? 아무도 이 넓은 궁에서 몇 실종된다고 모를 거야.

어째서인지 비밀의 서는 유혹하듯 말해왔지만 단호하게 거절했다.

-다시는 그런 얘기 하지 마. 내가 정의의 영웅이랑은 한참 거리가 멀지만 무고한 사람을 희생시킬 생각은 없으니까.

-그런가. 편한 길을 포기하는구먼. 하지만 기대하지. 언젠가 네

놈이 인신공양을 하고자 하는 날을.

참으로 그 말투가 오묘해, 마치 날 나락으로 떨어뜨리려는 악마 같았다. 비밀의 서의 말대로 인신공양을 하면 온갖 비밀들을 빠르게 캐내며 승승장구하겠지만, 그건 스스로 인간임을 포기하는 게 아닌가. 절대 그러고 싶지 않았다.

-잠깐.

그때 비밀의 서가 날 부르더니 발소리가 난다고 했다.

-뭐? 전혀 안 들리는데?

하지만 특별한 녀석이니까 뭔가 감지한 게 틀림없겠지. 주위를 둘러보니 아가멤논과 전사들도 아직 눈치채지 못한 듯했다. 그래서 일단 비밀의 서를 믿고 사전에 경고해줬다.

"옵니다. 준비하십시오."

나직한 내 목소리는 모두에게 들렸다. 그들은 전혀 감을 못 잡고 있었기에 어리둥절한 표정이 됐다. 정말 쥐새끼 하나 움직이는 기색도 없었다. 매복한 전사들은 적의 동정을 살피는데 무척 자신있었을 테니 더욱 그랬다. 하지만 잠시 뒤 정말로 작은 인기척이 느껴지자 모두 놀란 눈으로 날 쳐다봤다.

"대단하시군요…."

아가멤논은 눈을 동그랗게 떴다. 그 역시 탁월한 전사. 자신도 전혀 몰랐는데 내가 미리 알고 경고하자 이쪽을 보는 눈이 확연히 달라졌다. 아마 내가 예상보다 더 대단한 전사라고 여기는 것 같다. 아가멤논은 주변에 손짓을 해 습격할 준비를 하라고 했다.

스윽.

상황을 지켜보는 나는 긴장감에 이마를 훔쳤다. 숨어있는 전사들은 그야말로 팽팽하게 당겨진 화살처럼 튀어나가기 직전이었다. 이들은 유능한 싸움꾼들이니 가여운 도둑을 단번에 박살내겠지. 혼자 오는 걸 보니 보통은 아니겠지만, 이제 그의 행운은 다 했다고 봐야한다.

-왔군.

비밀의 서가 말하자마자 두꺼운 문이 조용히 열렸다. 그리고 마침내 10년 뒤에 소문만 무성한 괴도가 모습을 드러냈다.

-음?

나는 괴도의 모습이 기대와는 전혀 달랐기에 미간을 좁힐 수밖에 없었다. 뭔가 이미지상 검은 옷을 차려입은 음험한 사내일 거라고 여겼기 때문이다. 하지만 정작 나타난 이는 얼굴을 복면으로 가리긴 했지만, 사냥꾼의 옷을 입은 여성이었다.

모델처럼 다리가 길고 날렵한 체형은, 마치 늘씬한 사슴처럼 근사한 비율을 만들어내고 있었다. 또한 복면이 가리지 못한 눈은 감탄이 터질 만큼 아름다웠다. 아니, 속눈썹이 저렇게 길수가 있나…. 이슬이라도 맺혀서 또르르 떨어질 것 같네.

-놀랍군. 얼굴을 가렸는데도 저 정도 미모라니.

비밀의 서도 솔직히 놀라움을 표현할 정도다. 특히 뒤로 묶은 긴 은발은 달빛처럼 반짝이며 찰랑였다.

-아닌 게 아니라, 전사들이 다 굳어버렸는데?

당장이라도 도둑을 찢어발길 기세였던 그들은 혼란스러워 하고 있었다. 다들 왕가의 보물을 노리던 대역무도한 놈이 저런 꽃향기 나는 미녀일 줄은 몰랐기에 허를 찔린 모습이었다. 이 난처한 상황에서 오직 아가멤논만이 정신을 차렸다.

"네놈은 대체 누구냐!"

왕자가 일갈하고 튀어나가자 그제야 전사들은 퍼뜩 정신을 차리고는 우르르 뒤따랐다. 모두 무기를 뽑아들고 그 기세가 흉흉한 게 아가멤논의 명이 떨어지면 당장 저 도둑을 오체분시해 버릴 것 같았다.

-훌륭한 전사들이다. 잠깐 당황하긴 했지만 본분에 충실한 자들이야.

-그러게. 여자라고 칼에 자비를 두지 않을 기세군.

유일하게 나만 숨어서 상황을 지켜봤다. 아가멤논이 사전에 한 부탁 때문이다. 혹시라도 힘이 달리는 것 같으면 그때 도와달라고 했다. 가능한 온전히 자신의 공으로 하고 싶은 것 같기에 흔쾌히 받아들였다. 나는 왕자의 호의를 사고 싶은 거지 위험하게 도둑놈이랑 칼부림하고 싶은 게 아니었으니까.

"이런, 지키는 자들이 있을 줄이야…"

여도둑은 낭패한 기색이었다. 그녀는 눈살을 찌푸렸는데 왜 사전에 정보가 유출된 건가 고민하는 듯했다. 한 가지 확실한 건 눈앞에 많은 창검에는 전혀 걱정하는 모습이 아니었다. 그래서인지 한 가닥 한다는 전사들은 자존심이 확 상한 기색이었다.

"신분을 밝혀라! 나는 아트레우스 대왕의 아들인 아가멤논이다!"

아가멤논은 다시 한 번 왕자다운 위엄을 보였지만 상대의 대답이 가관이었다.

"이런, 왕자님께서 계셨군요? 다치게 하면 곤란하겠네요."

덜덜 떨기는커녕 최대한 완만하게 제압하겠다는 태도가 아닌

가. 그야말로 강자의 여유가 철철 넘쳐나고 있어 지켜보는 나조차 어안이 벙벙해질 정도였다.

－대체 저 여자는 누구지?

비밀의 서의 물음에 나는 되물었다.

－네놈은 뭐든 아는 게 아니었나?

－오해하고 있군. 나는 제물을 받으면 비밀의 신의 지식에 접근해 대답을 찾아다 주는 거다. 마치 도서관 사서 같은 개념이지. 나 자신은 특별히 아는 게 많지 않다.

－아하, 그런 구조였군.

그건 그렇고 저 여도둑에 대해 좀처럼 떠오르지 않네. 이름을 날린 여성 영웅이야 많지만, 신전 서기였던 나는 그들 중 단 한 명도 만나보지 못했다. 다만 무수한 소문을 접했을 뿐이다. 그 많은 소문이 기억 속에 실타래처럼 엉켜있는데, 갑자기 상대가 누군지 특정할 수 없었다.

"참으로 무례해 더는 못 참겠군! 저년을 당장 사로잡아라! 베어 버려도 좋다!"

아가멤논이 분기탱천해 명하자 전사들은 성난 늑대처럼 달려들었다. 나는 곧 이어질 끔찍한 광경에 얼굴을 찌푸렸다. 포로로 잡으라고 말해뒀는데, 지금 돌아가는 꼴을 보니 뼈와 살을 발라버릴 것 같다.

"우워어어어! 죽여 버려!"

"크아아아압!"

전사들은 살벌함 그 자체였기에 나는 저 여도둑이 조각조각 날걸 의심치 않았다. 피가 튀고 내장이 흘러도 토하지 않겠다고 다짐하고 있는데, 아니 이게 웬 걸? 피를 뿌리며 쓰러지는 쪽은 여도 둑이 아니라 전사들이었다.

"으으악!"

"크악! 아아악!"

고통스러운 비명이 터지며 전사들이 우르르 넘어졌다. 가냘픈 여자가 우락부락한 근육질의 전사들을 두들겨 패는 꼴은 보고도 믿을 수가 없었다.

게다가 그녀는 상당히 이쪽을 봐주는 느낌이었다. 날붙이가 아니라 한손으로 쥐는 짧은 봉을 쓰는 게 목숨은 빼앗지 않으려는 듯하다. 하지만 개 패듯 패면서, 입에 게거품을 물고 뻗어야 손을 멈추니 보통 성질머리는 아닌 것 같았다.

"아아악!"

"사, 살려줘! 으윽!"

잠깐 사이에 단련된 전사 십여 명이 뻗어버렸다. 멀쩡히 서 있는 건 아가멤논 왕자 하나뿐이었다. 상황이 이렇게 되자 나는 더 이상 소녀를 동정할 수 없어 두 주먹을 불끈 쥐고 혼잣말을 했다.

"전하, 저 망할 년에게 위엄을 보이십쇼!"

안 그러면 저 몽둥이찜질의 다음 타석은 내가 될 테니까. 그래도 크게 걱정스럽지는 않았다. 아가멤논이 얼마나 강한지 알고 있어서다.

그리스로마 신화에 의하면, 그는 후에 트로이의 유명한 장군 헥토르와 자웅을 겨룰 정도의 영웅이 된다. 무력으로 가히 인세의 정점을 찍는 인물 가운데 하나니 저런 도둑 고양이년에게 당하지 않을….

"으앗!"

짧은 비명과 함께 아가멤논 왕자가 땅에 내쳐졌다. 본인도 지면과 키스한 뒤 어안이 벙벙한 모양이었다. 자기가 당한 게 도저히 믿기지 않는 것 같았다.

"존경하는 왕자 전하, 돌바닥을 침실로 삼으시렵니까?"

"이익!"

상대의 도발에 얼굴이 벌게진 왕자가 표범처럼 달려들었지만 거기까지였다.

쿵!

육중한 소리가 다시 나더니 아가멤논은 땅에 머리를 박고 기절했다. 뻗어버린 꼴이 왕자의 기품이라고는 조금도 없고 완전히 술에 쩔은 취객 같았다. 지켜보던 나는 입만 쩍 벌릴 수밖에 없었다.

─아무래도 저 도둑놈⋯ 아니, 도둑년을 막는 임무는 실패인 거 같은데.

─안 나갈 거냐? 네가 막으면 되잖냐? 펠레우스.

─미쳤어? 아가멤논이 저렇게 묵사발 났잖아? 나라도 살아야지. 그러니까 닥치고 가만히 있어. 숨도 안 쉬고 있으면 내가 있는지 모를 거야.

나는 보검이 도둑맞든 말든 가만히 있을 생각이었다. 마침 상황이 좋다. 전사들과 왕자가 기절했다. 내가 비겁하게 나서지 않았다고 책하지 않을 터.

─다 끝난 뒤에 그냥 벽에 머리 좀 박고 저도 당했습니다라고 하면 돼.

─와? 이 새끼 보게. 그냥 인생이 거짓말이구먼.

-아, 좀 닥쳐. 나도 힘들어. 왜 이래.

거기까지 말한 나는 물아일체의 경지로 숨어있는 조각상과 하나가 되려 했다. 무아, 무념무상, 무상의 깨달음…. 이 정도면 저 도둑년도 날 눈치채지 못하겠지.

하지만 그건 내 가여운 바람일 뿐이었다. 그녀는 정확히 내가 숨어있던 쪽을 봉으로 가리키더니 말했다.

"그만 숨어있고 나오지?"

나오란다고 나갈 내가 아니다. 못 들은 척 버티자 상대가 기가 막힌다는 듯 헛웃음을 짓더니 덧붙인다.

"망할 년이라며? 안 나올 거냐?"

와… 싸움도 잘하는 년이 귀도 존나게 밝네.

"하… 시발."

지금부터 저 몽둥이에 맞을 생각을 하니까 길게 한숨이 나왔다. 그러자 비밀의 서가 쌤통이라는 듯 이죽거렸다.

-그냥 좀 나가지? 남자가 가오도 있는데?

-아무래도 망한 거 같다.

-흐흐, 그래. 똥망했지. 이제부터 돼지새끼처럼 꽥꽥 비명을 지를 테니까.

-그게 아니야, 새끼야. 막 생각났는데 저년이 누군지 알 것 같아서 그래. 하아….

속으로 길게 한숨을 내쉬자 비밀의 서가 놀란 듯 반문한다.

-뭐?

아, 왜 진작 눈치채지 못했을까. 저 사냥꾼 복장에 활. 그리고 달빛처럼 반짝이는 은발. 신전의 서기 시절 몇 번이고 들었던 소문의 주인공이 갑자기 떠올랐다. 진작 알았으면 아가멤논과 전사들이 싸우는 동안 전력질주로 튀었을 텐데 후회는 아무리 빨라도 항상 늦는 법인가 보다.

-뭐긴 뭐야. 좆 됐다고.

비밀의 서가 혀를 찼다.

-그런 위험인물이라면 진작 알아봤어야지!

-틀린 말은 아니지만 소문만 듣고 누군가를 한눈에 알아보는 건 어려워.

-그래서 대체 저 여자가 누군데?

대답하고 싶었지만 상대가 발을 한번 구르며 재촉했다. 어서 나오라는 신호였기에 더는 버틸 재간이 없었다. 그래서 최대한 나긋나긋하게 웃으며 앞으로 나갔다.

"멋진 저녁입니다. 숙녀분."

"멋진 저녁이긴 하지. 막 잔치가 끝난 것 같으니까."

그녀는 주변을 가리키며 어깨를 으쓱했다. 기절한 왕자와 전사들이 술을 퍼마시고 쓰러진 하객들처럼 보였다. 가까운 미래의 내 모습이기도 했다.

"하하하…."

"그리고 한 번만 더 날 숙녀라고 부르면 혀를 뽑아주지."

"으윽."

깜빡했다. 저 여자 사냥꾼은 숙녀답다는 말을 무지 싫어한다는 걸.

"뭘 그렇게 고뇌하지? 우리가 할 건 결투 뿐일 텐데?"

내가 무기는 들지 않고 있자 그녀가 차가운 목소리로 묻는다.

완전히 고양이 앞에 쥐 신세로구나. 아이구, 어쩌다 저런 년한테 걸려서.

"한 가지를 심각하게 고민 중이긴 합니다."

"무엇을?"

"봉에 한 대 맞고 기절한 척하면 그쪽이 절 그만 때릴지에 대해서 말입니다. 혹시 비겁한 놈이라고 더 때리면 곤란하니까요."

"아하하!"

황당했는지 그녀는 웃어버렸다. 그 사이 눈가가 잠깐 귀여운 초승달이 됐다. 매서운 눈매가 조금 풀어지자 매력이 넘쳐흐르는 처자로구나.

"네놈도 전사로 보이는데 싸울 생각은 없는 거냐? 이래 뵈도 명예롭게 행동하도록 기회를 주고 있는 거다."

실제로 그녀는 내가 무기를 들고 덤비길 기다리고 있었다. 나 같은 건 단번에 치워버리고 얼른 제우스의 보검을 훔쳐갈 수 있음에도 말이다. 나는 이런 성정을 보고 그녀의 정체를 다시 한 번 확신했다. 그렇다면 그걸 이용하는 수밖에.

"지금 명예라고 하셨습니까?"

"음?"

"도둑고양이처럼 살금살금 기어들어와 귀하신 분을 때려눕힌 사람 입에서 정말 놀라운 말이 나왔네요."

나는 발로 뻗어있는 아가멤논 왕자를 툭툭 건드렸다. 무례한 태도였지만 내심 이 녀석 때문에 열 받은 상황이었다. 후일 절세영웅이 되는 놈이라 철썩 같이 믿고 있었는데 그렇게 쉽게 뻗을 줄이야. 결국 나까지 끌려 나왔잖아, 이 쓸모없는 돼지 새끼.

"시끄럽다. 좋아서 하는 일이 아니다!"

내 신랄한 지적에서 상대는 당혹한 기색을 감추지 못했다.

"하하하, 갈수록 가관이시군요. 좋아서 하는 일이 아니면 도둑질을 해도 된다는 말입니까?"

"크윽!"

그녀의 눈가에 노여움이 서렸다. 복면에 가려 안 보이지만 아마 입술을 살짝 깨물고 있으리라.

"나도 어쩔 수…."

뭐라 반박하려고 하기에 계속 정론으로 밀어붙였다.

"이 보물은 제우스 신께서 아트레우스 가문에 내려주신 것입니다. 한데 아르테미스를 섬기는 당신께서 무단으로 가져가려고 하시는군요."

"앗!"

아르테미스란 말에 그녀의 눈이 놀란 토끼처럼 커졌다. 나는 그녀가 당황하는 사이에 마지막 펀치를 날렸다.

"오늘 일에 대해 스스로 어찌 생각하십니까? 아탈란테 님?"

설마 자기 이름을 말할 줄은 몰랐던지 그녀는 당황해서 일순간 굳어버렸다. 놀란 건 그녀뿐만이 아니었다. 비밀의 서도 큰 관심을 보였다.

-아탈란테였냐!

-그래, 확실해. 소문과 많은 게 일치한다고.

-어쩐지! 아탈란테라면 저 강함이 이해가 되는군.

아르카디아의 고귀한 공주이자, 사냥의 여신 아르테미스에게 순결을 맹세한 영웅. 그녀는 아르테미스의 총애를 받으며 이 세계에서 크게 명성을 떨친다. 다만 아직까지는 전혀 이름이 알려지지 않은 탓에 설마 정체를 들킬 거라고 생각 못했겠지.

"아탈란테라니, 무슨 소리인지… 모르겠군…."

아까 당당하던 태도와 달리 그녀는 말꼬리를 흐렸다. 시원시원한 성격이지만 거짓말에는 아주 서툴렀다. 역시 가진 힘에 비해 신출내기 초짜에 불과하군.

"당신은 아탈란테가 맞습니다. 이 바보 왕자가 나가떨어지는 걸 보고 확신했죠. 이래 뵈도 상당한 실력자거든요."

나는 다시 발로 기절한 아가멤논을 툭툭 건드렸다.

"여신의 총애를 받은 당신이라면 아직 그가 당해내기 어려울 테니까요."

아가멤논이 무적의 힘을 자랑하게 되는 건 10년 뒤에 제우스의 보검을 쓸 수 있게 되면서다. 그때부터 무지막지한 템빨을 발휘하게 된다.

"한데 어찌 아르테미스의 총애를 받는 당신이 이리 부도덕한 일을 벌이십니까?"

어쩌다 여기까지 온 건지 모르겠군. 그녀는 이기적이고 제멋대로인 보통 영웅들과 다르게 상당히 품성이 바르다. 도둑질이나 할 성격이 아닐 터인데.

"……"

아탈란테는 묵묵부답이었다.

잠시 뒤에야 힘겹게 입을 열었다.

"급한 사정이 있어서 그렇다. 피치 못할 일이지. 나도 이 일을 자랑으로 여길 생각은 없어. 물러나 주면 안 될까?"

"안 됩니다. 이렇게 본 이상 눈감아 드릴 수 없습니다. 불의를 보고도 모른 척할 제가 아닙니다."

내 말에 비밀의 서는 황당함을 감추지 않다.

-그게 무슨 개소리냐? 방금 전까지 덜덜 떨면서 숨어 있었 잖아?

-설령 그렇다고 해도 이렇게 나온 이상 나도 체면이 있다.

아탈란테는 차라리 숨어있는 날 무시하는 게 나았다. 그랬다 면 쉽게 보검을 갖고 떠났으리라. 나도 괜히 무리하긴 싫으니까.

하지만 기왕 이렇게 됐으니 남 잘 되는 꼴 볼 수 없는 법. 이제 내게 남은 일이라곤 저기 바보처럼 널브러진 아가멤논의 뒤를 따 라가는 것 뿐이니 분통이 터질 수밖에. 죽을 때 죽더라도 이 펠레 우스, 쉽게는 못 죽는다.

좀 살아보겠다고 숨어있었는데 기어코 끌어내? 절대 용서 못한 다. 무슨 수를 써서라도 네년이 보검을 가져가는 걸 방해해 주마! 나는 그렇게 정의감과는 또 다른, 어떤 강렬한 감정을 불태웠다.

-음… 단순히 체면 때문에 그런 건 아닌 거 같은데. 네놈에게서 뭐라 설명하기 어려운 악의가 느껴진다. 질척질척하고 추잡한 그 런 거?

쓸데없는 소리나 하는 비밀의 서는 무시하고 계속 아탈란테를 압박하자. 싸움질로 못 이긴다면 주둥이로 괴롭혀 주마. 네년의 양심을 집요하게 후벼 파주지.

"아탈란테 님, 신들께서 항상 우리를 지켜보고 계십니다. 특히 당신이 섬기는 고귀한 아르테미스 여신께서도 그러시겠지요. 한 데 어찌 여신께 받은 힘으로 이런 짓을 하십니까?"

"으으……."

아탈란테는 듣기만 해도 괴로운 듯했다. 복면 덕에 표정은 잘 보이진 않았지만, 미간에 주름이 져 있었다.

"특히 신의 총애를 받는 당신이라면 모두의 모범이 될 만큼 경건해야 합니다. 부디 지금 스스로의 행동을 돌아보십시오."

선한 사람처럼 타이르는 내 말에 결국 아탈란테가 폭발했다.

"어차피 왕가의 싸움이 아닌가! 이 검을 가져다주면 수많은 사람들을 살릴 수 있다!"

순간 감정이 격해져 외친 아탈란테는 아차 싶은지 입을 다물었다.

"으…."

낭패한 기색이었다. 왕가의 싸움이란 말로 자기에게 사주한 자가 왕족이란 걸 불어버린 셈이기 때문이다. 역시 아직은 어설프네, 어설퍼. 훗날 대영웅의 반열에 오른다지만 지금은 그냥 힘만 센 애송이에 불과하구나. 내 기억이 맞다면 아탈란테는 이제 겨우 16살. 허우대는 멀쩡하지만 저 복면만 벗어도 아직 어린 티가 남아 있을 터.

"저기 방금 그 말은…."

황급히 수습하려는 모습도 미숙함이 엿보였다. 그래서 나는 단호하게 한 방 먹여줬다.

"셋째 왕자님의 부탁을 받고 온 것을 알고 있습니다."

"아니!"

아탈란테가 뜨끔하고 놀라 한 발 뒤로 물러났다. 나는 이 순진한 소녀의 반응에 점점 즐거워졌다. 어쩌면 저리 속마음을 감추질 못하는 걸까.

오늘 도둑질을 사주한 사람이 셋째 왕자라는 건 10년 뒤에 밝혀져 동네 똥개까지 알 정도가 된다. 하지만 지금 이 시점에선 그야말로 엄중한 비밀. 아탈란테도 셋째 왕자와의 거래를 아주 은밀히 진행했을 거다. 한데 내가 태연하게 셋째 왕자를 언급하자 당혹감을 감추지 못하고 있었다.

"대체, 네놈은 누군가? 어찌 모든 걸 알고 있지?"

"글쎄, 그건 중요하지 않지요. 하지만 혹시 모르잖습니까? 저란 존재는 신들이 당신을 위해 보낸 양심일지도."

이 눈부시게 가식적인 말에, 결국 비밀의 서가 참지 못하고 폭소했다.

-푸하하하핫! 아주 지랄을 하네, 지랄을 해. 누가 보면 사제인 줄 알겠다.

-내가 신전 밥만 10년을 먹었다. 사제들이 잘 쓰는 레퍼토리라면 줄줄이 꿰고 있다고.

나는 이번 멘트가 제법 괜찮았다고 자평했지만 아탈란테는 물러나지 않았다.

"스스로 옳다하지 않겠다. 하지만 해야만 하는 일도 있는 법."

"기어코 보검을 가져가시겠다는 거군요."

설득은 실패했다. 도덕적인 영웅이기에 양심에 호소해 봤는데 꿈쩍도 안 하네. 내 짐작보다 훨씬 절박한 사정이 있는 모양이군.

-축하한다. 펠레우스. 이제부터 두들겨 맞을 시간이네. 얌전히 한 대 맞고 기절하면 그만인데 공연히 그녀를 자극했구나. 명복을 빈다.

-아무래도 전투는 피할 수 없을 거 같아. 기왕 이렇게 된 거 이겨야지.

내 다짐에 비밀의 서가 큰 웃음을 터뜨렸다. 황당하기 그지없다는 반응이었다.

-크하하하하핫! 꿈도 야무지네. 쟤 아탈란테야, 아탈란테. 남자는 헤라클레스, 여자는 아탈란테. 몰라?

-알아, 누구보다 잘 알지.

헤라클레스와도 비교되는 영웅이 그녀다. 그 정도로 압도적인 전투력을 가졌다. 아직 어려서 미숙하다는 게 유일한 약점이려나? 그렇다면 도발로 흔들어 봐야지.

"아탈란테."

"…더 듣지 않겠다."

그녀는 이미 늘어뜨린 봉을 다시 들어 올렸다. 눈매도 단호했다. 하지만 나도 더는 설득할 생각이 없었다.

"저는 훗날 당신이 영웅의 반열에 올라, 그 업적을 찬양하는 노래가 들려와도 두 귀를 막겠습니다. 아니, 냇가에 가서 귀를 씻어야지요. 더러운 노래를 들어버렸으니까."

갑작스러운 날 선 비난에 아탈란테는 창백하게 질려버렸다. 복면으로 반 이상 얼굴을 가리고 있었음에도 그녀의 감정이 너무나 잘 보였다. 정의로운 영웅이 되고자 하는 그녀에겐 비수를 박는 말이겠지.

"그리고 사람들에게 말하겠습니다. 그녀는 영웅이 아니라 도둑이었으며, 바른 말을 해도 듣지 않고 물건만 탐낸 비열한 이였다고."

덜덜덜.

아탈란테는 가늘게 몸을 떨었다. 나는 그런 모습을 보며 입 꼬리를 올렸다.

"아마 신들께서는 오늘 일을 모두 아시겠지요."

그건 싸움 직전 그녀를 흔들기 위한 마지막 멘트였다. 나는 곧장 기습을 가할 생각이었다. 힘 하나는 무식하게 강한 나다. 일단 억지로 붙잡으면 길이 보일지도 모른다.

정식으로 싸우면 무조건 필패. 비겁하지만 이기기 위해선 뭐든 못하겠는가. 마침 아탈란테가 고개를 떨어뜨리고 긴 속눈썹을 파르르 떨고 있었다. 자존심이 무척이나 상한 듯했다.

-지금이다!

막 앞으로 튀어나가려던 그때 갑자기 비밀의 서가 다급히 날 불렀다.

-잠깐!

절호의 찬스를 잡았다고 생각했는데 뜬금없이 아군의 방해를 받았다. 온몸의 기운을 폭발시키려던 터라, 화가 버럭 났다.

-왜! 지금 얼마나 눈치 없는 짓을 한 줄 알아!

-펠레우스! 서둘러 책을 봐라!

무슨 소리야 그게? 급히 비밀의 서를 쳐다보니 막 하얀 글씨로 객관적 정보가 떠오르고 있었다.

〈사냥의 여신 아르테미스가 현 상황을 주목합니다!〉

〈태양과 예술의 신 아폴론이 현 상황을 주목합니다!〉

〈전쟁의 신 아레스가 현 상황을 주목합니다!〉

뭐, 뭐야? 이게⋯. 무슨? 하지만 내 이런 황망함과 상관없이 글씨가 줄지어 계속 떠올랐다.

〈전령의 신 헤르메스가 현 상황을 제우스에게 알립니다!〉

〈술의 신 디오니소스가 안주를 준비해 끼어듭니다!〉

〈처녀신 헤스티아가 당신을 걱정해 줍니다!〉

갑자기 엄청난 관객들이 입장하기 시작했다. 이대로라면 신들이 지켜보는 가운데 아탈란테와 일 대 일로 겨루게 된 것이다. 아니, 초대하지 않았는데 오면 실례 아닌가? 대체 왜…. 황당함에 손이 덜덜 떨렸다.

－펠레우스, 설마 이런 걸 계산하고 아탈란테 앞에서 신을 들먹인 거냐? 대단하구나!

반면 비밀의 서는 생각지도 못했다는 듯 무척 감탄한 어투였다. 당연한 얘기지만 일이 이렇게 될 줄은 꿈에도 몰랐다. 하지만 여기서 아니라고 했다가는 이 망할 책이 평생 나를 비웃을 터. 결국 대답할 수 있는 건 하나 밖에 없었다.

－그, 그렇다!

마음속으로 눈물이 주룩주룩 흘러내렸다. 오늘 밤 나는 그저 석상 뒤에 숨어있고 싶을 뿐이었다. 아니, 애초에 여기 오고 싶지도 않았어. 이 사건에 끼어들고 싶지도 않았다고. 한데 일이 어쩌다 이렇게 흘러가는지 모르겠단 생각이 들었다.

－노, 놀랍군. 과연 하포크라테스 님이 선택한 인간이라 그건가? 신들의 반응조차 생각하고 있었다니, 다시 봤다. 펠레우스!

흥분했는지 목소리가 뜨거워진 비밀의 서에게 나는 눈물을 꾹 참으며 대답했다.

－후훗, 계획대로다.

이런, 젠장. 설마 갑자기 신들의 시선이 쏠릴 줄이야. 하긴 신들의 입장에선 당연한 건지도 모른다.

오늘 연회가 취소되는 바람에 나에 대해 알아보는 게 미뤄졌다. 성질 급한 올림포스 신들에겐 마음에 드는 일은 아니었을 거다. 한데 때마침 이런 싸움이 붙었으니 차원이동자의 기량을 알아보기 좋다 싶어 몰려온 거다.

－신들은 나 뿐 아니라 아탈란테에 대해서도 궁금할 거야. 아르테미스가 끼고 돈다는 여전사가 얼마나 대단한지에 대해서.

－과연. 그 말대로라면 오늘은 네놈과 아탈란테. 너희 둘의 데뷔전이구나.

…중압감이 한층 더 심해졌다. 첫인상이란 게 중요한데 말이지. 아무래도 이 싸움에서 지면 시원찮은 놈이란 인상이 뒤따를 터. 앞으로 신들의 후원도 크게 기대할 수 없게 될 거다. 질 때 지더라도 뭔가 비범함을 보여야 한다. 뭐, 생각해 보면 아주 방법이 없는 건 아니지만. 딱 보니까 전투는 피할 수 없는 상황이었다. 아탈란테는 물러나지 않겠다는 의지가 확고해 보였고.

"기어코 도둑질을 하시겠다는 겁니까?"

"그쪽이야 말로 순순히 물러나도록. 일부러 피를 볼 필요는 없다."

그녀의 태도를 보니까 갑작스레 신들의 눈길이 몰린 걸 모르는 것 같았다. 하긴 저게 보통이고, 나처럼 신의 동태를 실시간으로 알 수 있는 게 이상한 거겠지.

－그냥 적당히 잘 달래서 검을 넘겨줘라. 어차피 승리는 불가능해. 대판 깨지느니 말로 넘기라고. 그게 신들 앞에서 망신당하지

않는 법이다.

비밀의 서는 내가 판을 키운 건 좋았지만 승리할 방법은 없다고 여겼다. 그러니 원만한 해결로 점수를 따라고 조언해 왔다. 하지만 기왕 시작한 거 미지근하게 끝낼 순 없다.

-싫다.

내가 완고하게 거절하자 비밀의 서는 혀를 찼다.

-뭘 믿고 나대는 건지 모르겠군. 힘이 부족한 건 어쩔 수 없는 일이다. 오히려 현명하게 처신해 자신을 지킨다면 그걸 좋게 보는 신도 있을 거다. 어쩌면 아테나 여신이 후원을 해줄지도 모르지. 꾀돌이 오디세우스 같은 놈을 좋아하는 신이니까.

-아니, 아테나 정도로 부족해.

-정말 말이 안 통하는군. 아테나는 올림포스의 대신 중 하나라고!

비밀의 서는 답답하다는 듯한 태도였지만 나는 태도를 바꾸지 않겠다.

-중요하고 가치 있는 건 오직 승리 뿐이야.

결국 비밀의 서는 더 설득하길 포기하고 입을 다물었다.

"전사답게 해결하길 원하는가? 그대."

아탈란테의 재촉에 나는 결심을 굳혔다. 그녀에게 돌려줄 답은 하나였다.

"크아아압!"

대답대신 근처에 있던 커다란 석재 장식물을 양손으로 붙잡았다. 오늘 전사들이 숨기 위해 옮겨온 것으로, 장정 8명이 달라붙어 운반했을 정도다. 하지만 나는 혼자선 번쩍 들어올렸다.

"어엇?"

이 엄청난 힘에 아탈란테가 눈이 휘둥그레졌다. 그녀 뿐만이 아니었다. 비밀의 서에도 글씨가 떠올랐다.

〈전쟁의 신 아레스가 크게 감탄하며 훌륭하다고 칭찬합니다!〉

부스스.

어깨 위로 돌 부스러기가 떨어져 내렸다. 내 전신의 근육이 당장이라도 터질 듯 팽팽히 긴장한 상태였다.

"아, 아니! 이봐. 그걸 들어 올려서 뭐하…"

아탈란테는 말을 끝내지 못했다. 내가 그녀를 향해 거대한 석재 장식을 있는 힘껏 던져버렸으니까.

부우웅!

콰아아앙!

요란한 소리와 함께 석재 장식물이 산산조각 났다. 정확히 던졌지만 애초에 맞을 거라고 기대하지 않았다. 그래서 던지자마자 바닥에 있는 한 전사의 방패를 집어 들었다.

퍼억!

정말 간발의 타이밍이었다. 섬뜩한 소리를 내며 아탈란테의 봉이 방패를 뚫고 들어왔다. 나무 위에 단단한 가죽을 보강한 방패는 가볍지만 아주 튼튼했다. 그걸 나무봉으로 관통해 버리다니, 그녀의 솜씨에 식은땀이 줄줄 흘렀다. 하지만 이대로 기가 죽을 순 없는 법.

"크아압!"

봉이 꽂힌 방패를 옆으로 내리눌렀다. 아탈란테의 몸이 기울어지게 해 쓰러뜨릴 요량이었다. 무술을 모르는 것치고는 꽤 좋은 센스라고 생각했는데 역시 배우신 분에게는 헛짓거리였다. 기대와는 다르게 방패를 옆으로 내리누르는 순간 아탈란테가 봉을 놔버렸기 때문이다. 아, 저런 방법이 있었구나.

퍼억!

곧장 걷어차였다.

"컥!"

짧은 신음과 함께 뒤로 날아가 데굴데굴 굴렀다. 배가 온통 찢어지는 것 같았다. 호흡조차 제대로 되지 않았고 입에서 침이 질질 흘렀다. 젠장, 들숨 때 맞았다.

"끄아아…."

신전에서 근무할 때 주위에 은퇴한 전사들이 많아 술자리에서 주워들은 이야기들이 있다. 복부 공격의 피해는 들숨과 날숨일 때 서로 다른데, 재수 없게 들숨에 맞으면 정말 안드로메다로 간다는 것. 그래서 전사들은 맨손 격투를 할 때 호흡을 짧게 끊어 쉬어 복부 공격을 대비한다고.

"빌어먹을…."

들어서 알고 있지만 그렇다고 실천할 수 있는 건 아니다. 정말 무술을 모르는 자의 초보적인 실수였고 신들은 이걸 놓치지 않았다.

〈사냥의 여신 아르테미스가 당신을 비웃습니다.〉

〈전쟁의 신 아레스가 고개를 절레절레 젓습니다.〉

〈전령의 신 헤르메스가 당신을 안타까워합니다.〉

그들은 내 무예가 형편없는 걸 알고 실망한 기색이었다. 그런데 아르테미스의 반응이 은근히 짜증나는걸.

"겨우 그 정도인가? 큰 소리 친 거 치고는 별로군. 힘은 장사다만."

"이대로 끝이 아닙니다…. 크윽!"

오기로 떨리는 다리를 붙잡고 일어났다. 무릎 아래가 휘청거렸다. 복부를 한 번 걷어차인 걸로 이 정도 피해를 입다니. 새삼 아탈란테와 내 차이가 현격함을 느꼈다. 허나 그렇다고 해도 질 생각은 없었다.

"애초에 무술로 당신을 이길 거라고 생각하지 않았습니다."

"하면 뭔가? 신들이 돕기라도 한다는 건가?"

"그렇습니다."

설마 내가 바로 그렇다고 대답할 줄은 몰랐던지 아탈란테가 당황한 표정이 됐다.

"뭐라고? 그대는 어떤 분의 총애를 받고 있던 건가?"

"위대한 제우스께서 절 도우실 겁니다."

설마 최고신 제우스의 이름을 들먹일 줄은 몰랐던지 아탈란테가 화들짝 놀라 한 발 뒤로 물러났다. 가만히 상황을 보던 비밀의 서도 대경실색했다.

-이 미친놈아! 제우스를 잘못 들먹이면 경을 쳐! 벼락이 떨어진다고.

-알지, 잘 안다고.

-그러는 놈이 그래!

아닌 게 아니라 비밀의 서의 객관적 정보도 즉각 반응을 보였다.

〈헤르메스의 보고에 막 관찰을 시작한 제우스가 어리둥절해

합니다.〉

아까 헤르메스가 현상황을 제우스에게 알리러 갔다고 했지. 드디어 구경하러 눈을 이쪽으로 향한 건가? 그런데 관찰을 하자마자 자기 이름을 들먹이니 뭔 소린가 싶을 거다.

황당해서 벼락을 던지지는 않고 있지만 이어질 내 행동에 따라 제우스는 크게 분노할 수도 있다. 일개 인간 따위가 자기 이름을 팔아대면 가만히 있을 성격이 아니니까.

"그대는 말을 조심하라. 올림포스의 최고신은 함부로 입에 담는 게 아니다."

아탈란테는 내 말을 믿지 않는 눈치다. 그러면서 슬금슬금 뒤로 물러난다. 혹여 제우스의 번개가 떨어지면 말려들지 않기 위해서겠지. 그 틈에 나는 보검 앞으로 걸어갔다.

"최고신의 가호는 지켜보면 아실 수 있을 겁니다."

"그만 두는 게 좋을 거다. 그건 제우스의 혈통만이 사용 가능한 것. 그대가 들어봐야 잘 베이는 검에 불과하다."

아탈란테는 엄중히 경고하면서 허리춤의 검에 손을 가져갔다. 지금까지야 서로 봉으로 싸웠지만 내가 검을 들게 되면 상황이 완전히 달라진다. 손속에 사정을 두는 건 끝. 그야말로 죽고 죽이는 진검승부가 되겠지.

〈전쟁의 신 아레스가 당신의 기개를 높게 평가합니다.〉

〈태양과 예술의 신 아폴론이 당신의 무모함에 한숨을 내쉽니다.〉

상반된 성향을 가진 올림포스의 두 왕자는 서로 다른 반응을 보였다. 아레스는 전사로서 물러나지 않는 나를 고평가했고, 아폴론은 개죽음을 자처한다고 한심이 여겼다.

"경고한다. 그대. 만약 검을 든다면 나도 더 이상 봐줄 수 없다."

아탈란테의 눈빛이 얼음장처럼 차가워졌다. 그녀가 진짜 날 죽일 셈임을 알았다. 비밀의 서 역시 서둘러 말려왔다.

―멍청한 놈! 실패하더라도 목숨을 구하는 게 우선이다. 죽으면 모든 게 끝이라고!

―죽긴 누가 죽는다고 그래. 사실 나는 이 검에 대해 제법 알고 있다고.

금서에서 아트레우스 왕가의 검에 대해 읽었다. 제우스가 내린 이 신물은 지금껏 사용자가 없었는데, 충분한 신력을 가진 자가 나타나지 않아서 그랬다. 제우스의 피를 이은 가문이면서도 검을 들 정도로 신의 힘을 발현한 이가 없었다는 거다. 아마 올림포스에서 후손들을 지켜보던 제우스는 혀를 차며 실망감을 감추지 못했겠지.

하지만 유일하게, 후일 대영웅의 반영에 오르는 아가멤논이 검을 사용하는 데 성공한다. 내가 이런 점을 간략히 언급하자 비밀의 서가 어이없어 했다.

―뭐, 그래서 네가 제우스의 후손이라도 된다는 거냐?

―아니, 내가 그 난봉꾼의 자손은 아니지. 하지만 말이야. 피를 잇지는 않았지만 그것보다 훨씬 대단한 걸 가졌잖아.

그제야 비밀의 서는 내가 무슨 소리를 하는지 알아챘다.

―아! 네놈! 설마 처음부터 이럴 생각이었냐!

―아니, 염두에 두고만 있었지. 설마 아탈란테와 싸우게 될 줄 누가 알았겠어.

그저 제우스의 보검을 사용할 수 있지 않을까 생각하고만 있었다. 왜냐하면 내겐 헤라클레스의 보석이 있으니까. 비밀의 서가 알려준 바에 따르면 이 보석은 단순히 힘이 세지는 물건이 아니라, 제우스의 '신성의 조각'이다.

－신성의 조각을 소유하고 있다는 건, 그의 후손들보다 훨씬 강한 제우스의 힘을 가졌다는 거다. 당연히 보검의 잠재력 역시 끌어낼 수 있겠지.

거기까지 말한 나는 기어코 보검의 손잡이에 손을 댔다. 묵직한 게 실제 무게보다 훨씬 무겁게 느껴졌다.

팟!

가볍게 스파크가 튀었다. 손바닥이 찌릿찌릿하고 따끔거렸지만 어쩐지 무척 기분 좋게 느껴졌다. 나는 그대로 검을 들었다. 날카로운 칼날이 검을 올려놨던 좌대를 긁으며 섬뜩한 소리를 냈다.

스르릉.

아탈란테는 인상을 찌푸리며 날 보는 중이었다. 제우스의 혈통도 아닌데 이 검의 힘을 무리하게 끌어내려 하면 재가 돼 타죽기 때문이다. 이미 날 설득하길 포기한 그녀는 이어질 참상을 예견하고는 표정이 좋지 않았다.

〈여신 아르테미스가 당신의 어리석음에 코웃음을 칩니다.〉

망할 놈의 여신 같으니라고. 아르테미스는 주제도 모르는 인간이 파멸할 거라고 여기는 것 같았다. 좋다. 어디 한 번 봐라. 그리고 그 비웃음이 얼마나 성급했는지 깨달아라. 자신의 성급함에 부끄러움을 느끼게 될 테니까.

파지지직!

점점 보검의 스파크가 거칠 게 튀어댔다. 당장이라도 자신을 쥔 인간을 통구이로 만들어 버릴 것 같았다. 하지만 나는 품속에 있는 헤라클레스의 보석이 보검과 반응하기 시작한 걸 알자 회심의 미소를 지을 수밖에 없었다. 계획대로 진행된다는 걸 깨달은 나는 자신감을 갖고 앞으로 나서 검을 들어올렸다.

"보아라! 최고신 제우스의 권능을!"

그 순간, 내 외침과 함께 보검의 힘이 폭발했다.

우르르르릉-!

콰아아앙!

마치 지상에서 천둥이 치는 것과 같은 폭음과 함께 방안의 모든 게 풍압에 밀려 구석으로 날아갔다. 석재 장식물, 쓰러진 전사와 왕자 등 모든 게 볼품없이 굴러갔다. 아탈란테 역시 뒤로 주욱 밀려났다. 쓰러지지 않고 버티는 게 고작인 것 같았다. 그야말로 가공할 위력이 아닌가.

파지지지직! 파직!

손 안의 보검이 백열의 전기로 끓어오른다. 마치 빨아들이는 듯한 매력을 가진 그 강력한 힘에 나는 매혹돼 나직하게 웃었다.

"그래, 이게 신의 힘이로군."

그야말로 신화 그 자체가 내 손안에 있었다. 최고신 제우스의 권능 일부가 보검에 임한 것만으로도 이런 경천동지할 위력이 발현되다니.

"대단해… 정말 대단하군."

놀란 건 나 뿐만이 아니었다.

〈전쟁의 신 아레스가 당신을 크게 칭찬합니다!〉

〈태양과 예술의 신 아폴론이 무척 놀라워합니다!〉

〈사냥의 여신 아르테미스가 놀라서 입이 벌어집니다!〉

신들도 설마 내가 보검을 쓸 줄은 몰랐는지 격한 반응을 보여줬다.

"아탈란테! 지금이라도 물러나면 목숨만은 살려주겠다!"

힘의 우위가 바뀌자 자연스럽게 반말이 튀어나왔다. 혹시나 한 대 더 맞을까 싶어서 맘에도 없는 존댓말 하는 건 이걸로 끝이다.

"그대는… 제우스 신의 아들인가?"

아탈란테의 지적에 신들 역시 일제히 반응했다. 그들은 모두 제우스에게 의혹에 찬 눈길을 보냈고, 이에 대해 우리의 존엄하신 최고신께서도 반응하셨다.

〈최고신 제우스가 허둥대며 변명을 시작합니다.〉

뜬금없이 아들이 생겨버린 제우스였다. 보통의 경우라면 당연히 내 아들이 아니라고 말하겠지만 워낙 과거에 켕기는 일이 많은 그다. 천지사방을 돌아다니며 씨를 뿌렸기에 존재조차 모르는 아들이 수도 없다. 스스로도 자손을 다 파악조차 못하고 있었으니 지금 상황에 식은땀을 흘릴 수밖에. 하면 일단은 아탈란테의 질문에 대답하지 않는 게 유리했다. 나는 곧장 공격을 개시했다.

"알 것 없다! 물러나지 않겠다면 쓰러뜨릴 뿐!"

파지지직!

검을 한 번 휘두르자 엄청난 전격이 일어나 아탈란테를 덮쳤다.

콰가가강!

폭음과 함께 제우스의 힘이 작렬했다. 빛이 번쩍여 앞을 볼 수 없을 정도였다. 시야가 다시 회복됐을 때는 온통 열기로 그을린 아탈란테가 힘겹게 서있었다.

잘 만들어진 사냥꾼복은 여기저기 찢겨나갔고, 아름다운 머리칼은 반 이상 그을려서 없어졌다. 또한 몸 곳곳에서 연기가 피어오르고 있었다.

아직은 멀쩡한 편이군. 달빛을 연상시키는 은은한 힘이 아탈란테를 감싸고 있잖아? 아마 달의 여신이기도 한 아르테미스의 힘이겠군.

"역시 여신의 총애를 받고 있다 그건가? 하지만 얼마나 더 견딜 수 있을까?"

한두 번은 더 버티겠지. 하지만 번개를 계속 쏘아낸다면 틀림없이 쓰러진다. 게다가 아탈란테는 아직 대영웅이 되려면 먼 애송이로, 내가 과거 들었던 소문보다 훨씬 약할 터.

"하아…, 하아, 하."

힘에 부치는 듯 벌써부터 어깨를 들썩이며 숨을 몰아쉬고 있었다.

"크하하하핫! 여기까지다! 아탈란테!"

나는 완전히 기고만장해서 다시 보검의 힘을 일으켰다. 그러자 비밀의 서가 비아냥거렸다.

─우와… 완전 악당처럼 웃는구먼.

─시끄럽다! 힘이 곧 정의다! 그러니까 나야말로 정의다!

이번이야 말로 아탈란테를 굴복시키리라. 그런데 갑자기 특이사항이 발생했다. 계속 거슬리던 아르테미스 여신이 나선 것이다.

〈사냥의 여신 아르테미스가 이건 반칙이라고 최고신 제우스에게 항의합니다!〉

〈제우스는 보검은 지상에 허락된 힘이라고 달랩니다.〉

〈아르테미스가 새로운 아들의 출현을 여신 헤라에게 이르겠다

고 합니다.〉

뭐야! 자기 아버지를 협박하다니? 아르테미스 여신이 생각보다 막 나가고 있어서 순간 벙쪄 버렸다. 그래도 아버지 체면이 있지 설마 제우스가 굴복하겠어?

〈제우스가 식은땀을 흘립니다. '딸아, 제발 그것만은….'〉

〈아르테미스가 계속해서 압박합니다. '현명한 선택을 하세요. 아버지.'〉

"와……."

실시간으로 비밀의 서에 떠오르는 글씨를 보며 나는 황당함을 금치 못했다. 아르테미스 여신은 기어코 이 싸움에 끼어 들 작정인 것 같았다. 내가 분노로 부들부들 떨고 있을 때 제우스가 결국 굴복했다.

〈제우스는 딱 한 번이라는 조건으로 허락합니다.〉

〈아르테미스는 건방진 인간을 혼내줄 생각에 신이 나 서두릅니다.〉

제우스! 이런 소갈머리 없는 놈! 얼마나 구린 게 많으면 자기 딸한테 저렇게 당하다니. 어이가 없고 분통이 터져서 손발이 덜덜 떨렸다.

〈아르테미스가 자신의 종복을 돕기 위해 권능을 사용합니다. 신수(神獸) 칼리돈의 멧돼지를 보냅니다!〉

뭐? 저 망할 여신이 정말 막나가는구나.

–칼리돈의 멧돼지라니!

비밀의 서도 신음성을 터뜨렸다. 칼리돈의 멧돼지는 아르테미스의 신수 중 하나로 덩치가 코끼리보다도 큰 무시무시한 멧돼지다. 놈의 위력은 가히 나라 하나를 기울게 할 정도. 그 명칭도 칼리돈이란 왕국을 초토화시켜서 '칼리돈의 멧돼지'로 불리는 거다.

구우우우웅!

소환은 신속하게 이뤄졌다. 커다란 방 안에 달빛이 번져가더니, 그 속에서 무언가 육중한 게 몸을 드러냈다. 압도적인 덩치였다.

"쿠르르르."

숨을 한 번 토하는 것만으로도, 무슨 돌풍이라도 부는 것 같았다. 엄니는 가히 코끼리의 상아만큼 길고 몸은 붉은 털로 뒤덮였다. 그리고 두 눈은 주인이 내린 신성으로 하얗게 불타오르고 있었다. 가히 신의 영묘한 짐승 그 자체.

칼리돈의 멧돼지였다.

"아, 이건 너무하잖아…."

한데 어째서인지 나보다 아탈란테가 더 놀란 것 같았다.

"이 짐승이 어째서 여기에?"

아르테미스가 따로 말해주고 불러낸 게 아닌가? 아탈란테는 칼리돈의 멧돼지를 반기기는커녕 오히려 크게 경계하는 기색이었다. 그 모습을 보니 내가 뭔가 놓친 부분이 하나 있음을 깨달았다. 하지만 차분히 생각할 틈이 없었다.

"꾸에에에엑!"

칼리돈의 멧돼지가 괴성을 내며 다가왔다. 보검이 보관된 방 안은 상당히 큰 편이었는데 놈의 덩치 탓에 거의 꽉 차고 말았다. 전후사방 어디로 피할 구석이 없었다. 저 망할 멧돼지가 몇 발자국만 다가와도 날 콱 물어버릴 수 있을 정도였다.

〈사냥의 여신 아르테미스가 당신을 보며, 엄지로 자기 목을 그

어 보입니다.〉

이 인성 쓰레기 여신아! 진짜 내가 살아나가게 되면 너는 두고 보자. 신이고 뭐고, 반드시 아르테미스에게 복수하겠다.

-어쩔 거냐?

비밀의 서의 물음에 나는 검을 들어 칼리돈의 멧돼지를 견제하며 대답했다.

-최후의 방법이 있잖아. 거기 기대보는 수밖에.

일전에 비밀의 서는 내게 헤라클레스의 보석에 대해 설명해 줬다. 그중 보석의 힘을 한꺼번에 개방하는 방법이 있었다. 대신 보석은 방전 상태에 빠져 한동안 힘을 잃어버린다는 것.

-조심해야 한다. 방전이 되면, 그동안 네놈은 반쯤 일반인으로 돌아가는 거야. 겉모습 정도는 유지하겠지만 괴력은 대부분 없어지겠지.

-알고 있어. 하지만 당장 죽게 생겼잖냐. 그건 살아난 뒤에 걱정하자고.

최대로 보석의 힘을 끌어내 칼리돈의 멧돼지를 일격에 끝내버릴 작정이었다. 어차피 두 번, 세 번 찌를 여유도 없다. 공간도 좁고 내 무예가 부족하기 때문이다. 단 한 번에 모든 걸 걸기로 했다.

-피한 뒤에 바로 찌르겠어.

일격에 멧돼지를 죽이려면 안으로 깊숙이 파고 들어 찔러야 한다. 저 괴물을 상대로 먼저 들어가기는 무모했기에 일단 기다리기로 했다.

-무운을 빈다. 펠레우스.

긴장해서 비밀의 서에게 대답도 못한 채 마른침을 삼켰다. 신수의 깊고 그윽한 눈동자가 나를 노려보고 있었다. 일촉즉발의 상황. 누군가 살짝 움직이기만 해도 이 팽팽한 균형이 깨질 것 같았다.

먼저 움직여 놈의 공격을 끌어낼 것인가?

아니면 끝까지 미동도 하지 않고 기다릴 것인가?

깊은 고민을 하던 중 아탈란테가 은밀히 허리춤으로 손을 가져가는 게 보였다. 손끝은 단검을 향하고 있었다. 문득 나는 아탈란테가 단검 투척의 달인이라는 점이 떠올랐다. 설마 저걸 내게 던지려는 걸까? 그렇다면 더 기다릴 틈이 없었다. 나는 한 발 먼저 내딛었다. 그러자 기다렸다는 듯 칼리돈의 멧돼지가 덮쳐왔다.

"꾸에에에엑!"

눈앞에서 태산이 무너지는 것 같았다. 거대한 멧돼지의 입이 바로 앞에서 쩍 벌어진다. 나는 몸을 숙여 피한 뒤 칼을 찌르려 했지만, 새삼 그게 얼마나 무모한 계획이었는지 깨달았다.

칼리돈의 멧돼지는 놀랄 만큼 민첩했다. 찰나의 순간, 놈의 주둥이를 피하지 못할 거란 걸 알았다. 안타깝지만 부족한 경험으로 세운 이 허술한 작전은 분명히 실패였다. 내 왼쪽 상반신이 놈의 주둥이에 물려 통째로 뜯겨나가리라.

움찔!

헌데 이변이 일었다. 칼리돈의 멧돼지가 아주 잠깐이지만 몸을 떨며 멈칫한 것이다. 무슨 일인지 모르겠지만 천운이었다. 나는 단번에 칼리돈의 멧돼지의 아래쪽으로 파고들었다. 놈은 한 발 늦게 날 물어뜯으려 했지만 허사였다.

"하앗!"

있는 힘껏 멧돼지의 가슴팍에 검을 찔렀다.

"꾸에에에엑!"

섬뜩한 칼날이 파고들자 멧돼지는 도축장의 돼지처럼 울부짖었다. 놀란 녀석이 앞발을 든 탓에 나까지 허공으로 딸려 올라갔다. 하지만 최후의 일격을 먹이기 위해 검에서 손을 놓지 않았다.

"크아아압!"

기합과 함께 헤라클레스의 보석에 내장된 힘을 모두 보검에 쏟아 부었다. 그러자 보검은 지금까지와 비교할 수 없을 정도의 번개를 뿜어냈다.

콰지지지직! 팟!

이건 아주 치명적인 공격이었다. 검이 박힌 채라면 더더욱.

왜냐하면 인간이든 돼지든 몸의 대부분은 물로 이뤄져 있기 때문이다. 수분은 강력한 전기를 만나는 순간 증기로 변한다. 전기로 물을 부글부글 끓어오르게 하는 온수히터 같은 걸 생각해 보면 이해하기 쉽다. 그리고 증기화 된 물은 원래 부피보다 무려 1,600배 이상 부풀어 오른다.

이렇게 되면 희생자의 몸은 어떻게 되겠나?

아주 간단하다.

퍼어어엉!

요란한 소리와 함께 칼리돈의 멧돼지가 풍선처럼 터져나갔다.

철푸덕! 철퍽!

사방에 터진 돼지의 살이 튀었다. 단 일격에 거대한 멧돼지의 상체가 없어졌다. 이런 결과가 벌어질 걸 알고 있던 나도 입이 쩍 벌어질 굉장한 광경이었다.

털썩.

허리 아래만 남은 칼리돈의 멧돼지가 제자리에서 얌전히 주저 앉는다. 드러난 뼈와 내장은 부글부글 끓으며 연기를 뿜어내고 있었다. 나는 전신에 놈의 피를 뒤집어썼다. 아니, 나뿐만이 아니다. 방안이 돼지의 피와 살점으로 온통 치덕치덕 발라졌다.

"허…."

천장을 올려다보니 날아간 멧돼지의 커다란 눈알이 붙어있었다. 참으로 그로테스크하군.

"……."

강력한 폭발 이후 사방엔 정적만이 가득했다.

신도 인간도 아무 말이 없었다.

앞을 보니 아탈란테가 털썩 주저앉아 반쯤 넋이 나가 있었다. 그녀 역시 온통 피칠갑한 상태라 얼굴을 알아볼 수 없을 정도였다. 그때 나는 멧돼지의 뒷발에 단검 하나가 박혀있는 걸 발견했다. 위기의 순간 칼리돈의 멧돼지가 움찔했던 게 그녀의 도움 덕이었구나.

"아하… 그렇군."

나는 비로소 놓치고 있던 그림이 뭔지 깨달았다. 적인 아탈란테가 왜 자기가 섬기는 신의 신수를 공격하면서 도와줬는지 이해했다. 아무래도 그녀랑 따로 얘기를 해야겠다고 생각하던 그때, 제일 궁금해 하는 존재의 반응이 떴다.

〈사냥의 여신 아르테미스가 분노로 비명을 질러댑니다! 그녀는 수치심에 몸을 덜덜 떨고 있습니다.〉

인간에게 당해 자기 신수를 잃어버렸으니 그럴 수밖에. 특히 다른 신들 앞에서 완전히 체면이 박살났다.

〈전쟁의 신 아레스가 대놓고 비웃음을 터뜨립니다.〉

〈전령의 신 헤르메스가 남몰래 피식피식 웃습니다. 깨소금 맛이라고 생각한 그는 당신에게 높은 점수를 줍니다.〉

저마다의 반응들은 아주 볼 만했지만, 역시 제일은 아르테미스였다.

〈사냥의 여신 아르테미스가 제우스를 붙잡고 다시 기회를 달라고 애원합니다.〉

〈최고신 제우스는 냉정하게 거절합니다. 그의 얼굴에 실망과 환멸이 떠오릅니다.〉

나는 기분이 무척 좋아졌다. 신들은 내가 비밀의 서로 이렇게 관음하고 있다는 걸 모른다. 인간의 앞이었으면 체면 때문에 온갖 허세와 점잔을 부렸을 텐데, 저리 꼴사납게 굴다니. 결국 참지 못하고 폭소했다.

"크하하하하핫! 크하하하하하!"

이건 명백한 비웃음이었다. 나는 어딘가 있을 아르테미스 여신을 향해 적의를 감추지 않고 웃어댔다. 배가 아파서 못 참을 정도로.

"크흐흐… 히히히힛…."

한참 광인처럼 몸을 떨던 나는 자리에서 일어나 하반신만 남은 칼리돈의 멧돼지에게 다가갔다. 그리고 양손으로 반쯤 익어버린 놈의 살점 일부를 우악스럽게 뜯어냈다.

갓 달군 냄비에서 꺼낸 것처럼 뜨거워 손바닥이 온통 데인 것 같았지만 신경 쓰지 않았다. 나는 지방으로 미끌거리며 누린내 나는 살코기를 뜯어 삼킨 뒤 외쳤다.

"이 멧돼지를 보낸 자여! 이제 그대와 나의 길은 오직 피로 덮여 있을 것이다!"

신을 향한 무례라고? 아니, 나는 아르테미스가 행한 일을 모르는 걸로 돼 있잖나. 또한 아르테미스도 체면상 이 문제를 정면으로 따지진 못한다. 개망신 그 자체니까. 그래서 이렇게 맘 놓고 웃어댔다.

"크히히히힛! 으흐하하하핫-!"

오늘밤 나는 한 가지는 확실히 성공했다. 이제 올림포스의 신들은 이 펠레우스란 존재를 잊지 못하겠지. 이 정도면 아주 인상적인 데뷔가 아닌가.

"내 적의 원한이 가득 차오르는, 아주 명예로운 밤이로다."

5. 아르테미스의 화살

아르테미스 여신은 망신살이 뻗친 채 떠나갔다. 그리고 그걸로 오늘 밤의 빅 이벤트는 끝났다. 다른 신들도 저마다의 감상을 남긴 채 사라졌다.

〈전쟁의 신 아레스가 언젠가 당신과 만날 날을 기대합니다.〉

〈전령의 신 헤르메스가 당신의 재치에 흥미를 느낍니다.〉

〈처녀신 헤스티아가 당신이 위기를 넘긴 것에 안도합니다.〉

신들 중 아레스, 헤르메스, 헤스티아가 호의적인 반응이었다. 반면 아폴론의 경우는 상당히 복잡한 심경인 것 같았다. 당장 내게 적대적인 건 아니었으나, 자기 쌍둥이 누이인 아르테미스의 실패에 기분이 꽤 상한 모양이었다.

마지막으로 제우스는 자기 딸에게 무척 화가 났다. 멋대로 군 것도 모자라 인간을 상대로 실패했으니까. 아마 오늘 일은 여러 신들에게 좋은 술안주 거리가 될 테니 아르테미스는 한동안 얼굴도 제대로 들고 다니지 못하겠지. 수다스러운 헤르메스 신이 모든 걸 봤으니 소문이 퍼지는 건 가히 빛의 속도일 터.

-이제 어쩔 거냐? 펠레우스.

-뭘?

-네놈의 승리는 축하한다만 아르테미스와 척을 지고 말았다.

그녀는 동네 잡신이 아니야. '올림포스 12신' 중 하나라고.

어차피 모든 신과 가까워질 수는 없다. 특히 아르테미스와 사이가 틀어질 건 예상하던 바였다. 신전을 공격했던 아폴론의 쌍둥이 누이가 바로 그녀니까.

-어렵게 생각할 필요 없어. 상대가 나를 때리면 반드시 되갚아준다. 백 배, 천 배로.

-신이라도 말이냐?

-그래.

내 단호한 선언에 비밀의 서는 즐거워하는 기색이었다.

-이제 보니 보통 놈이 아니었구나. 회귀하고 급격히 달라져가는 네 모습에 어안이 벙벙해질 정도다. 아니, 너는 원래 그런 성정이었는지도 모르지. 지금까지는 신전 서기라는 조용한 삶에 묻혀 나타나지 않았던 거고. 어쩌면 하포크라테스 님은 그걸 알고 있었던 게 아닐까?

-그분이 내게서 뭘 봤는지는 상관없어. 하지만 한 가지 확실히 말하지. 더 이상 무력한 서기는 없다는 걸.

부스스스.

그때 칼리돈의 멧돼지가 재가 되어 흩날리기 시작했다. 마법적인 작용인 듯, 놈의 처참한 사체는 처음부터 없었던 것처럼 사라져갔다. 아르테미스가 떠난 탓인지도 모른다.

"음?"

하지만 완전히 다 없어진 건 아니었다. 어째서인지 코끼리의 상아만큼 긴 멧돼지 엄니만은 그대로 남았다. 심지어 그것은 은은하게 빛을 머금고 있어, 딱 봐도 귀한 보물 같았다.

-이걸 어떻게 하지? 챙겨야겠는데.

가져가면 분명히 쓸 곳이 있을 터. 하지만 이렇게 큰 엄니를 보관할 곳이 마뜩찮은데….

-걱정할 거 없다. 입을 벌릴 테니 집어넣어라.

-뭐? 입을 벌려?

대체 무슨 소리인가 싶어 되묻자, 갑자기 비밀의 서가 펼쳐지며 흉측한 입이 생겨났다. 시커먼 어둠을 스멀스멀 흘리고 있는 괴물의 주둥이였다.

쩌억.

마치 아귀 같은 입이 크게 벌어졌다. 안은 깊이를 알 수 없는 어둠만이 가득해서, 그 속에 떨어졌다가는 다시는 돌아오지 못할 듯했다.

-어서 넣어. 이 안에 보관하면 돼. 필요할 때 꺼내주지.

-다시 토해낼 수 있는 거 맞아? 먹고 튀려는 건 아니지?

-…….

순간 비밀의 서가 울컥하는 걸 느꼈기에 서둘러 엄니를 던져 넣었다. 그러자 그 커다란 엄니가 비밀의 서의 목구멍 속으로 쑥 들어갔다.

"와…."

솔직히 감탄했다. 기괴하게 생겨서 의외로 기능이 많단 말이야.

"어엇…?"

놀란 건 나만이 아니었다. 근처에 있던 아탈란테가 눈을 동그랗게 떴다. 그녀는 비밀의 서를 볼 수 없으니 대체 무슨 일이 벌어진 건지 짐작도 못하겠지. 엄니가 갑자기 허공에서 사라진 걸로만 보일 터.

"아탈란테. 서로 대화가 필요하다고 생각하지 않나? 너도 그러려고 아직 남아있는 것 같은데."

마침 신들도 다 떠나고 얘기하기 좋은 타이밍이었다. 역시 짐작이 맞은 듯 아탈란테는 고개를 끄덕였다.

"좋다."

"우선 그전에 잠깐. 왕자랑 전사들은 여태 왜 안 깨어나는 거야? 단순히 두들겨 팼다고 이 정도로 뻗어있을 거 같지는 않은데?"

제우스의 보검이 힘을 발휘하고, 신수가 터져나가는 와중에도 우리의 훌륭하신 왕자 전하께서는 눈을 뜰 줄 몰랐다.

"죽은 거 아냐?"

발로 왕자 놈을 툭툭 건드려 보니까 어째 푹 자는 거 같은데? 왕자만 아니라 다른 전사들도 엎어져 널브러진 것치고는 표정이 편안하다. 굴러다닌 탓에 얼굴이 먼지로 엉망이었지만.

"죽지 않았다. 특별한 방법을 쓴 것 뿐이야. 아마 한두 시간 안에는 깨어나지 않을 거다. 얘기할 시간은 충분하겠지."

"뭐, 좋아."

사랑스러운 권력의 동아줄이 뒤진 것만 아니면 됐지. 나는 근처에 부서진 커다란 석재를 두 개 가져왔다. 적당히 앉을 만한 크기였다. 나란히 그걸 놓고는 아탈란테에게 자리를 권했다.

"차라도 내고 싶지만 불비해서 말이지."

"뻔뻔하기 이를 데가 없군."

허, 터무니없는 소리를 듣는구면.

"이럴 때는 보통 예의 바르다, 라고 하지 않나?"

"네놈의 태도를 말하는 거다. 아까 전까지는 극도로 자세를 낮춰 존대하더니, 이제는 마치 상급자처럼 날 대하는군. 그런 거만함은 천성인가?"

맘에 안 든다는 듯 눈살을 찌푸린 아탈란테를 보고 나는 당연하다는 듯 대답했다.

"거만함이야말로 내 트로피다."

"뭐?"

"작은 승리조차 많은 걸 바꾼다. 하물며 이 몸은 신수를 쓰러뜨려 커다란 승리를 거둔 용사지 않나? 반면 너는 도둑질이나 하러 온 소인배다. 우리 사이가 처음보다 극적으로 변해도 전혀 이상한 일이 아니지. 본래라면 너는 나와 이렇게 마주 앉을 자격조차 없다."

"으윽…!"

아탈란테는 말문이 막힌 듯 입술을 깨문다. 그녀가 주춤하자 나는 더욱 신랄하게 쏘아붙였다.

"스스로 도적이라고 생각하지 않거든 그 복면부터 벗도록 해. 자신을 감추고 뭘 그렇게 당당한 거지? 아니면 오늘밤에는 끝까지 도적으로 남을 건가?"

아탈란테는 실의에 빠진 듯 고개를 숙였다. 영광스러운 삶을 꿈꾸던 그녀에게 오늘 일은 처절한 실패 그 자체겠지. 그녀는 할 말이 없다는 듯 제자리에 묵묵히 서 있었다. 나는 재촉하지 않고 참을성 있게 기다렸다.

"미안하다…"

잠시 뒤 그녀가 사과하고는 복면을 풀어 얼굴을 드러냈다. 그러자 아탈란테의 민낯이 비수처럼 쑥 내 마음으로 파고들어왔다.

"아…!"

솔직히 감탄할 수밖에 없었다. 달의 여신을 섬기는 자라 그럴까? 달빛처럼 곱고 섬세한 소녀였다. 무엇보다 감탄한 건, 지금까지 어떤 여자에게서도 본 적 없는 기품과 분위기를 갖고 있다는 점이다.

낯선 아름다움이었다. 그래서 더욱 끌렸다. 이런 굴욕적인 상황에서조차 아탈란테에게선 은은한 매력이 비춰 나왔다. 마치 순결한 달빛을 품고 있는 것 같아 섣불리 손을 대서는 안 될 것만 같았다.

하지만 이런 감정을 겉으로 피력하지는 않았다. 지금은 자책감에 젖은 소녀를 위로하기보다 내 승리를 더 즐기고 싶었으니까.

"나는 적에게도 꽤 관대한 사내라네. 이제 그만 자리에 앉지."

마치 허락한다는 듯 조악한 석재를 가리켰다. 그 간이의자는 높이가 내 것보다 묘하게 낮았다. 당연히 일부러 그랬다.

-명백한 악의로다. 참으로 치사하기도 하고.

비밀의 서의 신랄한 평가에 나는 별로 신경 쓰지 않았다.

-얼마 전에 네가 한 말을 빌려 대답하자면, 주제파악 하게 해주는 거다.

-허… 이것 참.

-왜?

-네놈은 왜 머리에 뿔이 없을까? 악마가 틀림없는데.

그걸 끝으로 비밀의 서는 더 끼어들지 않았다. 수다스러운 놈이지만 중요한 때는 전혀 방해 안 한단 말이지.

"아탈란테."

"말하라."

"어째서 날 도왔지?"

칼리돈의 멧돼지에게 거의 죽을 뻔했다. 그녀가 단검을 던지지 않았다면 생각하기도 싫은 일이 일어났을 터.

"……"

아탈란테가 대답을 망설였지만 사실 별로 상관없었다. 이미 알고 있으니까. 어째서 자기가 섬기는 신을 배신하면서까지 날 도왔는지.

"대답할 생각이 없다면 추리해 보지. 오늘 왜 도둑질을 하러 왔는가 부터."

"…펠레우스라고 했지? 당신은 정말 모든 걸 아는 건가?"

이미 다 파악하고 있다는 듯한 내 태도에 아탈란테는 처음으로 두려운 기색을 보였다.

"모든 건 아니지만 많은 걸 알고 있지."

전투 당시에는 워낙 정신이 없어 여러 정보를 취합할 수 없었다. 하지만 싸움이 끝나고 차분해지자 상황은 쉽게 정리됐다. 중요한 사실이 하나 기억난 덕이다. 바로 '칼리돈의 멧돼지'가 '칼리돈 왕국'에서 날뛰던 게 바로 이맘쯤이라는 것.

"죽은 멧돼지는 칼리돈 왕국을 초토화 시키고 있어서 칼리돈의 멧돼지라 불리지. 오늘 밤 갑자기 여기로 소환돼 왔지만 원래라면 칼리돈에 여전히 있어야 할 놈이다."

저 멧돼지가 출현하게 된 게 참 어이없는데, 칼리돈의 왕이 풍년에 기뻐해 제사를 드린 게 원인이었다. 여러 신들에게 두루 감사했는데 깜빡하고 아르테미스를 빼먹은 것. 이에 체면이 상했다고 여긴 여신이 칼리돈에 자신의 신수인 거대한 멧돼지를 풀어놓은 거다.

물론 남몰래 해서 사람들은 신들을 제외하곤 누구도 아르테미스가 한 줄 몰랐다. 심지어 눈앞의 아탈란테 같은 추종자를 포함해서 말이다. 실로 교활하다.

"멧돼지 때문에 칼리돈 왕국은 가을 수확을 모두 망쳤다. 노련한 전사들이 총 출동했지만 잡지 못했고. 아탈란테, 너는 그 멧돼지를 잡으려고 했던 자 중 하나였지?"

"…그래. 하지만 잡을 수가 없었어. 놈이 수많은 사람을 고통에 빠뜨리고 있었는데 말이야."

풍년가를 부르던 칼리돈 백성들은 그야말로 재앙을 만났다. 멧돼지에게 잡아먹힌 사람도 많았지만 망친 농사는 어찌할 방법도 없었다. 잔인한 겨울이 금세 올 텐데도.

"아탈란테. 섬기는 아르테미스 여신에게 부탁해 보지 않았나? 사냥의 여신이라면 칼리돈의 멧돼지를 잡을 방법이 있었을 터."

이 물음에 아탈란테는 입을 다물었다. 나는 그런 모습을 보며 한쪽 입 꼬리를 올렸다.

"아니, 부탁해도 소용없었겠지. 사실 칼리돈의 멧돼지를 보낸 게 아르테미스 여신이니까."

"여신님께서 그러실 리가!"

방금 일을 겪고도 아직도 부정하는 건가. 하긴 그 정도로 아르테미스 여신은 이 소녀에게 위대한 존재이겠지.

"정말 그렇게 생각하나? 마음속에 의심이 있었을 텐데? 어떤 짐승도 사냥할 수 있다는 '아르테미스의 화살' 한 개만 내려주면 수많은 사람들을 구할 수 있었을 텐데, 아무리 부탁해도 여신은 묵묵부답이었겠지."

"……."

아탈란테의 얼굴이 고통으로 일그러졌다. 진심으로 섬기던 여신이 사실 그런 짓을 했다니 쉽게 믿기 힘들겠지. 아름답고 당당한 사냥의 여신은 아탈란테에게 동경의 대상이었을 테니까.

"마음속에 번민이 끊이질 않았을 거다. 실수로 제사를 빼먹은 것 때문에 왕국을 초토화 시켜버린 여신이라… 세상에, 신들이란!"

이후 아탈란테의 행보는 유추하기 쉽다. 백성들을 위해 기어코 멧돼지를 잡으려고 했던 그녀는 미케네의 셋째 왕자와 거래하게 된 것이다. 나는 그 점을 언급했다.

"자세한 거래 조건까지는 모르겠군. 하지만 저 보검을 훔쳐 주는 대가로 칼리돈의 멧돼지를 잡을 수 있는 무언가를 약속했겠지. 이 왕가에는 온갖 신물(神物)이 있으니까."

미케네 왕가는 막장이지만, 정말 대단한 가문인 것도 사실이다. 그들에겐 특별한 피가 흐르고 있으며, 신들이 내린 물건도 여러 개다. 제우스의 보검은 그중 하나일 뿐.

"내 말이 틀렸나?"

회귀하기 전의 원래 역사에서는 오늘밤 보검은 도둑맞는다. 그리고 얼마 뒤, 아탈란테란 사냥꾼이 칼리돈의 멧돼지를 쓰러뜨려 엄청난 명성을 얻게 된다. 영웅 아탈란테 이야기의 시작이었다.

가만히 내버려뒀으면 아탈란테와 셋째 왕자의 거래가 성사됐고, 그녀는 대가로 받은 신물을 이용해 멧돼지를 잡는 데 성공하는 거다. 내가 개입해 모든 게 꼬여버렸지만.

-펠레우스, 네놈은 참으로 대단하군. 아탈란테란 대영웅의 서사시를 시작부터 망쳐버리다니.

-최고의 영광이로군. 하지만 이건 시작에 불과해.

-뭐?

-아르테미스가 그녀의 배신을 알게 될 테니까. 단검을 던져 적을 도운 일을 말이야.

내 말에 비밀의 서는 의아해했다.

-이상한데? 아르테미스는 멀리서 보고 있었고, 분노로 돌아버린 상태라 눈치채지 못했다. 아탈란테 본인만 입 다물고 있다면 슬쩍 넘어갈 수 있을 텐데?

-이런 우둔한 놈 같으니라고. 쯧쯧.

나는 혀를 찬 뒤 설명해줬다.

-당연히 알게 되지. 내가 적당한 시점에 아르테미스에게 오늘 일을 이를 테니까.

-뭐어? 정말이냐? 이런 극악한 놈!

-그냥 전술적 선택이라고 해줄래? 훗날 대영웅이 되는 아탈란테를 아르테미스 진영에서 빼온다면 더없지 좋잖아? 요컨대, 내 고자질은 둘의 사이를 틀어지게 만드는 최고의 이간계인 셈이지.

내 책략에 비밀의 서는 질렸다는 기색이었다.

-참으로 악랄하구나…. 그래서 어디로 빼온다고?

-당연히 그건 이 위대한 펠레우스 님…. 아니, 말실수다. 위대하

신 하포크라테스 님의 진영에 합류하게 되는 거지.

입은 은혜도 있으니까 간판이라도 그분 이름으로 해드려야지. 좀 더 실속을 챙겨 드리고 싶지만 안 계시니 어쩌겠어. 정말 본의가 아니다.

—합류시켜서 어쩌게?

—아탈란테가 원하는 건 정의의 영웅이야. 그렇다면 실컷 영웅놀이 하게 해줘야지.

그녀는 온갖 사악한 괴물을 무찌를 거다. 물론 그게 나한테 그저 살짝 도움이 되는 방향으로 이뤄질 테지만.

—크흐흐흐.

세상사란 게, 다 이렇게 서로 돕고 사는 거 아니겠는가.

내 이런저런 추리에 대해 아탈란테는 솔직히 시인했다. 체념한 기색이 강하게 느껴졌다. 이제 와서 부인해 봐야 뭐하겠냐 싶겠지.

"그대는 전부 다 알고 있군. 혹시 어딘가의 신인가?"

아탈란테는 의심스럽다는 기색이었다. 아무래도 미래를 알고 있는 데다가, 신들의 반응을 살필 수 있기에 그리 보일지도 모르겠군.

"아니, 너와 똑같은 인간이지. 하지만 우리는 명백히 다르기도 하다."

"무엇이?"

"너는 처참하게 실패했지 않나? 심지어 목표로 삼던 칼리돈의 멧돼지조차 이젠 사냥할 필요가 없어졌다. 바로 이 펠레우스의 손에 쓰러졌으니까."

보란 듯 턱을 치켜세우자, 가뜩이나 하얀 아탈란테의 피부가 더욱 창백해졌다. 하지만 입술을 깨물 뿐 대꾸하지 않는다.

"심지어 너는 오늘 밤 무슨 일이 일어난 건지도 정확히 모르지. 칼리돈의 멧돼지가 왜 여기 나타났다고 생각하나?"

아마 자세한 이유는 몰라도, 아르테미스 여신이 보냈다는 건 짐작할 터. 하지만 그리 대답은 할 수 없겠지. 그건 수많은 피해를 야기한 멧돼지의 주인이 아르테미스라고 인정하는 꼴이니까.

게다가 신의 동향을 적잖이 파악할 수 있는 나와 다르게 그녀는 정보가 너무나 부족했다. 오늘 대체 왜 자기가 섬기는 신이 칼리돈의 멧돼지를 보내며 폭주했는지 짐작도 못할 터.

─어째서 저 소녀를 정신적으로 압박하는 거지?

잠자코 듣던 비밀의 서는 궁금하다는 듯 물어왔다. 물론 아탈란테를 가엾게 여기는 기색은 없었다.

─영웅답게 만들어주고 싶어서.

─그게 무슨 개소리냐?

─전통적인 영웅이란 건 고뇌하는 존재잖아. 이 몸이 친절하게도 그녀에게 고뇌를 선물하겠다는 얘기다.

─그게 우리에게 무슨 이득이 되는 건가? 네 배배 꼬인 심성을 만족시킬 수 있는 것 외에는.

충분히 다 알면서 묻는군.

─저 아름다운 소녀를 수확하기 위해서지. 앞으로 아탈란테는

아르테미스와 점점 멀어질 거다. 자신이 동경하고 섬기던 이가 생각 같지 않다는 걸 잘 알게 될 테니까.

-네놈의 이간질은 그걸 재촉하고?

-그래. 하지만 문제는 그것만이 아닐 거다. 오늘 일이 실패한 탓에 미케네의 셋째 왕자에게도 원한을 살 거야. 그는 증거를 인멸하려고 할 테니까.

요컨대, 나는 눈앞의 소녀가 점점 더 궁지에 몰리길 기대하고 있다.

-지금 그녀는 실의에 빠졌지만 여전히 자존심 강하다. 또한 아르테미스를 향한 존경도 살아있지. 이래서는 아직 품에 끌어들이긴 무리랄까. 오늘 밤 일로 꽤나 인상이 나빠졌기도 하고.

-그래서 일단 지켜보겠다는 건가? 펠레우스.

-맞아. 수확의 때를 기다리자. 저 달콤하고 아름다운 과실이 농밀하게 익어 내 품에 떨어질 때까지.

-아주 재미있겠군. 흐흐흐.

즐거운 목소리인 게 내 의견이 만족스러웠던 모양이다. 이놈도 은근 사악하다니까.

"모른다…"

그때 아탈란테가 겨우 내뱉듯 대답했다. 역시 아직은 아르테미스에 대해 나쁘게 말하진 못한다 그건가. 그렇다면 아마 이게 그녀의 입장에선 최선의 대답이리라.

"모르면 문제가 끝나나?"

"으읏…"

"이제 너와 더 대화할 가치도 느끼지 못하겠군."

귀찮다는 듯 손을 흔들며 물러나라 했다. 내 태도는 마치 날파리를 쫓는 것 같았다.

"어쨌든 도움을 받았으니, 오늘 네 수치를 눈감아 주겠다. 떠나라. 왕가의 보물을 노린 죄를 묻지 않으마."

자비를 베풀어 주겠다는 듯한 태도에 아탈란테는 어깨를 부르르 떨었다. 나를 죽일 듯 쏘아보던 그녀는 자리에서 벌떡 일어나더니 품에서 무언가를 꺼내 놨다.

"이건 뭔가?"

황금으로 만들어진 두꺼운 반지로 아트레우스 왕가의 문장이 새겨져 있었다. 보자마자 누구의 것인지 알 수 있었지만 일부러 모른척했다.

"너는 아름답긴 하지만 내 취향은 아니다. 정표라면 사절인데?"

"셋째 왕자에게 받은 거래의 징표다!"

아탈란테는 신경질이 난 듯 빽 소리를 질렀고 나는 킥킥 웃었다.

"이걸 내게 주는 이유가 뭔가? 이번 일이 터지면 너도 연루될 수 있어. 커다란 불명예가 될 거다."

"내 나름대로의 결착이자 속죄다!"

설령 오명을 뒤집어쓰더라도 상관하지 않겠다는 기세로군.

"앞으로 대의를 위해서라도 다신 이런 짓을 하지 않겠어. 하지만 이번에 도둑질을 한 건 인정하지. 그러니 맘대로 해!"

역시 구질구질하게 변명 같은 건 안 하는군. 저런 성격은 맘에 든단 말이지. 아탈란테는 몸을 확 돌렸다.

"가는가? 또 보자고. 아르테미스의 사냥꾼."

"시끄럽다! 꿈에서도 보고 싶지 않아!"

떠나는 그녀의 발소리가 쿵쿵 울리며 들려왔다. 상당히 분통한 모양이군. 며칠은 잠도 제대로 못 자는 거 아닐까.

"그건 그렇고, 아직 어리네. 어려…."

저런 소녀가 대영웅으로 자라나는 걸 보는 것도 큰 재미겠지. 아르테미스의 품이 아니라, 내 품에서 말이야. 나는 왕가의 금반지를 들어 올려 자세히 살펴보았다. 역시 이것만 가지고 오늘 일의 증거로 삼기에는 부족하다. 하지만 가랑비에 옷 젖는다고 이런 게 모여 커다란 일을 하는 법이다. 나름대로 쓸모가 있겠는걸.

-그건 그렇고 생각보다 순순히 보내줬군, 펠레우스?

-어차피 금방 다시 만날 테니까.

나는 아탈란테가 갈 곳을 잃고 방황할 때까지 기다릴 작정이었다. 그때 손을 내밀어주자. 물론 그게 따뜻하고 친절한 손길은 아닐 거다.

잡을 수밖에 없는 악마의 손 비슷한 거겠지.

두 시간 정도 지나자, 왕자와 전사들이 깨어났다. 몸 여기저기의 통증이 밀려오는 듯 끙끙 앓는 소리가 방 안에 가득했다. 하긴 얻어터진 데다가 보검의 위력에 밀려 방구석까지 굴러갔으니 멀쩡할 리가 있나. 아가멤논이 제일 먼저 정신을 차렸는데, 그는 곧장 내게 물어왔다.

"보검은!"

느긋하게 앉아있던 나는 대답대신 한쪽으로 손가락을 가리켰다. 거기에는 왕가의 보검이 좌대 위에 얌전히 놓여있었다.

"후우…."

아가멤논은 십년감수했다는 듯 안도의 한숨을 내쉬었다. 그러다 참상이 펼쳐진 방 안의 광경을 보고 놀라서 입을 쩍 벌렸다.

"펠레우스 님. 대체 무슨 일이 있었던 겁니까!"

사방에 원래 형상을 유지하고 있는 거라곤 검이 올려진 좌대뿐이다. 거대한 멧돼지가 날뛰었으니 멀쩡한 게 남아 있을 리가…. 그나마 아르테미스가 떠나면서 멧돼지가 흔적도 없이 사라져서 다행이랄까. 피도, 살도, 뼈도 온데간데 없다. 터져버린 그대로 남아있었다면 말도 못하게 끔찍할 뻔했다.

"제가 도적을 물리치는 과정에서 좀 소동이 있었습니다. 결국 격퇴했지만요."

나는 근처에 떨어져 있던 찢어진 옷 조각을 들어보였다. 그러자 다들 도적의 복장을 알아봤다.

"정말 도적을 무찌르셨군요! 대단하십니다!"

아가멤논을 시작으로 모든 전사들이 감탄을 터뜨리며 다가왔다. 수많은 전투의 흔적과 찢어진 옷 조각, 멀쩡히 남아있는 제우스의 보검 등, 모든 정황이 내 승리를 뒷받침하고 있었다.

"그 무서운 자를 무찌르다니 정말 감탄했습니다!"

"소인도 그렇습니다!"

"전하께선 대단한 용사시군요!"

주위에 있던 전사들은 기쁨을 감추지 못하고 있었다. 그도 그럴게, 오늘 밤에 이들은 큰 실패를 겪을 뻔했다. 단 한 명의 도둑에게 당해 왕가의 보물을 빼앗겼다는 건 평생 지울 수 없는 수치일 터. 그런 최악의 상황을 막아준지라 다들 날 껴안고 난리가 났다.

"전하의 덕에 왕가의 보물을 지킬 수 있었습니다!"

"신들이 전하를 보내주셨군요! 진심으로 감사드립니다!"

정말 죽다 살아난 건 아가멤논도 마찬가지였다. 보검을 도둑맞았다가는 부왕 아트레우스에게 작살이 났을 터. 차라리 몰랐으면 모를까 눈앞에서 칼을 도둑맞았다가는 그가 어떤 처지가 될지 안 봐도 뻔하다. 그 양반은 자기 아들도 청동소에 넣고 구워버릴 테니까.

"진심으로 감사드립니다. 펠레우스 님!"

"아가멤논 님께 도움이 됐다니 더 바랄 게 없습니다."

"참으로 고마운 말씀이십니다. 그나저나 어떻게 된 겁니까?"

기절해 있던 사이 전후사정을 묻는 아가멤논에게 나는 손짓을 해 구석으로 불렀다. 그러자 왕자는 눈치껏 명했다.

"너희는 어질러진 주변을 정리하도록 해라."

전사들이 빠지자 우리 둘은 작은 목소리로 대화했다.

"펠레우스 님, 도둑은 죽었습니까? 시체가 안 보이는 걸 보니 도망친 듯합니다만?"

"아가멤논 님, 이걸."

나는 전후사정을 여과해서 설명한 뒤 셋째 왕자의 반지를 내밀었다.

"도둑이 물러나며 이걸 남겼습니다. 아가멤논 님께 드릴 테니 잘 활용하도록 하십시오."

아가멤논은 현명하니 반지를 그럴 듯하게 활용할 수 있을 터.

"감사합니다. 이 아가멤논, 펠레우스 님을 위해 할 수 있는 거라면 뭐든 돕지요. 말씀만 해주십시오."

아가멤논은 내 손을 꽉 잡아오는 게 퍽 감격한 눈치다.

"선의로 한 일에 무슨 보답을 바라겠습니까?"

비밀의 서가 못 들어주겠다는 듯 구토하는 소리가 들렸지만 무시했다.

"아가멤논 님, 앞으로의 일은 돌아가서 이야기하지요."

이렇게 난리법석이 끝나는 듯했다. 하지만 생각지도 못한 일은 아직 더 남아있었다.

번쩍.

선명한 빛이 폭발하더니, 방 한 가운데 상서로운 기운이 뭉치기 시작한 것이다.

"또 뭐, 뭐야!"

"보검을 지켜!"

오늘 단단히 혼이 났던 전사들은 뭔가 또 일어나자 식겁했다.

"모두 진정하라."

아가멤논이 앞에 나섰다. 하지만 그는 딱히 칼을 들고 있지 않았다. 나타난 기운이 사악하기는커녕 무척 따뜻하고 기분 좋았기 때문이다. 그제야 왕자는 무슨 일인지 눈치채고 우리에게 말했다.

"모두 무릎을 꿇어라. 위대한 존재께서 강신하시는 듯하다."

지켜보던 나는 눈을 크게 뜰 수밖에 없었다. 신이라고? 이 세계로 와서도 말로만 듣던 신을 드디어 직접 보게 되는 건가.

두근두근.

어쩐지 심장이 뛰었다. 지켜보고 있자니 곧 신령한 존재가 나타났다. 무척 아름다운 여신이었다. 우아하게 옷자락을 늘어뜨린 그녀는 빛 속에서 걸어 나왔다. 홀린 듯 그 광경을 보던 나는 여신과 눈이 마주치자 서둘러 고개를 숙였다.

[저는 질서의 여신 에우노미아입니다.]

여신은 스스로를 그렇게 소개했다. 질서의 여신 에우노미아라면 올림포스의 입구를 지키는 하급신이다. 종종 제우스의 심부름을 하기 위해 지상으로 내려오는 존재였다.

[미케네의 왕자여, 오늘 그대에게 전할 말이 있어 왔답니다.]

에우노미아의 목소리는 단아하면서도 힘이 있었다. 이에 아가멤논이 절도 있는 자세로 대답했다.

"고귀한 여신이시여, 미케네까지 와주신 것 깊은 감사드립니다. 말씀을 내려주소서!"

과연 제우스의 고손자라 그런지 여신을 상대로도 품위있고 당당하구나. 다른 전사들이 여신의 위엄에 고개를 바짝 숙이고 움직이지도 못하는 것과 대조됐다. 아무리 따뜻하게 웃고 있어도 상대는 신이다. 상위 존재만이 풍기는 특유의 기운 때문에 용맹한 전사들도 꼼짝 못하고 있었다.

[그리고 이방에서 온 왕자여.]

음? 나?

설마 질서의 여신이 나까지 부를 줄은 몰랐기에 잠시 당황했지만 곧 정중하게 대답했다.

"고귀한 여신이시여, 말씀하소서."

[그대에게도 전할 말이 있답니다. 최고신 제우스께서 오늘 밤에 있었던 일을 높게 평가하고 계십니다.]

설마 제우스가 이렇게 빨리 직접적으로 관심을 드러낼 줄이야.

생각도 못한 일이었다.

"미욱한 제게 그런 말씀을 해주시니 몸 둘 바를 모르겠습니다."

[후훗, 겸손한 자로군요. 그렇기에 더욱 영예를 받을 자격이 있답니다. 제우스 님께선 당신이 올림포스가 바라는 영웅이 될 수 있다고 생각하십니다. 하여 특별한 힘을 내리겠다고 하셨습니다.]

뭐? 제우스가 내게 힘을 준다고?

나는 이게 호재인지, 악재인지 알 수가 없었다. 물론 신의 후원을 받을 작정이었고, 아테나 정도로도 부족하다고 호기롭게 외쳤지만… 사실 말론 뭐든 못하겠나. 예상보다 훨씬 빠른 타이밍에 최고신이 훅 치고 들어오자 움찔할 수밖에 없었다.

-의도한 거라면 상당히 대단하군. 제우스.

내가 상대의 의중을 파악하기 위해 끙끙 앓자, 비밀의 서는 단순한 의문을 제기했다.

-그냥 지 아들로 착각한 거 아냐?

-설마 그러려고? 아무리 제우스가 여자라면 자다가도 일어나고, 미녀라면 출신과 종족을 안 가리고, 절대 빗나감 없이 임신 시키는 게 주특기라지만….

-그 정도 조건이면 설마가 사람 잡기 충분한 거 아니냐?

비밀의 서의 지적에 잠깐 할 말이 없어졌다.

-하지만 난 다른 차원에서 왔다고. 아들이라고 보기 어려울 텐데.

-애초에 하포크라테스 님도 다른 차원에서 온 신이시다. 올림포스에 정착하기 전 그분의 이름은 호루스지.

뭐라? 호루스라면 이집트 신화에서 매의 머리를 한 신인데? 원래 그쪽 계열 만신전에 있다가 이리로 넘어온 건가? 만약 신들이 그렇게 차원이동을 자연스럽게 해왔다면, 제우스는 100프로 다른 차원에도 아들이 있을 거다.

[나는 덮친다. 고로 존재한다.]를 삶의 모토로 삼은 양반이니까.

-뭐 사실 아들이든, 아니든 상관없다는 거 아닐까?

-그건 그래. 쓸만한 놈이니 일단 힘을 주고 지켜보겠다는 의도겠지.

일단 그리 결론을 내린 나는 감격한 표정을 지으며 질서의 여신 에우노미아에게 외쳤다.

"그게 정말이십니까!"

아가멤논과 전사들 역시 감탄을 금치 못했다.

"위대한 최고신께서 힘을!"

"이건 필시 전설의 시작이다!"

"다시없을 영예로다!"

질서의 여신이 앞에 있는데도 모두 흥분을 감추지 못했다. 하지만 에우노미아 여신은 책하지 않고 따뜻하게 웃을 뿐이었다.

"에우노미아 여신이시여, 힘이라 하면 구체적으로 무엇입니까?"

일단 궁금한 점을 물어보자 에우노미아 여신은 친절히 설명해 줬다.

[그건 위대한 최고신이 가진 신성의 일부입니다. 당신은 그것으로 원하는 걸 할 수 있답니다. 물론 도리에 맞지 않은 행동을 한다면 신성을 회수하시겠지요.]

신성이라니. 설마, 설마 했는데 생각 이상으로 제우스가 통 크게 나왔다. 신성은 인간과 다른 신만의 성질이다. 그걸 주겠다니.

-펠레우스, 에우노미아의 말로 알 수 있는 게 있다.

-뭔데?

-원하는 걸 할 수 있다고 했지. 하면 구체적으로 구현되지 않은 '혼돈' 그 자체를 내리려는 거다.

나는 비밀의 서가 한 말은 단번에 이해했다. 가공되지 않은 신성을 금서에선 '혼돈'이라 불렀다. 이걸로 무얼 할지는 혼돈을 받은 자의 자유다.

헤라클레스의 보석도 제우스의 신성을 품고 있는데, 혼돈을 가공해 괴력을 발휘하게 한 거다. 그 과정은 마치 원석을 깎아 원하는 모양의 보석을 만드는 것과 같다.

-역시 제우스는 네놈의 가능성을 시험해 보려고 혼돈을 내리는 모양이다. 네가 혼돈을 다룰 수 있는지, 다룰 수 있다면 그걸로 뭐를 할지 지켜보겠지. 자질을 평가하겠다 그거다.

-교활하군.

나는 냉소를 흘리면서도 겉으로는 한없이 공손한 태도를 유지했다.

"제가 최고신의 은혜를 받을 자격이 있는지 모르겠습니다."

[제우스 신께서 결정하셨으니 걱정할 것 없답니다. 다만, 그걸 어찌 다룰 수 있는지는 전적으로 당신에게 달려있습니다. 이국의 왕자여.]

제우스의 힘은 자질이 없는 자에겐 돼지 목의 진주 목걸이다. 아마 거의 대부분의 인간에겐 의미 없는 힘일지도 모른다. 원숭이에게 총을 쥐도 쏠 줄 모르는 것처럼.

하지만 나는 전혀 걱정하지 않았다. 제우스의 신성이라면 이미 적합 판정을 받았으니까. 멀리 갈 것도 없다. 헤라클레스의 보석을 사골까지 우려먹고 있는 게 바로 이 몸 아닌가. 비밀의 서도 그 점을 언급했다.

-애초에 하포크라테스 님께서 널 선택하신 건 제우스의 신성을 다룰 재능을 알아본 건지도 모른다. 당연한 얘기지만 최고신의 힘에 적합한 인간은 극소수다. 제우스의 후손인 아트레우스 가문 놈들조차 자질이 부족해 저기 있는 보검을 쓰질 못했지. 반면 너는 처음 쥐자마자 보검으로 아르테미스의 신수를 날려버렸다. 이 정도라면 아마 운명이란 존재에게 특별히 선택 받은 건지도 모른다.

듣고 보니 그럴싸했다. 이제야 하포크라테스가 최고 사제 대신 날 택한 게 이해됐다. 아마 하포크라테스는 내가 헤라클레스의 보석을 얻은 날부터 조용히 지켜보고 있었던 건지도 모른다.

그 뒤 금서를 보게 해놓고, 물밑에서 일을 준비했단 말인가. 그는 종말이 터지고 퀴크노스가 쳐들어오자마자 기다렸다는 듯 날 회귀시켰다. 역시 신은 신이구나, 긴 세월을 준비해 책략을 실행하다니.

"여신이시여, 하신 말씀 명심하겠습니다."

감사를 표하고 힘을 받겠다고 하자 에우노미아 여신이 이쪽으로 손을 뻗었다. 그러자 그녀의 손에서 영롱한 빛이 뻗어 나와 내게 쏟아졌다.

"오…!"

감탄이 절로 터졌다. 그 빛은 마치 질감이 있는 것처럼 내 피부 위를 자극하며 스며들어 왔다. 그리고 몸 안에서 덩어리로 뭉쳐서 자리를 잡는 게 느껴졌다.

"축하드립니다!"

"신의 은총을 받은 전사다!"

"제우스의 빛이 한 인간에게 임했구나!"

주위에선 탄성이 터져 나왔다. 최고신의 은총은 무궁무진한 가치를 지닌 선물이니 그럴 수밖에. 특히 아가멤논은 부러워 죽겠다는 표정이었다. 후계자가 되고 싶은 그에겐 고조할아버지인 제우스의 힘은 그야말로 간절하겠지.

하지만 그런 영광은 그의 것이 아니었다. 이 힘은 승자에게 주는 월계관이었으니까. 아무리 왕자라도 패자는 돌바닥에 추하게 뻗어 있어야 하는 게 세상사였다.

"다시없을 영광에 감사드립니다! 최고신의 이름을 더럽히지 않도록 최선을 다하겠습니다!"

당당히 힘을 받아들이자 에우노미아 여신은 웃으며 고개를 끄덕였다.

[운명이 그대의 편에 서길 빌겠어요]

용무를 마친 에우노미아 여신은 아가멤논에게 고개를 돌렸다. 아까 그에게 할 말이 있다고 했지. 아마 상을 주려는 건 아닐 거다. 제우스는 패자에겐 차갑디 차가우니까. 칼리돈의 멧돼지가 죽자 자기 딸인 아르테미스에게도 환멸감을 감추지 않은 그다. 돌바닥에서 기절한 아가멤논에겐 오히려 벌을 내릴지도 모른다. 그래서인지 아가멤논은 표정이 어두웠다.

[근심하지 마세요. 미케네의 왕자여. 제우스 신께서는 그대가 오늘의 실패를 딛고 더 크게 일어날 것이라 하셨습니다.]

다행히 용서받았네? 아가멤논은 크게 안도한 듯 감격해 외쳤다.

"감사합니다! 절대 오늘 같은 일이 다시없을 것입니다."

[훌륭합니다. 미케네의 왕자여. 그런 마음이라면 현재 왕가에 닥친 위기도 극복할 수 있겠군요.]

갑작스러운 말에 아가멤논의 얼굴이 딱딱하게 굳었다.

"왕가의 위기라니 무슨 말씀입니까?"

[제우스 신께선 지금 미케네의 왕 아트레우스가 바람 앞의 등불과도 같은 처지라고 하셨습니다. 식인거인이 그를 노리고 있으니 왕자는 속히 대왕을 구하세요. 두 번의 실수는 용납되지 않을 것입니다.]

그걸로 여신의 용건은 끝이었다. 할 말을 다 한 그녀는 무운을 빈다는 말을 하고는 홀연히 사라졌다.

웅성웅성.

주변에 깔린 상서로운 기운이 채 다 없어지기도 전에 혼란이 일었다.

"전하! 대왕께서 위기라니요!"

"현재 사냥을 가시지 않았습니까! 어서 도우러 가야합니다!"

전사들은 흥분해서 소리쳤지만 아가멤논은 차가운 얼굴로 생각에 잠겨 있었다. 나도 나 나름대로 옛 일이 떠올랐다. 식인거인이라…. 묘하게 걸리는 구석이 있었다.

"전하! 어찌 말씀이 없으십니까!"

"틀림없이 보통 일이 아닐 겁니다!"

당장이라도 말을 달려가자는 듯 전사들이 재촉해도 아가멤논은 요지부동이었다. 그러다 차가운 목소리로 입을 열었다.

"모두 닥쳐라!"

서릿발 같은 목소리였다. 실로 왕족의 위엄이 가득해서 끓은 주전자처럼 달아올랐던 전사들이 단번에 입을 다물었다.

"부왕의 목숨이 걸린 위기임을 모르지 않는다. 내 아비의 일인데 어찌 몸을 사리겠느냐. 하지만 부왕께서는 먼 곳으로 사냥을 떠나셨다. 애써 가도 이미 모든 일이 끝난 뒤일 것이다."

그렇다면 당장 출발해도 시간을 맞추기 어려울 터. 에우노미아 여신은 분명히 지금 아트레우스 대왕이 위기에 빠졌다고 했다. 즉각적인 수단이 요구됐다.

"펠레우스 님. 저와 잠시 얘기를 나누실 수 있겠습니까?"

"물론이지요."

"단 한 가지. 멀리 계신 부왕에게 아침 해가 뜨기 전에 당도할 방법이 있습니다."

"그게 무엇입니까?"

대체 무슨 방법인가 했는데 아가멤논은 왕가에서 보관하고 있는 페가수스가 두 마리 있다고 했다. 페가수스는 날개 달린 말로 제우스가 직접 내려준 신수다.

"페가수스는 왕가의 영물입니다. 부왕의 허락 없이는 누구도 탈 수 없지요. 심지어 부왕께서도 특별한 일이 아니면 마구간에서 꺼내지 않습니다."

"하면 전하께서 쓰셔도 되겠습니까? 반드시 문제가 될 것입니다."

"분명 월권이지요. 하지만 부왕의 목숨이 경각이라 하니 규칙을 따질 때가 아닙니다."

게다가 제우스가 직접 경고했다. 두 번의 실수는 용납되지 않는다고. 이번 일마저 실패한다면 아가멤논은 파멸하겠지. 그의 입장에선 모든 것을 걸어야 만하는 상황이 됐다.

"펠레우스 님. 부디 저를 도와주실 수 있겠습니까?"

페가수스가 두 마리 있다고 운을 뗄 때부터 눈치챘다.

"물론입니다. 제가 예언을 따라 미케네 왕가로 온 건 우연이 아닙니다. 분명 대왕을 구하는 것도 제게 부여된 소임인지도 모릅니다."

"감사합니다! 펠레우스 님!"

천연덕스러운 거짓말이었지만 아가멤논은 무척 고마워했다. 어려울 때 도와야 진짜 친구라는 말이 있잖나. 궁지에 몰린 그를 돕고 벼슬이라도 한 자리 차지해야겠군. 이 일을 잘 끝내고 넌지시 요구하면 아가멤논도 거절하지 못하리라.

-왕국의 세금으로 호가호위할 기회다!

내가 두 눈을 반짝이자 비밀의 서가 한심하다는 듯 중얼거렸다.

-네놈은 출사해선 안 된다. 틀림없이 탐관오리가 될 테니까.

-탐관오리라… 어렸을 때부터 꼭 한 번 해보고 싶었지.

아가멤논은 날 데리고 페가수스가 있는 마구간으로 향했다. 지키는 전사들이 있었지만 아가멤논은 앞뒤 사정 설명하지 않고 두들겨 패 모두를 기절시켰다. 월권이라 페가수스를 내어주지 않을 걸 알기 때문이었다. 우리는 페가수스를 조종하는데 필요한 마법의 말고삐와 찬바람으로 부터 몸을 지켜줄 왕가의 황금갑옷을 입고 바로 출발했다.

"하늘을 나는 건 정말 놀라운 경험이군."

비행기를 타본 적이 있지만 직접 창공의 바람을 느끼는 건 전혀 다른 경험이었다. 특히 '코린토스 만'의 그림 같은 바다를 지날 때는 비밀의 서도 나직하게 신음했을 정도다. 하지만 바다가 끝나고 다시 육지가 나타났을 때 내 표정은 딱딱하게 굳을 수밖에 없었다. 저 멀리 거대한 산맥이 병풍처럼 늘어서 있었기 때문이었다.

–저 산맥은….

–왜 그러나? 펠레우스.

비밀의 서의 질문에 나는 오한이 들었다. 어찌 회귀하기 전에 있었던 그 일을 잊겠는가. 다시 떠올리기만 해도 손발이 덜덜 떨리고 심장이 얼어붙는 기분이다. 당장이라도 페가수스에서 낙마할 것만 같았다.

–이봐, 정신 차려라.

–저게 그 뱀이다. 불타는 이름 없는 자.

–호…, 종말의 때에 저 산줄기가 살아 움직였다 그거지? 다시없을 장관이겠군.

–직접 보면 그런 말은 절대 안 나올 걸.

수많은 영혼이 비명을 지르며 뱀의 주둥이로 빨려 들어가는 꼴은 지옥도 그 자체였으니까. 귓가에 메아리처럼 울리는 사람들의 절규가 아직도 생생하다.

−펠레우스, 이제 저 산맥만 넘으면 델포이다. 아무래도 아트레우스 대왕이 사냥을 왔던 건 델포이 근처 같구나.

−그러네.

우리는 델포이 동쪽에 있는 거대한 숲으로 향했다. 내가 과거 헤라클레스의 보석을 숨겨둔 숲과 멀지 않은 곳이다. 하늘에서 보니 두 숲의 관계는 마치 본토와 부속된 섬 같았다.

−영 이상한 걸?

나는 숲을 내려다보며 고개를 갸웃거렸다. 대체 왜 아트레우스 대왕은 본국도 아닌 여기까지 와서 사냥을 하고 있었을까?

"저 근처에서 내리겠습니다!"

한참 저공비행을 하며 숲 주변을 살피던 아가멤논이 외쳤다. 많은 발자국과 수레 자국이 난 곳을 발견한 까닭이다. 아무리 만월이라지만 눈이 비정상적으로 밝군. 역시 신의 혈통이란 건 편리하기 짝이 없는 거 같네.

"워워!"

페가수스는 풀밭 위로 사뿐히 내려앉았다. 우리는 바로 숲의 초입에 난 흔적을 따라 안으로 향했다. 하지만 페가수스들은 어째서인지 투레질을 하며 들어가려고 하지 않아 결국 두고 갈 수밖에 없었다.

"저 녀석들은 자신의 천적이 될 만한 것에 민감하게 반응합니다. 아무래도 불길한 예감이 드는군요. 서두르지요. 펠레우스 님."

준비해 온 횃불에 불을 붙인 뒤 점점 깊이 들어갔다. 청명한 가을인 데도 숲 안은 어째 끈적끈적하고 습한 느낌이었다. 오래된 고목도 괜히 불길하고 무섭게 느껴졌다.

"숙련된 사냥꾼을 데려왔으면 좋았을 텐데 아쉽군요."

아가멤논은 어렵사리 흔적을 따라가며 안타까워했다. 그는 사냥감을 따라가는 기술을 배운 듯했으나 어두운 밤이라 결국 한계가 있었다. 꽤나 깊이 들어왔는데 어느 순간 흔적이 끊기고 만 것이다.

"흐음… 난처하군요."

아가멤논은 안절부절 못했다. 그게 정말 아버지를 걱정해서인지, 아니면 제우스를 실망시킬까 두려워서인지는 알 수 없었지만. 결국 우리는 흩어져 찾아보기로 했다. 방향이 정해지자 아가멤논은 서둘러 떠났다. 오늘 밤 필사적인 듯했다.

―괜찮겠냐? 펠레우스. 지금 힘이 방전된 상태라는 걸 명심해야 한다. 더 이상 괴력을 쓸 수 없다고.

―아가멤논에게 말할 수도 없는 일이잖아.

―하긴 그렇지.

―밤의 숲이 위험한 건 나도 알고 있어. 적당한 곳에서 숨어 있다가 해가 떠오르면 숲 밖으로 나가자고.

―옳은 판단이다. 반짝거리는 갑주도 문제구나. 진흙이라도 칠하는 게 좋겠다.

마침 가까운 곳에서 물소리가 졸졸졸 들렸다. 개울이 있는 것 같았다.

―좋아, 개울가에서 진흙을 바르고 숨어있자. 동이 틀 무렵에 숲 밖으로 나가면 돼. 이런 밤은 너무 위험해.

애초에 나는 진심으로 아트레우스 대왕을 수색할 생각이 없었다. 중요한 건 아가멤논 왕자에게 신의를 얻는 일이니까.

-저기 개울이 있군.

발을 넓게 벌리면 건널 수 있는 작은 개울이었다. 나는 물을 근처의 낙엽이 썩은 흙과 섞은 뒤 빛나는 흉갑에 치덕치덕 바르기 시작했다. 가만히 있던 비밀의 서는 내 작업에 대해 만족한 기색이었다.

-훨씬 낫다. 실용적이기도 하고 천박한 네놈과 더럽혀진 갑주가 묘하게 잘 어울린다.

-뭐야?

-애초에 네놈 같은 놈에게 왕가의 찬란한 황금 갑주는 영 아니지.

-호? 그래서 진흙탕 같은 네놈이 내 곁에 붙어 있는 거로군.

언제나처럼 비밀의 서와 주둥이 결투를 벌이고 있는데 어디선가 희미한 소리가 들려왔다. 깜짝 놀라 몸이 굳었다.

-잠깐! 목소리 안 들려?

-뭐? 기다려 봐라.

우리 둘은 하던 일도 잊고 귀를 기울였다. 그러자 어둠을 뚫고 가냘픈 소리가 들려왔다.

"살려줘… 살려줘어… 누가 이 몸을 구해다오…"

순간 소름이 손끝에서 부터 올라오는데 어깨를 지나더니 정수리까지 올라가 머리털이 위로 뻗쳤다.

"히익!"

귀, 귀신인가? 숲의 귀신이 나온 건가? 놀라서 양손에 진흙을 들고 있다가 엉덩방아를 찧었다.

털썩.

왕가의 물건인 멋진 망토가 엉망이 됐지만 신경 쓸 겨를도 없었다. 너무 무서워서 제대로 일어나지도 못하고 엉덩이로 바닥을 쓸며 뒤로 물러났다.

"살려다오…. 살려…다오…. 짐을… 도와다오."

서둘러 도망치려던 나는 짐이란 단어에 멈췄다.

-짐? 혹시 아트레우스 대왕인가?

무언가의 습격을 받아서 대왕 혼자 낙오된 건가? 부상을 입고 쓰러져서 저렇게 작은 목소리를 간신히 내는 거고?

-흠… 하지만 목소리가 너무 중성적이지 않나? 우리가 아트레우스 대왕의 목소리를 들어본 적은 없지만 호탕한 장년 사내가 떠오르는 음색은 아닌데?

그건 그렇군. 비밀의 서의 의견도 일리가 있다. 하지만 나는 어쩐지 저 목소리에 끌렸다. 뭐랄까, 들어본 적 있는 것 같다고 할까? 대체 어디서 들어봤던 걸까.

"흐음…."

잠시 고민이 이어졌고 곧 호기심이 두려움을 이겼다.

-가서 뭔지 확인해 봐야겠어.

아무래도 나는 오래 살긴 틀린 성격 같았다.

-나는 추천하지 않는다. 동이 틀 때까지 얌전히 숨어있는 게 최선이다.

비밀의 서의 의견은 합리적이었지만 이미 조심스럽게 소리가 들려오는 쪽으로 나아가는 중이다. 물론 위험하다는 건 잘 안다.

–하지만 뭔가 끌림이 느껴지는데?

–그게 조작됐을 확률이 있다는 거다. 야밤에 행인을 유혹해 잡아먹는 괴물은 다 그런 식이야. 애절한 목소리에는 마법이 담겨 있어 제3자가 보면 명명백백하게 위험함에도 불구하고 끌려가게 되는 거다.

비밀의 서 입장에선 내가 정체불명의 괴물에게 유혹이라도 당한 희생자처럼 보이는 건가.

–그래도 아주 밑천이 없는 건 아니지. 제우스가 내린 신성이 있잖아.

–아직 다룰 줄도 모르면서 뭘 그리 자신하는 거냐?

–임기응변이란 말이 있다. 어떻게든 될 거야.

게다가 지금 입고 있는 왕가의 갑옷 역시 대단한 보물임에 틀림없다. 어지간한 공격에는 끄떡도 안 할 테니까.

–이 정도 조건이라면 한 번 확인해 봐도 나쁘지 않을 거 같아.

–좋다. 아주 맨 몸은 아니니 반대는 안 하겠다. 대신 위험한 것 같으면 바로 도망쳐라.

–그래. 나도 내 목숨은 귀하다고. 필요하면 네놈도 버리고 갈 정도로.

–어련하실까.

자박자박.

오래된 나뭇잎이 쌓인 곳을 따라 걸었다. 나는 이게 짐승들이 다니는 길이라고 생각했는데 자세히 보니 그게 아니었다.

–묵직한 게 지나간 흔적인데. 이게 대체 뭐지?

덩치 큰 게 바닥을 미끄러지듯 지나간 것 같은데 뭔지 영 모르겠네.

　-뭐긴 뭐야. 네놈을 잡아먹을 괴물이지.

　-좀 닥치고 있어봐.

　나는 바닥의 잎사귀에 아직 남아있는 끈적끈적한 체액을 발견했다. 또한 일대를 시커멓게 적신 핏자국도 있었다.

　-덩치 큰 무언가가 상처를 입은 게 틀림없어. 혹시 그 식인거인이란 놈이 아닐까?

　-그렇다면 참으로 재밌는 상황 아니냐? 펠레우스.

　-왜?

　-도시락이 지금 제 발로 찾아가는 중이니까. 배달 가냐?

　-…….

　듣고 보니 틀린 소리는 아니군. 하지만 나 역시 호락호락 당할 생각은 없었다. 허리춤에 있는 왕가의 검을 한 번 매만졌다. 제우스의 보검 정도는 안 되지만 이것 역시 보통 물건은 아닐 터. 위협에 빠져도 한 번 찌르고 도망갈 타이밍은 나올 거다.

　"고통스럽다…. 저주하겠다. 신들을…."

　어째 다가갈수록 불길한 목소리가 들려왔다. 역시 저 존재는 아트레우스 대왕이 아닌 게 확실한 것 같구나.

　-달밤에 숲 속의 괴물이랑 한바탕하게 생겼는데.

　-말은 그렇게 하면서도 발걸음은 멈추지 않는군. 그놈의 호기심이란 게 참으로 묘하구나.

　-그래, 대체 저 목소리의 주인공이 누군지 꼭 확인해야 직성이 풀리겠어.

　뚜둑.

그때 발밑에서 나뭇가지 하나가 소리를 내며 부러졌다. 그러자 신음하던 묘한 목소리가 뚝 그쳤다. 마치 울던 풀벌레가 사람이 다가가자 조용해지는 것과 비슷한 느낌이었다.

"누구인가…? 그대. 짐의 목소리를… 들은 것인가?"

갈라진 목소리가 이쪽을 향해 물어왔다.

"괴로워하는 당신의 목소리에 이끌려 찾아왔습니다. 저는 펠레우스라고 합니다. 현재 미케네에 의탁하고 있습니다."

"미케네인가…. 폭군이 다스리는 곳이지만… 아폴론과 아르테미스를 섬기는…… 더러운 도시 델포이보단 훨씬 낫겠지."

뭔가 말투에서 그 쌍둥이 남매 신을 향한 깊은 적의가 느껴지는데. 이거 영 예감이 안 좋다. 슬슬 물러날까?

끈적끈적.

발밑이 질척거리는 느낌에 고개를 숙여보니 어느새 바닥이 피로 흥건히 젖어있었다. 그 혈액은 인간의 것과 질감이 달라보였다. 나는 어둠 속에 도사리고 있는 게 괴물이라는 걸 확신하고 검에 손을 가져갔다. 그러자 다시 목소리가 들려왔다.

"경계할 것 없다…. 짐은 그대 같은 용사의… 상대가 될 수 없는 처지니…. 펠레우스, 그저 자비를 구하노라…."

처음보다 훨씬 힘이 빠진 음색이다. 나는 저 존재가 죽어가고 있음을 확신했다. 그렇다면 이대로 아침까지 기다리는 것도 나쁘지 않으리라. 저 존재가 죽은 뒤에 안전하게 정체를 확인할 수 있으니까. 하지만 그래서는 기껏 용기를 내고도 아무 수확도 없을 것 같았다.

"좋습니다. 당신이 누구인지, 어떤 상태인지 살펴보도록 하죠."

마음을 단단히 먹었다. 뭐가 나타나던 놀라지 않겠다고 다짐하고 앞으로 나섰는데 나는 횃불에 드러난 존재의 모습에 나직이 신음했다.

"으......"

그건 거대한 뱀이었다. 마치 다큐멘터리에서 본 아나콘다를 떠올리게 한다. 하지만 밤하늘을 떠올리게 하는 칠흑빛 비늘은 감히 비교할 수 없었다.

15미터가 넘어 보이는 엄청난 크기의 뱀이었다. 뱀의 모습은 처참했는데, 고통스러운 듯 고목을 휘감고 피를 철철 흘리고 있었다. 하얗게 빛나는 화살이 몸에 깊이 박혀 한눈에도 상태가 안 좋아 보였다.

–저 존재가 뭔지 알겠어?

비밀의 서에게 물어봤지만 모르겠다는 대답이 돌아왔다.

–저런 뱀에 대해 들어본 적이 없다. 하지만 평범한 존재는 아니겠지. 뱀보다 저 화살에 주목해라.

나는 비밀의 서의 조언대로 가까이 다가가 못처럼 뱀을 나무에 고정해 놓은 화살을 살펴봤다. 자체적으로 은은한 빛을 뿜어내는 신비한 물건이었다. 하지만 그런 신령한 모습과는 달리 화살이 박힌 뱀의 몸뚱이는 심한 괴사를 일으키고 있었다. 악취에 인상을 찌푸리던 나는 곧 화살의 정체를 알아봤다.

"뭐야? 아르테미스의 화살이잖아?"

이건 따져볼 것도 없이 아르테미스의 화살이 맞다.

"그대는 현명하구나… 알아보는 것이냐…?"

뱀의 물음에 나는 고개를 주억였다.

"이 은은한 빛은 아르테미스가 부여한 달의 힘입니다."

내 말에 뱀은 약간 씁쓸한 어투로 부정했다.

"틀렸다. 정확히 따지면… 그 간악한 아르테미스에게 당한 달의 여신 셀레네의 권능이지…."

"근본을 따지면 확실히 그렇지요."

아폴론은 태양신 헬리오스의 힘을 빼앗았다. 그리고 쌍둥이 누이 아르테미스는 달의 여신 셀레네의 힘을 빼앗았다고 한다. 남매가 아주 쌍으로 양아치들이네.

"게다가 이 '림타니스 거위'의 깃털로 만든 깃을 보면 아르테미스의 것이 확실하지요."

화살의 깃은 눈처럼 새하얗다. 이건 아르테미스의 신수인 림타니스 거위의 몸에서만 구할 수 있는 물건이다. 그 거위의 깃털로 깃을 만들면 백발백중이라고. 게다가 여기 서린 달빛은 어떤 짐승도 죽일 수 있다고 전해진다.

아탈란테가 칼리돈의 멧돼지를 퇴치하고자 그토록 원했던 물건인데 왜 여기에 있을까? 음…, 전후사정은 모르겠지만 한 가지는 확실하군.

"당신은 아르테미스 여신의 사냥감이군요?"

"그렇다…. 그녀는 오랜 세월 끈질기게 날 추적해 왔지. 잘 따돌려 왔지만… 결국 이렇게 당하고 말았다…."

이거 갑자기 일이 재밌게 돌아가기 시작하네. 나는 입 꼬리가 살짝살짝 올라가려고 해서 억지로 참아야 했다.

─네놈, 또 뭔가 고약한 생각이 떠오른 모양이구나?

─어떻게 알았어?

-그 교활한 표정을 보면 모를 수가 없지.

이런, 표정 관리 좀 해야겠는 걸. 기쁠 때는 얼굴이 풀어져서 참 큰일이야.

"용사 펠레우스여… 부디 짐을 구해주지 않겠나…? 이 화살을 뽑아주면 된다…."

아주 매력적인 부탁이었다. 기꺼이 응하고 싶을 정도로. 아르테미스는 내게 존재만으로도 짜증 날 정도로 인상이 나빠진 상태. 그녀의 사냥을 방해할 수 있다면 이것만큼 재밌는 것도 없을 거다. 아르테미스는 공을 많이 들인 끝에 이 뱀을 드디어 잡을 수 있게 됐다. 하지만 내가 화살을 뽑아버리면 말짱 꽝이 되니까 어찌 거절하겠나?

"부탁한다…. 그대가 아르테미스의 분노를 살까… 걱정하는 걸 안다. 하지만 오늘 밤의 일은 아무도 모를터. 숲의 님프들조차 멀리 떨어져 있다…. 그대가 짐을 도와준다면 백배로 보답하겠다…."

한동안 대답이 없자 뱀은 내가 아르테미스를 무서워해서 그런다고 여긴 모양이었다. 하지만 천만의 말씀. 아르테미스를 엿 먹일 수 있다면 훨씬 더한 것도 할 수 있다. 하지만 아르테미스의 화살을 뽑는 건 생각보다 간단한 일이 아니었다. 이건 함부로 손 댈 수가 없으니까.

"아르테미스의 화살은 그녀의 강한 신력이 깃들어 있습니다. 보통 인간은 만지는 것만으로도 사망합니다."

"그런가…!"

뱀은 무척이나 안타까워했다. 하지만 내 말이 맞다고 여긴 듯 더 잡아 빼 달라고 하지 않았다.

"애꿎은 그대를… 죽음에 몰아넣을 수 없지…. 무리한 부탁을 해서… 미안하구나…."

그걸로 뱀은 입을 다물었다. 더 견딜 수 없는 듯 고개가 추욱 쳐져 늘어진다. 이대로라면 얼마 버티지 못하리라.

"흐음…."

나는 아르테미스의 화살을 보며 고민에 빠져있었다. 이런 내 시선을 눈치챈 비밀의 서가 재빨리 제지해 왔다.

ㅡ기어코 화살을 뽑을 생각이구나! 미련한 놈 같으니라고. 그만 둬라. 틀림없이 죽게 될 거다.

ㅡ보통의 경우라면 그렇겠지.

ㅡ뭔가 방법이라도 있단 거냐?

특별히 대답하지 않고 생각에 잠겼다. 그리고 잠시 뒤에 결론을 내렸다.

ㅡ가능할지도 모른다. 제우스가 내린 힘이 있잖아?

ㅡ그건 아직 용도가 없는 힘이다! 갑자기 무얼 할 수 있을 리가 없어!

제우스는 가능성을 줬지 이미 만들어진 능력을 준 게 아니다. 그건 마치 흙덩어리 같아서 도자기처럼 그럴 듯한 걸 만들려면 오랜 시간이 필요했다.

하지만 나는 할 수 있을 것 같았다. 제우스의 신성을 응용해 아르테미스의 화살에 담긴 힘에 저항한다. 아무리 위협적이라지만 작은 화살에 깃든 정도의 위력이다. 최고신이 내린 신성이면 충분히 가능할 터. 이런 점을 설명하자 비밀의 서는 황당해 했다.

ㅡ그러니까 그걸 어떻게 한다는 거냐?

-그냥 하면 되지, 거 참 말 많네.

나는 가타부타 더 설명하지 않고 앞으로 나섰다.

"제가 한 번 그 화살을 뽑아보겠습니다."

"그대… 그만 두라. 위험하다…"

하지만 허락을 구하기 위해서 한 말이 아니었다. 나는 다짜고짜 다가가 아르테미스의 화살을 향해 손을 향했다.

-이 미친놈아!

머릿속에서 비밀의 서가 절규하는 소리가 들렸다. 뭐라 더 꽥꽥 거렸지만 이쪽에 집중하느라 더 들리지 않았다.

금서에서 읽은 바에 의하면, 신의 힘은 인간의 여린 육체를 물리적으로 산산조각 낸다고 했다. 마치 거대한 해머로 정수리를 때리는 것 같은 충격과 함께 인간의 육체란 그릇은 덧없이 깨져버린다는 것.

쾅! 하고 끝이다.

그렇다면 어떻게 견뎌야 할까? 머리를 굴리던 나는 현대 지식을 하나 떠올렸다. 산산이 깨지는 이미지 때문에 얼음에 관한 실험 하나가 기억난 것이다.

얼음은 망치로 쉽게 깰 수 있지만, 간단한 방법 하나만 동원하면 엄청난 내구도를 자랑하게 된다. 바로 얼음을 얼릴 때 안에 솜을 집어넣는 것이다.

그렇게 하면 솜의 섬유망이 물과 결합해 강력한 그물 모양의 내부 구조를 형성한다. 그 뒤에는 공사장에서 쓰는 함마로 때려도 끄떡도 안 할 정도가 된다.

세계 2차 대전 당시에는 영국군이 이런 원리를 이용해 얼음으로 만든 불침의 항공모함 '하박국'을 고안했을 정도다. 영국군의 무기 계획이 늘 그렇듯 결국 엉망으로 끝났지만, 발상 자체는 획기적이었다. 나는 그걸 지금 응용해 보기로 했다.

몸 안에 깃든 제우스의 신성을 움직여 마치 솜과 같은 그물망의 구조로 전신에 퍼뜨렸다. 이게 어려운 작업인지는 모르겠지만 내겐 간단했다. 상상만으로도 제우스의 신성은 아주 쉽게 반응해 모양을 바꿔줬으니까.

혹시 신성이란 거, 생각보다 엄청 만만한 거 아닌가? 하지만 이어진 비밀의 서의 반응을 보니 꼭 그런 것 같지는 않았다.

-뭐, 뭐엇! 갑자기 신성을 원하는 형태로 가공했어? 그것도 순식간에?

-그게 대단한가? 하면 하는 거지.

-올림포스의 하급신도 그 정도로 바로는 못한다! 펠레우스! 네놈은 대체 뭐하는 놈이냐!

비밀의 서는 경악을 금치 못했지만 나는 시큰둥한 반응을 보일 수밖에 없었다. 숨 쉬는 것처럼 자연스럽게 할 수 있는 걸 어쩌라고? 일단 작업을 마친 뒤 주저 없이 아르테미스의 화살을 붙잡았다.

쿠아앙!

갑자기 우레가 귓가에서 친 것 같았다. 머릿속이 번쩍하며 뇌가 하얗게 타버리는 기분이었다. 그건 정수리에서 시작해 발끝까지 그대로 날 뒤흔들었다. 일순간 시각을 잃어버리고 정신줄을 그대로 놔 버릴 정도의 충격이었다.

"크윽!"

비밀의 서가 악을 쓰며 부르는 소리가 아련하게 들렸다.

-펠레우스! 펠레우스! 펠레우스!

잠깐 선 채로 의식을 잃었지만 나는 곧 회복했다. 눈을 껌뻑껌뻑 거리자 주변의 광경이 하나둘 다시 보였다. 아르테미스의 화살은 어느새 손아귀에 잡혀 있었다.

파지직! 파직!

마치 전기처럼 스파크를 튀기고 있었지만 화살은 아무 것도 하지 못했다. 스트레칭 하듯 목을 움직여 봤다. 큰 충격이 있었지만 잘 견뎌냈다. 이 정도면 멀쩡한데?

-펠레우스, 괜찮은 거냐!

-응, 좀 놀란 정도? 쾅, 하고 내리 꽂더라.

-허……. 허허!

비밀의 서는 기가 막힌다는 목소리였다. 녀석은 반쯤 넋이 나가 중얼거렸다.

-이 무슨 미친 재능이란 말인가…. 하포크라테스 신이시여. 제가 이상한 놈을 택하셨다고 말한 것 사과드리겠습니다. 이런 인간은 천 년에 하나도 나오지 않을 것입니다….

6. 식인거인

비밀의 서 녀석이 연신 감탄사를 터뜨리고 있었지만 정작 난 별로 실감하지 못했다. 모든 게 자연스럽게 됐으니까.

-됐고. 일단 화살부터 회수해야지. 진짜 운 좋네. 이 귀한 걸 얻다니.

아르테미스의 화살에 맞아 사경을 헤매던 뱀에겐 미안하지만 나는 싱글벙글해졌다. 이 화살은 그야말로 신물. 갖고 있으면 요긴하게 쓸 수 있을 거다.

-잘 간직해라. 펠레우스. 그 화살은 신도 상처 입힐 수 있으니까.

이 세계 기준으로는 전략 병기라고 해도 틀리지 않을 정도로군.

"화살이… 사라졌구나… 이런 놀라운 일이!"

뱀은 설마 내가 진짜로 아르테미스의 화살을 뽑아낼 줄은 몰랐던지 크게 놀란 기색이었다. 혀를 계속 날름거리며 상처 부위를 살펴본다. 그러자 괴사했던 뱀의 상처가 빠르게 회복돼 갔다. 신비로운 연두색 빛이 일어나며 회생 불가라 여겨졌던 상처가 실시간으로 수복된다.

-마치 자연의 가호를 받는 느낌이군.

내 이런 감상에 의외로 비밀의 서는 긍정했다.

-네놈 감이 맞을 거다.

-정말?

-신의 무기에 의해 입은 치명적인 상처다. 아무리 대단한 주문이라고 해도 저렇게 단번에 치료할 순 없어. 분명 어딘가에서 막대한 힘을 끌어오는 거다.

-참 신기한 녀석이군.

신전 서기나 할 때는 몰랐는데 신화의 세계에 직접 발을 들여놓자 온갖 게 다 튀어나오네.

"진심으로 고맙구나."

뱀은 한결 편해진 목소리로 내 얼굴 앞까지 머리를 내밀었다. 하마터면 놀라서 뒤로 넘어질 뻔했다. 비단구렁이보다도 더 큰 뱀이 코앞까지 오니까 박력이 장난 아닌 걸.

"이런 실례했군. 너희 인간들은 우리를 싫어했지."

씁쓸한 어투로 중얼거린 뱀은 잠깐 반짝이더니 인간으로 변신했다. 그런데 너무나 예상 밖의 외형이었기에 또 놀라고 말았다.

"헛!"

"왜 그러느냐? 이 모습도 마음에 들지 않는 것이냐? 생명의 은인인 건 알지만 참 까다로운 놈이로고. 짐은 인간으로 변하면 이 모습 밖에 취할 수 없다."

다소 불만스러운 어투로 내게 항의하는 이는 작은 꼬맹이였다. 10세 정도로 보이는 여자아이로 굉장히 예쁜 소녀다. 하지만 피안화처럼 붉은 머리칼은 이 녀석이 평범한 인간이 아님을 말해주고 있었다.

"불만이 있는 건 아닙니다. 여성분이셨군요? 어리기도 하고…"

"에잇 멍청한 놈. 어린 건 그저 외형 뿐이다. 짐은 네놈 따위보다 훨씬 나이가 많다."

하긴 그렇겠지. 신들 중에도 꼬맹이의 외형을 한 이도 있으니 생각해 보면 별 일 아니다.

"죄송합니다. 실례했습니다."

"솔직히 사과하니까 더 책하지는 않겠다."

뱀일 때는 중성적인 목소리였지만, 변신 후에는 작은 소녀에 어울리는 귀여운 음성이었다.

"그건 그렇고, 대체 어찌 아르테미스의 화살을 맞으신 겁니까? 성함 역시 듣고 싶습니다. 뭐라 불러야 할지 알 수가 없군요."

내 말에 소녀로 변한 뱀은 고개를 끄덕였다.

"짐의 이름은 퓌톤이다. 위대한 존재가 잠든 이곳을 지키는 산지기지. 주로 파르나소스 산 일대에 머물지만 그 망할 아르테미스에게 쫓겨 산 밑의 숲까지 내려오게 된 것이다."

말은 그렇게 해도 단순히 산지기 같은 존재는 아닌 것 같았다. 한국인의 감각으로 보자면 산신령에 가깝게 보인달까.

"퓌톤 님이시군요? 그런데 잠든 위대한 존재라고 한다면 혹시 '불타는 이름 없는 자'입니까?"

나는 실제로 만난 두려운 존재에 대해 물었다. 이 일대에서 잠든 위대한 자라고 하면 그것 밖에 없다.

"호? 제대로 알고 있구나? 인간에게 과거의 싸움이 전승되고 있는 것이더냐?"

다소 신기해하는 기색이었기에 좀 설명해줬다.

"네, 위대한 아폴론 신이 델포이의 신탁소를 지키던 산처럼 거대한 뱀을 화살로 쏴 죽였다고 합니다."

"아니야! 틀렸다!"

별 생각 없이 말해주고 있었는데 퓌톤이 극렬하게 반박했다.

"그게…."

"아니다! 아니다! 아니야! 애초에 아폴론 녀석은 그런 일을 할 능력도 없다고!"

콧김을 내뿜으며 씩씩거리는 퓌톤. 이게 세상에 무슨 상황이람? 달밤에 위험한 숲에서 잔뜩 뿔이 난 꼬맹이를 상대하다니…. 어떻게 대처하는 게 가장 현명할지 감이 안 잡힌다.

"제가 잘못 알고 있었습니까? 퓌톤 님?"

"그렇다! 아폴론은 위대한 분을 죽이지 않았다. 위대한 분이 위대한 일을 하고 쓰러지자 숟가락을 얹은 거라고!"

어째서 이 뱀이 숟가락을 얹다, 같은 표현을 알고 있는지는 모르겠지만 말하는 바는 알겠다.

"우리 인간들의 전승이 잘못됐다는 거군요?"

"그래! 너희는 다 멍텅구리야!"

꽤나 분하고 화가 난 듯했다. 말투를 보니 이 퓌톤이란 뱀은 정신연령이 어린 것 같았다. 그렇다면 좀 더 주의할 필요가 있었다. 동심의 일면에는 순진무구한 잔인함이 숨겨져 있기 마련이니까.

"죄송합니다. 아폴론 신의 사제들이 그런 이야기를 퍼뜨렸답니다."

사실 그 전승이 어디서 어떻게 시작된 건지는 모르겠지만 일단 아폴론 쪽에 책임을 떠넘겼다. 과연 그게 효과가 있는 듯 퓌톤은 아폴론을 향한 맹렬한 적의를 드러냈다.

"역시 그랬구나! 아폴론의 개들이 거짓말을 한 거야. 거짓말쟁이는 다 입을 찢어야 해!"

꽤나 그쪽 남매랑 사이가 안 좋구나. 아폴론을 미워하고 아르테미스에게 쫓기고…. 자세한 사연을 묻자 퓌톤은 대답해주지 않았다.

"네 갑옷에 바른 진흙처럼 치덕치덕하고 추잡한 이야기다. 오늘 밤에는 하고 싶지 않구나."

"알겠습니다. 퓌톤 님."

"그것보다 구명의 은혜를 꼭 보상하고 싶구나. 짐과 함께 산으로 가지 않겠느냐?"

"산이요?"

"그래, 이번에 산으로 들어가면 깊은 동굴에 꽁꽁 숨을 것이다. 수십 년 만에 외출했는데 설마 아르테미스가 아직도 날 기다리고 있을 줄이야. 정말 집요한 사냥꾼이 아닌가?"

무슨 이유인지는 모르겠지만 아르테미스는 수십여 년을 기다릴 정도로 퓌톤을 처리하고 싶은 듯했다.

"사냥꾼은 원래 끈기가 뭔지 아는 존재들이죠."

"에잇! 정말 성가신 놈들이다! 아무튼, 짐과 함께 산으로 가자꾸나. 산 깊은 곳에 짐의 보금자리가 있다. 오래 전에 숨겨놓은 보물이 있으니 그걸 보상으로 내리겠노라."

이 뱀이 둥지에서 날 잡아먹기 위해 꼬드기는 게 아니라면 꽤 좋은 이야기였다. 보상이 탐나긴 했지만 안타깝게도 따라갈 수 없었다. 비록 아트레우스 대왕을 찾는 일에 건성이라지만 자리를 이틀이나 비울 수 없잖은가. 아가멤논과 합류해서 열심히 숲을 해

맨 척하며 점수를 따야하니까.

"정말 감사한 말씀이십니다. 퓌톤 님. 하지만 저는 숲에서 찾아야 할 사람이 있습니다."

피치 못 할 사정이 있다고 보상을 사양하자 퓌톤은 눈에 띄게 실망한 기색이 됐다.

"그렇느냐? 이 일을 어쩔꼬? 은인에게 보상하지 못하면 짐의 체면이 서질 않는다…."

고민하던 퓌톤은 자신을 부르는 법을 알려줄 테니 후일 찾아오라고 했다. 자신은 산지기라 이 산맥 일대를 떠날 수 없단다.

"이 방법은 아르테미스에게 절대 알려주면 안 된다?"

"물론입니다."

"믿겠노라. 하면 나중에 보물을 받으러 꼭 들리거라. 이대로는 짐이 면목이 없는 것이다."

작은 소녀는 씩씩하게 고개를 끄덕였다. 귀여운 외형 때문에 영 분위기 안 살지만, 본인은 꽤나 프라이드가 높은 모양이었다. 하긴, 불타는 이름 없는 자를 모시는 산지기 같은 거랬지. 자기 주인이 세계 종말과 관련된 초거물이라면 저런 자부심을 가져도 이상하지 않겠지.

"저, 그런데 떠나기 전에 부탁 하나만 해도 될까요?"

"부탁?"

"사람 하나만 찾아주실 수 있을까 해서요. 아트레우스 대왕이라고…."

나는 숲을 돌아다니던 사정을 설명했다. 그리고 퓌톤이 내 부탁을 어렵지 않게 들어줄 거라고 기대감에 부풀었다. 산신령 같은 존재라지 않은가? 분명 숲의 짐승도 부릴 수 있으리라. 근사한 늑대가 나타나 길 안내를 해주는 게 아닐까?

"퓌톤 님이라면 그 정도는 충분히 가능하시지요? 동물로 길안내를 시킨다던가."

"으으……."

한데 어째서인지 퓌톤은 매우 곤란한 표정이 됐다. 얼굴이 상기된 소녀는 손가락을 꼼지락거리더니 고개를 푹 숙인다.

"저기, 퓌톤 님?"

"아무래도 그건 어렵다….."

"네? 산지기라면서요? 불타는 이름 없는 자가 잠든 산을 지킨다면서요? 그 정도 능력도 없으세요?"

고의는 아니지만 영 이상해서 어쩐지 힐난하는 어조가 되고 말았다. 그러자 퓌톤은 빽 소리를 질렀다.

"치, 친구가 없단 말이다!"

"네?"

"나도 동물 친구들이 있으면 좋겠다고! 하지만 아무도 짐이랑 놀아주지 않는데 어떻게 길 안내를 시켜!"

그러고 보니 혼자 끙끙 앓을 때 주위에 아무도 없었지. 드리아데스(떡갈나무)나 멜리아스(물푸레나무) 같은 나무의 님프들도 눈에 띄지 않았다. 아무래도 더 물었다가는 아픈 곳을 후벼 파게 될 거 같아서 그만 뒀다.

"알겠습니다. 하지만 달리 도와주실 방법은 없나요?"

기왕 이런 존재와 만났으니 아트레우스 대왕을 찾는 일에 조금 나서 봐도 괜찮을 것 같았다. 정처 없이 헤매는 건 사절이지만 목

적지만 안 다면야….

"당연히 그 정도는 있다. 애초에 동물로 길안내라는 어려운 조건을 건 네놈이 잘못이다. 친구가 없는 짐에게 너무 가혹하잖느냐."

"그, 그렇군요…."

다음부터 친구가 필요한 부탁은 하면 안 되겠군. 곧 퓌톤은 이마에 땀을 흘리면서 무언가 마법을 부리기 시작했다. 아직 몸 상태가 좋지 않아 보였다. 그녀는 곧 한쪽을 가리켰다.

"저쪽이다. 멀리에 십여 명의 인간들이 있구나. 병장기의 소음도 들려온다. 네놈이 찾는 아트 뭐시기인지는 모르겠다만, 이 숲에 들어오는 인간은 흔치 않으니 확인해 볼 만하겠지."

"감사합니다! 퓌톤 님!"

"쭉 직진하다가 골짜기를 따라 내려가라. 그러면 병장기 소음이 들릴 것이다."

퓌톤의 도움으로 일이 수월하게 됐다. 병장기 소음이라면 전투가 벌어졌다는 거니 서두르는 게 좋겠다. 위험한 상황일지도 모르나 제우스의 핏줄인 아트레우스 대왕이라면 쉽게 당하지 않을 터.

"감사합니다!"

"오냐, 그러면 짐도 가보겠다. 후일 꼭 찾아 오거라."

퓌톤과 그대로 어둠 속으로 미끄러지듯 사라졌다.

—묘한 인연을 맺었군? 네놈은 어딜가나 사고뭉치구나.

—이번엔 꼭 그렇지도 않다고. 퓌톤이 정말 불타는 이름 없는 자와 관계가 있다면, 그녀에게 도움을 준 건 나쁜 일은 아니야.

솔직한 심경으로는 다시는 그 거대한 뱀을 만나고 싶지 않았다. 하지만 그 초월적인 존재는 분명 다른 시간대에서 인연이 있다고 말했다. 세계 멸망의 서곡 같은 초월자의 말이니 그 무게가 남다르다. 분명히 그 인연은 피할 수 없겠지.

-그건 그렇겠군. 하지만 펠레우스, 오늘 밤은 아직 길다. 아트레우스 일행이 전투를 벌이고 있다면, 질서의 여신 에우노미아가 언급한 식인거인일지 모른다.

-강할까?

-강하겠지. 여신이 위험하다고 했을 정도니까.

아트레우스 대왕은 악명 높긴 하지만 무력은 대적할 자를 쉬이 찾을 수 없을 지경이다. 제우스의 증손자라 보통 인간과 비교도 안 되는 초인이다. 그런 그가 위험하다고 할 정도니 보통 일은 아닐 터.

-그렇군. 어쩌면 그 거인도 신의 혈통일지 모르겠어.

"투창 던져!"

아가멤논의 외침에 왕가의 정예병들이 있는 힘껏 투창을 집어 던졌다. 올림피아 제전에 나가 입상할 정도의 솜씨를 가진 자들이었으나, 상대에겐 전혀 먹히지 않았다.

"저게 식인거인이라 불리는 존재인가!"

콰앙! 하는 소음과 함께 방패째 허공으로 날아가는 병사들을 보며 아가멤논은 한탄했다.

불균형한 몸매에 비대한 턱, 문신으로 가득한 민머리. 멧돼지 같은 이빨과 비정상적으로 부풀어 오른 근육은 그야말로 흉측했다.

"일어나라! 제우스의 자손이여! 위대한 거신족의 후예인 이 몸을 당해낼 자신이 없단 말인가!"

거인은 조롱을 아끼지 않고 있었다. 이미 아트레우스 대왕은 치명상을 입은 상태. 그는 병사들을 이끌고 사자처럼 싸웠지만 어떻게 된 일인지 식인거인은 전혀 지치지 않았다. 아가멤논이 제때 합류하지 못했으면 진작 목숨을 잃었을 것이다.

"대왕을 지킨다! 모두 이 몸을 따르라!"

하늘의 도움인지 숲을 헤집던 아가멤논은 가까스로 부왕의 일행과 합류할 수 있었다. 그는 영웅다운 힘을 발휘해 무너져 가던 병사들을 규합했다.

"크하하핫! 아들이 아비보다 낫구나! 좋다! 계속 발버둥 쳐라! 그래야 그 달아오른 심장을 뜯어먹을 맛이 날 테니!"

식인거인은 오히려 더 격해진 싸움이 즐거워하는 기색이었다. 아가멤논은 물러나지 않고 있었지만 대체 어찌 저 불사신 같은 거인을 상대해야할지 알 수가 없었다. 칼로 베이지도 않았고 창으로 찔러도 먹히지 않았다. 그 혈통은 알 수 없으나 강대했던 티탄의 후손임이 틀림없었다.

'제우스시여! 어찌해야 합니까! 적을 쓰러뜨릴 방법이 없습니다!'

병사들의 사기를 염려한 아가멤논은 속으로 한탄할 뿐이었다. 하지만 자신을 이곳으로 보낸 제우스는 아무런 반응도 없었다. 지켜보고 있지도 않는 듯했다.

'당신의 피를 이은 부자가 오늘 밤 모두 죽겠습니다!'

속으로 다시 한 번 제우스를 불렀지만 아가멤논은 올림포스의 주신이 얼마나 냉정한지 잘 알고 있었다. 이 싸움에서 이기지 못한다면 자연스럽게 폐기처분 되는 것이다. 그리고 왕좌는 잔인하고 야심만만한 다른 형제들이 잇게 될 터.

"이대로 쓰러질 순 없다!"

아가멤논은 다시 일갈하며 식인거인에게 달려들었다. 그건 자기 자신에게 하는 피맺힌 다짐이기도 했다. 하지만 그의 용기는 아무 소용없었다.

"크악!"

이내 그는 쓰러져 거인에게 짓밟혔다. 끝이 코앞이었다.

"제법 훌륭했다. 제우스의 자손이여. 크흐흐흐! 그 건방진 최고신의 피가 섞인 인간은 대체 무슨 맛일까? 이 몸의 혀는 뛰어난 인간일수록 감칠맛을 느낀다. 하니 네놈은 각별하겠지!"

식인거인의 눈은 살기로 희번덕거렸다. 아가멤논은 영락없이 죽었다고 생각했다. 막 식인거인이 그의 머리를 뜯어내려고 솥뚜껑보다 큰 손을 뻗어왔기 때문이다.

"으윽!"

한데 어째서인지 거대한 손이 허공에서 멈췄다. 눈을 질끈 감았던 아가멤논은 무슨 일인지 살펴보았다.

"쿵쿵! 쿵쿵!"

갑자기 거인이 요란하게 주변을 둘러보며 냄새를 맡고 있었다. 대체 무슨 일일까? 거인은 아가멤논에게 관심을 잃고 고개를 갸웃거렸다.

"이상하군? 뭔가 희한한 인간이 달려오고 있는데? 뭐지? 왜 제우스의 혈통보다 맛있게 느껴지는 것인가!"

퍽!

급기야 식인거인은 쓰러진 아가멤논은 걷어차 버리고 어두운 숲을 노려보기 시작했다. 길게 찢어진 입 꼬리를 올리며 손바닥 위에 커다란 나무 몽둥이를 규칙적으로 두들겨댔다.

"영웅인가? 그래, 신의 후원을 받는 영웅이 틀림없도다! 그러니 이렇게 향긋하지! 크흐흐흐흐!"

송곳 같은 이빨이 가득한 거인의 두꺼비 같은 입에서 끈적끈적한 타액이 길게 늘어졌다. 손등으로 닦아도, 닦아도 계속 흘러내리고 있었다.

퓌톤이 시킨 대로 골짜기를 따라 내려가던 나는 저 멀리서 고성이 터지는 걸 들었다. 전투의 소음은 매우 격렬했다. 멀리서 듣고 있는데도 가슴이 쿵쿵 뛰었다.

-펠레우스, 서두르는 게 좋겠다.

-그러게. 도착했을 때 아트레우스 대왕의 머리통이 이미 없어졌어도 놀라울 거 같지 않아.

내게 식인거인과 겨룰 수단이 아주 없는 건 아니다. 제우스의 신성을 응용해 엄청난 방어력을 획득할 수 있게 됐으니까. 잠깐이지만 아르테미스의 힘을 견뎠을 정도다.

"음?"

한참 달려가던 나는 갑자기 상황이 달라졌다는 걸 느꼈다. 함성이나 비명이 뚝 그친 것이다.

－다 죽은 거 아니냐?

비밀의 서의 물음에 나는 고개를 저었다.

－아니, 인기척은 느껴져. 뭔가 설명하기 어려운 팽팽한 긴장감도 함께.

잠시 소강상태로 서로 대치하고 있는 건가? 검을 뽑아들고 앞으로 나가자 그때서야 비로소 상황을 알게 됐다.

"허어…."

무려 키가 5미터나 되는 거인이 환한 만월 아래서 이쪽을 노려보고 있었던 것이다. 설마 내가 도착하길 기다렸던 건가. 주변에는 병사들의 시체가 어지러이 널려 있었고 아트레우스 대왕으로 보이는 장년인이 피를 흘린 채 몸을 일으키려고 안간힘을 쓰는 중이었다.

하지만 가장 놀라운 건 그게 아니다. 이쪽을 맹수와 같이 섬뜩한 눈으로 노려보는 저 식인거인이 익히 한 번 본 적 있는 존재기 때문이었다. 바로 헤라클레스에게 매를 맞고 도망간 그 거인이었다.

어째서 놈이 여기에?

아연실색해졌지만 생각해 보면 말이 안 되는 건 아니었다. 헤라클레스와 식인거인이 난투극을 벌이던 숲은 여기서 멀리 떨어진 곳이 아니다. 애초에 이 일대가 저 거인의 본거지였던 모양이다.

"네놈은 누구냐! 여기 제우스의 자손들처럼 이 몸에게 도전하려는 것인가!"

식인거인은 가슴을 두드리며 매우 호탕하게 외쳤다. 외모는 무척 추했지만 당당하고 자신감 넘치는 태도만큼은 어느 영웅 못지않았다. 주위에 있던 미케네의 병사들이 모두 나를 쳐다본다. 슬쩍 보니 피투성이인 아가멤논도 보였다.

-타이밍이 영 안 좋은데?

-펠레우스, 네놈은 주목 받는 걸 좋아하잖아? 힘내 보라고.

설마 아트레우스 대왕과 아가멤논, 제우스의 피를 이은 부자가 한 자리에 있는데 이렇게 탈탈 털릴 줄이야. 나는 당연히 미케네 쪽이 유리할 줄 알고 이렇게 신나게 뛰어온 거다. 퓌톤의 표현을 빌리자면 숟가락을 얹기 위해서.

그런데 아무래도 구원투수 역할인가 보다. 모두의 기대가 쏠리는 게 느껴진다. 쓰러진 아가멤논은 열렬한 눈빛으로 '펠레우스 님! 부디 거인을 무찔러 주십시오'라고 말하고 있었다.

젠장, 할 수만 있다면 나도 눈빛으로 말하고 싶다. 누구시냐고. 아는 사람이 아니라고. 그리고 가던 길 가보겠다고.

"상대에 대해 묻기 전에 자신을 밝히는 게 예의다! 거인, 네놈의 이름부터 말하라!"

내심이야 어쨌든 내 입에선 준엄한 꾸짖음이 터져 나왔다. 역시 나는 겉과 속이 다른 인간이야. 죽을 만큼 도망가고 싶었지만 지금 상황에서 그럴 수 없단 걸 알고 곧장 허세부터 부리기 시작한 것이다.

"오오!"

쓰러진 아가멤논이 감탄사를 흘렸다. 이제 살았다는 표정이었다. 내가 왔으니 어떻게든 해줄 거라고 여긴 건가.

"크흐흐흐! 아주 재밌는 놈이구나. 좋다! 밝히지 못할 것도 없지. 이 몸은 메노이티오스의 자손인 테마토스다!"

메노이티오스라고? 메노이티오스라면 후세에 이름을 남긴 티탄 가운데 하나다. 대단한 무력을 지녀 한때 '무법자'라고까지 불렸던 티탄이다. 결국 제우스에게 벼락을 맞고 죽었다고 전해진다.

-펠레우스, 메노이티오스라고 하면 너희 인간에게 불을 전해 준 프로메테우스의 동생 중 하나다.

-그러면 보통 혈통이 아닌데.

티탄 중에서도 꽤나 유명한 존재의 후손이구나. 그러니 저렇게 강하지. 딱 봐도 고대 티탄의 피가 옅어질 대로 옅어진 듯했으나, 그 정도로도 지상의 영웅을 압도하고 있었다.

-갑자기 헤라클레스가 너무 그리운 걸.

그때 쟤 진짜 존나게 맞더라. 저 무섭게 생긴 거인이 아파서 도망가는 걸 보고 상당히 충격 받았었지. 그나저나 이제 어쩜담. 안타깝게도 난 헤라클레스가 아니다.

"나는 미케네 왕가에 의탁하고 있는 펠레우스다!"

"좋다! 펠레우스! 이 몸에게 도시락의 이름을 기억하는 취미는 없다만 특별히 머릿속에 넣어주마! 원래 맛있는 식사는 두고두고 떠오르는 법이니까!"

거 참, 혓바닥이 무척 잘 굴러가는 거인이로구나. 울컥한 기분을 감출 수 없던 나는 한 가지 결정을 내렸다.

-저 새끼는 반드시 인신공양 해버릴 거야!

인신공양이란 말에 비밀의 서가 반색했다.

-호오! 드디어 첫 제물을 바치는 건가! 기대하겠다. 펠레우스!

인간이 아니라 식인거인이라면 인신공양 하는데 나도 거부감은 없다. 게다가 도시락 소리를 듣다니 도저히 참을 수 없다. 비밀의 서도 상당히 기대되는 듯 시커먼 입을 벌리고 불길한 검은 연기를 토해냈다. 마치 입맛을 다시는 것 같았다.

"좋아! 가자!"

왕가의 갑옷을 입고, 왕가의 검을 든 나는 그대로 돌격 했다. 그러자 식인거인 테마토스도 달려왔다. 이대로는 정면충돌이겠는데.

"크하하하! 용기가 제법이구나!"

하지만 나는 이대로 저 트럭 같은 놈과 부딪칠 생각은 없었다. 혈기를 못 이기고 달려들어 봐야 결과는 뻔하다. 모두가 보는 앞에서 홈런볼처럼 하늘로 치솟겠지.

"크아압!"

공격할 것처럼 기합을 지른 나는 그대로 슬라이딩해 식인거인의 다리 사이로 빠져나갔다.

쿠웅!

아슬아슬하게 내리찍는 놈의 몽둥이를 피했다.

"이런 쥐새끼 같은 놈이!"

식인거인의 다리 사이로 빠져나간 나는 쓸데없이 칼로 놈을 베거나 하지 않았다. 헤라클레스가 싸우는 걸 봐서 아는데 이 망할 놈에게는 일절 칼질이 통하지 않는다. 그렇다면 왜 이런 곡예를 하냐? 간단하다. 열 받게 하기 위해서다.

"아가멤논 님! 제가 놈을 맡겠습니다! 그 사이에 도망치십시오!"

"그럴 순 없습니다! 어찌 펠레우스 님을 두고!"

맘이야 고맙지만 있어봐야 방해다. 지금 유일한 공략법은 아르테미스의 화살 밖에 없다. 하지만 내가 화살을 쓰는 걸 보는 자가 있으면 매우 곤란하다. 분명 소문이 퍼질 테고 아르테미스가 자기 사냥을 방해한 게 누군지 단번에 알아챌 것이기 때문이다.

"누가 네놈들 뜻대로 놔둘 줄 아느냐!"

식인거인은 쓰러져 있는 아트레우스 대왕을 가리키며 외쳤다.

"여기 피 흘리고 쓰러진 자는 모두 이 몸의 소유다! 내 식사거리란 말이다! 싸움에 진 자는 누구 하나 여길 빠져나갈 수 없다!"

거인의 광오한 외침에 누구 하나 도망칠 엄두도 내지 못했다. 이래서는 곤란하다. 발상을 전환하는 수밖에. 이제 내가 도망치는 게 훨씬 효과적일 거 같았다.

–기껏 멋지게 등장해서 튀겠다고?

–멍청아. 그냥 도망가겠다는 게 아니잖아. 거인을 유인하겠다는 거다.

간단한 이치다. 아군을 빠져나갈 수 없다면 위협 요인을 제거하면 된다. 내 이런 판단에 비밀의 서는 회의적인 반응을 보였다.

–그게 순순히 될까? 거인 녀석, 생각보다 똑똑한 거 같아.

아닌 게 아니라 내가 도망치려는 듯한 태도를 보이자 식인거인이 즉각 대응해 왔다.

"펠레우스! 도망친다면 굳이 쫓지 않겠다! 네놈은 아직 싸움에 패한 자가 아니니 이 몸의 소유가 아니다! 하지만 한 가지는 알아둬라. 지금 등을 돌리면 영원한 비겁자로 남을 것이란 사실을!"

우와…. 순간 식인거인의 잔머리에 감탄이 터졌다. 잠깐 사이에 놈은 내 계책을 알아채고는 선수를 친 것이다. 도망치는 건 비겁한 일이며, 자신이 따라가지도 않을 거라고 딱 선을 그어버렸다. 아닌 게 아니라 날 보는 식인거인의 눈에 조롱이 가득했다. 그 정도의 잔머리는 이미 간파하고 있다는 듯.

"크하하하! 비켜라!"

식인거인은 몽둥이를 휘둘러 아트레우스 대왕을 지키는 병사들을 허공으로 날려버렸다. 그리고 그를 한쪽 발로 짓밟았다. 아트레우스 대왕은 칼로 거인의 발을 찍으며 안간힘을 썼지만 전혀 소용없었다. 식인거인은 이제는 한술 더 떠서 쓸데없는 짓거리를 하면 아트레우스 대왕을 죽여 버리겠다는 제스처를 취하고 있었다.

"펠레우스여! 무릇 사내라면 잔머리를 굴리는 게 아니라 무기를 드는 법이다! 네놈은 비겁한 오디세우스를 본받고자 하는 것인가!"

정론이라 대답할 말도 궁해졌다. 이거 완전히 식인거인의 페이스로 말려들어가고 있구나. 이놈 생각보다 장난 아닐세. 유인책을 사전에 차단함은 물론 내 체면을 건드려 도망도 못 가게 하고 있었다. 세상에 누가 거인이 멍텅구리라고 했어? 실로 간교하기 짝이 없잖나.

–펠레우스, 이대로라면 힘으로도 패하고, 머리로도 패한다.

–말 안 해줘도 잘 알아.

식인거인을 얕본 건 명백한 실수였다. 그는 무적의 힘 뿐만이 아니라 판을 주도할 말빨과 판단력까지 갖춘 존재였다. 인간의 입장에선 어떻게 해도 당해내기 어려웠을 터.

하지만 내겐 아직 비장의 수가 남아있었다. 바로 경험에서 오는 지식이다. 저 거인은 교활한 놈이지만 과거 욕심에 커다란 실수를 저지르기도 했다. 바로 헤라클레스에게서 보석을 훔친 것이다. 내가 그 보석의 주인이 되고 나니까 왜 저 식인거인이 그런 무리수를 뒀는지 이해할 만했다.

-저 거인은 보석의 가치를 알고 있는 게 틀림없어.

헤라클레스에게 맞아 죽을 위험도 감수하고 도둑질을 했으니까.

-그런 놈이 보석을 보게 되면 어떻게 반응할까?

-오, 제법이구나. 펠레우스.

분명히 눈이 뒤집혀서 달려올 거다. 헤라클레스가 가지고 있음에도 빼앗으려고 했었다. 손 쉬워 보이는 내가 가진 걸 알게 된다면 결코 참지 않을 터.

-하지만 보석의 존재를 아가멤논에게도 들켜선 안 된다.

-물론이지.

그 정도야 요령껏 할 수 있다. 아가멤논 쪽을 등지고 보석만 살짝 꺼내 보여주면 된다. 내심 작전을 새로 세운 나는 아가멤논에게 외쳤다.

"제가 거인을 유인하겠습니다!"

"무리입니다!"

아가멤논도 거인이 우리 머리꼭대기 위에 있음을 알아채고 있었다.

"걱정하지 마시십시오. 제 고향의 언어로 특별한 술법을 부리겠습니다! 저 거인은 절 따라올 수밖에 없을 겁니다!"

당연히 식인거인도 우리 얘기를 듣고 있다. 그래서인지 폭소했다.

"뭐라! 크하하하핫! 그런 게 있다면 어디 해보라! 이 테마토스가 눈앞의 뻔한 수에 당할 정도로 어리석어 보이는가!"

사실 술법 어쩌고 한 건 아가멤논을 향한 핑계에 불과하다. 보석으로 거인으로 유인하는 게 들키지 않기 위해 밑밥을 깐 거랄까. 그건 그렇고 어떻게 해야 술법 흉내를 내지? 일단 던지긴 했는데 난처해졌다. 그러다 그때, 거인의 전구처럼 벗겨진 이마가 눈에 들어왔다. 참으로 가난한 모발이었다. 그래서 갑자기 지구에서 듣던 노래 가사가 떠올랐다.

"테마토스! 내 말을 듣고도 네놈이 잠잠할 수 있는지 두고 보겠다!"

"정말 웃기는군! 칼날도 이 몸을 베지 못한다! 한데 겨우 그깟 혀로 이 몸을 상처 입힐 수 있다고 보는가!"

가능하지. 나는 바로 식인거인에게 외쳤다. 사실상 금기라 할 수 있는 말을.

"민머리 대머리 맨들맨들 빡빡이!"

한국말로 소리쳤으니 여기서 알아듣는 인물은 아무도 없었다. 하지만 그 순간, 무거운 침묵과 함께 언어를 초월한 공감대가 마법과도 같이 형성됐다. 내 머릿속에는 여기 있는 존재들의 상념이 들리는 듯했다.

[무언가 선을 넘은 것 같아.]

[이국의 언어로 해서는 안 될 저주를 퍼부었다.]

[뜻은 모르지만 부모 욕보다 심한 말이 틀림없어.]

[술법이라더니 확실히 신비한 힘을 담은 말이다. 나한테 한 소리도 아닌데 참을 수 없이 분하다. 설마 그건 내 머리칼이 적기 때문일까?]

진짜 다들 그리 생각하는지는 모르겠으나 확실한 건 하나 있었다. 무슨 소리인지 전혀 알아듣지 못함에도 식인거인 테마토스의 안색이 갑자기 딱딱하게 굳은 것이다. 그야말로 정색해버렸다. 식인거인은 본능적으로 자신의 허전한 정수리를 쓰다듬으며 물어왔다.

"네놈이 한 말… 대체 무슨 뜻이지?"

쿠웅!

갚잖은 유인책에 전혀 당해주지 않겠다고 말하던 거인이, 묵직한 발자국 소리와 함께 한걸음 이쪽으로 다가왔다. 지금이다. 이런 찬스를 놓칠 수 없다. 나는 아가멤논 쪽이 보이지 않게 품에서 헤라클레스의 보석을 꺼내 거인에게 보여줬다.

"나를 잡으면 알려주마. 더불어 이것도 가질 수 있겠지."

"그건!"

갑자기 거인의 흉측한 눈동자가 커졌다. 충혈된 눈의 징그러운 실핏줄이 달빛 아래서도 생생하게 보였다.

"어떻게… 네놈이 그것을…!"

대답해줄 이유는 없었다. 나는 근처에 떨어져 있던 활을 주워 있는 힘껏 달아나기 시작했다. 전력질주를 하면서도 식인거인이 따라오지 않으면 어쩌나 걱정했는데 그건 기우에 불과했다.

우지끈! 쿠앙!

요란한 소리와 함께 뒤쪽에서 나무들이 연달아 부러지는 소리가 들려왔기 때문이다. 서둘러 돌아보자 달빛 가득한 하늘로 나무파편과 잎사귀들이 폭풍처럼 흩날리고 있었다. 거대한 존재가 숲을 때려 부술 기세로 날 쫓아오는 중이었다.

"펠레우스! 너를 용서하지 않겠다! 사지를 잡아 뜯어서는 하나씩 먹어 주마!"

식인거인의 저주는 숲 전체를 쩌렁쩌렁 울리고 있었다. 여유만만하던 그가 갑자기 미치광이처럼 돌변하자 비밀의 서는 의아해하며 물었다.

-정말 놀랍군. 대체 무슨 말을 한 거냐?

-…죽을 때까지 비밀로 해야 할 말이지.

내가 의미심장하게 대답하자 비밀의 서는 순수하게 감탄해왔다.

-대단한 주술이구나! 티탄의 후손조차 이성을 잃게 만들다니. 기회가 되면 나도 배워보고 싶은 걸?

-아마 배우지 않는 게 좋을 거다.

자칫하면 올림포스의 모든 대머리 신들의 공적이 될 테니까.

"헉! 허억! 씨발!"

장난 아니다. 식인거인은 엄청난 속도로 날 쫓아왔다. 그나마 아직 잡히지 않은 건 나무가 **빽빽**한 쪽으로 골라서 도망치는 중이기 때문이다.

쿠직! 우지끈!

뒤에서 아름드리나무가 너무나 간단하게 쓰러지는 소리가 생생했다. 나는 방패도 버리고 투구도 내던졌다. 어차피 저 삼나무를 통째로 뽑은 듯한 몽둥이에 맞으면 한 방이니까.

-펠레우스! 위다!

비밀의 서가 외치자마자 곧장 옆으로 몸을 날렸다.

쿠아앙!

방금 전까지 내가 있던 자리에 거대한 몽둥이가 내리 찍혔다. 땅이 울려 주변의 나무에서 벌레와 나뭇잎이 우르르 떨어졌다. 엉거주춤하게 엎어져 있던 나는 땅에서 튀어 오른 흙먼지를 잔뜩 뒤집어쓰고 얼이 빠져버렸다.

그야말로 전율했다. 거인의 몽둥이질 한 방에 지진이라도 일어난 것 같았다.

"쥐새끼! 쥐새끼! 쥐새끼 같구나!"

5미터나 되는 거인이 키 큰 나무를 마치 수풀처럼 헤치고 다가온다. 우직! 하고 나무가 꺾이는 소리 때문이 심장이 출렁였다. 나는 고양이 앞의 쥐처럼 아무 것도 할 수 없었다.

-펠레우스! 펠레우스!

비밀의 서가 다급하게 날 불러댔지만 마치 악몽을 꾸고 있는 것처럼 다리가 움직이질 않았다. 내 다리가 내 다리 같지 않다고 할까? 달빛을 배경으로 시커먼 실루엣의 거인은 그야말로 현실이 아니구나. 이건 악몽 그 자체였다.

"네놈은 필히 여기서 찢어 죽어야겠다! 안 그러면 장차 오디세우스 같은 고약한 놈이 될 테니까!"

바로 앞까지 다가온 식인거인은 자신의 한쪽 뺨을 가리켰다. 거긴 검상으로 보이는 흉터가 있었다.

"봐라! 오디세우스가 입힌 상처지."

그 흉터를 보고 놀라지 않을 수 없었다. 이 거인을 베는 건 불가능하다. 한데 어찌 검상을 입힌 거지? 과연 지혜의 영웅인 오디세우스인가. 뭔가 생각지도 못한 방법을 찾아낸 모양이다.

"이 몸은 이렇게 영악한 짓을 하는 놈을 특히 싫어한다. 네놈에게도 그런 냄새가 나! 아주 싹을 밟아버려야 해!"

이거 완전 종로에서 뺨 맞고 한강 가서 눈 흘기는 꼴 아닌가. 보니까 과거에 오디세우스에게 한 번 당한 모양이네. 겸사겸사 비슷한 놈이 나타나서 화풀이 하려는 건가? 역시 성질머리가 보통 더러운 놈이 아니다. 이게 다 머리털이 부족해서가 아닌가.

"니가 뭔데 날 용서하고 말고 해! 빡빡이 새끼야!"

아무래도 내 주둥이는 나랑 별개의 생물인 모양이다. 극한의 공포로 몸이 얼어붙은 와중에도 얘만 혼자 놀고 있었다. 저기요, 아저씨. 제가 그러다 죽는다고요.

"빡빡이? 오냐! 이제야 알겠구나! 네놈의 저주가 무슨 뜻이었는지!"

아차, 실수했다. 중차대한 비밀을 누설해 버리다니.

"감히 날 보고 대머리라고 해! 이 몸을 대머리라고 놀리는 자는 설령 신이라고 해도 용서하지 못한다!"

결국 주둥이로 흥한 자, 주둥이로 망하는 건가. 그래, 기왕 들킨 거 죽을 때 죽더라도 할 말은 하고 가자.

"용서는 개뿔! 내년 봄이면 민들레처럼 모두 날아갈 모발 주제에!"

"크아아아아!"

식인거인 테마토스는 그야말로 광분했다. 눈에서 불길이 쏘아져 나오는 것 같다. 그는 더 이상 대화를 거부하고 나를 붙잡기 위해 손을 뻗어왔다. 나는 재빨리 바닥을 지네처럼 기어서 근처의 죽은 나무 밑으로 들어갔다. 참으로 궁색한 꼴이었지만 목숨이 걸려있는 상황이니 뭔들 못하랴. 개인적으로 살기 위해서라면 수염도 자르는 조조를 존경하고 있다. 그깟 지네가 대수일까.

콰아앙!

머리 위의 거대한 썩은 나무가 통째로 터져나갔다. 바로 튀었지만 그대로 땅에 패대기쳐졌다.

"크억!"

망토 끝을 붙잡힌 탓에 달리다가 몸이 붕 뜨더니 등부터 땅에 쳐 박힌 것이다. 충격에 숨이 쉬어지지 않았다.

"끄억…."

그렇다고 괴로워하고 있을 틈도 없었다. 식인거인의 다른 손이 나를 붙잡으려 했기 때문이다.

철컥.

즉각 망토의 금속제 연결 고리를 풀어버리고 빠져나갔다. 제대로 숨을 쉬지 못해 산소 부족인 듯 머리가 핑핑 돌았고 결국 근처의 비탈길에서 굴러 떨어졌다.

데굴데굴데굴.

마치 콩벌레처럼 굴러갔다. 오늘 지네부터 콩벌레까지 아주 벌레처럼 끈질기게 버티는구나.

"네 이놈! 어디로 숨었느냐!"

갑자기 비탈 아래로 떨어진 탓에 식인거인의 시야에서 잠깐 벗어난 모양이다. 나는 축축한 낙엽 바닥에 쳐 박혀서는 거칠게 숨을 몰아쉬었다.

"후우우우! 후우우! 후우!"

땀이 줄줄 흘렀다. 턱 끝과 코 끝에서 계속 땀방울이 떨어져 내렸지만 닦을 여력도 없었다.

-원래 화살로 놈을 쏠 계획 아니었냐? 펠레우스.

비밀의 서의 물음에 나는 고개를 저었다.

-말도 안 되는 계획이었다.

경험 부족으로 전투 상황을 제대로 가정하지 못했다. 저런 5미터짜리 거인에게 쫓기면 뒤돌아 활을 쏠 틈조차 없다는 것을 몰랐다.

-유일한 희망은 놈의 눈에 화살을 쏘는 거였다. 제일 약한 부위니 아르테미스의 화살이라면 충분히 박힐 터. 하지만 무리한 일이었어. 내가 무슨 신궁도 아니고.

애초에 활질이라고는 신전 서기 시절에 성전의 늙은 전사들에게 취미 삼아 배운 게 다다.

"이놈! 여기 있었구나!"

그때 식인거인이 날 발견했고 다시 달릴 수밖에 없었다. 이렇게 된 이상 어쩔 수 없다. 나는 헤라클레스의 보석을 꺼내들었다.

-뭘 하려고 그러냐? 펠레우스.

-일단 입 좀 벌려봐!

거인에게 쫓기면서 부탁하자 허공에 떠있던 비밀의 서가 시커먼 입을 벌린다. 나는 즉각 헤라클레스의 보석을 녀석의 입에 집어던졌다.

"이렇게 된 이상 나라도 살아야겠다! 보석은 네가 가져라! 비밀의 서!"

꿀꺽!

엉겁결에 헤라클레스의 보석을 삼킨 비밀의 서는 황당했는지 육성으로 소리쳤다.

"이런 미친놈이 다 있나!"

"함께해서 거지같았고 다시는 보지 말자!"

내가 달리면서 그렇게 외치자 비밀의 서가 갑자기 주둥이를 내밀더니 보석을 토해냈다.

"퉤엣!"

침 뱉듯 뱉어낸 보석이 정확히 날아와 받을 수밖에 없었다.

"왜 다시 줘! 좋은 거니까 니가 가지라고!"

다시 힘껏 헤라클레스의 보석을 던졌다. 그러자 비밀의 서도 소리를 질러댔다.

"이런 무책임한 놈 같으니라고! 카아악! 퉤에엣!"

이런 귀한 걸 거절해? 얼른 다시 던져줬다. 그러자 비밀의 서가 이번에도 보석을 뱉어버렸다.

"카악! 퉤엣!"

계속 이 상황이 반복되자 뒤에서 쫓아오면서 보고 있던 식인거인이 분노로 미쳐 날뛰었다. 그는 근처의 바위를 마구 집어던지기 시작했다.

쿵! 콰앙! 쿵!

주변에 포탄처럼 떨어지는 바위 덩어리를 피해 달렸다. 정말 한 번만 실수해도 쥐포구이가 될 것 같았다.

"감히 요상한 마술로 이 몸을 놀려! 정말 어처구니가 없구나!"

그제야 어떤 상황인지 새삼 깨달았다. 나를 제외한 자들에겐 비밀의 서가 보이지 않는다. 그러니 헤라클레스의 보석이 허공으로 사라졌다가, 다시 날아오고, 다시 사라지고, 다시 날아오는 걸로 보일 터. 흡사 광대가 장난치는 꼴이 따로 없었겠지.

　-아차! 너무 당황해서 생각 못했다!

　-이런 멍청한 놈! 네놈의 어깨 위에 달린 그 동그란 건 수박보다 쓸모가 없어서는!

　-큰일이야! 거인을 더 화나게 해버렸어!

　-화난 건 거인 뿐만이 아니거든! 이 배신자야!

　비밀의 서는 신랄한 비난을 아끼지 않았지만 지금은 신경 쓸 틈도 없었다. 궁지에 몰릴 대로 몰린 나는 결국 거인의 몽둥이에 얻어맞고 말았던 것이다.

　퍼억!

　둔탁한 소리와 함께 시야가 잠깐 암전되며 허공에 몸이 붕 떠올랐다. 몽둥이질이 강타하는 순간 제우스의 신성을 몸 안에 섬유질과 같은 구조로 배치했다. 강력한 방어력이 있으니 죽지는 않을 터.

　우지끈! 콰앙!

　포탄처럼 날아간 나는 근처의 썩은 나무 하나를 부수며 그대로 쳐 박혔다.

　"쿨럭! 구에에엑!"

　입에서 피가 한 바가지나 올라왔다. 위액이 섞인 핏물은 코까지 올라가 구강이 찢어지는 듯 따가웠다. 고추냉이를 한 덩이 그대로 콧속에 쑤셔 박는 느낌이랄까?

　"끄아아아…!"

아이구, 나 죽는다. 이제는 어떻게 되도 모르겠다. 너무 고통스러워서 땅바닥을 빌빌 기는 것 말고는 할 수 있는 게 없었다. 지네, 콩벌레를 지나 이번에는 애벌레로구나.

꿈틀꿈틀.

제우스의 신성 덕에 몸이 산산조각 나는 건 방지했지만 피해가 장난 아니었다. 온몸이 성한 구석이 없었다. 원래 고기 조각이 돼 터져나갔어야 정상인데 그물 모양의 신성으로 억지로 잡아둔 느낌이랄까. 조금만 힘을 빼도 몸의 구조 자체가 무너져버릴 것 같았다.

-펠레우스! 정신 차려라! 바로 앞까지 왔다!

비밀의 서의 경고를 받고도 몸을 움직일 여력이 없었다. 급기야 식인거인 테마토스가 날 한 손에 붙잡고 들어올렸다.

"크호흐흐! 드디어 잡았군. 이 시궁쥐 같은 놈."

이제 내가 할 수 있는 건 뭘까? 팔에 힘도 안 들어가고. 남은 게 없는 듯했다. 이제 정말 게임 오버였다.

"우선 팔다리부터 뽑아주지. 그 작은 팔을 뜯어낼 때 네놈이…."

"퉤엣."

침을 뱉었다. 훌륭하구나, 내 입이여. 아무 것도 할 게 없는 상황에서조차 뭔가를 해내다니.

"……."

식인거인 테마토스의 얼굴은 딱딱하게 굳어버렸다. 승리에 들떠 떠들어 대는 순간 내가 침을 뱉어 모욕했으니까. 비밀의 서는 어이없다는 반응이었다.

-네놈은 확실히 또라이구나.

-울면서 죽는 것보다는 낫잖아?

-그거야 그렇군. 하, 여기까지인가…. 하포크라테스 님의 뜻을 이루지 못해서 원통하구나.

-…미안하다.

순순히 사과했는데 비밀의 서는 날 탓하지 않았다.

-아니다. 상대가 나빴어. 운이 너무 안 좋았다.

시작부터 티탄의 후예와 다투게 되다니 초반 보스전이 너무 빡세긴 했다.

"이 몸이 왜 가만히 있는 줄 아느냐?"

식인거인은 이를 갈며 물어왔다. 죽음이 코앞이라 그럴까? 더이상 두렵지도 무섭지도 않았다. 그저 나른해져갈 뿐이었다. 거인의 손아귀가 점점 조여왔고 숨 쉬는 것도 힘들어졌다. 마치 딸꾹질하는 것처럼 발작이 일어났다.

"어떻게 하면 죽어가는 네놈을 살려 지옥의 고통을 안겨줄까 생각 중이다. 할 수 있으면 신에게라도 빌어봐라."

그 말에 나는 피식 웃음을 터뜨렸다.

"나는 결코 신에게 빌지 않아…. 믿을 만한 양반들이 못 되거든."

한데 이 말에 대한 대답은 식인거인이 아니라 다른 곳에서 들려왔다.

"옳지! 잘 말해주었다. 신이란 놈들은 믿을 게 못 돼! 그러니까 짐이 도와주겠다!"

아래쪽에서 들려오는 맑고 힘있는 목소리. 고개를 숙여 보니 언제 온 건지 붉은 머리칼의 작은 소녀가 이쪽을 올려다보고 있었다. 바로 아르테미스의 화살에 맞았던 뱀, 퓌톤이었다.

"혹시나 싶어 쫓아오길 잘했구나. 그저 인간들끼리 다투는 일이라 여겼는데 이 정도일 줄이야."

걱정해서 따라와 준 건가. 굉장히 은혜 갚기에 열심인 분이셨군.

"제가 어지간히 운이 좀 없습니다요… 산으로 돌아가신 것… 아니었습니까?"

"네놈 운수가 영 사나울 것 같아서 말이니라."

퓌톤은 킥킥 웃으며 다가왔다. 그러자 식인거인은 뭔가 이상함을 느끼고는 몇 걸음 물러난다. 역시 이 거인은 교활하다. 상대의 외형만 보고 무시하지 않는다. 오히려 야밤의 숲에 저런 소녀가 있단 사실에 경계심을 품는 듯했다.

"네년은 누구지?"

식인거인이 물었으나 퓌톤은 무시하고 계속 내게 말했다.

"짐도 몸이 안 좋아 저 무식한 거인을 무찌를 순 없다. 하지만 널 회복시켜주고 시간 정도는 벌어주지. 네겐 특별한 무기가 있으니까."

아르테미스의 화살을 말하는 거다. 퓌톤은 내가 화살을 쓸 기회를 주겠다고 하고 있었다.

"해낼 수 있겠느냐?"

그녀의 물음에 나는 고개를 끄덕였다.

"한 번만 도와주십시오. 이 거인 자식을 반드시 죽여 버리겠습니다."

무슨 짓을 해서라도 죽일 거다. 죽이지 못하면 내가 죽으니까.

내 말에 당연히 식인거인 테마토스는 격분했다.

"뭐라! 이 몸을 죽이겠다고! 크하하하핫! 네놈들이 함께 돌아버렸는가!"

그는 참을 수 없다는 듯 쥐고 있던 나를 땅바닥에 집어 던지려고 했다.

촤르르륵!

그때 시커먼 무언가가 날아와 거인의 팔목을 잡아챘다. 자세히 보니 굵직한 덩굴이었다. 마치 살아있는 것처럼 뻗어온 덩굴은 대단히 질겨서 식인거인조차 쉽사리 끊어내질 못했다.

"이런 하찮은 풀줄기로!"

겨우 덩굴 때문에 애 먹는 게 자존심 상한 듯 식인거인은 이마에 핏줄이 돋을 정도로 힘을 줬다. 하지만 이 덩굴은 마법이 걸린 게 틀림없는 듯 좀처럼 끊어지지 않았다.

"어림없다!"

오히려 퓌톤의 자신만만한 외침과 함께 덩굴이 식인거인의 손목을 강하게 조여 들기 시작했다.

"크아아악!"

식인거인은 고통에 비명을 질렀고 날 쥔 손아귀의 힘이 약해졌다. 그야말로 빠져나갈 절호의 찬스. 사력을 다해 몸을 비틀었다.

"으아아아!"

비명에 가까운 기합이 터져 나왔다. 그리고 간신히 몸을 빼냈다.

휘청.

몸을 빼낸 것까진 좋은데 너무 꿈틀댔는지 크게 휘청거려 머리

부터 떨어졌다. 자칫하면 뇌진탕이 올 수도 있는 상황. 떨어지면서 식겁했지만 몸을 빼낸 게 겨우라 어찌할 수가 없었다.

퍼엉!

그때 갑자기 나뭇잎이 바닥에서 터져 나오며 낙하하는 날 받아 냈다. 마치 뻥튀기 만드는 것 같은 소리가 나며 두꺼운 나뭇잎 매트리스가 형성된 것이다.

"멍청이! 어서 일어나라!"

퓌톤이 급하게 외치는 소리가 들렸다. 덩굴을 쏘아내 거인과 힘 싸움 중인 그녀는 힘겨워 보였다. 하지만 그 와중에 한쪽 손을 이리 뻗어 마법을 걸어줬다.

지이잉.

귓가가 묘하게 울리는 소리가 나더니 초록색 빛이 날 휘감는다. 일전의 그 힘이었다. 마치 자연에서 끌어오는 듯한 이 회복력은 아르테미스의 화살에 의한 치명상조차 단번에 수복해 버렸었다. 거인에게 맞아 엉망이 된 내 몸 역시 빠르게 원상복구 됐다.

"정말 놀랍군!"

"감탄하고 있을 틈이 없다! 짐은 죽을 맛이노라! 서둘러라!"

막 뚝! 하는 소리와 함께 결국 덩굴이 끊어져 버린 것이다.

"꺄앗!"

팽팽한 줄이 끊어지자 퓌톤은 작은 비명과 함께 뒤로 데굴데굴 굴러갔다. 식인거인은 나 같은 것보다 그녀가 훨씬 위험인물이라 여긴 듯 쫓아가 손을 뻗었다. 위험했다.

-줘!

짧게 외쳤지만 의미는 단번에 전달됐다. 비밀의 서는 입에서 아르테미스의 화살을 토해냈다. 허공에서 그걸 잡아챈 나는 활시위에 화살을 걸고 외쳤다.

"테마토스!"

퓌톤을 낚아채려던 식인거인이 뒤를 돌아보더니 깜짝 놀란다.

"아니! 그건!"

"알아보겠나!"

아르테미스의 화살은 하얀색 거위 깃이 아름다웠기에 안목이 있는 이라면 알아본다. 어떨까 싶었는데 식인거인은 단번에 이 물건이 뭔지 파악했다.

"사냥의 여신 아르테미스의 화살? 어찌 네놈이 그런 신물을 가지고 있나! 설마하니 네놈! 아르테미스의 후원을 받고 있었나!"

착각도 유분수다. 후원은커녕 서로 못 잡아먹어서 안달인 사이인데.

"곧 죽을 놈이 그런 건 알아서 뭐하게! 이 화살의 위력을 알고 있겠지!"

"크윽! 빌어먹을!"

화살 한 발 겨누는 것 때문에 분위기가 바뀌었다. 진짜 에픽 아이템이란 게 이렇게 무섭구나. 그야말로 천하에 두려운 게 없다는 듯 날뛰던 식인거인이 주춤하며 몇 발자국 물러났다. 그의 이마에 살짝 땀이 흐르고 있었다. 하지만 오기로 외쳐댔다.

"이 몸은 무법자 메노이티오스의 후손이다! 그깟 꼬챙이를 두려워할까 보냐!"

"네놈 눈에 두려움이 보이는데 그런 소리가 나오나!"

위협을 하면서도 쉽게 화살을 쏠 수는 없었다. 가능하면 식인거인이 싸움을 꺼려서 물러나게 하는 게 최선이었다. 눈알을 정확히 맞추는 건 상당히 어려우니까.

–아깝구나, 펠레우스. 활만 좋은 거면 아무데나 쏴도 괜찮을 텐데.

–그러게 말이야. 저 정도 거대한 과녁판이라면 초심자도 거뜬하다고.

겉으로 허세를 부리면서도도 속으로는 비밀의 서와 그런 얘기를 했다. 그런데 식인거인은 역시나 교활했다.

"흐흐, 한 가지 문제가 있어 보이는군. 펠레우스."

"뭐?"

"네놈이 아르테미스의 신물을 갖고 있는 건 알겠다. 하지만 화살 뿐이지 않느냐? 본디 물건에는 짝이 있는 법. 아르테미스가 키우는 거위 깃으로 만든 그 화살은 그녀의 활로 쏠 때 최고의 위력을 발휘하지. 그게 아니라면, 그 망할 여신이 내린 활을 쓰는 방법도 있다. 아르테미스의 여전사 중 특별히 선택 받은 이들만이 그런 활을 쓸 영예를 얻는다. 반면 네놈!"

거인은 검지로 날 똑바로 가리키며 다가왔다. 급격히 자신감을 회복한 모습이었다.

"그런 평범한 활로는 원래 파괴력의 반의반도 낼 수 없을 터!"

정확한 지적이었다. 이 거인 놈… 사실 지략계가 아닐까? 머리도 잘 돌아가고 아는 것도 많았다. 나는 오늘부로 거인이 아둔하다는 편견을 완전히 버리기로 했다. 멍청하게 생겼다고 무시하는 일은 앞으로 없어야겠는 걸.

"오호? 크흐흐흐! 알겠다. 이 몸의 눈알을 쏘려는 것이로군? 그래, 약한 이 눈동자라면 가능할 수도 있겠지. 어디 쏴보라! 할 수 있다면!"

거인은 엄지와 검지로 자기 눈꺼풀을 벌리며 날 조롱했다. 어림도 없다는 태도였다. 하지만 그때 갑자기 거대한 뱀이 나타나서 거인의 얼굴을 깨물더니 목을 빠르게 휘감았다.

촤르륵!

퓌톤이었다. 안 되겠다 싶었는지 본모습인 거대한 뱀으로 돌아갔다.

"짐이 시간을 벌어주는 동안 어서 쏴라!"

두꺼운 뱀의 몸뚱이가 목을 조여 들자 거인은 몽둥이를 놓치고 목에 감긴 그녀를 풀기 위해 양팔을 목으로 가져갔다. 덕분에 틈이 났다. 식인거인은 눈을 가리지 못하고 있었다.

"테마토스!"

나는 화살을 꺼내 식인거인을 겨눴다. 활시위가 당겨지며 어깨에 엄청난 압력이 느껴졌다. 비록 신물과 비교돼 무시당하긴 했지만 아무나 당길 수 없는 강궁이 틀림없었다. 이거라면 분명 놈의 눈알을 꿰뚫을 수 있을 터.

"끄으윽… 크윽! 어림없다!"

식인거인은 목이 졸리는 탓에 입에서 거품 섞인 침을 줄줄 흘리면서도 기어코 한손으로 날 후려쳐왔다. 손바닥으로 마치 스파이크를 치듯 한 공격이었다.

퍼억!

간발의 차로 피했지만 손에 들려있던 화살과 활이 맞아서 옆으로 날아갔다.

"안 돼!"

나는 비통한 듯 외쳤고, 식인거인은 숨이 막혀하는 와중에도 비릿하게 웃어댔다.

"크흐흐… 끄윽!"

그는 오른손으로는 조여 오는 퓌톤을 풀기 위해 당기며, 왼손은 땅에 떨어진 화살과 활을 향해 뻗었다.

"끝이다! 크으윽! 펠레우스!"

큼직한 손아귀에 활과 화살을 쥔 거인은 그걸 박살내 버렸다. 어마어마한 악력에 활과 화살은 짧은 소리가 나며 부러졌다. 그야말로 희망이 끝장나는 순간이었다.

하지만 그건 내가 노리던 때이기도 했다.

"하압!"

짧은 기합성과 함께 나는 활과 화살을 잡기 위해 뻗은 거인의 왼손으로 뛰어올랐다. 그리고 그대로 손을 타고 위로 달렸다.

"놈! 무슨!"

갑자기 자기 몸에 올라타자 식인거인은 당황한 듯했다. 찰나의 순간 우리는 서로 눈이 마주쳤는데, 그가 내 오른손을 보고 있는 게 느껴졌다.

뭐랄까, 느긋하게 상대를 비웃을 시간이 있었으면 좋았을 텐데. 지금 내 오른손에는 아르테미스의 화살이 쥐어져 있었기 때문이다. 애초에 속임수였다. 간단하면서도 아주 효과적인.

퓌톤이 목을 감아 틈을 마련해준 때, 나는 아르테미스의 화살이 아닌 새로운 화살을 꺼냈다. 그리고 마치 모든 걸 걸었다는 표정으로 활을 겨눴다. 거인을 사력을 다해 그걸 쳐냈고 나는 실감

나게 비명까지 질러 연기했다. 하지만 그때, 진짜 아르테미스의 화살은 내 허리춤 뒤에 있었다.

목이 졸리고 있던 거인은 다급해서 화살이 하얀 깃이 아니란 걸 구별하지 못했다. 목숨이 경각이면 누구든 판단력이 떨어지기 마련이다. 나 역시 그랬고. 거인의 그런 실수 덕분에 기회가 왔다.

화살이란 건 꼭 쏠 필요만은 없다. 어떻게든 쓰기만 하면 된다. 식인거인은 자신이 당했다는 걸 알아챘지만 이미 나는 놈의 어깨까지 올라와 있었다. 그의 입이 벌어지며 뭔가 서둘러 말하려 했다. 하지만 그럴 틈도 없었다.

"죽어!"

내 모든 감정이 담긴 외침과 오른손에 역수로 쥔 아르테미스의 화살을 있는 힘껏 식인거인의 눈에 내리찍었다.

푸욱!

화살촉은 너무나 쉽게 거인의 눈알을 뚫고 들어갔다. 동공을 뚫고 안으로 깊게 파고들자 수정체가 터지면서 안쪽의 맑은 체액이 허공으로 팟! 하고 튀었다.

"크아아아아!"

식인거인은 격통에 천지가 진동하는 듯한 고함을 질러댔다. 반동에 그대로 허공으로 내던져졌는데, 퓌톤이 몸을 풀더니 날아가는 나를 휘감아 받아줬다. 하지만 감사를 표할 틈도 없었다.

콰앙!

마치 벽력이 떨어지는 듯한 소리와 함께 아르테미스의 신성이 거인의 몸 안에서 터졌기 때문이다. 강력한 스파크가 일어나며 백색의 빛이 폭발했다. 익히 겪어봐서 안다. 견뎌내긴 했지만 정수리

부터 발끝까지 가공한 신의 위력이 내리꽂히듯 뚫고 내려간다. 그때 제우스의 신성이 없었다면 산산조각 났을 터. 과연 티탄의 후예인 테마토스는 어떨까?

"크으으으으아!"

과연 티탄의 후예라 보통 인간처럼 몸 전체가 육편으로 터져나가진 않았다. 하지만 마치 번개가 남긴 흉터인 리히텐베르크 도형처럼 온 몸에 상처가 가득 생겼다. 그리고 곧 그곳에서 끈적끈적한 피가 흘러나왔다.

"이럴 순… 이럴 수는… 크으으… 무법자의 후예인… 이 몸이…."

털썩.

거대한 거인이 한쪽 무릎을 꿇었다. 그리고 알 수 없는 소리를 웅얼웅얼거렸다. 분명 뇌에 큰 타격이 들어간 것 같았다. 입과 코에서 피를 줄줄 흘리며 경련을 일으켰다.

"크아아아… 끄아아아…."

숨을 거칠게 몰아쉬며 고통스러운 신음을 흘릴 때마다 피가 더 세게 뿜어져 나왔다. 식인거인이 숨을 내쉴 때마다 주변을 온통 적실 정도의 엄청난 피가 쏟아졌다.

쿠우웅!

결국 옆으로 쓰러져버렸데 화살에 찔리지 않은 눈동자도 하얗게 뒤집어져서는 팔다리를 발버둥 치듯 떨어댔다.

-끔찍하군….

-마치 도축된 돼지 같지 않느냐? 펠레우스.

-마을 잔치에서 본 적이 있는데 정말 똑같아.

-죽음이란 저런 것이다. 위대한 티탄의 후예조차 죽을 때는 도

살된 돼지랑 별로 다를 게 없지.

많은 생각이 들게 하는 말이었다.

─…….

─만약 너도 죽는다면 저런 모습일 거다. 죽음은 고결하지도 않고 아름답지도 않다. 추해. 고깃덩어리가 돼 피를 철철 흘릴 뿐이지. 그러니 죽지 마라, 펠레우스.

식인거인은 원체 생명력이 강해 죽지 않고 있었으나 이미 코마 상태에 빠져 있었다. 몸뚱이가 제멋대로 움직이며 주변의 흙을 파헤쳐댈 뿐이다.

"멋지게 말해줄 틈도 없군."

"무엇이 말이더냐?"

옆에서 소녀의 목소리가 들려왔다. 어느새 작은 인간의 모습으로 돌아간 퓌톤이 내 옆에 나란히 서서 식인거인을 바라보고 있었다.

"엄청 고생시킨 놈이니까 마지막에 뭔가 근사한 말과 함께 끝장내고 싶었죠. 잘 가라, 네놈을 위해 준비된 지옥으로! 뭐, 이런 거 있잖아요?"

"꺄하하하하!"

퓌톤은 재밌다는 듯 웃어댔다. 그리고 서사시를 너무 많이 본 것 같다고 핀잔을 줬다.

"네놈은 전사보다 시인이 되는 편이 낫겠구나. 싸움은 원래 낭만이라곤 없는 법이다."

정말 그 말이 맞았다. 멋진 대사를 칠 틈도 없었다. 발바닥은 거인이 쏟아낸 비린내 나는 피로 끈적거렸고 놈은 여전히 허우적거렸다. 그렇게 교활하고 강인했던 존재였는데… 저런 몰골이 되다니. 승리의 기쁨보다 동정심을 느낄 정도였다. 하지만 그래도 한 가지 좋은 건 있었다.

바로 내가 저런 꼴이 되지 않았다는 것이지. 내가 당하지 않는다면 어차피 죽음도 남의 일일 뿐이다.

-비밀의 서.

-응?

-위대한 티탄인 무법자 메노이티오스의 후예다. 인신공양한다면 꽤 대가를 얻을 수 있겠지?

비밀의 서를 이용해 당장 알아야 할 것들이 여러 개다. 기대감을 갖고 묻자 비밀의 서가 시커먼 입을 벌리며 대답했다.

-물론이지. 크흐흐흐.

갑자기 그의 입에서 마치 촉수와 같은 혀가 여러 가닥 튀어나왔다. 그것들은 징그럽게 꿈틀거리며 어떤 기대감에 부풀어 있었다. 보기만 해도 밥맛 떨어지는 생김새였다.

뭐랄까, 이놈도 정상이 아니구먼….

7. 산의 깊은 곳

새삼 이놈의 정체가 궁금해졌다.

하포크라테스 신에게 충성심이 큰 것 같긴 한데, 뭔가 신의 종복이라기엔 이질적인 느낌이랄까? 궁금하긴 하지만 물어봐야 알려주지도 않겠지.

"잠깐 화살부터 회수 좀."

식인거인의 눈에 박혀있는 아르테미스의 화살을 뽑으려는데 아직도 놈이 바동바동 거려서 애를 먹었다. 이미 맛이 갔음에도 팔다리를 허우적대는 탓에 바닥에 고인 피가 마구 튀었다.

두둑. 뚝.

화살을 잡고 당기니 뭔가 끊어지는 소리와 함께 눈알이 터지며 안쪽의 신경세포 다발이 딸려 나왔다. 그리고 아르테미스의 화살이 부르르 진동하더니 바스러졌다.

"어라?"

내가 당황하자 옆에서 보던 퓌톤이 답을 줬다.

"안에 든 신성이 다한 것이다."

"화살에 담긴 신성에 한계가 있는 거군요?"

"그렇지. 이미 몇 번 사용된 게 틀림없다. 짐이 직접 맞기도 했고."

가루가 돼 바닥에 흩어지는 아르테미스의 화살을 퓌톤은 상당히 불쾌하다는 듯 바라봤다.

－어서 거인을 공양하라. 이 몸이 기다리지 않나?

옆에서는 비밀의 서가 입을 벌리고 재촉해 왔다. 그러면서 인신공양의 절차에 대해서 멋대로 떠들어댔다. 어느새 촉수 같은 여러 가닥의 혀 뿐 아니라 날카로운 이빨까지 돋아나 있었다. 그 이빨들은 반쯤 썩어있어, 악취가 날 듯 흉하게 생겼다.

－미안하지만 지금은 좀 무리 아니냐? 옆에 퓌톤도 있잖아?

－하지만 거인이 죽으면 의식을 진행할 수 없다. 시체를 가지고는 효과가 떨어져. 영혼이 머문 상태에서 제물로 바쳐야 최고의 대가를 얻을 수 있다. 어떻게든 해봐라.

생각해 보면 비밀의 서는 죽음 이후를 매우 부정적이고 하찮게 평가했었지. 그저 고깃덩어리라고 신랄히 말했다. 비밀의 서의 그런 태도를 볼 때 식인거인이 죽어버린다면 받을 수 있는 대가가 대폭 줄어버릴 게 뻔하다.

－어떻게든 해보라니….

뾰족한 수가 없어 고민하고 있는데 퓌톤이 갑자기 비틀거렸다. 앞으로 고꾸라지는 그녀를 간신히 받아냈다.

"괜찮으십니까!"

"으 으……."

퓌톤은 열병에라도 걸린 듯 이마가 뜨거웠다. 식은땀이 줄줄 흘렀다.

－아픈 몸으로 무리하게 주문을 사용한 탓이다.

－어떻게 하지?

-빨리 그녀의 본거지로 가서 쉬게 해줘야지.

-그렇다면 공양은 미루자. 이대로 내버려 둘 순 없어.

아까 대충 들어보니까 절차가 생각보다 복잡했다. 느긋하게 할 시간이 없었다. 비밀의 서는 공양을 기대했던 듯 짜증을 냈지만 나는 절대 양보할 수 없었다. 내가 아무리 회귀 후에 막 나가고 있어도 지켜야 할 선이 있는 법. 퓌톤이 아니었다면 이 거인의 밥이 됐을 거다. 이대로 두고 볼 수 없었다.

-그녀의 둥지가 있는 산으로 데려갈 거야.

-설령 저 거인을 포기한다고 해도 말이냐?

비밀의 서는 내민 촉수를 뻗어 쓰러져 있는 식인거인 테마토스를 가리켰다. 마치 선택을 요구하는 것 같았다. 그렇다면 답은 하나다.

-식인거인이라는 훌륭한 공양물을 포기하는 한이 있어도 퓌톤을 돕겠다. 음, 벨트가 좋아 보이니 저거나 가져갈까?

식인거인은 황금으로 장식한 벨트를 차고 있었다. 한눈에 봐도 인간이 만든 게 아닌 대단한 보물이었다. 안 되면 저거라도 챙겨야지.

-네놈 뜻이 그렇다면 알겠다.

-좋아, 어서 떠나자고.

어쩔 수 없이 식인거인을 포기하려 했는데 뜻밖에 비밀의 서가 방법이 있다고 했다.

-어차피 놈은 뇌사 상태다. 쉽게 죽지는 않는다.

-음… 인간 중에도 저런 상태로 며칠 버티다 가는 경우도 있지만… 괜찮을까?

-테마토스를 평범한 인간과 비교하면 말이 안 되지. 어쨌거나 신화의 피를 이은 놈이다. 저런 추한 몰골이 돼도 쉽게 숨이 끊어지지 않을 거다.

-그렇다고 해도 가져갈 수단이 없는데?

내버려 두면 언젠가는 죽을 테고 결국 힘을 잃은 뒤에는 썩어 갈 거다. 그때가 되면 들개가 뜯어먹어도 될 정도가 된다. 실제로 그 꼴을 직접 보기도 했고.

-걱정할 것 없다. 할 수 있으니까.

-뭐?

비밀의 서가 커다란 책이긴 하지만 1미터 정도다. 거기에 붙은 입으로는 덩치 큰 거인을 삼키기는 무리가….

쩌억!

갑자기 비밀의 서의 입이 비현실적으로 크게 벌어졌다. 그리고 머리부터 천천히 집어삼키기 시작했다.

꿀꺽! 꿀꺽!

마치 사슴을 삼키는 비단뱀 같은 모습이랄까? 기괴할 정도로 커진 입이 좌우로 흔들리면서 거인을 꾸역꾸역 먹어치웠다. 촉수 모양의 혀도 거인을 비밀의 서 안쪽의 어둠으로 구겨 넣는데 도움이 됐다.

"세상에… 저걸 삼키네…."

기어코 다 먹어치우는 꼴을 보니 말문이 막혔다.

-아니, 그런 능력이 있었으면 처음부터 말하면 편했잖아?

따지듯 하는 내 말에 비밀의 서는 능청을 부렸다.

-나는 네놈의 판단대로 반응할 뿐이다. 어느 게 옳은 결정인지

는 결과가 나오기 전까지 모른다. 어쩌면 지금 당장 등에 업은 그 뱀 년을 버리고 인신공양을 하는 게 훨씬 이득일 수도 있지. 퓌톤이란 뱀은 이제 도움이 안 되고 방해만 될지도 모르잖나?

－안 돼. 그럴 순 없어.

－그래, 네놈이 그렇게 결정했기에 식인거인을 집어삼켜줬단 거다.

－보통 그렇게 애써서 날 도와주는 성격은 아니잖아?

－그냥 변덕이다. 또 이렇게 해줄지는 모르지.

즉, 비밀의 서가 저 거대한 거인을 집어삼켜준 건 호의로 능력을 발휘해준 거란 얘기다. 내 결정이나 태도가 마음에 들지 않았다면 나서지 않았을 터. 만약 바로 인신공양을 한다는 결정을 내렸다면 비밀의 서에게 저런 능력이 있는지 앞으로 계속 모를 수도 있었다는 얘기다. 그는 하포크라테스의 명으로 날 지켜보고 지원해 주지만, 구체적으로 어느 정도로 도와줄지는 상당한 재량권을 부여받은 모양이다.

과연 속이 시커먼 놈이야. 인신공양을 종용하면서도 반대되는 결정을 내리자 보너스를 주다니. 이놈의 진심이 뭔지 아직도 모르겠다.

－좋아, 빈사 상태의 거인도 챙겨놨으니 퓌톤부터 안전한 곳에 데려다 놓자. 그 뒤에 공양해도 늦지 않을 테니까.

－이 뱀이 어디 사는지 아냐?

－산이라고 했잖아? 위로 올라가다 보면 깨어나겠지. 그때 자세한 위치를 물어보자고.

"이쪽이에요, 위대한 달의 여신이시여."

물푸레나무 님프인 멜리아스들이 사냥과 달의 여신인 아르테미스를 인도했다. 그들은 긴장한 기색이 역력했지만 무례한 태도를 보이지 않기 위해 노력 중이었다.

반면 이런 굽실거림에 익숙하며, 그걸 당연하다 생각하는 아르테미스는 콧대를 잔뜩 세운 채로 걷고 있었다. 그녀의 주위에는 그런 그녀에게 아첨 해대는 여전사들이 줄지어 따랐다.

"아르테미스 님, 정말 대단하세요. 드디어 그 골치 아픈 뱀을 잡으시겠군요."

"저도 아르테미스 님의 화살이 정확히 명중한 걸 봤어요."

자신에게 순결을 맹세한 여전사들의 말에 아르테미스는 훗, 하고 가볍게 웃었다. 퓌톤은 만만치 않은 적이다. 하지만 화살이 명중한 걸 똑똑히 봤다. 지독한 생명력 덕에 화살을 맞고도 달아나긴 했지만 멀리 가진 못했을 거다.

"그래, 드디어 길고 긴 사냥이 끝나는 거지. 이 아르테미스는 종말의 단초를 막은 자로 올림포스에서 이름을 떨치게 될 것이다. 하면 내 건방진 쌍둥이 오라버니도 얼굴빛이 변하겠지."

외부에서 보는 것과 달리 쌍둥이 남매인 아폴론과 아르테미스의 사이는 그다지 원만하지 않았다. 그저 서로 필요에 의해 손을 잡고 있는 느낌이랄까. 언젠가 때가 오면 남매는 기다렸다는 듯 서로의 뒤통수를 칠 각오가 돼있었다.

"정말 대단하세요. 아르테미스 님."

"아부는 그 정도면 됐다."

차갑게 여전사의 말을 끊은 아르테미스는 길안내를 하고 있는 님프에게 물었다.

"얼마나 남았나?"

"거의 다 왔습니다. 저쪽에서 울음소리가 들렸지요. 저희는 두려워 감히 다가가지 못했어요."

퓌톤이 아르테미스의 화살을 맞고 고통스러워하던 밤, 님프들은 모두 뱀으로 부터 떨어져 있었다. 퓌톤은 나쁘지 않은 이웃이었지만 공연히 아르테미스의 화를 살까 두려워서였다.

"됐다. 이제 너희는 가보거라."

아르테미스가 떠나도 좋다고 하자 멜리아스들은 안도한 표정으로 서둘러 자리를 벗어났다. 바닥에는 큰 뱀이 기어간 자국이 선명했다. 굳이 더 안내를 받을 것도 없었다. 시키지 않아도 여전사 중 하나가 앞장섰고, 일행은 느긋하게 걸어갔다. 하지만 지난밤 퓌톤이 화살을 맞아 신음하던 장소에 도착했을 때 모두의 표정이 딱딱하게 굳었다.

"여기가 틀림없는데…"

바닥에 흥건한 핏자국만 봐도 퓌톤이 님프들의 말대로 이곳에서 죽어가고 있었던 게 틀림없다. 하면 응당 커다란 뱀의 시체가 있어야 할 터인데, 이곳에는 아무 것도 없었다.

"누군가 화살을 뽑은 걸까요?"

한 여전사의 말에 아르테미스는 얼굴을 구겼다. 그러자 그녀보다 선임인 다른 여전사가 나서 크게 야단을 쳤다.

"어리석은 소리 하지 마라! 감히 누가 우리 여신님의 화살을 뽑을 수 있단 말이냐!"

"그건 그렇지요…."

하지만 아예 불가능한 건 아니다. 같은 신이라면 가능하다. 아니면 신성을 받은 영웅이라면 가능성이 있다. 문제는 그 누가 감히 아르테미스의 사냥을 방해했냐는 거다. 올림포스 12신 중의 하나이자, 최고신 제우스의 따님인 그녀를 말이다.

"모두 진정해라. 시간의 흔적을 살펴보겠다."

아르테미스는 참을 수 없이 화가 났지만 아직 믿을 구석이 있었으므로 침착함을 유지했다. 쌍둥이 오빠 아폴론이 미래를 본다면 그녀는 지나간 일, 과거를 보는 게 주특기다. 신에게 허락된 특별한 힘을 사용한다면 지난 밤 이 장소에서 무슨 일이 있었는지 정확히 알 수 있다.

"시간의 흔적을 보신다니!"

"과연 대단하세요! 여신님!"

신이 권능을 발휘하겠다고 하자 아르테미스의 여전사들은 연신 감탄을 터뜨렸다. 자신들의 여신을 우상처럼 숭배하는 그녀들에겐 아르테미스의 이적을 본다는 것 자체가 대단한 영광이었기 때문이다.

"모두 기대하라. 우리의 여신께서 감히 사냥을 방해한 불한당을 밝혀내실 거니까."

여전사 중 선임자가 자신감 넘치는 말투로 선언했다. 그녀는 과거 아르테미스가 시간의 흔적을 살피는 걸 직접 봤기 때문에 아는 게 많았다. 으스대듯 말하는 선임 여전사의 말에 아르테미스는 피식 웃을 뿐이었다.

'오랜만에 힘 좀 써볼까? 감히 이 아르테미스를 기만한 놈이 누 군지 살펴봐야겠군.'

그녀는 과거를 기록하는 달빛을 불러일으켰다. 그러자 대낮임 에도 주변이 칠흑같이 어두워졌다. 그리고 달빛이 뭉쳐서 사람 실 루엣 같은 형상을 만들어서는 지난밤의 일을 그대로 재생하기 시 작했다.

"저 자가 틀림없습니다!"

어떤 여전사가 하얀 달빛으로 만들어진 인간을 가리켰다. 전 사의 차림을 한 남성으로 커다란 뱀을 발견하더니 무척이나 놀란 듯했다. 그러자 똑같이 달빛으로 재현된 뱀은 남자를 보더니 뭐라 뭐라 말하고 있었다. 이후 남자는 조심스럽게 다가가 화살을 향해 손을 뻗었다.

"앗!"

"감히 죽으려고!"

아르테미스의 여전사들이 놀라움을 감추지 못했다. 신의 힘이 깃든 화살을 만지면 인간에게 무슨 일이 일어나는지 누구보다 잘 알고 있기 때문이다. 모두 저 이름 모를 자가 단번에 터져 죽을 거 라고 의심하지 않았다. 하지만 결과는 놀라웠다. 하얀 빛이 번쩍 여 시야를 한 번 가리고 난 뒤 다시 보자, 남자는 멀쩡히 아르테미 스의 화살을 뽑아들고 있었다. 모두 그 상황을 이해할 수 없었다.

"저럴 수가! 어쩌면 저 남자는 신이 아닐까요?"

"그건 아닌 것 같아요. 분명 누군가의 후원을 받는 영웅입 니다!"

"믿을 수 없어! 아르테미스 님의 힘을 견디다니!"

여전사들은 저마다 놀라움을 감추지 못했는데 추측만 무성할 뿐 남자의 정체를 알 수 없었다. 그도 그럴 게, 매우 이상하게도 시간의 흔적을 살피는 중에도 남자의 얼굴이 흐릿하게 제대로 보이지 않았기 때문이다. 본디 아르테미스가 권능을 쓰면 정확히 상대의 얼굴을 볼 수 있음에도 말이다. 그런 사실을 잘 아는 선임 여전사는 표정이 딱딱하게 굳었다. 뭔가 일이 잘못됐다는 걸 알았기 때문이다. 슬쩍 자신이 섬기는 여신을 보니 입술을 깨물고 몸을 파르르 떨고 있었다.

'이게 대체 어떻게 된 일이지!'

아르테미스는 도무지 왜 이런 일이 일어난 건지 알 수 없었다. 과거를 읽는 건 그녀의 특권이다. 한데 얼굴이 보이지 않았다. 도대체 왜? 아르테미스의 이성은 빠르게 무너지고 있었다. 감히 누가 자신의 사냥을 방해하고 얼굴도 알 수 없게 사라져 버린 건가?

마지막 대책으로 자신의 신성이 담긴 화살의 위치를 가늠해 보았다. 하지만 이미 힘을 다해 사라졌는지 전혀 느껴지지 않았다. 그 망할 도둑놈이 귀중한 화살까지 소모해 버린 것이다. 아르테미스는 너무 열이 받아 도리어 가슴이 싸늘하게 식는 걸 느꼈다.

'희한하군. 저 사내 옆에는 뭔가 네모난 게 둥둥 떠있구나. 대체 저게 뭐지? 철판 같은데?'

그건 비밀의 서였지만 표지가 특이하게 철판인 데다가 워낙 크기가 커, 아르테미스는 설마 그게 책이라고는 생각지도 못했다. 신들조차 보통은 비밀의 서를 볼 수 없지만 아르테미스의 방법은 극히 예외 중 하나였다. 그녀는 우연히, 매우 중요한 발견을 한 셈이지만 깊이 생각하지 않고 넘겼다.

금이 가버린 자존심 때문에 인내의 끈이 뚝하고 끊어져 버렸기 때문이다. 사냥의 여신이 자신의 사냥감을 빼앗겼다. 그런데 신의 힘을 쓰고도 범인을 찾지 못했다. 충실한 신도들이 보고 있는 와 중에 말이다.

개망신도 이런 개망신이 없었다.

'모두 죽여야 해.'

아르테미스는 이런 실패를 용서할 수 없었다. 아무리 단속해도 오늘의 망신은 소문날 것이다. 이미 지난번 칼리돈의 멧돼지가 죽 은 일로 고개를 들지 못하는 중이다. 한 번 더 이런 망신이 이어진 다면 아버지 제우스의 사랑도 거품처럼 사라져 버릴 터. 그녀는 싸늘하게 식은 얼굴로 허리춤의 활을 잡았다. 그리고 그 모습을 그녀의 여전사 중 하나인 아탈란테가 보고 있었다.

'설마? 아르테미스 님?'

아탈란테는 불길함을 느꼈지만 도저히 자신의 예감을 긍정할 수 없었다. 근처의 여전사들 역시 대체 누가 범인인지 얘기하고 있 을 뿐 불온한 기색을 느끼지 못하고 있었다.

아탈란테는 그 순간 깨달았다. 무언가 중대한 결정을 해야 한 다는 걸.

위험을 감지한 아탈란테는 머리칼이 쭈뼛 곤두섰다. 애써 태연 한 척하고 있었지만 손톱을 잘근잘근 깨물고 싶은 기분이었다. 다른 이들은 아직 전혀 눈치채지 못했으나 아탈란테는 달랐다.

'설마, 아르테미스 님. 우리 모두를 처분하려고?'

이국에서 온 사내와의 만남이 그녀를 송두리째 바꿔 놨기 때문이다. 신들을 향한 시선이 달라지자 전에는 보지 못한 걸 볼 수 있게 됐다.

그녀가 섬기는 여신이 자존심 강하고 때때로 놀랄 만큼 비정하다는 건 진작 알고 있었다. 열렬한 신앙심이 그런 걸 사소한 단점으로 만들었을 뿐이다. 칼리돈의 멧돼지 건으로 여신에 대한 열정이 조금 식어버린 아탈란테는 좀 더 냉정하게 상황을 보게 됐다.

'그래. 아르테미스 님은 두 번이나 망신당하는 일을 용납하지 않을 거야.'

숲에는 목격자도 없다. 나무의 님프들은 변덕스러운 여신이 무서워 멀리 도망쳤다. 한 무리의 여전사들이 사라진 일에 대해 아르테미스 여신은 어렵지 않게 변명거리를 만들어내겠지.

쭈뼛.

아탈란테는 갑자기 소름이 돋았다. 자신이 얼마나 위험한 상황에 놓여있는지 절감했기 때문이다.

"모두 이리오도록."

그때 아르테미스가 주변에 흩어져 있던 여전사들을 불렀다. 아탈란테는 심장이 쿵 내려앉는 것 같은 느낌이었다.

'뭔가 하려는 게 틀림없어.'

예감이 좋지 않았다. 본능이 강하게 경고를 보내고 있었다. 하지만 신을 상대로 인간은 미약하기 짝이 없다. 대체 무엇을 할 수 있단 말인가?

"안색이 좋지 않구나. 아탈란테."

"네?"

갑자기 아르테미스가 부르자 아탈란테는 화들짝 놀랐다. 그리고 곧 자신의 무례를 깨닫고 황급히 사죄했다.

"아, 아닙니다. 아르테미스 님. 잠시 누가 그런 짓을 했을까 생각하느라…."

"그리 근심하지 않아도 된다. 이 일을 해결할 방법을 찾았다."

아르테미스의 말에 주변에 감탄이 터졌다. 역시 아르테미스 님이셔, 같은 소리가 나왔지만 아탈란테의 얼굴은 딱딱하게 굳어버렸다. 누구보다 아르테미스를 열정적으로 추종했던 그녀는 알고 있다. 여신이 거짓을 말할 때 특유의 표정을 짓는다는 걸.

'왼쪽 입 꼬리가 살짝 올라갔어.'

정말 잠깐 사이에 지나가는 표정이라, 아르테미스의 버릇을 아는 아탈란테만 눈치챌 만한 것이었다. 결국 아탈란테는 결심했다. 이대로 당할 생각은 없다. 아무리 가능성이 없더라도 발버둥치는 수밖에.

슬쩍 허리춤 뒤에 찬 단검을 꽉 잡았다. 하지만 아탈란테는 오늘 여기가 자신의 무덤임을 확신했다. 도저히 여신을 상대로 가망이 안 보였기 때문이다. 어쩐지 여신의 눈동자가 거미처럼 느껴졌다. 절대로 빠져나갈 수 없는 함정에 갇힌 기분이었다.

"너희 모두 그동안…."

아르테미스가 입을 열었다. 아탈란테는 공포 때문에 입에서 비명이 터지려는 걸 간신히 참아냈다.

'끝이야!'

아득한 절망이 심장을 거미줄처럼 끈적끈적하게 감아왔다. 하지만 세상에는 아직 그녀를 위한 기적이 남아있었다.

"이오오오오옷!"

갑자기 하늘에서 높은 톤의 고함이 울렸다. 젊은 사내의 것으로 경박했지만 동시에 맑고 듣기 좋은 목소리였다. 밤하늘을 금빛 광선이 가로지르고 있었다. 아탈란테는 누가 나타난 건지 깨달았다. 그리고 순간 아르테미스의 얼굴이 구겨지는 걸 놓치지 않았다.

"멋진 밤입니다! 숙녀 분들!"

경쾌한 인사와 함께 나타난 이는 전령의 신 헤르메스였다. 날개 달린 샌들을 신고 황금빛 찬란하게 빛나는 미소년. 저 근사한 올림포스의 신을 모르는 이는 없었다.

"헤르메스⋯. 무슨 일이지?"

아르테미스는 차가운 목소리로 불청객에게 물었다. 명백히 심기가 불편해 보였다. 헤르메스의 등장에 놀라고 감탄하던 여전사들은 주인의 심중을 헤아리고는 재빨리 입을 닫았다.

"아르테미스 님, 저야 늘 같은 이유로 찾아오지 않습니까? 제우스 신의 전언을 가져왔습니다."

한껏 성질을 부리려던 아르테미스는 제우스 신의 전언이란 말에 입을 다물어버렸다. 천방지축인 여신이지만 최고신인 아버지의 위엄은 거스를 수 없었으니까. 헤르메스는 그럴 줄 알았다는 듯한, 어쩐지 좀 얄미운 표정으로 말을 이었다.

"아침 해가 뜰 때 올림포스의 12주신이 모두 모이기로 했습니다. 아르테미스 님께서는 늦지 않게 오시지요."

"무슨 이유인가? 아니, 됐다. 아버지께서 오라고 하면 가야지…."

아르테미스는 영 마음에 안 든다는 듯 입술을 잘근잘근 깨물었다. 또 그 최고신이란 이름의 꼰대가 잔소리를 하려고 12주신을 소집한 모양이었다. 귀가 따가운 일장연설을 들을 생각을 하니 벌써부터 머리가 아팠다.

'12주신을 그만두던가 해야지.'

아르테미스는 속으로 투덜거리면서 자신의 계획이 틀어졌음을 깨달았다. 본디 오늘 여전사들을 모두 죽여 입을 막으려 했다. 아까운 부하들이지만 어차피 소모품에 불과하다. 자신을 동경하는 여자들은 얼마든지 있다. 힘을 내리고 수하로 삼으면 감격해서 따를 터.

그런데 헤르메스의 등장으로 폭력적이지만 편리한 수법이 가로막혔다. 목격자가 생겨버린 것이다. 오늘 밤 자신과 함께 있던 여전사들이 갑자기 사라져 버린다면 이 수다쟁이 전령신이 무슨 소문을 퍼뜨릴지 모른다.

'아니, 애초에 끼어 든 타이밍도 수상하구나.'

아르테미스는 헤르메스가 자신을 별로 좋아하지 않는다는 걸 잘 알았다. 그래서인지 갑작스럽게 나타난 것도 공교롭게 느껴졌다. 하지만 심증만 있을 뿐이다.

"자, 그러면 소식을 전했으니 저는 이만 가보겠습니다! 하핫!"

헤르메스는 바람 같이 나타나서 바람 같이 사라졌다. 저 멀리 밤하늘에 꼬리를 그리며 멀어지는 금빛 선을 보며 아르테미스는 침음을 삼켰다.

"끄응…."

그녀는 더 이상 소문이 나는 걸 막을 수 없게 됐다는 걸 깨달았다. 입단속을 해도 시기의 문제일 뿐이다. 퓌톤 사냥에 실패한 건 언젠가 알려질 거다. 그렇다면 방법은 하나였다.

'공을 세워 상쇄하는 수밖에…'

소문이 제우스의 귀에 들어가기 전에 뭔가 해내면 된다. 다행히 최고신은 게으르고 여색만 밝힌다. 금방 얘기가 흘러가지는 않을 터. 그런데 시기가 문제였다. 티탄들이 모두 사라진 지금은 큰 공을 세울 일이 별로 없었다. 세계는 평화롭고 올림포스는 굳건하다. 괴물들이 날뛸 때도 있지만 그런 건 인간 영웅들의 과업이다. 신인 그녀가 직접 나서면 체면 상하는 일이었다.

'퓌톤을 잡으면 딱 좋았는데…'

산지기 퓌톤은 드물게 과거의 대전쟁과 관련된 존재다. 신이 직접 나설 만한 일거리였다. 하지만 지금쯤 자신의 동굴로 기어들어 갔을 테니 쫓을 수도 없다.

'공을 세울 수 없다면 어떻게 해야 할까?'

고민하던 아르테미스는 방법을 찾아냈다. 다른 누군가가 자신보다 훨씬 큰 바보짓을 해주면 된다. 큰 사고를 친 존재가 나타나면 오늘 일은 자연히 가려질 거다.

'그렇다면 누가?'

제일 먼저 잠재적 경쟁자인 아폴론을 떠올랐지만 그는 너무 완벽하고 빈틈이 없었다. 그래서 그녀는 곧 열정에 불타지만, 허술하고 성정이 거친 다른 오라비를 떠올렸다. 바로 전쟁의 신 아레스였다. 순수하고 강력하나 처세가 어설퍼 아버지에게 미움 받는 존재.

'좋아, 아레스가 큰 실수를 하게 만들어야겠군.'

결론을 내리자 아르테미스는 마음이 편해졌다. 아폴론에 비하면 아레스는 쉬운 상대였다. 힘만 무식하게 강한 바보에 불과하니까.

'그리고 그 화살을 뽑은 인간 놈. 반드시 찾아내겠어. 감히 날 능멸하다니.'

아르테미스는 증오심을 애써 억눌러야 했다. 고작 인간에게 당했다는 사실에 좀처럼 화를 참기 어려웠다. 그래서 그녀는 자신의 추종자 중 하나가 남몰래 안도의 한숨을 내쉬고 있었다는 점을 전혀 눈치채지 못했다.

균열은 신도 모르는 사이에 일어나고 있었다.

-윽, 생각보다 무거워!

퓌톤을 등에 업고 산에 오르는 나는 기진맥진해 있었다. 꼬맹이 하나 업고 가는 일을 만만히 생각한 게 바보였다.

-힘 좀 내라. 사내가 그렇게 부실해서야. 쯧쯧.

더 짜증나는 건 옆에서 비밀의 서가 얄미운 소리만 해댄다는 것.

-헤라클레스의 보석이 있는데 이럴 순 없어!

-이럴 순 없긴 뭐가 없어? 보석의 힘이 거의 방전된 걸 잊었냐? 네놈 대가리는 어떻게 닭대가리보다 쓸모가 없어? 닭대가리는 고아서 스프라도 만들지.

그나마 방전된 보석의 힘이 남아서 꼬맹이를 업은 채 험한 산을 타고 있는 거다.

"흐으⋯. 으윽."

그때 뒤에서 퓌톤이 앓는 소리를 냈다. 지켜보던 비밀의 서가 재촉했다.

-서둘러라. 꼬맹이 상태가 점점 나빠지고 있다. 널 돕기 위해 생각보다 무리를 한 모양이다.

알고 있다. 그래서 거의 뛰듯 산을 타는 중이다. 얼굴에 비 오듯 땀이 흘러내리고 있었지만 쉴 틈이 없었다.

"퓌톤! 일어나봐! 어느 방향이야!"

퓌톤은 간간히 깨어나서 길 안내를 해줬다. 그녀의 동굴의 비밀스러운 위치와 안의 위험을 피하는 법을 알려줬다. 그리고는 이내 기절해 버렸다. 이후 그녀의 말대로 동굴을 발견해 안으로 들어갔다. 신비하고 위험한 곳이었는데 퓌톤의 말대로 지나자 아무 일도 없었다.

-꼬맹이가 제대로 알려줬군. 펠레우스.

-그래?

-이 동굴 안은 무시무시한 마법 함정과 저주, 괴물이 많기로 유명해. 고대의 저주에 걸리면 신들조차 방향을 잃고 헤맬 정도지. 아르테미스가 쫓아오지 못하는 걸 보면 알 수 있잖나.

-그 정도야?

퓌톤이 그렇게 강한가 싶었는데, 애초에 이 동굴은 티탄들의 장인과 마술사들이 힘을 합쳐 만든 것이라 그렇다고.

-올림포스 신들에게 귀한 물건을 숨기기 위해 만들었다는 데, 불타는 이름 없는 자가 나타나서 빼앗았다고 한다.

비밀의 서의 설명에 나는 혀를 찼다.

-생각보다 막나가는 양반이었군.

지금도 그 거대한 뱀과의 만남을 생각하면 모골이 송연해진다. 이 산줄기 전체가 죽어 잠든 그 거대한 존재의 몸이란 사실이 더 놀랍다.

"헉! 허억! 거의 다 왔어."

동굴 안으로 들어와서도 한참을 달린 끝에 목적지에 도착했다. 거대한 지하 공동이 나타나더니 높은 석재 계단이 나타났다.

"도착했어! 퓌톤! 일어나!"

나는 등 뒤의 퓌톤을 부르며 계단을 뛰어올랐다. 계단 위 저 높은 곳에 제단이 있었다. 마치 아즈텍의 피라미드 계단처럼 높이 치솟은 모습이었다. 산속에 이런 넓은 공간이 있다는 신기했다.

-일단 저 제단에 퓌톤을 올려놓기만 하면….

마음속으로 비밀의 서에 말을 걸던 나는 계단을 뛰어오르던 그대로 굳어버리고 말았다.

"헉!"

-왜 그러냐?

비밀의 서의 물음에 나는 한참 대답을 하지 못했다. 제단 뒤쪽으로 엄청나게 장엄한 존재가 있었기 때문이다. 하지만 곧 그게 살아있는 게 아닌, 말도 안 되는 크기의 조각상이란 걸 알 수 있었다.

"불타는 이름 없는 자…."

그렇다. 종말의 때에 본 거대한 뱀의 조각상이 제단 뒤로 장대한 크기를 자랑하며 솟아있었다. 워낙 커서 한눈에 들어오지도 않았던 거다. 어찌나 정교하게 만들어졌던지 그 초월적 존재가 다시 나타난 것 같은 기분을 느꼈다. 필시 신적 존재가 만든 조각상이겠지. 인간의 솜씨가 아니구나.

-그렇군. 펠레우스. 너는 직접 봤으니 잘 알겠지. 음? 저건!

내 말에 대꾸해주던 비밀의 서가 갑자기 놀란 소리를 냈다.

-왜?

-저길 봐라. 저기.

비밀의 서는 입을 열더니 촉수를 뻗어 거대한 석상의 한쪽을 가리켰다. 계단을 뛰어오르며 살펴보니 희한한 게 있긴 했다. 석상은 마치 석재 비늘을 하나하나 따로 조각한 뒤 붙인 것 같았는데 유독 비늘 하나만 반짝이는 보석으로 돼있었다. 마치 루비처럼 붉은 보석이었다.

-저게 뭐지?

-뭐긴 뭐야! 멍청아! 이 정도 되면 짬밥으로 알아먹어야 할 거 아냐?

-대체 뭔 소리야!

나는 신경질적으로 대꾸하며 막 제단에 도착해 퓌톤을 누였다. 그러자 알 수 없는 힘이 퓌톤을 감쌌고, 그녀는 곧 편안한 표정이 됐다.

"흐음…."

퓌톤의 입에서 나직한 한숨이 나오자 나는 그제야 안도해서 이마에 줄줄 흐르는 땀을 닦았다. 그런데 비밀의 서는 이제 퓌톤 같은 건 신경도 안 쓰는 모양이었다.

-그딴 뱀 꼬맹이는 이제 내버려둬! 알아서 회복할 테니까!

-아까부터 왜 그래?

-저게 진짜 뭔지 모르겠냐? 이 빡대가리야! 저건 바로 신성의 조각이라고! 불타는 이름 없는 자가 남긴 신성의 조각이다!

-뭐? 신성의 조각?

-헤라클레스의 보석 같은?

-그래. 어째서 신성의 조각이 남은 건지 모르겠지만 필시 뭔가 용도가 있을 터.

-그렇다면 건드리면 안 되잖아?

내 대답에 비밀의 서는 바로 타박했다.

-이런 순진한 놈을 보았나. 마침 잘 되지 않았냐? 이 뱀 꼬맹이도 기절해 있으니 우릴 방해할 자는 아무도 없다. 이건 가히 하늘이 내린 기회. 뒷일 따위는 생각할 필요 없어. 저 신성의 조각을 가져 버리라고. 다시 한 번 엄청난 힘을 얻을 기회다!

비밀의 서는 아주 열렬히 나를 설득해 왔다. 확실히 굉장한 기회긴 하다. 헤라클레스의 보석 하나만으로도 대단했는데 비슷한 게 하나 더 생긴다면 얼마나 큰 가능성을 얻을지 말할 필요도 없다. 하지만 저건 산지기 퓌톤이 소중히 지키는 물건일 터. 함부로 손 댈 수는 없다. 게다가 말이지.

-너 어쩐지 일부러 유혹하는 것 같다? 짬밥으로 알아먹으라고? 지금 일부러 살살 꼬드기는 게 티 나는데?

뜨끔!

어째서인지 비밀의 서가 갑자기 허둥대는 게 느껴졌다.

-그, 그게 무슨 소리냐! 다 너 좋으라고 하는 말이다. 이 몸의 얘기만 들으면 자다가도 빵 하나라도 더 얻어먹는다. 양심 같은 건 쓰레기통에 버리는 거다. 조금만 비겁하면 인생 편해진다고!

비밀의 서의 말에 나는 표정이 짜게 식어버렸다. 어쩐지 알면 알수록 이놈에 대한 결론은 하나였다.

"정말 쓰레기통 같은 놈이라니까…"

혀를 찬 나는 품을 뒤적거렸다. 뭔가 꺼내려는 것처럼.

-주둥이 좀 벌려봐라.

-왜?

-왜긴 왜야. 쓰레기 좀 버리려고 그러지.

내 말에 결국 비밀의 서가 발끈했다.

-이놈! 가만두지 않겠다! 감히 고귀한 이 몸을 쓰레기통 취급해!

비밀의 서는 방방 뛰었지만 지가 뭘 어쩌겠는가. 쿨하게 무시하자 결국 제풀에 나가떨어졌다. 듣는 귀는 지치지 않는다. 말하는 입이 지치는 거지.

-크으으! 두고 보자! 네놈. 하포크레테스 님께서 돌아오시면 이 죄상을 낱낱이 일러바치겠다.

나는 귀를 후비며 건성으로 대답했다.

-그러시던가. 니네 신은 미국 가셨어.

-뭐어? 미국? 미국이 어디지? 설마 네놈 하포크라테스 님이 행방을 아는 거냐?

아이구, 말을 말아야지…. 일단 퓌톤의 상세는 마법을 잘 모르는 내가 봐도 상당히 안정돼 있었다. 이 산에 있는 동안은 그녀의 회복력이 정말 어마어마한 모양이니 내버려두면 알아서 일어날 터. 그 사이 나는 볼 일이나 봐야겠네.

-거인을 네놈에게 바치지. 공양의식을 진행하겠어.

-정말 저 신성의 조각을 포기할 거냐?

비밀의 서는 재차 내가 권했지만 고개를 저었다.

-퓌톤이 소중하게 지키고 있는 물건이 틀림없어. 은인의 뒤통수를 쳐? 내가 아무리 못난 놈이라고 해도 그럴 순 없지.

퓌톤이 안 도와줬으면 이미 테마토스에게 잡혀 먹혔다. 그 거인은 소화력이 굉장해 보였으니, 나란 존재는 반나절이면 똥으로 나왔을지도 모르겠다. 그런 큰 은혜를 입었는데 퓌톤을 배신하는 건 있을 수 없다.

-다만.

-다만? 무엇이냐. 펠레우스.

-저 신성의 조각에 대해 물어보긴 할 거. 가능한 정보는 수집해야지. 불타는 이름 없는 자는 앞으로의 여정에서 중요한 존재니까.

훔치진 않을 거지만 얻어낼 수 있으면 얻어내야지. 나라고 저 신성의 조각에 혹하지 않는 건 아니다. 지금은 그야말로 힘이 절실한 때니까. 다른 이도 아니고 올림포스의 12주신 중 하나인 아르테미스에게 미움을 산 상황. 슬슬 밤에 잠이 안 오기 시작할 타이밍이다.

-아주 멍청이는 아니군.

-시끄러워.

우리는 티격태격하며 공양의식을 할 장소를 찾아 나섰다.

-펠레우스, 너무 멀리까지 가지 마라. 이 동굴 안은 위험으로 가득하다.

-알아. 퓌톤이 알려준 범위에서 움직일 거야.

이내 우리는 적당한 공터를 찾을 수 있었다. 주변에 듣는 이가 없자 비밀의 서는 직접 말하기 시작했다.

"좋아, 여기다 놈을 뱉어내마."

잠금 장치가 열리며 책이 펼쳐졌다. 그러자 안에서 기다란 송곳니와 촉수 같은 혀의 다발이 잔뜩 튀어나왔다. 게다가 독한 냄새로 가득한 타액이 끈적끈적하게 흘러내렸다.

"으윽."

절로 인상이 찌푸려졌다. 정말 기분 나쁜 놈이라니까.

"구웨우에에엑!"

곧 귀를 더럽히는 소리와 함께 쩍 벌어진 비밀의 서의 입에서 식인거인 테마토스가 튀어나왔다. 마치 아침이 올 때까지 달린 술고래가 전날 먹은 안주를 모두 쏟아내는 듯한 장렬한 토악질이었다.

철푸덕!

고깃덩어리처럼 땅바닥에 쏟아진 식인거인은 아직도 꿈틀대고 있었다. 정말 질긴 생명력이구나. 이럴 때는 오히려 그게 불행인지도 모르겠다.

쒜에엑, 쒜엑.

테마토스의 입에선 타액과 피가 섞인 더러운 액체가 계속 슬라임처럼 질척질척하게 흘러나왔다.

"자, 어서 공양을 하거라. 펠레우스. 절차는 자세히 알려주마."

나는 녀석의 말대로 바로 시작하려다가 퍼뜩 생각나는 바가 있어 한쪽 손을 들었다.

"잠깐."

"또, 뭐냐? 이 귀찮은 녀석."

"귀찮고 나발이고 지금 공양보다 중요한 문제를 빼먹었잖아!"

"뭐? 그게 뭔데?"

이런 답답한 놈 같으니라고. 나는 속이 터져서 주먹으로 가슴을 쳤다.

"종말의 집행자 말이야! 종말의 집행자! 여태 그게 뭔지 정확히 모르고 있다고. 뭘 해야 하는지, 무슨 의무가 있는지 등등. 제일 중요한 부분인데 말이야!"

내 지적에 그제야 비밀의 서는 얼빠진 목소리로 대답했다.

"아, 맞다…. 그렇지."

생각해 보면 너무 여유가 없긴 했다. 아폴론 신의 아들 퀴크노스에게 쫓겨 허겁지겁 회귀하고는 정신이 하나도 없었다. 이제야 겨우 좀 대화를 나눌 수 있게 된 것이다. 그러니 확실히 짚고 넘어갈 부분이었다.

"뭘 해야 하는지도 모르는데 공양은 무슨 공양!"

"쩝…."

내 말이 맞다고 여겼는지 비밀의 서는 식인거인을 보며 입맛만 다셨다. 그리고는 벌린 입에서 촉수를 빨아들이고는 내 앞쪽으로 둥둥 떠서 다가왔다.

"좋아. 종말의 집행자에 대해서 얘기해 주지."

드디어 이 고생을 시작하게 된 본론이 나오는군. 참 빨리도 듣게 된다는 생각이 들었다. 알겠다는 듯 고개를 끄덕이자 비밀의 서가 차분히 이야기를 시작했다.

"종말의 집행자의 임무이자 의무는 간단하다. 이름 그대로 세계 종말의 집행을 이뤄내는 것."

"하아?"

대강 그럴 거라고 짐작은 했지만 막상 듣고 보니 참으로 허황되고 어이없다. 뭔가 세계 멸망을 꿈꾸는 삼류 악당이 된 기분이기도 하고.

"하아, 라고? 이 놈! 이게 얼마나 중차대한 임무인지 알면서도 그런 반응이냐!"

그 말에 나는 뒷머리를 긁으면서 심드렁하게 대꾸했다.

"그러니까 왜 세계를 망하게 해야 하냐고."

"전에도 말했지만, 우리 교단이 추구하는 종말은 너희 인간의 종말이 아니다. 신들의 종말이지."

맞아. 최고 사제가 그런 말을 하긴 했다. 인간들도 큰 피해를 입을 거지만 결국 살아남을 거라고. 종말은 신들의 세계가 끝나는 걸 의미한다. 그렇지만 여기서 한 가지 의문이 들었다.

"꼭 신들이 종말을 맞아야 하는 건가?"

이 올림포스 세계는 그다지 나쁘지 않다. 어쩌면 내가 살던 지구보다 나을지도 모른다. 천인공노할 죄인은 어느 날 벼락을 맞아 죽기도 하는 곳이니까. 물론 재수 없고 못된 신도 있지만 이쪽 세계도 이쪽 세계 나름의 질서가 있다고 할까.

"그렇잖냐, 꼭 종말이란 걸 해야 하냐고? 지금처럼 지내도 괜찮잖아?"

"어리석은 놈. 종말이란 피할 수 없기 때문이다. 그건 정해진 것이야. 이 세계의 숙명이지."

"음, 피할 수 없다면 신들과 함께 극복해 나가는 것도 방법 아닌가? 그들은 권능을 가지고 있으니까."

종말의 집행자란 일은 딱 들어보니 신들을 망하게 하고 인간만 살린다는 거다. 그런데 말이지, 피할 수 없는 종말이란 무시무시한 게 다가온다면 서로 힘을 합치면 좋잖아. 마치 외적이 쳐들어오는데 왕과 백성이 서로 다투는 꼴이다. 그러면 결국 어찌 되겠는가.

"둘 다 망할 수 있잖아?"

제일 우려하는 사안을 꺼내놓았다. 게다가 신이란 대단한 존재들을 재끼고 인간만 살아남기 쉽겠냐. 이곳은 신화의 세계라 신들이 수도 없이 많다. 반면 종말의 집행자는 나 혼자잖아? 솔직히 게임이 안 될 거 같은데. 나는 이런 점을 털어놨다. 그러자 묵묵히 듣던 비밀의 서가 내 말을 부정했다.

"네 말대로는 되지 않을 거다. 물론 일부 신은 인간의 편에 설 수 있겠지. 가령 예를 들면 네놈이 좋아 죽는 상냥한 헤스티아라던가."

"…역시 헤스티아 님."

올림포스 신 중에 유일하게 내가 팬인 신이다. 하포크라테스 님께는 비밀이지만 몰래 처녀신 헤스티아의 신전에 제물을 바치러 가본 적이 있었다.

"하지만 그건 극히 일부일 뿐이다. 신들은 종말의 때에 인간과 손을 잡지 않을 거다. 오히려 네놈들을 몰살 시키려 할 걸?"

아름답게 빛나는 천상의 올림포스가 인간을 쓸어버린다고? 솔직히 충격적인 이야기였다.

"대체… 왜?"

"간단하다. 종말의 때에 세계의 진실이 드러날 테니까."

"세계의 진실?"

"그래. 신들은 인간이 그걸 아는 걸 결코 허락하지 않는다. 어느 정도냐면, 그 비밀이 누설되느니 너희를 싹 정리하고 새로 인간을 창조해 다시 통치하려 할 테니까."

오싹.

어쩐지 소름이 돋았다. 10년이나 이 세계에서 지내다 보니 고정관념 같은 게 좀 생겨있던 나다. 올림포스 신들이 우리를 돌보고 지켜준다는 뭐 그런 거. 그런데 자신들의 입장 때문에 언제든 인간을 처분해 버릴 수 있다 그건가?

"이래서는 마치 도축장의 돼지 같지 않은가…"

"크크큭. 재밌는 표현이군. 이제야 좀 눈이 뜨인 건가? 펠레우스."

그때 나는 퍼뜩 한 가지 생각이 스쳤다.

"저기 말이야."

"음?"

"이런 일이 처음은 아니지? 혹시 몇 번이고 반복된 거 아냐?"

금서를 정리하며 읽은 인간 창조에 관한 이야기가 갑자기 떠올랐다.

"호오…"

비밀의 서는 어쩐지 감탄했다는 기색이었다.

"내가 알기로 처음에 신들은 황금으로 인간을 만들었다고 했지. 이 황금 종족은 필멸자였지만 마치 신들처럼 풍요롭게 살았다. 기록에 의하면 이때가 인류의 황금시대지."

"계속해 봐라."

"황금시대가 끝나자 신들은 이번엔 은으로 인간으로 만들었다. 은 종족은 훌륭했지만 전대보단 자질이 떨어졌지. 결국 그들은 영고성쇠를 반복하다 사라졌다. 그리고 세 번째에 신들은 황동으로 인간을 만들었다. 황동 종족은 무척 포악해서 전쟁으로 멸망하고 말았다. 그리고 이제 신들은 철로 인간을 만들었다. 철 종족의 출현이지."

그 철 종족이 현재 이 세계에 살고 있는 인류라고 한다. 나는 여기서 의문을 제기했다.

"철 종족이 출현했으면 그 다음이 있지 말란 법은 없지. 예를 들면 돌 종족이라던가…."

"그래서? 하고 싶은 말이 무엇이냐? 펠레우스."

"종말이 지금껏 이 세계에서 몇 번이고 반복된 게 아닐까 해서 말이야. 기록에는 인간의 이기심이나 전쟁이 멸망의 원인이라 했지만 과연 그럴까 의문이 드는군. 네가 말했던 것처럼 신들이 종말의 때에 인간을 지우고 새로 창조한 게 아닐까 한다만."

게다가 인간뿐 아니라 신들의 권력도 계속 변화해 왔다. 하늘의 신 우라누스가 세계를 다스렸지만 그의 아들인 크로노스가 아비를 몰아내고 권력을 차지했다. 이후 크로노스는 자신의 아들은 제우스에게 밀려나 현재 올림포스가 완성된 거다. 종말이라는 중요한 주기 때마다 신들도 엄청난 변화를 겪은 거겠지. 나는 이런 점을 꺼내며 아폴론이 비밀의 서를 노리는 이유를 설명했다.

"최고 사제는 아폴론 신이 너를 노리는 건 종말에 대비하기 위함이라 했다. 비밀의 서에는 종말 이후의 일이 기록돼 있다고 하니 미리 알고 싶었겠지. 그래, 이제야 모든 게 퍼즐 조각처럼 맞춰지는군."

내가 턱을 쓰다듬으며 고개를 끄덕이자 비밀의 서가 음침한 웃음을 흘린다.

"크흐흐흐…. 좋구나. 아주 빼어난 통찰력이다. 과연 하포크라테스 님께서 선택한 인간이로다. 그렇다. 이 세계에서 종말은 이미 몇 번이고 반복된 일이다. 하지만 신들은 사라지지 않았다는 점에서 진정한 종말의 완성은 없었던 것이다."

비밀의 서는 신들이 사라지지 않는 종말은 가짜 종말이라고 했다. 그저 주기가 바뀌고 모든 게 다시 시작된 거라나? 어쨌든 그 종말이란 게 인간과 신 모두에게 무척 중요한 순간이란 건 알겠다.

"종말 때마다 무슨 일이 있었는지 말해줄 수 있나?"

크로노스는 하늘의 신 우라노스를 거세해 버렸다. 그리고 자기 자식들인 하데스, 포세이돈, 헤스티아, 데메테르, 헤라를 집어 삼켜버렸다. 제우스는 아비를 물리치고 삼켜진 형제들을 구출했고. 이런 이야기는 신화나 전설로 내려올 뿐이다. 당시 구체적으로 무슨 일이 있었는지 알 수 있다면 큰 도움이 될 터.

"크로노스가 정말로 자식들을 삼켰던 건지도 알 수 없네. 그냥 관념적인 표현이었을지도 몰라."

"그럴 수도 있지. 하지만 그건 알려줄 수 없다."

"왜?"

비밀의 서는 당연하다는 듯 대답했다.

"그건 이 세계에서 가장 중요하고 근본적인 비밀 가운데 하나니까. 충분히 그에 상응하는 대가가 준비돼야 알려줄 수 있다. 저기 쓰러져 있는 티탄의 후예 따위로는 어림도 없어. 신화 시대에 비교하면 저딴 놈은 조무래기에 불과하니까."

그 옛날 신들과 거인이 천지를 무너뜨릴 기세로 싸우던 시절에 비하면 먼 후손인 식인거인 테마토스는 아무 것도 아니라 그거였다.

"역시 세계의 비밀에 접근하기란 쉽지 않은 건가… 흐…."

대체 우라누스, 크로노스, 제우스로 이어지던 신들의 왕권에는 어떤 거대한 비밀이 있었던 걸까? 그리고 왜 신화는 당시 일어났던 일의 극히 일부만 비추고 있는 걸까? 의문이 꼬리를 물었지만 답은 하나였다.

"모든 걸 밝혀내는 게 결국 종말의 집행자의 임무겠지."

내 말에 비밀의 서는 동의했다.

"그래, 인간이 살아남기 위해서 너는 종말을 완성해야 하는 것이다."

금 종족, 은 종족, 황동 종족은 사라졌다. 지금의 인간은 철 종족. 이 철 종족을 지키기 위해서 신들이 진정한 종말의 완성과 함께 사라져야 한다는 얘기였다. 실로 장대한 목표가 아닌가. 그래서 그런지 공짜로 하긴 좀 그렇다는 생각이 들었다.

"좋아. 다 이해했다. 그런데 말이야."

"음? 뭐냐, 펠레우스."

"종말을 완성하면 나는 무엇을 얻게 되지?"

"뭐?"

설마 이런 속물적인 질문을 할 줄은 몰랐다는 듯 비밀의 서는 벙쩌 버렸다.

"물론 세계를 구하는 건 좋은 일이야. 하지만 그 와중에 나도 뭔가 얻는다면 그건 더 좋은 일이 아닐까?"

이야기 속의 영웅을 보면 금덩이를 돌 같이 보고 여자를 멀리하던데, 꼭 나까지 그래야겠나.

사실 나는 그런 거 무척 좋아하거든.

내 말에 비밀의 서는 어이없다는 반응을 감추지 못했다.

"정말 황당하군. 신도 놀랄 재능을 가졌으면서 이런 소시민적 발상이라니."

"태상이 서민이라서 말이야. 부귀영화 좀 누려야겠다."

"허…. 세상을 구한 영웅으로 이름을 남기는 게 중요하지 않단 말이냐?"

"영웅은 얼어 죽을. 당장 내 배가 고픈데. 솔직히…."

나는 회귀하며 제일 불만인 점을 말했다.

"종말의 집행자, 다 좋다 이거야. 하지만 따지고 보면 백수 아니냐?"

이 지적에 비밀의 서는 좀 당혹한 소리로 반문했다.

"배, 백수?"

"그래. 백수잖냐. 원래 신전 서기란 번듯한 직업이 있었는데 종말의 집행자가 된 후 완전 날백수 처지지. 막말로 월급도 없잖아?"

쉽게 말해 무직이라 그거다. 세상을 구한다는 중2병적인 목표를 내세우며 굴러야 하지만 좁쌀 한 톨 누가 지급해 주지 않는다는 것.

"그 점에 있어 종말의 집행자는 신전 서기보다 못하다고 할 수 있지. 적어도 이 몸이 서기일 때는 끼니 걱정은 하지 않았다. 하지만 지금은 내일 먹을 빵을 근심해야 할 처지. 내가 아가멤논 옆에 붙어서 호가호위 하겠다는 게 괜히 그런 게 아니라니까? 막말로 종말의 집행자가 굶어죽으면 니가 책임질 거냐?"

의식의 흐름에 따라 아무렇게나 말하는 내 논리에 비밀의 서는 말문이 막힌 듯했다.

"세상에… 위대한 하포크라테스 님의 사도가 이딴 놈이었다니. 하지만 너무 분한 건 개소리 같은데 반박할 거리가 떠오르지 않는다는 점이다…"

당혹해 하는 비밀의 서를 보며 나는 검지를 까딱거렸다.

"요컨대, 모험과 낭만은 멀고 현실은 가깝다 그거지. 영웅이라도 빵을 못 먹으면 죽어요."

"끄응… 알겠다. 세상을 구하면 뭐든 원하는 대로 해달라고 하포크라테스 님께 진언하겠다."

그렇게 비밀의 서를 들들 볶자 녀석은 백기를 올렸다.

"아무튼 이제 된 건가? 망할 놈 같으니라고! 슬슬 공양을 진행하는 게 어떻겠냐?"

"좋아. 종말의 집행자가 뭔지도 알았으니 한 번 해볼까."

"지금부터는 긴장해라."

"알았어. 기왕 하는 거 제대로 하자."

공양 의식은 매우 중요하다. 식인거인 테마토스를 바쳐서 앞으로 일을 해결할 비밀을 얻어내야 한다. 나는 공양 절차를 꼼꼼하게 들으며 암기했다.

"다행히 머리는 똘똘한 편이군. 복잡한 절차인데 벌써 다 암기한 거냐?"

"신전 서기를 하면서 뭔가 외울 일 투성이였으니까."

나는 비밀의 서가 알려준 대로 바닥에 마법진을 그리고 주문을 외우기 시작했다.

"비밀의 신이시여. 갈림길에서 현명한 해답을 알고 계신 위대한 분이시여. 모든 혼돈에 단 하나의 진실로 마침표를 찍을 수 있는 분이시여……."

주문은 길고 길었다. 5분이 넘게 떠벌였지만 아직 계속되는 중이다. 비밀의 서가 괜히 내 암기력에 감탄한 게 아니다. 그때 분위기가 일변했다. 무언가 오고 있었다.

"슬슬 시작된다. 정신 바짝 차려라! 절대 실수가 있어선 안된다!"

대체 뭐가 어떻게 되냐고 묻고 싶었지만 정해진 주문을 읊고 있었기에 그럴 수도 없었다. 그저 길고 긴 주문이 끝나간다는 점이 위안이었다.

"위대한 비밀의 주인 하포크라테스시여…. 으윽!"

그때 끈적끈적하고 숨 막히는 무언가가 전신을 덮쳐왔다. 갑자기 죽을 것 같은 압박감이 느껴졌다. 뭐랄까 시커먼 바다 한 가운데 빠져서 숨을 못 쉬겠는 것 같다. 어서 수면 위로 올라가고 싶은 것처럼 간절히 모든 걸 그만뒀으면 좋겠다.

"펠레우스, 견뎌야 한다. 이 정도 압력을 못 이기면 신과 거래할 수 없어!"

옆에서 비밀의 서가 소리를 질러대고 있었다. 녀석이 사전에 해

준 말에 의하면 이 의식으로 초상적인 존재를 불러내게 된다고 한다. 비밀의 신 하포크라테스는 아니고 그 밑에서 사역하는 자라고. 본래라면 그 존재의 높은 격 때문에 인간 따위는 대화는커녕 마주치기만 해도 흐물흐물 녹아버려야 정상이라고 한다. 하지만 나는 하포크라테스에게 선택된 사도기에 실질적인 피해는 입지 않는다고 했다. 그저 지독히 고통스럽고 두려울 뿐이었다.

"이제 내가 그대의 종을 부르니, 여기 강림해 허공에 기록된 위대한 기록을 읽어 세상의 비밀을 선택 받은 사도에게 속삭여 주십시오."

주문이 끝났다. 그러자 모든 게 완성됐다.

촤아아아아아! 쿠아아아앙!

그것은 마치 해일처럼 밀려들어 왔다. 거대한 혼돈과 어둠이 저 차원 멀리 어딘가에서 이곳을 당장 집어 삼키 듯 덮쳐왔다. 단번에 모든 걸 쓸어버릴 것 같아 억지로 참고 입던 비명이 터졌다.

"으아아아아! 빌어먹을!"

빌딩처럼 높이 솟은 혼돈의 파도가 날 덮치는 것 같은 그 순간 난생 처음 보는 괴물이 모습을 드러냈다. 꿈틀거리며 다가오는 기괴하고 추악한 존재.

"세상에 저게 신이라고…?"

소환으로 나타난 존재는 수십 미터는 될 것 같은 거대한 민달팽이 모습의 괴물이었다. 물론 전체적인 외형이 민달팽이 같다는 거지, 자세한 형상은 혼돈에서 기어 나온 미지의 존재랄까. 어떻게 형용할 수 없는 생김새였다. 올림포스의 아름다운 신에게 익숙한 내가 보기엔 저건 신이 아니라 미지에서 온 괴물 그 자체였다.

이런 내 불경함을 감지했는지 비밀의 서가 재빨리 경고해 왔다.

"존경심을 품어라! 저 분은 하포크라테스 님 밑에서 사역하는 신이다."

사전에 들은 얘기로는 공양물은 비밀의 서에게 직접 바치는 게 아니다. 녀석은 자기가 먹을 것처럼 말했었지만, 실제로 공양물을 받고 허공에 기록된 비밀을 읽어 알려주는 존재가 따로 있다고. 그런 일은 좀 더 고차원적인 존재의 도움을 받아야 하기 때문이란다.

[우웨-우-!]

그때 기어오던 거대한 신이 내 앞에 멈춰서 낮게 울었다. 마치 파이프 오르간 같은 소리가 묵직이 전신을 울렸다. 첫 만남이지만 나는 곧장 알 수 있는 게 하나 있었다. 저 울음소리에 결코 호의가 담겨있지 않다는 걸. 그래서일까 비밀의 서가 서둘러 외쳤다.

"제1사서시여. 이 자는 하포크라테스 님께서 예정하신 사도입니다. 비록 맘에 차지 않는다고 해도 노여움을 거두십시오!"

비밀의 서는 나에 대해 좋게 말해주려는 것 같았다. 하지만 상대는 날 보자마자 막무가내로 노여움을 표했다.

[웨에에에-! 우우우으으-!]

신의 감정에 따라 갑자기 압박이 강해졌다. 솔직히 이제는 버거워서 못 견디겠다. 볼에 뭔가 끈적끈적하고 뜨뜻한 게 흘러내려 닦아보니 피였다. 지금 피눈물이 흐르는 건가? 그뿐만 아니라 식도가 타들어 가는 것 같은 게 속 안이 진탕되는 것 같았다. 결국 나는 참지 못하고 소리쳤다.

"적당히 해! 이런 미친놈이! 나는 하포크라테스의 사도란 말이다! 네놈이 그분을 섬기고 있다면 날 이렇게 대해선 안 되지!"

빽 소리를 지르자 신의 울음이 뚝 그쳤다. 그리고 막 주절거리며 변명하는 비밀의 서도 놀라 날 쳐다본다. 녀석이 표정을 가지지 않았지만 황당해 하는 기색이 역력했다.

너 미쳤어? 라고 말하고 싶겠지. 신의 위압적인 침묵 앞에 감히 입을 열지 못하고 안절부절인 기색이다. 나도 질러놓고 보니 후회가 밀려왔다. 끄응, 아무리 그래도 상대는 신인데 미친놈은 심했나. 하지만 돌아온 반응은 예상과 달랐다.

[흥! 생각보다 강단은 있는 놈이군.]

마치 쓸모없는 주제에 작은 장점은 하나 있구나, 라고 평하는 느낌이었다. '제1사서'라 칭해진 신은 내 폭언에 노여워하지 않았다. 의아해 하던 나는 상대의 격이 예상보다 훨씬 높다는 걸 직감했다.

워낙 내가 미물 같은 존재라 신경 쓰지 않는 거다. 예를 들면 벌레가 욕한다고 진지하게 화낼 인간이 몇이나 있겠나. 인간과 부비며 사는 퀴크노스 같은 하급신이나 열을 내겠지.

"음… 이상한 걸."

[뭐가 그렇게 이상하냐? 미물.]

내 혼잣말에 의외로 신이 되물어 왔다. 나는 입가의 피를 닦아내며 불평하듯 내뱉었다.

"제 욕설을 신경도 안 쓸 정도로 절 하찮게 보고 있으시잖습니까? 그런데 처음 저를 보시고 어찌 그리 노여워하셨습니까?"

길가다 메뚜기를 보고 갑자기 화내는 격이 아닌가.

[흐흐, 신의 시각에 대해 좀 이해하는 인간이구나. 옳다. 네놈

은 벌레기 때문에 네놈 말에는 신경 쓰지 않는다. 하지만 네놈 존재에는 심기가 상하노라.]

"어찌 그러십니까?"

그 순간 분노한 신의 음성이 일대를 쩌렁쩌렁 울렸다.

[너 같이 하찮은 놈이 위대한 하포크라테스 님의 사도기 때문이지 않느냐! 어찌 네깟 놈이 이런 대임을 맡은 것이야!]

신의 노성은 폭풍을 동반했다. 비밀의 서와 나는 볼썽 사납게 뒤로 데굴데굴 굴러갔다.

[인간치고 특별한 건 알겠다. 하지만 그래봐야 벌레. 앞으로의 싸움은 종말의 운명을 건 초월자들의 승부다. 도대체 하포크라테스 님의 뜻을 이해할 수 없군! 왜 인간 따위를 사도로 내세운 거지? 올림포스에 반감을 가진 우수하고 젊은 초월자들이 많은데!]

이제야 상황을 알겠다. 제1사서라 불리는 이 존재는 하포크라테스의 사도가 미약한 인간인 게 불만인 모양이었다. 하지만 나라고 자청해서 이 운명을 받아들인 건 아니다. 오냐, 오냐 하는 것도 한두 번이지. 나도 슬슬 빡치기 시작했다.

"누군 원해서 이 자리에 온 줄 아냐! 네놈 주인이 택한 걸 어쩌라고!"

[한 번 신에게 화를 내면 강단이나, 두 번 그런 다면 어리석은 거다. 인간.]

"시끄러! 네놈 눈이 있으면 봐라. 내 안에 깃든 제우스의 신성을! 그리고 헤라클레스의 보물을!"

제우스의 신성이 얼마나 대단한 물건인 줄 안다면 고작 인간이라고 무시할 수는 없을 텐데. 게다가 헤라클레스의 보물 역시 그

가치를 다 파악할 수 없는 신물이다. 하지만 상대는 지혜로운 신이었다. 단번에 내가 가진 힘의 맹점을 파악해 찔러왔다.

[웃기는군. 그 두 가지가 대단하다는 건 인정하겠군. 하지만 아침이슬처럼 사라져 버릴 수 있는 것이지.]

"뭐?"

[안 그런가? 어리석은 인간이여. 제우스의 신성은 그 변덕스러운 신이 언제든 거둬가 버릴 수 있다. 그리고 헤라클레스의 보석은 형체가 있는 물건. 내일이라도 잃어버릴지 누가 아는가?]

정확한 지적이었다. 내가 가진 힘은 탁월했지만 그런 문제를 동시에 안고 있다.

"이 힘 자체는 인정하겠다는 건가?"

[물론이다. 이 몸도 그렇게 빡빡하지 않다. 하지만 네깟 놈이 어떻게 그런 문제를 해결할 수 있을까? 크흐흐흐. 정말 말도 안 되지. 헤라클레스의 보석을 흡수하는 것 정도는 천신만고 끝에 가능하지 모르겠군. 하지만 제우스의 신성은 어떻게 차지할 건가? 그 힘은 일견 자비롭게 내려준 것 같지만, 올림포스의 주신이 누구보다 좀생이에 냉정하다는 건 알 텐데?]

제우스가 신성을 내린 건 내 자질을 평가하기 위해서다. 쉽게 말해 좀 재보겠다 그거다. 그리고 맘에 안 들면 언제든 신성을 되찾아 가겠지. 신성의 조각이란 자기 힘을 쪼개서 보내준 만큼 신에게 중요한 거다. 인간이 돌려주기 싫다고 돌려주지 않을 수 있는 게 아니란 얘기.

"알고 있다."

[그렇다면 더 설명할 필요도 없겠군. 즉, 네놈의 자질과 능력은

한시적이란 거다. 그것도 우리가 쓰러뜨려야 할 올림포스 주신의 변덕에 달린. 하니 이 몸이 한탄하지 않을 수 있겠느냐!]

신이 다시 노호성을 터뜨렸다. 이번에는 날아가지 않기 위해 검을 뽑아 땅에 박고 버텼다.

"빌어먹을…"

등에서 펄럭이던 망토가 찢어지더니 결국 뒤로 날려갔다. 제우스의 신성도 언젠가 저렇게 사라져버리겠지. 하지만 제1사서는 나를 너무 무시하고 있다. 내가 가진 건 그 두 가지만이 아니다. 비밀의 신 하포크라테스는 10년의 세월 동안 내게 금서를 읽게 했다. 그것이야 말로 무엇과도 바꿀 수 없는 중대한 밑천인 것이다. 풍압이 사라지자 굳은 결심을 하고 외쳤다. 이렇게 된 이상 죽기 아니면 까무러치기다.

"제1사서!"

[무엇이냐?]

"나와 내기를 하자."

[뭐라?]

황당한 말을 들었다는 듯 신이 잠시 멈칫 한다. 설마 벌레에게 내기 제안을 받을 줄은 예상 못한 모양이다.

"네놈이 지적한 문제를 모두 해결해 보이겠다. 그러면 나를 인정하겠나?"

[물론 인정할 수 있다. 하지만 그런 일은 일어나지 않을 테니 참으로 어리석은 제안이로군. 크크크크크!]

어쩐지 신은 벌레의 호기가 재밌다고 여겨진 모양이었다. 황당함도 접고는 내기 조건을 먼저 제안해 왔다.

[만약 그걸 해결한다면 네놈의 승리다. 하지만 해결하지 못한다면 이 몸의 승리지. 이 몸이 이긴다면 원하는 조건이 있다.]

"뭐지?"

[사도의 위를 포기해라. 네놈이 스스로 포기해야만 그 자리에서 물러날 수 있지. 짜증스럽게도 이 몸은 하포크라테스의 종복이라 그분의 사도에게 적대적인 행동도 못하게 돼 있다.]

아, 그래서 날 언짢아하면서도 바로 쳐 죽이지 못했군.

"좋다! 실패한다면 물러나지!"

[대신 제한 조건이 있다. 내기의 대상인 이 몸에겐 어떤 도움도 요청할 수 없다.]

"공양을 해 질문할 수 없다는 거군? 예를 들면 제우스 신이 신성을 회수하지 못하게 하는 방법이 무엇이냐 같은."

[그렇다. 벌레 주제에 머리는 괜찮게 돌아가는군. 물론 이딴 공양물로 그런 대단한 비밀을 들을 수도 없겠지만.]

제1사서는 정말 하찮다는 듯 식인거인 테마토스를 끈적거리는 몸에서 뻗어 나온 촉수 중 하나로 툭 쳤다.

"좋다! 받아들이지! 이제 이쪽 조건을 들어봐라."

[듣겠다. 어리석은 존재의 구질구질하고 하찮은 소망을.]

칼날 같은 이빨로 가득한 신의 입꼬리가 씩 올라간다. 내 파멸을 예감이라도 하고 있는 걸까? 어쩌면 이 모든 게 흉계일지도 모른다. 스스로 사도를 포기하게 하도록 날 일부러 흥분시켰던 걸지도. 그런 수작이라면 역시 인간 따위를 상대하는 건 쉽다고 생각 중이겠지. 하지만 유감이군. 이 펠레우스, 생각보다 만만한 상대가 아니란 걸 보여주지. 10년간 금서를 읽으면서 쌓은 내공을 무시한 대가를 치르게 해주마. 나는 숨을 크게 들이키고 당당하게 서서 외쳤다. 꽤나 악의를 담아.

"내가 승리한다면! 이 빌어먹을 민달팽이 새끼야! 네놈은 앞으로 내 종복이 돼야겠다!"

신에게 도저히 할 수 없는 폭언이었다. 결국 그때까지 애간장을 태우며 듣던 비밀의 서가 벌컥 외쳤다.

"야이! 펠레우스 미친 새끼야!"

비밀의 서가 이렇게 놀란 모습을 보이는 건 처음이다.

"위대하신 분이시여, 저 어리석은 인간이 아무것도 알지 못해 무례를 범했습니다."

건방을 거의 필수템처럼 언제나 장착하고 있는 비밀의 서가 저리 비굴해지다니. 하긴 상대는 신. 게다가 언뜻 보기에도 상당히 격이 높아 보였다. 하지만 지금은 그런 걸 따질 때가 아니었다.

사도로 인정받지 못하면 앞으로의 여정은 망하는 거나 마찬가지니까. 비밀의 신의 사도가 누릴 가장 큰 힘은 공양을 해서 세상의 감춰진 진실에 접근하는 거다. 위대한 허공의 기록에 모든 게 적혀 있다고 하는데, 대가를 받고 그걸 읽어주는 게 바로 저 제1사서다. 쟤가 일 안 하면 말짱 꽝인 거지.

[네놈은 끼어들지 마라!]

제1사서가 일갈하자 그 힘의 여파 때문인지 비밀의 서는 픽 쪼그라 들고 말았다. 금세 파리만큼 작아진 녀석은 뭐라, 뭐라 외쳤는데, 마치 모기 날갯짓 소리처럼 들려 의미를 알 수 없었다.

[지금 종복이라고 했느냐? ㅋㅎㅎㅎ]

제1사서는 재밌다는 태도였다. 아마 그럴지도 모르겠다. 어느 날 웬 벌레 같은 놈이 나타나 자기 종이 되라 하니 어이가 없겠지. 하지만 한 편으로는 웬지 흥미가 일어 그 하등한 존재의 놀이에 어울려 주고 싶지 않을까?

나는 금서의 지식 덕분에 신들의 성품을 제법 잘 안다. 그들은 인간의 어리석음을 발견했을 때 친절히 교정해 주기보다 스스로의 수준을 낮춰 어울려 주는 척하길 즐긴다. 마치 고약한 연극 같다. 그리고 그들은 모든 연기가 끝났을 때 절망에 빠지고 어안이 벙벙해진 인간의 모습을 즐기곤 한다. 나는 제1사서가 그런 상위 존재 특유의 심술을 부리고 있다고 판단해 일단 놀아나는 척해주기로 했다.

"그렇다! 겁이 나나? 네놈이 깔보는 천한 인간 따위의 종복으로 전락할까봐!"

말은 이렇게 하고 있었지만 내기 한 번으로 저 위대한 신이 인간의 종복으로 전락하는 일 따위는 절대로 없다는 걸 누구보다 잘 알았다.

생각해 보라. 당신이 어느 날 말하는 개미를 만나 놀이에 어울려주다 내기를 하게 됐다. 그러다 개미가 제법 기지가 넘치는 놈이라면 깜빡 속아 넘어갈 수도 있겠지. 그렇다고 인간이 과연 개미의 종복이 될까? 내기에 이긴 개미는 스스로 도취돼 이렇게 말할지도 모른다.

―당신은 진명을 밝히고, 스스로의 존재를 걸고 맹세했어요. 그건 아주 중요한 거라고요. 암요, 되게 중요하죠. 그러니까 당신은 이제부터 제 노예랍니다.

이런 말을 듣게 되면 인간은 피식 웃으며 개미를 손가락을 눌러 죽일 거다. 그리고 말하겠지.

　-미안. 사실 방금 전에 이름을 바꿨단다.

　진명이니, 존재를 건 맹세니 하는 것 모두 신이 만든 놀이 규칙에 불과하다. 애초에 개미 같은 인간에게 그런 지혜를 알려준 게 신이니까. 한동안 규칙을 지키는 듯 놀이에 어울려 줄 수 있지만 원하면 언제든지 깨버리고 거짓말이었다고 해도 그만이다. 아미 그때 넋이 나가버린 인간의 표정을 아주 재밌어 하겠지.

　지극히 불합리한 상위의 존재.

　그게 바로 신이다.

　[크흐흐흐훗! 아주 맹랑한 놈이로다. 어째서 하포크라테스 님이 네놈을 사도로 임명했는지 알겠구나.]

　갑자기 제1사서는 너그러운 태도로 호탕하게 웃으며 날 칭찬했다. 그러자 파리만한 크기로 변한 비밀의 서가 주변을 더욱 소란스럽게 날아다녔다. 뭐라 말하고 싶은데 웽웽 거리기만 할 뿐 안 들린다.

　걱정 할 것 없다고. 안다, 나도 잘 알아. 저게 나락으로 떨어뜨리기 위해 일부러 추켜세우는 거라는 걸. 마치 이쪽의 대범함을 마음에 들어 하는 척하면서도 속으로는 한없이 냉정한 비웃음을 짓고 있을 터.

　[어쩌면 네놈이라면 해낼지도 모르겠군. 좋다, 만약 그렇게 된다면 기꺼이 종복이라도 돼주지.]

　제1사서 놈, 아주 입만 열면 거짓말이 술술 나오네. 여기서 알겠다고 하면 저 간교한 신의 손바닥 위에서 놀아나는 꼴이 된다. 하지만 내겐 비밀의 신이 허락한 금서의 지식이 있다.

"약속한 거다? 내기에 응하기로."

[물론이다. 신은 거짓말을 하지 않는다.]

와, 오늘 명언 제대로 터지네. 하마터면 육성으로 웃어버릴 뻔했다. 신은 거짓말을 하지 않는다니…. 내가 알기로 세상에서 거짓을 가장 친한 친구로 삼은 이들이 신이다. 나는 언제든 손바닥처럼 뒤집을 저런 약속 따위는 믿지 않는다. 왜냐? 마도서에 기록된 아무 짝에 쓸모없는 지식이 아니라, 정말 신과 거래할 수 있는 방법을 알기 때문에.

"제1사서!"

나는 큰 목소리로 외쳤다.

"약속을 지키기 바란다. 확실한 보증이 필요하다."

내 말에 그는 그럴 줄 알았다는 듯 대답한다.

[맹세의 마법이라도 사용해 주마. 아니면, 나의 존재를 걸고 약속해 주지. 네놈이 아무리 어리석은 인간이라도 알 거다. 존재를 건 약속이 얼마나 위대한지를.]

아주 잘 알지. 얼마나 위대했는지 태초부터 그딴 사기에 속은 마도사가 한 둘이 아니니. 대체 신이란 놈들 인성 수준이 어떻게 된 걸까 싶다.

"필요 없다!"

[으음?]

설마 내가 존재를 건 약속을 거절해 버릴 줄 몰랐는지 제1사서의 눈꺼풀이 올라간다. 그의 수많은 눈알은 축축하고 축 늘어진 주물 많은 눈꺼풀이 덮고 있었다. 보기만 해도 무거워 보이는 그 눈꺼풀이 움직이는 걸 보니 예상 외였나 보다.

"그딴 하잘 것 없는 약속 따위는 필요 없다. 나는 진짜를 원해!"

[신의 약속이 얼마나 무게 있는 건지 모른단 말인가?]

"아마 깃털 정도의 무게는 가졌겠지! 그딴 방법만 들이밀 거면 닥쳐라!"

[깃털? 네놈은 마치 뭐라도 아는 것처럼 말하는군.]

그래, 좀 알고 있지. 나는 한 발 더 신에게 다가갔다. 그러자 거대한 제1사서가 살짝 인상을 찌푸린다. 안 좋은 예감을 느끼는 건지도 모르겠다.

"신과 거래할 때는 신들의 방법을 써야지! 당연한 것 아닌가!"

신이 약속을 어기지 못하게 하려면, 같은 신들끼리 사용하는 방법을 써야만 한다. 인간과 신의 약속은 한 없이 가볍고 일방적으로 박살날 수 있는 것. 하지만 신과 신의 약속은 다르다. 그들은 동격의 존재니까.

[크르르…. 괴상한 소리를 하는군.]

"시치미 떼도 소용없다! 설마 내가 아무런 밑천도 없이 사도가 된 줄 아는가!"

내 외침에 제1사서는 처음으로 동요하는 모습을 보였다. 민달팽이 같은 거대한 살점을 뚫고 튀어나온 촉수들이 불쾌하다는 듯 출렁이고 있었다.

[그건 인간에게 허락된 지식이 아닐 텐데…. 네놈 설마 자세한 절차까지 알고 있는 거냐?]

"그렇다."

[……하포크라테스 님께서 아주 맹탕으로 회귀시킨 건 아니었

군.]

제1사서는 처음으로 놀랍다는 목소리를 냈다. 그러면서도 불쾌하다는 태도를 감추지 않았다.

[건방지구나. 참으로 건방져.]

아마 손쉽게 속여먹을 수 없단 사실에 짜증이 난 거겠지.

[하지만 신들의 거래는 오직 신만이 할 수 있다. 네놈이 그걸 안다고 해도 어찌하려고 그러느냐? 자격도 없는 벌레 주제에 감히.]

어쩐지 제1사서는 말투도 바뀌었다. 뭔가 부추기는 듯한 들뜬 음성이 짜증 섞인 차분함으로 변했다.

"그거야 원칙적으로 그렇지. 하지만 중요한 건 신성이란 걸 알 텐데?"

인간과 신의 약속과 다르게, 신과 신의 약속이 지켜지는 이유는 바로 그들이 가진 신성 때문이다. 약속을 어긴 자는 내건 만큼의 신성을 잃어버리게 되니 신에게 그보다 훌륭한 강제력은 없다.

"신들은 신성을 더 갖기 위해 가족도 팔고 자식도 잡아먹지. 그 신성을 내기에 걸겠다. 이 정도면 충분한 조건이 될 터!"

[우웨— 우르르르…]

제1사서의 음성에 당혹감이 묻어났다. 설마 벌레처럼 하찮게 보던 자에게 몰릴 줄은 생각도 못했던 모양.

"신들의 거래는 사실 신인지 아닌지가 중요하지 않다. 내걸 수 있는 신성이 있냐, 없냐가 관건이지. 만약 나처럼 꺼낼 게 있다면 필멸자도 이 약속에 참가할 수 있다."

나는 헤라클레스의 보석을 꺼냈다.

"여기에 더해 제우스의 신성까지 걸겠다. 내기에서 지면 사도의 위에서 내려오는 것만이 아니라 이 보석과 제우스의 신성을 넘기겠단 말이다. 이 정도면 신들의 거래를 할 자격은 되겠지."

이제 제1사서는 황당함을 감추지 못했다. 지금 상황은 이런 고고한 신도 솔직히 감정을 드러내게 할 만한 것이었다.

[완전히 돌아버린 벌레로군…. 지금 자신이 무슨 짓을 하는지 알고 있나?]

"잘 알고 있지. 쉽게 말하자면 빌려온 돈으로 내기한다는 거 아닌가."

[허어…….]

내가 상황을 정확히 알고 있자 제1사서는 침음을 흘렸다. 내 신성은 본디 제우스의 것. 남의 물건을 거래의 대가로 쓰겠다고 한 거니 후일 제우스가 이 일을 알면 가만있지 않을 거다.

[감당할 수 있는 일을 행하라. 어리석은 것. 대담한 게 아니라 그냥 머릿속이 하얀 놈이었구나.]

"만약 내기에 져 신성을 빼앗기면, 제우스의 분노는 내가 감당하겠다."

[그러니까 그걸 감당할 수 없다는 게 아닌가.]

"네놈에겐 나쁜 기회는 아니지 않나? 어리석은 인간을 구슬려 최고신의 신성을 조각이나마 먹어치울 수 있으니까."

[그딴 일에 말려들면 이 몸이라고 문제가 되지 않는 게 아니다. 도망친다면 제우스라고 해도 쫓아올 수 없겠지만 지금처럼 너희 세상에 영향력을 발휘하기 어려워진다. 그 망할 좀생이가 눈에 불을 켜고 달려들 테니까.]

"하지만 그걸 감안하더라도 먹어치울 보람이 있는 힘이겠지.

안 그런가?"

내 말에 제1사서는 불편한 기색을 감추지 못했다.

[너무 신의 생리에 대해 잘 알고 있군…. 과감하고 믿을 수 없이 담대하기도 하고. 어째서 하포크라테스 님이 네놈을 택했는지 조금은 이해할 듯하구나.]

지금까지의 거짓된 칭찬과 다르게 허탈하게 내뱉듯 진심이 나왔다.

"어떤가? 제1사서. 내기에 응하겠나? 거절할 이유가 없지 않나? 거의 가능성이 없는 일이니 분명 나는 실패하겠지. 그 뒤 신성의 조각을 얻으면 그만일 터."

노골적으로 꼬드기는 기운을 느낀 탓인지 제1사서는 불쾌해했다.

[이놈…!]

"아까 네놈도 그러지 않았나? 내 화를 부추기고 허영심을 이용하려 했지."

[짜증나게 똘똘한 놈이로군. 역시 눈치채고 있었나.]

"그건 아무래도 좋다. 이제 구구절절한 대화는 충분히 길었어. 응하겠나? 여기서 지는 자는 많은 걸 잃을 거야. 겁쟁이는 결코 끼어 들 수 없는 판이지."

이 내기가 맘대로 뒤집기 어려운 것이 되자 우리의 위대하신 신께서는 상당히 곤란해 했다. 고민이 길어지자 나는 한껏 비아냥거렸다.

"왜 겁이 나나? 인간의 종복으로 전락할까봐? 쫄리며 그냥 뒤지시지. 그리고 내가 하포크라테스 님의 사도라는 걸 인정해."

말은 그렇게 하고 있었지만 상대가 응할 거라고 확신하고 있었다. 상대는 위대한 존재다. 그래서 그만큼 자존심이 강할 수밖에.

"겁이 난다면 얌전히 공양을 받고 내 질문에 대답이나 해라. 그리고 꺼져. 하포크라테스 님이 네놈에게 준 사명이나 다 하란 말이다. 나는 지상에서 내 일을 할 테니."

[고얀 놈! 듣자니 너무 방자해서 참을 수 없구나!]

상대가 벌레라서 화도 안 낸다던 제1사서가 진짜로 버럭 소리를 질렀다. 그의 더럽고 끈적끈적한 주둥이에서 나온 언어는 진심을 담고 있었다.

[좋다! 네놈이 파멸하고 사도의 위에서 물러나는 것이야 말로 이 몸의 소망. 자신이 것의 아닌 신성을 건 대가가 얼마나 참혹한 것인지 절절히 체감하라. 그 내기를 받아들이겠다!]

이렇게 내기가 성립했다.

[대가가 두렵지 않느냐? 내기를 성립시키기 위해 신에게 받은 신성을 무단으로 걸다니.]

"그 정도 모험은 해야지. 눈앞의 위대한 분을 내 수족으로 전락시킬 기회가 왔는데."

[믿을 수 없군……. 인간이란 도저히 알 수가 없어. 이렇게 무모하게 달려들 줄이야.]

제1사서는 원래 나를 적당히 갖고 놀려고 했는데, 본의 아니게 말도 안 되는 내기에 말려든 셈이다. 이 정도 상황이 되자 저런 존재조차 물러날 수 없게 된 거다.

[일 년의 기한을 주지. 그 안에 해내면 네놈 승리다.]

그 말을 남기고 제1사서는 떠나갔다. 신이 사라지자 주변을 가득 채우고 있던 시커먼 압박감이 거짓말처럼 사라졌다. 그는 아직 나를 사도로 인정하지 않고 있었기에 공양 의식은 거절했다. 식인 거인 테마토스는 나중에 내기에서 승리한 뒤에 공양해야지.

"이 정신 나간 놈아!"

신이 떠나자 원래 모습으로 돌아온 비밀의 서가 눈앞에서 버럭 버럭 소리를 질러댔다. 어찌나 흥분했던지 책이 벌어지며 안의 가 득 찬 이빨과 헛바닥 같은 촉수들이 튀어나왔다.

"야, 침 튄다."

"지금 그게 문제냐! 어? 저분이랑 내기를 하면 어떻게 해!"

"뭐가 어쩌긴. 훌륭한 종복이 하나 생기는 거지."

내 말에 비밀의 서는 어이없다는 반응을 보였다.

"정말로 가능하다고 생각하는 거냐? 대체 신전서기로 있으면 서 뭘 본 거지?"

"가면서 설명할게. 일 년이라. 시간이 빡빡하네. 제1사서가 내 건 조건을 충족시키려면 반드시 해내야 할 일이 있어."

"그게 뭔데?"

"아까 본 불타는 이름 없는 자의 신성을 얻어야 해. 내기에 이기 기 위해서는 반드시 그게 필요하다."

그 신성의 조각은 퓌톤이 소중히 지키는 것. 얻어내기란 쉽지 않을 거다. 하지만 나는 회귀 전에 불타는 이름 없는 자를 직접 만 났다. 그 인연에 의미가 있다면 분명 퓌톤을 설득할 수 있을 거라 생각했다.

모든 게 잘 풀린다면 앞으로 일 년 뒤엔 더는 식인거인 같은 놈 에게 쫓겨 다니지 않아도 될 거다. 솔직히 아탈란테와 식인거인

때, 아가멤논 왕자를 돕기엔 여러 가지로 부족하단 생각이 들었다. 그러니 이 내기를 힘이 강해질 기회로 삼아야지.

"이제부터 지켜보라고. 모든 게 달라질 테니까."

8. 인과 연

며칠 뒤.

퓌톤은 완전히 회복됐다.

"호호호. 보아라, 짐을! 고약한 아르테미스 때문에 덧난 상처 정도는 아무 것도 아닌 것이다!"

죽는다고 질질 짜던 퓌톤은 몸이 회복되자마자 바로 거만해졌다. 한참이나 자신에게 아르테미스 따위는 상대가 아니라고 떠들어댔다.

"아무리 그래도 상대는 올림포스 12주신 가운데 하나입니다만…"

"시끄럽다! 이놈!"

내 정강이를 살짝 걷어찬 퓌톤은 곧 눈을 치켜뜨며 추궁해왔다.

"짐이 잠든 사이에 뭔가 수상한 의식을 했던 모양이더구나?"

"눈치 채셨습니까?"

"짐이 바보인 줄 아느냐? 뭘 한 건지 모르겠지만 그렇게 성대하게 판을 벌리면 모르려고 해도 모를 수가 없지."

역시 그런가.

"아하하…"

대꾸할 말이 없어 웃고 말자 퓌톤은 눈을 가늘게 뜨며 한 발자국 다가왔다.

"은인을 추궁하는 건 짐의 취미가 아니다만 무슨 일이 있었는지 알아야겠다. 이 산과 동굴을 지켜야만 하니까."

외형은 작은 꼬맹이인 퓌톤이 팔짱을 끼고 턱을 치켜들었다. 위압적으로 보이고 싶어 하는 것 같은데 전혀 효과가 없었다. 오히려 귀여움이 대폭 증가했다.

-펠레우스, 말을 가려서 해라.

근처에 떠있는 비밀의 서가 조언해 왔다. 녀석이 옆에 있었지만 퓌톤은 전혀 알아차리지 못했다. 신들도 비밀의 서를 보지 못하는데 그녀 역시 도리가 없을 터.

-알아. 하지만 동료를 얻기 위해선 어느 정도의 진실도 필요하지.

-설마 회귀에 대해 말하려고 그러냐?

-아니. 말해도 믿지 않을 걸.

어디까지나 현실적인 범위에서 설득해야 한다.

"알겠습니다. 퓌톤 님. 지금부터 무슨 일이 있었는지 설명해 보지요."

"어디 말해 보거라."

"저는 공양의식을 치르기 위해 초월자 하나와 접촉했습니다. 면 이계의 신이지요."

하포크라테스는 이 세계에 없다. 그의 종복들 역시 세상에 정체가 드러나지 않았고. 이계의 신이라고 둘러대는 게 적당했다. 사실 아주 틀린 말도 아니었고.

"뭐? 허걱! 이계의 신?"

한데 어째서인지 퓌톤의 반응이 생각보다 열렬했다. 입을 쩍 벌리고 눈빛이 초롱초롱해진다. 그러면서 묘하게 감탄했던 어조로 덧붙인다.

"이계의 신이라니… 뭔가 멋지다!"

"…멋집니까?"

언뜻 그녀의 말이 이해가 가지 않아 되묻자 그녀는 작게 끄덕였다.

"짐에겐 그렇다. 다른 세계가 있는 건 진작부터 알고 있었다. 왜냐하면 짐은 현명하니까. 에헴!"

"아하하, 물론 그렇지요…."

"다른 세계가 있다면 다른 신들 역시 존재할 것. 짐은 늘 궁금했다. 그 세계의 신들도 탐욕스럽고 이기적일지. 아니면, 필멸자들을 위하는 선한 존재가 있는지."

"이 세계의 신들에게 환멸을 느끼고 계시는군요?"

"그래, 탐욕스러운 것들……. 그래서 늘 생각했다. 다른 세계의 신들은 다를지도 모른다고. 펠라우스, 너는 참 대단하구나. 다른 세계의 신과 접촉하는 건 짐도 못하는 건데 놀라운 재주가 있구나."

"보잘 것 없습니다."

이건 겸손이 아니라 폄하다. 정말 보잘 것 없다는 듯 옆을 보며 비웃자 비밀의 서가 발끈한다.

-뭐라? 당장 그 말을 취소하지 못해!

옆에서 놈이 노발대발했지만 싹 무시하고 퓌톤과 대화를 이어갔다.

"이계의 신이 퓌톤 님의 생각 같은 존재인지는 잘 모르겠습니다. 하지만 중요한 목적을 가지고 접촉했죠."

"무엇이더냐?"

저 물음에 대한 대답은 중요했다. 퓌톤을 혹하게 해야 하니까.

"바로 아르테미스 여신을 상대할 지혜를 얻기 위해서입니다."

"오오오오옷! 그게 정말이더냐?"

퓌톤은 아르테미스란 말에 극렬히 반응했다. 자기에겐 원수나 다름없기 때문.

"물론입니다."

콕 집어 아르테미스 때문만은 아니지만 틀린 얘기도 아니다. 그 여신은 지금 내 앞에 있는 가장 큰 장애물이니까.

"그래서 결과가 나왔느냐? 이계의 신이 뭐라고 했느냐?"

"네, 부족한 제가 아르테미스 여신을 상대할 방법을 알려주었습니다."

"어서 말해 봐랑. 궁금하구나."

일단 내가 제우스의 신성을 가지고 있단 점을 설명했다. 그런데 이미 퓌톤은 그 사실을 알고 있었다.

"보면 바로 알 수 있다. 영 마음에 들지 않았지만 경황이 없어 물어볼 수도 없었지. 게다가 은인에게 따지고 들기도 뭐하지 않느냐?"

"그러셨군요."

나는 어떻게 제우스의 신성을 얻었는지 풀어놓으며 이게 앞으로 중대한 문제가 될 거라고 설명했다.

"제우스 신은 언제든 이 힘을 회수할 수 있습니다."

"그래! 짐도 알고 있다. 정말 쪼잔한 놈이 아닌가. 그런 변변찮은 힘에는 별로 의지하지 않는 게 좋다!"

"지당하신 말씀입니다. 그래서 이에 대한 해결책 역시 이계의 신에게 물었습니다."

요건 사실이 아니다. 그 중요한 지식은 하포크라테스의 금서에서 읽어 아는 것이었다.

"오? 어떻게 하는 것이냐? 만약 제우스가 신성을 빼앗아 갈 수 없다면 더 없이 좋다. 펠레우스, 네가 강해지는 건 물론 제우스는 힘을 잃어버린다. 빌려준 걸 찾을 수 없을 테니까."

퓌톤은 아주 좋다고 하면서도 고개를 갸웃거린다.

"한데 그게 오똑게 가능한 것이더냐? 신들도 그런 방법을 알지 못할 텐데…. 최고신의 신성을 영구히 훔친다니, 짐은 답이 떠오르지 않는다. 우웅…."

"분명히 방법은 있습니다. 다만 그것을 위해서는 퓌톤 님의 협력이 절대적으로 필요합니다."

이미 퓌톤이 증오하는 아르테미스 여신을 들먹이며 떡밥은 충분히 뿌려놓았다. 아니나 다를까, 곧장 열렬한 반응이 돌아왔다.

"말하라! 어서 말해보라! 짐이 열심히 도와주겠다."

"간단합니다. 저것을 제게 주십시오."

"웅?"

내가 자신의 그 위대한 뱀신의 석상을 가리키자 퓌톤은 뒤를 돌아본다. 그리고는 어이없다는 듯 피식 웃는다.

"하핫! 펠라우스, 네놈. 저게 뭔지 알고나 하는 말이냐?"

"잘 알고 있습니다. 퓌톤 님이 섬기는 불타는 이름 없는 자가 남긴 신성의 조각이지요."

"호, 역시 안목은 빼어나구나. 바로 알아보다니. 그런데 하나만 알고 둘은 모르는군."

퓌톤은 작은 검지를 까딱까딱거린다.

"위대한 분이 남긴 저 신성의 조각은 오직 그분에게 허락된 자, 저걸 갖도록 예비된 자만이 얻을 수 있다. 아르테미스를 혼내주고 싶은 마음은 이해한다만 소용없는 바람이다."

"허락되지 않은 자가 만지면 어떻게 됩니까?"

"간단하다. 그냥 아무 일도 일어나지 않는다."

뭐야, 만진 자가 죽기라도 하는 줄 알았는데…. 이런 점을 묻자 퓌톤이 깔깔거리며 웃어댔다.

"역시 그대는 상상력이 풍부하구나. 그럴 필요가 있겠느냐? 어차피 침입자는 동굴을 통과해 여기까지 오지도 못한다. 온다고 해도 이 대단한 퓌톤 님이 지키고 계시니 어림없다."

"하면 큰 문제는 없겠군요. 제가 저걸 만져 봐도 되겠습니까?"

"푸힛. 아직도 포기하지 못하겠느냐? 미련이 많은 인간이로고. 게다가 짐은 설령 그대가 저걸 얻더라도 제우스 문제를 어떻게 해결하지 감이 안 잡히는구나."

그래도 퓌톤은 만지게는 해주겠다고 했다. 가볍게 허공으로 떠오른 그녀가 석상 높은 곳에 있는 보석을 가지러 가자 그 틈에 비밀의 서가 말을 걸어왔다.

-펠레우스, 나도 저 꼬맹이 말이 맞는 것 같다. 애초에 정해진 자만이 다룰 수 있다면 얘기가 달라진다. 네 계획을 수정하길 권

고한다.

-아마 할 수 있을 거야.

내가 확신을 담아 말하자 비밀의 서는 의아해 했다.

-뭐? 아무리 네놈이 천부적인 재능을 가졌다고 해도 가능할 거 같지 않은데….

-사실 재능과 상관없는 문제긴 하지.

-그럼 뭘 믿고 자신하는 거냐?

퓌톤은 석상에 붙은 보석을 양손으로 잡아 뽑고 있었다.

"이익! 이이익! 끼끽!"

퓌톤의 애쓰는 목소리가 동굴을 크게 울렸다. 나는 그걸 지켜 보며 간단하지만 확신을 담아 대답했다.

-인연(因緣).

설마 이런 대답이 나올지 몰랐던지 비밀의 서가 되물어 왔다.

-인연이라고?

-그래, 이 세계에 인연만큼 강력한 힘은 없으니까.

-물론 그건 인정하지만….

-들어 봐. 인(因)은 결과를 만드는 직접적인 힘이다. 그리고 연(緣)은 그를 돕는 외적이고 간접적인 힘이고. 이 두 개가 합쳐지면 이 세계에서 가장 놀라운 기적을 만들어내지. 비밀의 서, 우리가 만난 것도 결국 인연에 의한 것이잖아.

불타는 이름 없는 자는 내게 분명히 인연이라 말했다. 나와의 인연이 있다고. 그 현명하고 강대한 초월자께서는 우리의 인연이 다른 시간대에 존재한다고 구체적으로 말해줬다. 생각해 보니 소름이 돋는 일이군.

-불타는 이름 없는 자는 즉시 알아챈 거야. 내가 시간을 거슬러 올라갈 거란 걸.

그런 신화적 존재는 가볍게 내뱉는 말조차 큰 의미를 지닌다. 하물며 직접 인연을 언급했다면 그게 평범한 일일 리가 없다.

-하면 저게 네놈을 위한 연(緣)이란 말인가?

-그래, 인(因)을 돕는 외적이고 간접적인 힘.

여기서 인이 뭐일지 짐작하는 바가 있었으나 그건 종말의 때의 일이 될 테니 말을 아끼기로 했다.

"꿍-까!"

괴상한 소리를 내며 마침내 퓌톤이 보석을 뽑아냈다. 나는 그 모습을 보며 얘기를 마무리했다.

-불타는 이름 없는 자는 다른 시간대에 인연이 있다고 했다. 즉, 내가 앞으로 그 존재와 얽힌 인과 연을 다 만난다는 거다. 아마 저 보석은 여러 가지의 연 중의 하나겠지.

-여러 가지라? 그렇다면 저 퓌톤이란 꼬마 계집 역시 여러 연 중의 하나일 수도 있겠구나.

-아마도.

최종적으로 그런 모든 게 합쳐져 불타는 이름 없는 자와 나의 인연(因緣)이 이뤄질 것이다. 아마 그때는 이 모험의 절정부쯤이 아닐까?

"여기 있다! 이놈아!"

퓌톤은 보석을 들고 도착했는데 고생한 탓인지 태도가 조금 떠꺼웠다.

"후우, 후우. 힘들었지 않냐."

이마에 땀이 송글송글하게 맺힌 그녀는 야구공만한 크기의 보석을 내밀었다. 검붉은 색의 그것은 안쪽에 시커먼 검은 연기 같은 혼돈이 응축돼 소용돌이치고 있었다. 딱 봐도 사이한 기운으로 가득했다.

"감사합니다."

"흥! 아마 아무런 반응도 하지 않을 거다. 하하핫! 은인이지만 주제 파악을 못하는 인간이로고."

퓌톤은 어림없다는 태도였다. 딱히 날 비웃는 건 아니지만 어쩐지 장난기가 가득한 걸 보니, 실패하면 한껏 놀려줄 생각인 것 같았다. 벌써 한쪽 입꼬리가 올라가고 있었다.

"이걸로 미련을 버리거라. 뭐, 이런 귀한 걸 한 번 만져보는 것도 영광이겠지."

일단 퓌톤에게 고개 숙여 감사를 표하고 보석을 건네받았다.

"아―."

나도 모르게 신음이 터졌다. 보석은 놀랄 만큼 무겁고 차가웠다. 순간 한기가 전신으로 밀려들어 온 몸을 얼려버리는 듯했다. 하지만 그 감각은 순식간에 반전됐다. 갑자기 전신이 주체할 수 없게 뜨거워지기 시작한 것이다.

"페, 펠레우스? 괜찮느냐?"

뭔가 이상을 느낀 듯 퓌톤이 당황해서 허둥댔다.

지이잉―.

보석은 진동과 함께 갑자기 혼돈을 토해냈다. 뭔가가 시작된다는 건 문외한이라도 바로 알 수 있을 정도였다. 퓌톤은 당황해서 외쳤다.

"이, 이럴 리가 없는데? 보석이 왜? 어서 그걸 버리거라! 이대로라면 잿더미가 돼버린다!"

하지만 이미 늦었다. 내 입에서 시커먼 연기가 흘러나오고 있었으니까. 머리끝부터 발끝까지 타는 것 같은 격통이 밀려들었다. 정신을 놓을 것 같은 아찔한 상황에서 나는 애써 그녀를 향해 손바닥을 내밀었다.

"가까이… 오면 위험합니다. 물러…나십시오."

그 순간, 내 몸을 중심으로 강력한 폭발이 일어났다. 그리고 내 전신이 시커먼 불길로 뒤덮였다. 온 세상이 검정으로 일렁인다. 나란 존재는 단숨에 이 악의에 집어삼켜져, 녹 듯 사라질 것 같았다.

"크아아아아!"

머리카락부터 손가락 마디 하나하나까지 온통 불로 변해버리는 것만 같았다. 예상대로 된 건 좋은데 설마 보석이 이렇게 격렬하게 반응해 줄 줄이야. 그러나 나는 이를 악물고 견뎌냈다. 이런 고통도 때로는 무언가로 나아갈 수 있는 길이 된다는 걸 알고 있기 때문이다. 애초에 쉽게 얻을 거라 기대도 안 했다.

"크으으윽!"

하지만 머릿속이 하얗게 탈색되는 것 같은 고통에 결국 한쪽 무릎을 꿇고 말았다. 그래도 난 지면을 짚고 끈덕지게 버텼다. 지금 이 과정은 기본적인 통과 의례 밖에 안 된다.

—버텨라! 펠레우스!

곁에서 소리치는 비밀의 서의 목소리가 아득하게만 들렸다. 모든 나쁜 것들이 대개 그렇지만 고통이란 녀석은 항상 쉽게 끝나지 않는다는 생각이 들었다. 하지만 모루에 망치를 두드려 한 자루의

검을 만들 듯, 모든 좋은 결과물에는 이런 인고가 필요했다.

화르르르르.

그때 변화가 일어났다. 끝이 나지 않을 것 같은 불길이 점점 잦아들기 시작한 것이다. 결국 고통이란 언젠가 끝나는 법이다. 맹렬한 폭풍처럼 위세를 부리던 거대한 혼돈의 힘은 곧 천천히 내 몸 안으로 갈무리되기 시작했다. 그리고 그것은 내 심장 부분으로 뚜렷하게 뭉쳐졌다.

됐다. 예상대로 보석이 날 받아들였다는 사실에 나는 답답했던 앞날에 빛이 비추는 것 같은 기분이 들었다. 불타는 이름 없는 자의 말이 증명된 것이다. 하포크라테스가 사라진 탓에 그야말로 끈 떨어진 연 신세였는데 이제 비빌 구석이 생긴 느낌이었다. 묘한 안도감이 드는군.

"후우…."

나직한 한숨과 함께 그렇게 모든 것이 끝났다. 주위는 엉망진창이었다. 지하를 장식하고 있던 석재상 같은 건 모조리 부서지고 넘어져 있었고, 바닥은 지진이 난 것처럼 갈라졌다. 하지만 눈앞에 있는 퓌톤의 얼빠진 얼굴에 비하면 그건 잠깐 눈길을 줄 만한 것도 못됐다.

원래 내가 보석을 쥐면 한껏 놀려줄 요량이었던 그녀는 반쯤 넋이 나가 있었다. 퓌톤은 한참이나 말이 없이 서 있다가 간신히 쥐어짜내는 듯한 목소리로 물어왔다.

"너… 대체 뭐야?"

퓌톤의 눈동자가 초점 없이 흔들리고 있었다. 아니, 눈동자뿐이 아니었다. 날 가리키는 손가락 역시 가늘게 떨린다.

"네놈은 대체 무엇이더냐?"

"…펠레우스입니다만?"

"이이익! 아니, 그걸 묻는 게 아니잖느냐!"

결국 퓌톤은 쪼르르 달려와 내 팔을 마구 꼬집었다.

"어떻게 네가 위대하신 분의 신성을 획득한 것이냐? 이럴 리가 없다! 이럴 리가 없을 터인데!"

놀란 건 알겠는데 듣다보니 좀 섭섭한 걸.

"아니, 제가 뭐… 그 허락된 자일 수도 있잖습니까?"

퓌톤은 그제야 거기에 생각이 미친 듯 깜짝 놀란다.

"허억! 설마 진짜인가?"

당황했는지 몇 발짝 멀어진 퓌톤은 두뇌를 풀가동하는 모양이었다. 공황이라도 오는 것만 같다. 잠시 지켜보고 있자니 곧 자기 손바닥을 조막만한 주먹으로 탁 쳤다.

"옳구나! 그래! 네 녀석이 정말 허락받은 자였구나. 언젠가 짐의 앞에 나타날 거라고 생각했는데 그게 설마 오늘일 줄은 생각도 못했다. 이 녀석! 갑자기 나타나지 말란 말이다! 깜짝 놀랐잖느냐!"

어째서인지 이제 퓌톤은 역정을 내기 시작했다. 볼을 살짝 붉힌 걸 보니 허둥댔던 게 부끄러운 듯하다. 아마 화를 내서 넘어가려고 하는 것 같은데 정말 매사 수작이 얄팍하네.

"대체 언제 위대하신 분께 선택 받은 것이냐?"

"아직 제대로 밝히기 어렵습니다."

회귀는 설명하기 어렵다. 나는 일단 불타는 이름 없는 자와의 사연을 비밀로 해야 한다고 강조했다.

"입으로 말하는 순간 세상에 비밀이란 없어지게 됩니다. 퓌톤 님은 그분의 산지기니 믿지 못하는 건 아니지만 엄중히 조심하라 주의를 받았습니다. 때가 되면 밝힐 수 있을 거라 생각합니다."

"오… 그렇느냐. 하면 짐도 이해하겠다."

그분의 뜻이라는 뉘앙스로 얘기하니 의외로 쉽게 퓌톤은 수긍했다. 이거 쓸만한 걸. 앞으로 곤란하면 그분의 뜻이, 어쩌고 하면서 구렁이 담 넘어가듯 넘어가면 되겠어.

"흐흐…"

"왜 그렇게 기분 나쁘게 웃느냐?"

뜨끔!

괜히 켕겨서 찔끔하자 퓌톤이 궁시렁거린다.

"네놈은 선량한 인상인데 가끔 기분 나쁘게 웃는구나. 혹시 속이 시커먼 놈 아니더냐?"

"하하하, 그럴 리가요. 인성이 깨끗하다 못해 거의 투명한 색이죠."

"음, 그건 인성이 없다는 뜻인가?"

흠칫!

갑자기 퓌톤이 날카롭게 몇 번이고 들어와서 식은땀이 흐를 지경이었다. 인성 얘기는 접어치우고 일단 제우스의 신성을 처리하자는 제안을 했다.

"옳다. 옳은 말인데 과연 가능하겠느냐? 펠레우스 네가 획득한 위대한 분의 힘을 제대로 사용하기만으로도 버거울 텐데?"

"확실히 그건 그렇습니다. 저는 그저 얻기만 했을 뿐이죠."

아직 걸음마도 못하는 주제에 신들도 잘 모르는 짓을 하겠다고 하니 퓌톤이 고개를 갸웃 거릴 수밖에. 금서의 지식이 없었다면 나도 꿈도 못 꿨을 일이다. 새삼 하포크라테스가 남긴 비밀의 힘을 다시 한 번 느끼게 됐다. 감사합니다. 비록 미국 가시긴 했지만, 그래도 많은 밑천을 주고 떠나셨네요.

"하지만 저는 방법을 알고 있습니다."

"대체 네놈, 뭐하다 온 놈이냐? 위대한 분에게 선택 받은 것도 있고 그런 방법까지 알고 있다니? 알면 알 수록 황당한 놈이로다. 어디서 이런 거물이 갑자기 나타난 게야?"

"일단 절 좀 도와주십시오. 퓌톤 님의 조력이 꼭 필요합니다."

"좋다!"

퓌톤은 연신 끄덕였다. 원래 은인이라고 협조적이었는데, 내가 자기 주인에게 선택된 자라고 하니 이젠 간이라도 빼줄 기세다.

"대체 어떻게 할 셈이냐?"

"간단하면서도 어려운 일이죠. 바로 융합입니다."

"융합?"

금서에서 〈신성의 융합〉에 관한 항목을 봤을 때 너무 어려워서 대강 넘겨버릴 뻔했다. 그래도 꼼꼼하게 읽어봤는데 설마 이런 식으로 응용하게 될 줄은 몰랐네.

"네, 제우스의 신성과 위대한 분의 신성을 융합해 하나로 만듭니다. 그렇게 되면 본래의 신성은 그 형질이 변해버리죠. 제우스가 후일 자신의 신성을 회수하고자 해도 이미 변해버린 탓에 쉽지 않을 겁니다."

"그런 방법이 있다니!"

퓌톤은 놀라면서도 신중히 생각에 잠겼다. 그리고 잠시 뒤에 자신의 의견을 피력했다.

"일의 골격은 알겠다. 하지만 그 일을 제우스가 눈치채지 못하게 조용히 할 수 있겠느냐?"

"네, 퓌톤 님이 도와주시면 가능합니다."

"대단하구나…. 어떻게 그런 방법을 알고 있는 것인지 모르겠구나. 누구도 연구해 본 적 없는 일일 텐데. 정말 융합을 하면 제우스가 후일 정말 자신의 신성을 되찾아 가지 못하는 것이냐?"

"확신할 수 없습니다. 보통의 신이었다면 그렇다고 단언하겠습니다만, 상대는 최고신이니까요."

"그래도 나름대로 효과는 있다 그거지?"

"물론입니다. 제우스라고 해도 쉽지는 않을 겁니다. 경우에 따라 제 힘이 강해진다면 제우스의 회수에 버텨낼 수도 있겠지요. 특히 상황이 받쳐준다면 해볼 만합니다."

"상황?"

"네, 예를 들자면 제우스가 여유가 없을 때라면 말이죠."

"아! 싸움질이라도 하고 있으면 그렇겠구나!"

실로 제우스 몰래 만드는 회심의 한 수가 아닌가. 내게 관대한 척 내린 신성을 언제든 회수 가능하다 믿는 제우스 입장에서 그야말로 야구배트로 뒤통수 후리는 격이다.

히죽히죽.

훗날 제우스가 격분할 걸 생각하니 입 꼬리가 절로 올라간다. 역시 배신은 타이밍이지. 내 이런 계획에 듣고 있던 비밀의 서도 놀라워했다.

─네놈이 금서에서 단단히 한 몫 잡았구나. 그런 짓이 가능하다

니. 확실히 이거라면 제1사서와의 내기에도 승리할 수 있겠다.

─그렇지. 다만 시간이 문제야. 일 년의 기한이 생각보다 빡빡하거든. 헤라클레스의 보석 문제도 해결해야 하니까.

─그건 신성을 융합한 뒤에 생각해 봐도 늦지 않는다. 어차피 상대적으로 쉬운 일이다. 신성의 융합에 성공하면 네놈은 거대한 힘을 가진 존재가 될 거다. 헤라클레스의 보석은 생각보다 쉽게 흡수할 수 있을지도 모른다.

좋아. 일 년 뒤에 제1사서가 내기에 진 걸 알면 무슨 표정을 지을지 궁금하다. 정말로 내 종이 되는 일을 수락할까? 아니면 자존심 때문에 걸어 놓은 신성을 포기하고 손해 보는 쪽을 택할까? 어느 쪽이든 이득이니 괜찮았다. 어차피 내가 성공한 순간 제1사서는 최악의 기분이 될 테니까. 인간을 보잘 것 없다고 얕본 놈에게 본때를 보여줘야겠군.

"퓌톤 님. 한동안 이 굴에서 머물며 도움을 받아도 되겠습니까? 신성을 융합하는 과정은 쉽지 않을 것 같습니다."

"당연히 괜찮다. 물심양면 도울 테니 함께 해보자! 어서 강해지거라, 펠레우스. 강해져서 그 아르테미스를 혼내주랑."

"물론이지요."

기꺼이 바라는 바입니다. 그 여신 얼굴이 썩어가는 것도 꼭 보고 싶은 장면이니까요.

여신 아르테미스는 다시 한 번 망신살이 뻗쳤다. 누가 발설한 건지 알 수 없었지만 산지기 퓌톤 사냥이 실패한 게 결국 알려졌기 때문이었다.

'그 일이 있은 뒤로 삼 개월이군. 어디서 세어 나간지 알 수 없지만 예상하던 정도다.'

애초에 아르테미스는 자신의 치부를 오래 가릴 수 있을 거라고 여기지 않았다. 끈덕진 적들이 그녀에게 다양한 관심을 기울여 오기 때문이었다.

'다행히 계집질에 정신이 나간 아버지는 아직 모르시지. 정말 한심한 양반이라니까.'

겉으로는 최고신 제우스를 향한 존경을 표현하고 있었지만 아르테미스는 자기 아버지를 경멸했다. 수많은 여자를 마음대로 유린하고, 그녀들의 운명을 나락으로 떨어뜨리는 제우스는 도저히 좋아하려고 해도 좋아할 수가 없었다. 하지만 그렇다고 아르테미스는 이런 씁쓸한 감정을 작은 조각조차 드러내지 않았다. 딸인 자신은 총애를 받고 있지만 언제고 냉정한 부친에게 버려질 수 있다는 걸 알기 때문이다. 최고신은 잔인해지고자 하면 누구보다 잔인하다. 그런 자의 딸로 사는 삶도 쉬운 건 아니었다.

'아니지, 그 양반의 딸로 태어났기에 오히려 다행인가…'

제우스도 최소한의 도리는 아는지 자기 딸인 아테나, 아르테미스에겐 나름대로 아버지로서 충실한 편이었으니까. 아니, 오히려 상냥하고 좋은 아버지에 가까웠다. 밖에서는 그런 난봉꾼이 괜찮은 가장을 연기하고 있으니 아르테미스 입장에선 기가 막힐 뿐이었다. 때때로 자신을 향한 아버지의 사랑에 진실함마저 느껴졌기에 그런 이중적인 태도를 그녀는 잘 받아들이기 어려웠다. 하지만 이제 아버지와 딸이란 관계는 아무래도 상관없었다. 제우스는 언제가 칼을 꽂아야 할 상대일 뿐이었다. 그녀의 아버지도 자신의 아버지를 쓰러뜨렸다. 아르테미스라고 그러지 말란 법은 없었다.

'아버지의 귀에 소문이 흘러들어가기 전에 일을 처리해야지.'

그녀가 택한 방법은 아레스를 부추기는 일이었다. 아버지의 신경을 계속 거스르며 오직 티탄을 찾아 헤매는 올림포스의 적통 왕자, 바로 전쟁의 신 아레스다.

민간에는 아레스가 아둔한 멍청이로 그려지는 일이 많다. 성정이 거칠고 생각이 짧아 자주 실수를 범하며 심지어 인간 영웅에 당해 울며 도망갔다는 소문까지 돌았다. 그야말로 최악의 이미지로, 민간에서도 아레스 신앙은 전혀 인기가 없었다. 전쟁을 업으로 삼는 자들조차 아테네에게 기도하지 아레스는 뒷전일 정도.

하지만 이 모든 건 아레스를 깎아내리려는 자들에 의해 오래간 진행된 선동에 불과하다. 과연 그 범인이 누군지는 조금만 추리해 봐도 금방 짐작이 될 터. 사실 전쟁의 신 아레스가 누구보다 정당한 후계자임을 모르는 이는 없다. 허나 이에 수긍하지 못한 야심만만한 젊은 신들이 여럿. 이들이 한 마음으로 아레스를 깎아내린다면, 지금의 '개망나니 아레스'란 이미지는 만들기 어렵지 않았을 것이다.

물론 이에 분개하는 자들도 있었다. 전령의 신 헤르메스는 자주 이런 사실을 아레스 본인에게 고발했지만 매번 무시당했다.

'흥, 하찮은 수작이다. 그보다 올림포스는 다시 돌아올 티탄에게 대비해야 한다.'

그렇게 사태를 일축한 아레스는 묵묵히 자신의 과업을 수행할 뿐이었다. 소문이 커지고 커져, 친부모인 제우스와 헤라조차 아레스를 싫어하게 될 정도였는데 말이다. 전쟁의 신의 고집은 누구도 말릴 수가 없었다. 아르테미스는 이런 아레스의 성정을 잘 알고 있었다. 그래서 이용해 먹기 쉬운 상대라 여겼다.

"오라버니."

아르테미스는 결심을 하고 아레스를 찾아갔다. 생전 찾아오지 않던 까칠한 누이가 미소를 띠며 다가오는 상황에서도 아레스는 작은 동요도 보이지 않았다. 그저 자신의 거대한 망치에 기름칠을 할 뿐이었다. 아레스가 살짝 고개를 끄덕여 인사를 하고 자기 일에 집중하자 아르테미스가 관심을 보였다.

"키메라에게 짜낸 기름으로 칠하시는군요? 헤파이스토스가 만든 무기를 닦기엔 그것보다 좋은 게 없죠."

"당연하다."

묵묵하게 고개를 끄덕인 아레스는 다시 입을 다물었다. 안부를 묻는 일도 없었다. 이런 답답한 태도에 아르테미스는 속으로 혀를 찼다.

'하긴 처세술의 기본만 알았어도 지금처럼 안 됐겠지.'

전쟁의 신이 인간 용사에게 당해 울고 도망갔단 소문을 들었을 때, 아르테미스조차 실소했다. 황당한 소문도 정도가 있기 때문이었다. 하지만 놀랍게도 이미 평판이 바닥을 뚫고 저승까지 내려가 있던 아레스인지라 사람들은 그걸 믿었다.

'어처구니없는 일이야.'

아레스는 원한다면 밤하늘의 달조차 박살낼 수 있다. 어떤 필멸자도 아직 그의 완벽한 육체에 상처 하나 낼 방법을 찾지 못했다. 힘이란 영역에 있어서 필멸자의 이해를 완전히 벗어난 불합리함 그 자체인 존재. 하지만 정치는 0점이고 평판은 −100점쯤 된다. 차기 권좌를 향한 여정에서 힘만 센 건 전혀 도움이 안 됐다.

"부탁드릴게 있어서 왔어요."

"말해봐라."

아레스는 예상이나 했단 것처럼 짧게 말했다.

"소문 들으셨을 거예요."

"……"

뻔히 알 텐데도 가타부타 대답도 없다. 아르테미스는 짜증이 치밀어 올라 빨리 용건을 끝내고 가기로 했다. 고고한 그녀에겐 이런 표정 연기도 한계가 있었다.

"퓌톤을 잡는 일은 오래 도전해 왔답니다. 하지만 이제 제 능력 밖이란 걸 인정해야겠어요."

"음?"

그제야 아레스는 관심을 보였다. 그의 사명은 티탄의 흔적을 찾는 것. 사실 가장 큰 흔적이 가까이 있었다. 바로 산지기 퓌톤의 동굴이다. 하지만 들어가기도 어렵고, 아르테미스가 오래 원한을 불태우는지라 다들 한 발 물러나 있었다. 이 자존심 강한 여신은 자신의 사냥감을 빼앗는 이는 절대 용서하지 않으니까. 아레스는 여동생을 존중하는 차원에서 여태 끼어들지 않았지만 사실 계속 관심은 기울이고 있었다. 산지기 퓌톤의 동굴 안에는 그가 찾는 게 있을지도 모르니까.

"내게 퓌톤을 양보하겠다는 거냐?"

"그렇답니다."

아르테미스는 간단하게 인정했다. 자신의 잘못을 시인하고 퓌톤 사냥을 포기하겠다는 뜻도 밝혔다.

"무슨 바람이 분 거냐?"

"더는 실패하면 곤란하기 때문이지요. 우리 아버지께선 제가 그만 고집부리고 손을 떼는 게 더 현명하다고 여기실 거예요. 그나마 그게 용서받을 여지가 있지 않겠어요?"

틀린 말은 아니었기에 아레스는 고개를 끄덕였다. 그는 누구보다 잘 안다. 한 가지 일에 고집불통으로 매달리는 걸 제우스가 얼마나 싫어하는지.

"내게 맡기거라."

"그럼 부탁드릴게요. 오라버니."

드물게 생긋 웃은 아르테미스는 곧 가벼운 발걸음으로 산들바람처럼 떠났다. 그런 여신이 사라지자 아레스의 심복인 전쟁의 여신 에니오가 나타났다. 아레스와 또 다른 전쟁의 신인 그녀는, 올림포스의 하급신이자 아레스의 부관 역할도 맡고 있었다.

"뻔히 보이는 수작이 아닙니까?"

전쟁의 여신 에니오의 지적에 아레스는 피식 웃었다.

"냅둬라, 귀엽구나."

"아레스 님께선 제발 저런 수작에 말려들지 않으셨으면 합니다."

"네놈도 이제 그런 잔소리는 그만둘 때가 되지 않았으냐?"

"에휴……."

에니오가 길게 한숨을 내쉰다. 이미 겪을 대로 겪은 주군의 성품이지만 아직도 마음이 아팠다. 더 뭐라고 하려다고 고개를 저은 그녀는 현실적인 조언을 하기로 했다.

"퓌톤의 동굴은 주군이라도 돌파하기 어렵습니다. 저 달의 여신이 지금껏 손도 대지 못한 건 괜한 이유가 아닙니다."

"걱정 마라. 이 몸도 그렇게 바보는 아니니까. 사실 일이 언젠가 이렇게 될 걸 알고 있었다."

"알고 계셨다고요?"

아레스는 조금 쓰게 웃었다. 그의 눈동자는 세간의 소문과 다르게 현기를 머금고 있었다.

"저 까칠한 여동생이 궁지에 몰리면 자기 일감을 누군가에게 떠넘기려고 할 게 뻔하지 않느냐? 제일 만만한 게 바로 이 몸이고."

"주군! 뻔히 아시면서!"

에니오는 결국 다시 폭발했지만 아레스는 대답대신 무언가를 꺼내들었다. 그건 일종의 랜턴이었는데, 누가 봐도 비범한 신의 물건이란 걸 알 수 있었다.

"이건 무엇입니까?"

"헤파이스토스가 각고의 노력 끝에 완성한 신물이다. 고대 티탄들이 만든 함정을 찾을 수 있게 해주지."

"세상에!"

사실 퓌톤의 동굴을 향해 오래간 집념을 불태운 건 아르테미스만이 아니다. 대장장이의 신이자 기술의 신인 헤파이스토스도 마찬가지였다. 그는 퓌톤보다 동굴 자체를 증오했다. 이미 사라진 티탄 장인들의 귀신같은 솜씨는 자신의 실력으로도 극복하기 어려웠던 것이다. 자존심 강한 올림포스의 최고 기술자는 그 사실을 인정하지 못했고 오랜 세월 티탄의 함정을 무력화할 방법을 찾아왔다. 그리고 끝없는 집착 끝에 나온 게 바로 이 마법의 랜턴이었다.

"아르테미스는 이런 물건이 있는지 모르겠지. 이 몸만 알고 있었으니까."

아레스가 아둔하다는 건 정확하지 않은 소문이다. 그는 자기 목표 외에는 관심이 없을 뿐이었다. 에니오는 감탄을 금치 못했다.

"주군! 이것만 있으면 퓌톤의 동굴은 이미 점령한 것이나 마찬가지입니다!"

산지기 퓌톤은 강자이긴 하나 어차피 혼자다. 함정만 없다면 그곳은 무주공산에 불과했다. 지금 산의 동굴에서 열심히 신성의 융합을 연구 중인 펠레우스와 퓌톤에겐 최악의 상황이 벌어진 셈이었다.

"주군, 직접 가실 건 없습니다. 아니, 이 일은 굳이 신들이 나설 필요 없겠죠."

"맞다. 일을 크게 벌리면 그만큼 큰 반동이 돌아온다."

세상에는 인과율이란 법칙이 있다. 신이 나서면 그에 대항하는 신이 또 나오는 법. 아레스가 섣불리 움직이면 인과율에 의해 판이 커질 터. 상대가 고대 티탄이 아니라 그 하수인인 산지기 퓌톤이라면 휘하의 용사를 보내는 게 훨씬 현명한 일이었다. 인선을 고민하던 아레스는 곧 랜턴을 넘겨줄 영웅을 정했다.

"앙굴리퍼 나미멘시스를 불러와라."

그는 저 작렬하는 사바나가 펼쳐진 남쪽 대륙에서 온 장대한 덩치의 흑인 용사다. 육체의 힘만큼은 그 누구도 당할 수 없다는 자로, 거인조차 일격에 쳐 죽일 정도로 가공할 힘을 자랑했다.

바다 건너 이국에서 신의 아들이라 불리는 파라오가 아꼈다고 하는 용사로, 아레스에게 친선의 상징으로 보내진 자다. 아레스 역시 자기 휘하의 용사를 답례로 파라오에게 보냈다. 파라오가 자존심 때문에라도 최고의 용사를 보내왔기 때문에 앙굴리퍼 나미멘시스는 아레스 휘하에서 단번에 두각을 나타냈다.

"부르셨습니까!"

곧 장대한 덩치의 흑인 용사가 나타났다. 그를 보더니 에니오가 작게 속삭이며 고개를 절레절레 저었다.

"저건 아무리 봐도 인간이 아니라니까…."

신이 보기에도 완전히 규격 외의 인간이란 생각이 드는 자였다.

10. 흑인 용사의 도전

퓌톤과 함께 신성의 융합을 도전하는 시간이 계속됐다. 지식적인 면은 내가 담당하고, 마법적인 보조는 퓌톤이 했다. 처음 삼 개월은 전혀 진척이 없었는데, 어느 순간 물꼬가 트이더니 모든 게 빠르게 진행됐다. 이대로만 하면 될 듯했다. 그렇게 일이 순조롭게 진행되던 중 퓌톤이 날 보며 혀를 차더니 말했다.

"네놈."

"예?"

"생각해보니 참으로 부실하기 짝이 없는 놈이로고."

"어찌 그러십니까? 갑자기."

"전사를 자처하는 자가 어쩜 그리 무술을 하나도 모르는 것이냐!"

전사를 자처한 적 없는데…. 하지만 왕가의 갑옷을 입고 있던 탓에 그렇게 보일 만은 하겠다. 사실 퓌톤의 지적이 틀린 말은 아니라 입이 궁해졌다. 아탈란테랑 싸울 때 무술을 모르는 탓에 일방적으로 유린당했지.

"확실히 뭐라도 배워둬야 한다는 생각을 하긴 했습니다."

"후훗."

내 말에 퓌톤은 기다렸다는 듯 의기양양하게 굴었다. 모처럼 은혜를 베풀어 상급자의 위엄을 보이려는 것 같았다.

"잘 생각했다. 펠레우스. 그래서 짐이 네놈을 위해 특별한 선생을 초빙했느니라."

"선생이요?"

"그래, 오랜 옛날에 쓰러진 고대의 영령이지. 아니, 사실 영령이란 표현은 적합하지 않다. 그저 저주받은 영혼이니까."

지금 저주받은 자를 내 선생으로 붙여주겠다는 건가. 귀신이라니 식겁한 일이었다. 하지만 저렇게 자신하는 걸 보니 실력은 확실한가 보다.

"…알겠습니다."

저주 받은 자란 점 때문에 영 내키지 않았지만 지금 찬밥 더운밥 가릴 때가 아니지. 무예의 소양을 쌓는 건 시급하고도 중요한 문제니까.

"좋다. 지금 바로 불러들이도록 하지."

퓌톤은 제자리에서 신비한 주문을 외우기 시작했다. 그러자 갑자기 주변에서 일진광풍이 불었다. 어쩐지 소름이 돋아 목덜미가 쭈뼛 곤두서는 느낌이다.

"신들에게 사랑 받았던 자여… 신들에게 버림받았던 자여…. 신들에게 복수를 맹세한 자여…. 지금 이 자리에 나와 오래 전 짐과의 약속을 지켜라."

퓌톤의 부름이 끝나자 갑자기 지면이 갈라졌다.

우르르르!

그리고 갈라진 틈, 땅 깊은 곳에서 섬뜩한 안광이 나타났다.

"흑!"

깜짝 놀라서 물러나자 어두운 기운을 풍기는 자가 천천히 걸어 올라왔다. 그는 황금으로 만든 장례 가면을 쓰고 있었다. 장례 가면을 쓰고 있다는 점에서 나는 대번에 그가 죽은 자라는 걸 짐작했다.

머리에는 날개가 달린 투구를 쓰고 있었는데 과거에는 화려한 물건이었던 듯하나, 지금은 깃털이 대부분 꺾이고 피 얼룩만 가득했다. 대체 이 자는 누구일까? 그저 그가 날 쳐다보는 것만으로도 심장이 딱딱하게 굳어오는 이 기분을 보자니, 생전에 대단한 거물이었던 것 같다.

[퓌톤… 이제야 날 불렀군….]

저주받은 영혼의 입에서 이 세상의 것이 아닌 불길한 음성이 흘러나왔다. 아무리 좋게 포장해도 저것 원념으로 가득 차 있구나. 대체 어떤 죽음을 맞이하면 저 정도의 한이 서린 목소리를 갖게 될까?

"네놈에게 부탁할 것이 있어서 그렇다."

퓌톤은 근본이 인간이 아니라 그런지 죽은 자를 전혀 무서워하지 않고 있었다.

[무엇인가…?]

"저기 저 꼬맹이에게 무술을 가르쳐다오. 한때 세계 제일의 영웅이었던 네놈이라면 차고도 넘치겠지."

그 말에 저주 받은 자는 고개를 갸웃거린다.

[무슨 바람이 분 것이냐…? 네가 남에게 뭔가… 베푸는 일은 없을 텐데…. 그래서 친구가 없는 것 아닌가…?]

"윽!"

와, 저 양반 무심한 얼굴로 심한 소리를 해버리네. 아니나 다를 까, 퓌톤은 얼굴이 붉어져서 볼을 파르르 떨고 있었다.

"시끄럽다! 시키는 대로 해!"

퓌톤이 빽 소리를 지르는 대도 저주 받은 자는 별달리 신경 쓰지 않고 물어 왔다.

[그것보다 우리의 일은… 진행 중인가…?]

"물론이다."

고개를 끄덕인 퓌톤은 날 가리켰다.

"저 녀석 덕분에 가능해졌다고."

[호오…?]

저주 받은 자는 흥미가 동하는 듯 날 바라본다. 이쪽을 보는 안광은 서늘하게 빛나는 파란색이었다. 무슨 생각을 하는지 모르겠지만 날 한참 보더니 살짝 고개를 끄덕였다.

[좋다. 위대한 분께 선택 받은 자라고 하면… 성심껏 가르치지. 우리 계획도…… 진전이 있다고 하고…. 그나저나, 퓌톤. 알고 있나…?]

"무엇을 말이느냐?"

[저 녀석에겐 무언가 있다…….]

갑자기 그런 소리를 해서 속으로 깜짝 놀랐다. 회귀나 종말의 집행자 등 감추고 있는 게 많기 때문이었다. 설마 저 과거의 영웅은 단번에 그걸 꿰뚫어 본 걸까? 하지만 다행이 그건 아니었다.

[저놈에겐 특별한 재능이… 있다. 영웅의 재능….]

이번에는 결국 참지 못하고 입을 열고 말았다.

"네? 그 무슨…."

나보고 영웅의 재능이라니 참으로 황당한 소리가 아닌가. 비밀의 서가 제일 발끈했다.

-저런 안목 없는 시체 놈! 죽은 지 오래 되어 눈이 다 썩은 모양이구나. 이런 망할 녀석이 무슨 영웅의 재능? 어이가 없다! 그렇지 않나? 펠레우스!

-야, 거기서 긍정하면 내가 뭐가 돼.

-아니, 너무 말이 안 되는 소리잖냐! 어서 반박해라! 펠레우스! 아무리 생각해도 네놈 따위에게 영웅의 재능은 말이 안 된다. 뭣보다 내가 맘에 안 든다!

네놈이 그럼 그렇지….

-으득, 너 이따가 보자.

나는 비밀의 서를 노려본 뒤에 저주 받은 자에게 물었다.

"저는 그저 평범한 인간일 뿐입니다."

[스스로… 알지 못해도 상관없다. 크흐흐… 앞으로 내가 억지로라도 그 재능을 끌어내 줄 테니… 상당히 고통스러울 것이다……. 도망칠 생각이나 말도록….]

이상한 의욕에 불타는 것 같아 식은땀이 흘렀다. 그렇다고 이제 와서 무른다고 할 수도 없고. 고난이 예상 됐다. 그나저나 궁금증이 이는 군. 저주 받은 자는 생전에 이름 높은 영웅이었던 것 같은데 도대체 누구였을까?

"성함을 들을 수 있겠습니까?"

내 물음에 저주 받은 자는 고개를 저었다.

[말할 이름은 더 이상 남아있지 않다. 그저 나락으로 떨어진 더러운 자일 뿐이다….]

상대는 대답할 생각이 없어 보였기에 넘어갈 수밖에 없었다.

[다만 하나 말해두지…]

"네?"

[네놈 역시…… 나와 같다. 앞으로… 미지의 공포에게… 사랑받을 것이다…. 그리고 그것으로 인해…… 파멸할 수도 있다. 만약 네놈… 눈앞에 있는 내 꼴에서 교훈을 얻을 수 있다면……, 올바른 선택을 하라….]

대체 저게 무슨 말인지 묻고 싶었지만 저주 받은 자는 그걸로 용무를 끝내고 사라져 버렸다. 그가 땅속으로 꺼지자 갈라져 있던 지면은 합쳐져 흔적도 없이 사라졌다.

"흐음…."

뭔가 중요한 얘기를 들은 듯한데 아직은 이해할 수 없는 것 투성이었다.

-비밀의 서. 저 자의 정체에 관해 짐작 가는 바가 있어?

-글쎄다. 이 몸은 인간들에 대해 잘 모르니까. 하지만 어쩐지 신경 쓰이는군. 신들의 사랑을 받았다가 버림받은 자라. 가능하면 알아봐라. 그렇게 한다면 과거 우리가 모르는 신들의 이야기를 알 수 있을지도 모른다.

-유념해 두지.

이름도 모르는 저주 받은 자 밑에서 무술 수련이 시작됐다.

[네놈… 상당히 근성이 얄팍하군…. 처음부터 완전히 고쳐주

마…]

어째서인지 저주 받은 자는 꽤나 의욕을 내고 있었다. 덕분에 이런 육체적 단련에 익숙하지 않은 나는 매일 피를 토하는 심경이었다.

"아이고, 나 죽는다."

[엄살만은 세계 제일이구나… 안 되겠어. 내일 부터는 더욱 혹독하게… 굴리겠다……. 아무래도 네놈의 재능도 네놈 못지않게 게으른 듯하다…. 팔다리가 부러질 때까지 수련해 줘야겠다….]

내가 말을 말아야지. 농담도 안 통하는 양반이었다. 그렇게 오전에 무술 수련이 끝나면 오후부터는 퓌톤과 신성 융합에 대해 연구했다. 그러다 보니 어느새 동굴에 들어온 지 반 년이 흘렀다. 모든 게 이전과 다른 수준으로 크게 발전한 상황이었다.

"하하핫! 이제 신성의 융합이 코앞이니라! 흥! 제우스 놈! 나중에 당황할 걸 생각하니 짐이 절로 흐뭇하다."

처음에 일이 영 안 풀려서 매일 짜증을 내던 퓌톤은 요즘 자기가 더 신 난 상태였다.

"퓌톤 님은 올림포스 신들에게 똥을 던질 수 있다면 뭐든 좋아하시는군요."

"그렇다! 물론이지. 하하하. 놈들의 앞날을 진흙탕처럼 추적추적하게 만들 수 있다면 짐은 이런 고충도 기쁘게 받아들일 것임이야. 올림포스 놈들에겐 잿빛 미래가 어울려."

힘들어서 하기 싫다고 여태 찡찡 짰으면서 좀 잘 풀리니까 이렇게 금방 태도가 변하다니. 정말 쉬운 여자였다. 그래도 기뻐할 만한 게 이 지루하기 짝이 없는 여정도 끝이 거의 보이고 있었기 때문이다.

"자, 어서 융합의 최종 과정을……"

막 퓌톤이 의욕을 내던 그 순간 갑자기 동굴이 울렸다.

쿠우우웅!

대단히 묵직한 소리였다. 거짓말 좀 보태면 산의 내부가 통째로 울리는 느낌이다. 굉장한 폭발이 일어난 것 같았다.

"이게 대체?"

이곳은 침범할 엄두도 낼 수 없는 동굴이다. 한데 공격 받고 있단 말인가?

"퓌톤 님!"

"잠시만 기다리거라. 확인해 보겠다."

퓌톤은 눈을 감고 주문을 외기 시작했다. 그리고 잠시 뒤 놀란 듯 입을 쩍 벌렸다.

"동굴 초입에 있는 함정이 파괴당했다! 이럴 수가, 말도 안 돼!"

그녀의 말에 나 역시 놀라고 말았다. 이 동굴 안의 함정은 애들 장난이 아니다. 과거 티탄 장인들이 만든 신급 함정. 이 세상에서 가장 위험한 함정들이 밀집된 곳이라 아르테미스도 못 들어올 정도다.

"대체 누가? 확인할 수 없습니까?"

"잠시만, 이아페토스의 눈을 시전하겠다."

이아페토스는 고대 티탄 중 하나로 위대한 주문을 많이 남긴 이다. '이아페토스의 눈'은 일종의 천리안 주문이라 생각하면 된다.

"음, 한 무리의 전사들이 보인다. 고약한 놈들이로고. 하나 같이 짐승같이 생긴 불한당들이구나. 아앗! 이놈들 또 함정을 부수려고!"

그 말이 끝나기 무섭게 다시 동굴 전체가 울렸다.

콰아아아앙!

마치 현대전에 쓰는 벙커 버스터가 터지면 이런 느낌일까. 머리 위로 떨어지는 모래를 털어내며 퓌톤의 중계에 귀를 기울였다.

"잠깐 전사들의 문장을 보니… 아레스다! 전쟁의 신 아레스 놈의 졸개들이야!"

뭐? 아레스라고? 순간 어리둥절해졌다. 아레스의 전사들이 여긴 왜 쳐들어와?

-이상한데?

내 의문에 비밀의 서도 동의했다.

-확실히 그렇다. 아레스가 고대 티탄의 흔적이라면 사방팔방으로 쫓아다니는 걸로 유명하지만 이 산만은 건들지 않았다.

-그래, 여긴 아르테미스의 사냥터니까. 특히 퓌톤과 아르테미스의 오래 묵은 원한은 잘 알려져 있어. 아레스라고 해도 그녀의 사냥감을 존중하고 있었다.

한데 갑자기 왜? 나는 미간을 좁히며 중얼거렸다.

-마치 누군가 부추긴 것처럼 말이야….

뭐가 알 듯 말 듯한 걸. 정확한 판단을 내리기엔 지난 반 년간 동굴에만 박혀 있어 정보가 너무 부족했다.

"퓌톤 님, 아무리 아레스의 전사들이라고 해도 신급 함정을 연이어 돌파하긴 무리일 텐데요."

"그렇다! 그래야, 맞는데… 어라? 저놈들 선두에 선 흑인 전사가 뭘 들고 있는데? 가만있어 보거라. 자세히 살펴보마."

이아페토스의 눈 주문에는 카메라처럼 줌인 기능이라도 있는 건가. 그런 생각을 하던 때 갑자기 퓌톤이 성난 원숭이처럼 제자리에서 방방 뛰었다.

"이이익! 알았다! 알았다고! 어째서 놈들이 함정을 이렇게 수월하게 돌파하는지 알아냈다고!"

"퓌톤 님, 대체 무엇입니까?"

"헤파이토스다! 헤파이토스! 으으으윽!"

듣자니 선두에 선 흑인 전사가 헤파이토스의 신물을 갖고 왔다고 한다. 그 신물이 동굴의 함정을 드러나게 했고, 쳐들어온 전사들은 전쟁의 신 아레스의 힘으로 모두 박살내고 있다는 것.

"망할 헤파이토스 놈! 놈이 고대부터 이 함정을 언제나 아니 꼽게 여기는 걸 알고 있었다! 그렇다고 이런 식으로 나와! 겉으로는 내색하지 않으면서 그 긴 세월 동안 함정을 돌파할 방법을 연구 중이었구나!"

대장장이 신 헤파이토스는 이 고대 티탄들의 위대한 작품에 매우 큰 불만을 갖고 있었단다. 뭐든지 할 수 있는 자신의 솜씨로도 극복할 수 없었으니 단단히 배알이 꼴렸던 것. 그래서 오랜 세월 몰래 함정을 돌파할 신물을 만들어 왔던 것 같다. 하필 그걸 아레스의 전사들이 가지고 쳐들어오다니, 날벼락이 따로 없다.

"퓌톤 님, 저 신물이 있는 한 함정은 무용하지 않습니까?"

"맞다. 무슨 짓을 해서라도 저 신물을 없애버려야 해. 아무리 헤파이토스라도 저런 물건은 두 번 만들 수 없을 터! 하지만 오똑케 하지?"

퓌톤이 강하긴 하지만 그간 유세를 부린 건 함정의 보조를 받기 때문이다. 신급 함정의 가호 아래서는 아르테미스도 어쩌지 못할 정도의 위력을 발휘해 왔다. 하지만 이제 그녀는 완전히 무장 해제된 상태.

"신물을 빼앗는 게 문제가 아닙니다. 지금 동굴의 가장 깊은 이곳까지 완전히 무방비 상태입니다. 아레스가 직접 뽑은 전사들이라면 필시 지상에서 이름이 높은 영웅들일 터. 저희 둘이 과연 막을 수 있겠습니까?"

하필 전력감인 저주 받은 자도 저승으로 돌아갔다. 한 번 떠나면 내일까지 돌아오지 못한다. 정말 퓌톤과 나 둘 뿐인데 적은 떼로 몰려왔다. 게다가 나는 아직 신성의 융합을 이루지 못해 아직 큰 힘이 못 된다. 아탈란테와 싸울 때야 템빨로 이겼지만 이번엔 그런 것도 없으니까.

"끄응… 어째서 일이 이렇게 된 것이더냐."

퓌톤은 머리를 쥐어뜯었다. 그렇다고 도망갈 수도 없다. 이 동굴은 불타는 이름 없는 자를 위한 신성한 장소기 때문이다. 애초에 산지기 퓌톤은 이 산을 떠날 수 없기도 하고. 대체 이 일을 어떻게 하지. 고민하던 나는 한 가지 생각이 떠올라서 퓌톤에게 물었다.

"궁금한 점이 있습니다."

"뭔가 방책이라도 떠오른 것이냐?"

"일단 알아야 할 부분이 있어서요."

"좋다, 뭐든 어서 물어 보거라. 하지만 여유가 별로 없구나."

나는 어째서 신들이 이 산을 강력한 주문으로 한 방에 날려버리지 않았는지 알고 싶다고 했다. 그러자 퓌톤은 상황도 잊고 실소한다.

"피식! 네놈, 완전히 헛똑똑이로구나."

"그게 어째서입니까? 올림포스의 신들은 거대한 산도 한 방에 날려버릴 가공할 초월자들이죠. 이 산이 그간 그렇게 골치였다면…."

"당연하지 않느냐? 그런 주문을 썼다가는 우리의 위대한 분께서 잠에서 깨어나 버린다. 오히려 그런 신급 주문을 써준다면 짐의 입장에서 절이라도 하고 싶을 정도로 고맙겠구나."

역시, 신들은 섣불리 굴다가 불타는 이름 없는 자가 깨어날 걸 우려하고 있었구나.

"그렇군…."

내가 납득했다는 듯 고개를 끄덕이자 퓌톤이 의아해하며 되묻는다.

"눈치를 보니 알고 있었던 거 같구나. 굳이 왜 물어본 것이냐?"

"확인이 필요했습니다."

나는 한 번 고개를 끄덕인 뒤 퓌톤에게 제안했다.

"이렇게 된 거 우리가 불타는 이름 없는 자를 깨워버리죠."

내 대담한 제안에 퓌톤은 순간 멍청한 표정이 됐다.

"위대한 분을 깨우자고? 아니! 그렇게 되면 종말이 시작된다. 멍청아! 아직 준비가 안 됐단 말이다."

"그렇습니까?"

"당연한 걸 묻고 있지 않느냐. 게다가 문제가 더 있다. 짐을 고평가 해주는 건 고맙지만, 그런 신급 주문은 사용할 수 없다. 만

약 그랬다면 아무리 함정이 있더라도 짐이 이날까지 산지기로 버
티고 있지도 못했느니라. 올림포스 전체가 나서 척살하려 했을 테
니까."

하긴, 퓌톤이 언제든 불타는 이름 없는 자를 깨울 수 있다면 제
우스를 위시로 한 신들이 가만 안 있었을 거다. 아르테미스의 사
냥감 정도에 불과한 게 오히려 다행이었다고 할까.

"사실 저도 진짜로 깨우자는 얘기는 아니었습니다. 아직 준비
가 되지 않았다는 말에는 동의하거든요."

종말이 언제 올지 모르겠지만, 그래도 오늘은 아니라고 생각
한다.

"그럼 왜 그런 황당한 제안을 한 것이냐?"

"지금 같은 상황에선 발상의 전환이 중요하다는 거죠."

"발상의 전환?"

"네, 간단히 말하면 불타는 이름 없는 자를 깨우겠다고 상대를
협박하자 그겁니다."

"허업!"

퓌톤은 어이가 없는 건지 입을 쩍 벌린다. 그리고는 짜게 식은
얼굴로 중얼거렸다.

"솔직히 반 년 정도 같이 지내니… 펠레우스 네놈 인품이 보이
는구나…. 정면 돌파보다 언제나 꼼수부터 생각하는 버릇을 좀
버리거라. 그래선 쓸만한 영웅이 못 된다. 아무리 생각해도 저주
받은 자의 안목이 틀린 것 같도다. 이래선 영웅의 재능이 아니라
협잡꾼의 재능이 아니느냐?"

"크흠!"

듣기 싫다는 듯 헛기침을 하며 덧붙였다.

"오디세우스는 모두의 존경을 받으며 지혜의 영웅이라 불리죠. 제게 그런 자질이 있는 건지도 모르지 않습니까?"

"흥! 한편으로는 그 오디세우스가 비열한 놈이라 불리는 걸 잊으면 안 되지. 오죽하면 별명이 '신의 주둥아리'겠느냐. 하도 사기를 많이 치고 다녀서 그런다지. 짐은 네놈이 그자처럼 부끄러움을 모르는 사내가 되지 말았으면 한다."

"오늘따라 퓌톤 님은 말하는 게 참 얄밉군요."

"허허, 켕기는 게 많은 자야말로 남의 말이 귓가의 가시 같으니라."

크윽… 퓌톤이 이렇게 말을 잘했나. 어리숙한 그녀지만 가끔 한시적으로 지혜로워질 때가 있는데 이때 상대하면 반드시 말싸움에서 진다. 나는 전략상 후퇴를 결정했다.

"지금 중요한 이야기가 있지 않겠습니까?"

"뭐, 그렇게 주제를 돌리고 싶다면 짐은 응해주겠다."

"윽."

기어코 때린 곳 또 때리는 퓌톤에게 눈빛으로 항의한 뒤 설명에 들어갔다.

"일단 어떻게든 시간을 버는 게 중요합니다. 함정을 부수며 와야 하니 금방 당도하지는 못하겠지만 그걸로 충분하다고 할 수 없죠. 위대한 분을 깨우겠다고 공갈협박을 하십쇼."

"얄팍한 수작이다. 아레스의 졸개들도 짐이 그럴 능력이 없다는 걸 듣고 왔을 터."

"하지만 그들은 가진 힘만큼의 지혜가 부족합니다. 마법적 지식이라면 더더욱 적죠. 그럴 듯이 허장성세를 한다면 자신들의 주인에게 연락해 확인해 보려 할 것입니다."

"흐음…."

퓌톤은 고개를 끄덕였다.

"좋다. 그걸로 시간을 끌 수 있다는 건 알겠다. 하지만 근본적인 해결책이 될 리가 없지 않느냐. 저주 받은 자가 돌아올 내일까지 버티기도 어렵고."

"전력감이라면 하나 있습니다. 그걸 확보하는데 시간이 필요해서 그렇습니다."

"으음?"

고개를 갸웃거리는 퓌톤에게 나는 필요한 설명을 했다. 퓌톤은 귀 기울여 들으면서도 우려를 나타냈다.

"나쁘지 않은 계획이라 생각한다. 하지만 말이다. 적의 대장으로 보이는 흑인 용사는 어찌 쓰러뜨리려고 하느냐? 이아페토스의 눈으로 살펴보니 그자의 실력은 단연 무리 중 으뜸이었다."

"그 자는 제가 처리하겠습니다."

"만용이구나. 펠레우스, 네놈이 최근 눈부신 발전은 이룬 건 인정하겠다. 하지만 저 자는 신이 직접 보낸 영웅이야. 도저히 상대할 수 없을 것이니라."

"지금까지 싸움은 항상 그랬습니다. 늘 이런 위기를 넘겼죠. 아마 오늘도 운이 좋을 거라고 생각합니다."

"에휴…."

내가 뜻을 굽히지 않자 퓌톤은 어쩔 수 없다는 듯 고개를 끄덕였다. 지금은 다른 방책도 없었기 때문이었다. 하지만 그녀는 곧 내 손을 붙잡더니 충고한다.

"펠레우스."

"네."

"만약 최악의 상황이 온다면, 네놈만이라도 도망가거라."

"어찌 저 혼자."

"꼭 그래야 한다. 짐은 어차피 이 산을 떠날 수 없다. 달아날 수 있다면 그대만이라도 달아나는 게 맞다. 아니, 지금 바로 떠나도 원망하지 않겠느니라."

그건 절대 사절이다. 그럴 일 없을 거라고 말하고 몸을 돌렸다.

"말씀드린 대로 제단을 좀 사용하겠습니다. 부디 조심하십시오. 전투는 피하고 시간만 끌어주십시오."

"걱정 말거라. 그대는 그대 걱정만 하길. 짐이 누구라고 생각하는 거냐? 산지기이자, 이 산의 왕인 퓌톤이니라."

그렇게 씩씩하게 말한 퓌톤은 시간을 끌기 위해 떠났다. 내가 조언한 대로 불타는 이름 없는 자를 깨우겠다고 허세를 부리려고 말이다.

"이쪽도 가볼까."

제단이 있는 곳으로 향하자 묵묵히 있던 비밀의 서가 끼어들었다.

"그냥 도망가라. 그게 가장 현명하다."

"시끄러워."

"이상하군. 자기 이득을 위해서 온갖 비열한 발상을 떠올리는 놈이 이럴 때만은 꼭 의리 있는 척하지 않나."

비밀의 서의 말에 나는 실소하고 말았다.

"아무리 이득만 쫓아다닌다고 해도 지켜야 하는 선이 있는 법이지. 비밀의 서. 내가 살던 곳에 이런 말이 있다. 타인에겐 미덕을 찾고, 자신에겐 악덕을 찾으라고."

"뜬금없이 그게 무슨 소리냐?"

"내가 생각 이상으로 괜찮은 놈이란 점과 네놈이 필요 이상을 배배 꼬인 놈이란 걸 인정하라 그거지."

"뭐야! 이 망할 놈이!"

"저리 좀 가줄래? 더러움이 옮겠어."

"으아아아아! 펠레우스! 네놈은 도저히 좋아할 수가 없다!"

비밀의 서와 그렇게 떠드는 사이 금방 제단이 있는 곳에 도착했다. 장엄한 뱀의 석상이 내려다보는 이곳은 반년 전에 다친 퓌톤을 데려와 눕혔던 곳이다. 제단은 산의 정기가 모이는 한 가운데 위치한 탓에 엄청난 치유력을 가진 장소가 됐다. 여기에 다친 이를 놓아두면 바로 효험을 볼 수 있는데 어떤 고명한 사제의 힘과도 비교불허일 정도다.

"정말 할 거냐? 펠레우스. 놈은 교활하고 강한 존재다. 쉽게 말을 들을 거 같지 않은데. 오히려 큰 위험에 처할 확률이 높다."

"그래도 해야만 해. 아군으로 부릴 수 있다면 더 없이 든든한 놈이니까. 자, 토해내."

내가 꺼내려는 건 바로 식인거인 테마토스다. 반 년 전에 쓰러뜨린 테마토스는 여태 비밀의 서 안쪽에서 뇌사 상태에 빠져 있었다.

"구에에에에엑!"

비밀의 서의 입이 벌어지고 역겨운 소리와 함께 끈적끈적한 체액이 잔뜩 묻은 테마토스가 튀어나왔다. 의식을 잃은 엄청난 덩치의 거인은 가늘게 숨을 쉬고 있었다. 별다른 미동도 없이 주기적으로 숨만 쉴 뿐이다.

"진짜 질긴 놈일세."

이 상태로 반 년간 계속 살아있다니 경이적인 생명력이 아닌가.

"신화시대의 끈이 닿아 있는 놈이다. 상식을 벗어난다고 해도 별다를 거 없다. 단지 티탄의 힘을 이어받은 것만으로도 지금 시대에는 쉽게 적을 찾기 어려운 강자지."

제단 근처 바닥에 있던 테마토스가 서서히 몸을 움찔거렸다. 신체가 회복되면서 의식이 깨어나고 있는 거다.

"저 녀석을 어떻게 다루려는 거냐? 협상은커녕 널 보자마자 잡아먹으려고 할 거다. 아니, 그 정도면 다행이지. 저 대머리에서 나올 수 있는 모든 지혜를 동원해 널 잔인하게 고문할 터."

"당연히 그전에 손을 써야지. 나라고 반 년간 놀고 있었던 건 아냐."

저주 받은 자에게 무술을 배우고, 퓌톤과 신성 융합에 도전하면서 남는 시간에 허송세월하지 않았다. 제우스가 내게 준 신성을 좀 더 정교하게 다루는 일을 연습해 왔다. 신성이란 개발되지 않는 쓰기 나름의 힘. 무한한 가능성을 지녔지만 보통 인간은 감히 다루질 못한다. 인간이란 만들어진 주문조차 쉽게 다루지 못해 버거워 하는데, 무한한 가능성을 지닌 무정형의 신성은 말할 것도 없다. 내 입으로 이런 말하긴 그렇지만 철저히 재능충의 영역인 거다. 그걸 알기에 비밀의 서의 태도가 뾰족해진다.

"흥, 재수 없는 놈. 타고 났다 그거지?"

"지켜보라고. 재밌는 걸 보여줄 테니까."

비밀의 서도 모르는 신기술이다. 왜냐면 직접 시도해 보는 건 처음이기 때문이다.

위이잉-.

내 손 위에 빛나는 신성이 응축돼가며 어떤 형태를 만들어가기 시작했다.

"칫."

생각보다 아직 만들어지는 속도가 느리기에 맘에 들지 않았다. 하지만 숙달되면 점점 빨라지겠지.

"설마 형체를 만드는 거냐?"

비밀의 서는 놀란 듯 물어왔다. 나는 고개를 끄덕였다. 신성은 형태가 없다. 그걸 응축해 어떤 형상을 만들어내는 건 그야말로 신들의 기술. 제우스가 갑자기 벼락을 만들어 던지는 게 그런 원리다.

"놀랍군…. 보통 인간으로는 상상도 못할 경지다. 재능있는 자라고 해도 평생을 바쳐도 될까 말까한 걸 겨우 반 년만에 해냈다고?"

비밀의 서의 목소리가 다소 떨리고 있었다. 일견 평범해 보였던 인간이 반 년만에 신의 기술을 따라하고 있었기 때문이다.

우우우웅. 팟!

짧은 파열음을 내며 새하얀 신성을 뭉쳐서 명료한 형태를 만들어냈다. 변형이 완료되자 하얀 빛은 사라지고 금속성 재질로 변했다.

"고리?"

비밀의 서가 만들어진 형상을 보며 물었다. 녀석의 말대로 이건 단순하게 생긴 고리였다. 하지만 상당한 쓸모를 지니고 있는 물건이다.

"이게 대체 뭐지? 상당히 큰 고리긴 하지만, 이게 저 흉측한 거인을 다루는데 무슨 도움이 된다고."

"이 고리의 이름은 긴고아(緊箍兒)다."

"긴고아? 그게 뭐지?"

비밀의 서 입장에선 긴고아가 뭔지 알 리가 없지. 긴고아는 내가 살던 지구인이나 알 만한 거니까. 서유기에서 삼장법사가 말썽쟁이 손오공의 머리에 씌운 게 바로 이 긴고아다. 주문을 외우면 이 고리가 머리를 조여 들면서 엄청난 고통을 주는 게 특징. 이것 때문에 손오공은 삼장법사의 말을 들을 수밖에 없었다. 천계를 뒤집어엎던 그 강력한 손오공조차 굴복시킨 게 이 긴고아다. 식인거인 테마토스 따위야 어떻게 될지 말할 것도 없다.

"지켜만 보라고."

나는 손가락을 앞으로 내밀었다. 그러자 금속 고리가 날아가더니 테마토스의 머리에 저절로 씌워졌다.

"크르릉?"

반쯤 의식을 회복해 멍한 표정으로 주변을 둘러보던 테마토스는 무슨 일이 일어난 건지 모르는 표정이었다. 주정뱅이처럼 맹한 얼굴이라, 완전히 회복하려면 좀 더 기다려야겠군.

콰아아앙! 쾅! 쾅!

동굴 위쪽에서는 폭음과 진동이 이어지고 있었다. 퓌톤이랑 제대로 한 판 붙고 있는 모양이다. 함정이 완파된 게 아니라면 퓌톤도 나름 위력을 발휘할 수 있을 거다. 아무리 함정을 미리 볼 수 있어도 부수는 데는 시간이 필요하니까. 퓌톤이 함정 뒤로 도망가면 바로 쫓아갈 도리가 없을 터.

"이쪽도 슬슬 시작해 볼까."

어느새 테마토스는 몸을 일으키고 있었다. 어이없을 정도의 회복력이군. 자연의 힘에 테마토스의 강력한 재생 능력이 합쳐진 까닭인가.

"으음…. 이게 대체."

테마토스는 주변을 둘러보며 어깨를 주무른다. 무슨 일이 일어난 건지 모르겠다는 표정이다. 그러다 날 발견하더니 표정이 딱 굳는다.

"네놈…!"

"잠은 잘 잤나? 푹 자던데."

"…음, 얼마나 시간이 지난 거지?"

역시 이 거인 놈은 생긴 거랑 다르게 교활하다. 나랑 싸울 때도 생각 외의 언변과 잔머리로 꽤나 애를 먹였던 놈이다. 보통 거인이라면 당장 흥분해서 달려들 텐데, 이놈은 얼마나 지났는지 부터 묻는다. 속으로 지금 온갖 음흉한 궁리를 하고 있겠지.

"반 년이 지났다. 그동안 너는 의식 불명이었다."

"어째서 그럼 지금 깨어난 것인가?"

"내가 필요에 의해 살렸다."

좀 더 극적인 해후를 기대했는데 상대가 더럽게 냉철하고 무서운 놈이라, 평범함을 가장한 긴장감 넘치는 대화만이 반복되고 있었다. 하지만 테마토스는 금세 결정을 내렸다.

"전후사정은 잘 모르겠다. 하지만 오랜만에 일어났더니 배가 고프군. 일단 네놈 배를 가른 뒤에 내장을 핥아야겠다. 그게 복수와 실리를 다 챙길 수 있는 좋은 방법이겠지."

쿵!

거인이 묵직한 한 발을 내딛었다. 하지만 나는 대답 대신에 살짝 웃으면서 손가락으로 이마를 두들겨 보였다. 마치 머리부터 확인하라는 시늉으로.

"음?"

테마토스가 의아해하며 자기 머리를 더듬는 모습을 보자니 한쪽 입꼬리가 절로 올라간다.

"일단 꿇어. 아니, 아니지. 나는 나보다 눈높이가 높은 놈들은 싫어한다. 꿇는 걸로는 안 돼."

팔짱은 낀 나는 턱으로 땅바닥을 가리키며 명령했다.

"우선 내 앞에서 기어라."

내 말에 테마토스는 크게 황당한 듯 오던 걸음을 멈추며 되물었다.

"기라고?"

"그래, 지금부터 바닥을 기어서 오도록. 내 시선보다 조금이라도 높으면 대가를 치르게 해주지."

"푸하하하하핫!"

테마토스는 엄청나게 재밌는 말을 들었다는 듯 무릎을 치며 웃어댔다.

"지금 이 몸에게 지렁이처럼 기라고 한 것이냐?"

"정확하다."

"이놈! 도저히 참을 수가 없군! 이 어르신이 자그마한 쥐새끼에게 예절을 가르쳐 줘야겠구나!"

테마토스는 침착한 성격이긴 하나 반 년만에 일어나 자길 죽인 이에게 이런 모욕을 당하자 더는 참지 못했다.

"그러던가!"

"주둥이부터 찢어주마!"

쿵! 쿵! 쿵! 쿵!

덩치 큰 거인이 지축을 울리며 달려왔다.

딱!

나는 가볍게 손가락을 튀겼다. 그러자 긴고아의 둘레가 줄어들기 시작했다.

"크아아아아악!"

갑자기 머리에 두른 금속 테가 조여 들자 테마토스는 격통을 참지 못하고 그대로 앞으로 넘어져 굴렀다.

우르르르! 콰아앙!

달려오던 그대로 넘어진 테마토스를 피해 나는 옆으로 살짝 움직였다. 그러자 도로 위에 쓰러진 트럭처럼 굴러간 거인이 요란한 소리와 함께 벽에 쳐 박혀 한 가득 먼지를 일으켰다. 하지만 제일 끔찍한 건 테마토스의 비명이었다.

"크으으으! 아아아아악! 무슨 짓을 한 거냐!"

자욱하게 일어난 먼지에서 절규하며 몸부림치는 테마토스의 실루엣이 기괴하게 보였다. 특히 동굴의 은은한 조명과 어우러져 마치 지옥도 같았다.

"기어오면 알려줄게."

"거절한다! 으아아악! 감히, 감히!"

테마토스는 자존심을 세웠지만 고통 앞에 장사 없는 법. 고통을 상대할 때는 극복할 자신이 없다면 빨리 굴복하는 게 편하다. 교활한 테마토스가 그걸 모를 리가 없었다.

"그만하라! 그만 둬! 알겠으니까!"

참을 수 없는 통증에 이미 테마토스는 무릎까지 꿇은 상태였다. 나는 잠시 금속 테를 조이는 걸 멈췄다. 테마토스는 식은땀과 함께 침을 질질 흘리고 있었다.

"알았으면 기어와야지?"

내 물음에 테마토스의 눈길에 다시 불길이 피어오른다. 그래서 무심히 다시 손을 들어 올리려 하자 놈이 서둘러 막아선다.

"그만. 그 정도면 충분하다."

그리 말한 테마토스는 진짜로 기어서 다가왔다. 합리적이 결정을 할 수 있는 놈이로세. 여기서 자존심 때문에 버텨봐야 뭐가 남겠는가. 고통만 남지.

"좋아. 나도 남 괴롭히는 취미는 없다. 말귀만 알아들으면 더 할 필요 없지."

"후우… 후우우……."

어지간히 아팠던 듯 테마토스는 식은땀을 줄줄 흘리고 있었다. 손으로 이마를 더듬더니 금속 테를 뜯어보려 했지만 금방 포기한다. 소용없다는 걸 깨달은 것이다.

"엄청난 힘이 내재돼 있군. 이런 신물을 어디서 구한 건지 모르겠다만…"

내가 직접 만든 건 줄 알면 까무러치지 않을까. 아직 수행이 부족해 필요할 때 조여 드는 단순한 쓰임의 금속 테 정도만 만든 거지만, 이후에는 다를 거다. 이것은 신성을 기반으로 하는 창조이며 신들의 영역이다. 신성에 숙달된다는 건 말 그래도 신의 세계로 나아간다는 거겠지.

"알면 협조적인 태도 부탁해도 될까."

"⋯원하는 게 무엇이냐?"

"간단하다. 네놈의 힘. 농부가 소의 코에 코뚜레를 거는 이유가 뭐냐? 소의 힘을 써서 밭을 갈기 위해서지."

"뭐야! 크르르릉!"

자신의 처지를 코가 뚫린 소에 비교하자 테마토스는 격분했다.

"이 몸은 위대한 티탄의 후예란 말이다! 감히 밭일하는 소 취급해!"

"살다 보면 그런 존재도 남의 노예가 될 수 있는 법이지. 한 번 더 시건방진 소리를 하면 용서하지 않겠다."

"크윽⋯⋯."

바닥을 긴 걸로도 모자라 이제는 말대꾸도 제대로 못 할 처지가 되자 테마토스는 몸을 떨었다. 아마 지금 놈의 머리에서 온갖 저주가 몰아치고 있겠지. 하지만 놈의 입은 조금 더 현명했다.

"⋯언제 풀어줄 거지?"

"호오."

살짝 미소가 지어졌다. 현실에 순응이 빠른 놈이라 맘에 드는 걸.

"물론 풀어주긴 풀어줄 거다. 기약 없이 부리기만 한다면 네놈은 차라리 죽음을 택할 테니까."

"대체 언제?"

"내가 강해져서 네놈 따위는 감히 복수도 꿈꿀 수 없을 지경일 때 풀어주마."

"뭐라?"

"더불어 신화시대의 혈통 하나로 온갖 유세를 부리는 네놈이 아무짝에도 쓸모없을 질 때. 그때가 네놈이 해방되는 시점이다. 자, 선택해라. 이걸로 생의 미련을 이어갈 수 있는지."

테마토스에겐 어느 것도 끔찍한 선택이겠지. 노예도 죽음도 싫을 테니까. 하지만 삶이란 그렇게 만만한 게 아니다. 하기 싫다고 안 할 수만 있다면 사는 게 그리 어렵지만은 않았을 거다.

"하아…."

놈답지 않게 긴 한숨을 내쉰다. 그러면서 나를 올려다보며 중얼거렸다.

"나보다 지독한 놈은 거의 없었다. 물론 가끔 있긴 했지만, 모두 사라졌지."

"아마 네놈 뱃속으로 사라졌겠지."

"맞다. 이번에도 결국 그렇게 될 거라고 생각한다. 그걸 위해 섶에 누워 자고, 쓸개를 씹는 기분으로 참아내겠다."

언젠가 날 잡아먹을 날을 기다리며 견디겠다 그건가. 뭐, 그딴 건 아무래도 괜찮다. 이 자식을 노예로 쓸 수만 있다면. 괜히 죽음을 택하는 것보다야 낫지. 나는 테마토스에게 일어나라고 손가락을 까딱까딱하며 말했다.

"풀려날 희망이 아니라 원수를 씹어 삼킬 희망에 견디겠다니, 하여간 거인 놈들은…. 좋아. 알아서 하라고. 그것보다 당장 해줘야 할 일이 있다."

"무엇이지?"

나는 계속 쿵쿵 소리가 들리는 동굴 위쪽을 가리켰다.

"어려운 일은 아니다. 식사 좀 하라고. 반 년만에 깨어났으면 배 좀 채워야 할 거 아냐?"

콰아아아아앙!

폭음과 함께 티탄들이 공들여 만든 함정이 또 하나 박살이 났다. 함정이란 건 감춰져 있을 때 위력을 발휘하는 법이다. 대놓고 드러나면 대체로 힘을 못 쓴다. 티탄의 함정이 강력했던 건 신들조차 아리송할 정도로 교묘하게 감춰져 있었기 때문이다. 헤파이스토스의 랜턴 덕에 모습이 드러나자 아레스의 전사들에겐 속수무책. 무식하게 부수는 것만 따지면 모든 신들의 전사 중 단연 탑 클래스니까.

"크하하하하! 역시 아레스 님이시다! 이런 신물을 내리시다니!"

앙굴리퍼 나미멘시스는 시원시원하게 함정을 부수면서 큰 만족감을 나타냈다. 원래 화끈하고 정정당당한 품성인 그는 비열한 짓을 몹시 싫어했다. 그런 성격상 함정을 혐오하는 건 당연지사.

"이딴 쓸데없는 기계장치는 모조리 부숴버려야 한다! 전사들이여! 남김없이 박살내라!"

"오오오오옷!"

다들 필요 이상으로 열을 내고 있었다. 적당히 부수고 지나가도 되는데 한 번 몰입하면 앞뒤가 안 보이는 아레스의 멍청이들〈아레스의 전사들을 세간에서 비하하는 표현〉의 답 없는 성격이 나와버린 것이다. 순수한 파괴 행위에 열광하며 기계장치를 가루로 만들며 저마다 서로 멋지다고 칭찬하기 바쁘다.

"새로운 기술을 깨우친 것이오?"

"물론이외다. 내 오늘만을 기다렸소."

"훌륭하시오!"

함정은 박살나고 있었지만 상대를 지연시킨다는 목표만은 충실히 이뤄내는 중이었다. 그래서 이 훈훈한 분위기 속에서 한 존재가 무척이나 곤란해졌다.

"이를 어쩌느냐…."

그건 바로 산지기 퓌톤이었다. 그녀는 난처해져서 머리를 긁적였다.

"이래서는 나가서 공갈협박을 하기도 애매해졌다."

아레스의 전사들은 함정을 부수는 일에 푹 빠져있었다. 굳이 안 박살내도 될 함정까지 모조리 찾아 초토화시키는 중이었다. 다들 자기 일을 열심히 하는 거겠지만, 시간을 끌려고 결연한 각오로 온 퓌톤은 할 일이 없어졌다. 게다가 근육질의 우락부락한 전사들은 화기애애 분위기도 좋아, 형님 먼저 부수십시오, 아니, 아우 먼저 하시지요, 아주 난리도 아니었다.

쿠아아아앙!

무식한 인간들이 주먹질을 할 때마다 폭발이 일어난다. 퓌톤은 나갈 타이밍을 완전히 잃어버려 처량한 표정으로 머리 위에 떨어진 돌가루를 떨어냈다.

"훌쩍…"

어쩐지 눈물이 날 것 같았다. 살면서 친구가 없던 그녀다. 하지만 설마 적에게도 이런 식으로 따돌림 당할 줄은 생각도 못했다. 아직 등장도 하기 전에 말이다.

"이래서는 소설 속에 나오는 삼류 악당이 된 것 같지 않느냐. 흐윽…"

아니, 정확히 따지면 삼류악당 보다도 못한 처지였다. 소설 속 악당은 등장씬은 있으니까. 게다가 퓌톤은 저런 친목질의 현장에는 더욱 약했다. 무언가 거대한 허들이 느껴져 차마 앞으로 나설 수가 없었다.

"내버려둬도 될 것 같지만…"

친구가 없는 탓에 혼잣말을 하는 게 버릇인 그녀는 결국 앞으로 나서기로 했다. 무리할 필요는 없어 보인다만 동굴의 함정은 그녀의 밑천이었으니까. 이 이상 부서지면 곤란하다. 그래도 내키지 않아 한참 머뭇거리다 겨우 한 발자국 앞으로 나섰다. 저들을 발견한지 한 시간만이다.

"이놈들! 멈추지 못할까!"

퓌톤은 앞으로 나서서 소리를 빽 질렀다. 이제 모두가 자신을 쳐다보겠지? 그렇게 생각한 퓌톤은 심호흡을 하며 미리 준비한 대사를 읊을 준비를 했다. 하지만 그건 착각이었다.

"그오오옷! 힘이 끌어 오른다! 아레스 님, 감사합니다!"

"전사들이여! 근면이야 말로 승리를 가져다준다! 쉬지 말고 파괴하라!"

"오오오오오!"

완전히 씹혀버렸다. 퓌톤은 있는 힘껏 소리를 질렀지만 아무도 그녀를 돌아봐주지 않았다. 저마다 파괴 행위에 빠져 있었다.

"이놈들…"

두 번째로 외쳤을 때 퓌톤의 목소리는 어쩐지 많이 약해져 있었다. 그리고 눈가가 살짝 촉촉하게 젖어서 글썽거렸다. 살면서 말을 걸었다 무시당한 게 한두 번이 아니건만, 오늘따라 왜 이리 마음이 아픈 걸까. 그리고 그 슬픔은 금방 분노로 변했다.

부들부들.

퓌톤의 마음속에 원망이 피어올랐다. 그래, 짐이 친구가 없는 건 모두 네놈들이 나쁘니라, 라고 생각한 그녀는 곧장 강력한 파괴 마법을 쏘아냈다.

콰아아앙!

폭음이 터지는 순간 아레스의 전사들은 마치 수면 위로 튀어오르는 날치들처럼 사방으로 뛰어 올랐다. 근육질의 전사들이었지만 점프만은 마치 발레리나처럼 우아했다.

"꼬마 아가씨, 갑자기 그런 짓을 하면 위험하단다."

전사들의 우두머리인 앙굴리퍼는 타이르듯 말했다. 갑자기 산속 동굴에서 10세쯤 되는 꼬맹이가 나타났지만 이상하게 생각하는 이는 아무도 없었다. 다들 베테랑 중의 베테랑이었다. 겉으로는 하하하, 웃고 있었지만 슬며시 무기에 손을 가져간다. 넉살을 전혀 잃지 않으면서 필요하면 상대를 즉각 때려죽이겠다는 기세가 느껴졌다. 이미 다들 퓌톤이 보이는 대로 평범한 꼬맹이가 아닐 거란 걸 알고 있었다. 어쩌면 이렇게 수선을 떤 것도 산중에 숨은 사냥감을 끌어내기 위해서인지도 몰랐다.

"짐은 꼬마가 아니니라! 네놈들보다 훠얼-씬 나이가 많느니라. 세는 걸 포기했을 정도로!"

"오, 이거 꼬마숙녀가 아니라 늙은 괴물이었나?"

앙굴리퍼는 여전히 사람 좋은 미소를 짓고 있었다. 흑인 특유의 두터운 입술과 하얀 이빨이 보기 좋은 인상이었지만 싸움질을 아는 자라면 큰 두려움을 느꼈을 거다. 바로 사람을 죽이기 직전의 표정이란 걸 알 테니까.

"그래, 짐이 바로 퓌톤이다!"

"호?"

퓌톤의 선언에 왁자지껄 웃던 전사들의 표정이 진지해졌다. 어느새 반쯤 포위진을 완성한 상태다. 하지만 퓌톤 역시 강자. 아직 여유가 있었다. 뭣보다 자신이 무시당한 것에 한껏 앙갚음을 해줄 예정이었다. 그녀 역시 아레스의 전사들처럼 처음의 목적을 잊고 있었다. 하지만 너무 시간을 끌어버렸던 탓일까? 모처럼 자신의 독무대가 될 거라 여겼던 퓌톤의 예상은 빗나갔다.

"크르르릉! 워워어어어!"

갑자기 동굴 전체를 울리는 고성이 터져나왔다. 마치 거대한 맹수가 포효하는 듯한 소리에 아레스의 전사들은 일제히 무시를 뽑아들었다.

콰아아앙!

거대한 종유석이 박살나며 덩치 큰 거인이 모습을 드러냈다.

"크르르르!"

낮게 울어대는 거인은 호랑이 같은 눈빛으로 전사들을 노려보며 떨어진 거대한 종유석을 양손으로 들어 어깨에 걸쳤다. 저 거대한 걸 무기로 쓰겠다는 선언인지라 아레스의 전사들은 긴장으로 침을 꿀꺽 삼켰다.

"대체 네놈은 누구지?"

이번에도 앙굴리퍼가 대표로 묻자 나타난 거인, 테마토스가 자신있게 선언했다.

"이 몸이 바로 퓌톤이니라."

그제야 아레스의 전사들이 탄성을 터뜨렸다.

"오오! 드디어 나왔군!"

이전에 진짜 퓌톤의 선언에선 다들 미심쩍은 감상을 감추지 못했는데, 누가 봐도 괴물 같은 괴물이 나타난 것이었다. 다들 테마토스가 진짜 퓌톤이라고 의심하지 않았다.

"붙어볼 맛이 나겠구나!"

"저놈의 목을 따면 가문의 영광으로 오래 노래되리라!"

퓌톤은 뜬금없이 나타난 거인이 자신인 척하자 황급히 항의하려 했다. 이건 분명 말도 안 되는 폭거였다. 자신이 진짜 퓌톤이다. 이건 양보할 수 없는 문제니 모두에게 제대로 납득시켜야….

"하하하하하핫!"

갑자기 누군가 또 나타났다. 맑은 목소리로 웃으며 등장한 이는 한 인간 사내였다. 여기저기 깨진 갑옷을 입고 얼굴에는 가면을 쓴 청년, 바로 펠레우스였다. 그는 모두의 앞에 나서더니 자신있게 선언했다.

"저 둘은 거짓말을 하고 있다! 내가 바로 퓌톤이다!"

상황이 이렇게 되자 가장 충격을 받은 건 바로 진짜 퓌톤이었다. 아무리 그래도 이건 아니란 생각이 들었다. 다시 한 번 항의해 봤다.

"아, 아니다! 짐이 퓌톤이다."

겨우겨우 항변해 봤지만 아레스의 전사들은 모두 새로 나타난 거인과 청년을 주목하고 있었다. 아무도 진짜 퓌톤을 봐주지 않았다.

친구도 없었지만, 적마저 없어지고 있었다.

그녀의 눈가가 살며시 촉촉해지기 시작했다.

"훌쩍…"

그냥 사는 게 서러웠다.

테마토스와 함께 들이닥쳐서 혼란을 일으킨 건 좋은데, 저쪽을 보니 진짜 퓌톤이 고개를 숙인 채 울먹거리고 있었다. 일이 잘 풀려도 후폭풍이 상당하겠는걸.

"크하하핫! 누가 이 퓌톤을 상대하겠느냐!"

반면 테마토스는 의외로 열심히 일해주고 있었다. 타고난 성품 자체가 교활해서 그런지, 긴고아에 굴복하자마자 협조적으로 변했다. 기왕 이리된 거 현실에 순응하자나 뭐라나. 매를 맞는 것보다 빵을 하나 더 얻는 게 낫다는 거였다. 지독하게 현실적이라 오히려 더 무섭단 생각이 들었다.

"덤벼라! 이 퓌톤 님의 거력에 경탄하라!"

자칭 퓌톤인 테마토스는 커다란 종유석을 휘둘렀다. 그러자 아레스의 전사들이 비명을 지르며 떼거지로 나가떨어진다. 테마토스가 비록 제1사서에게 보잘 것 없는 공양물이자 잡몹 취급 당하긴 했어도, 요즘 시대 기준으론 대단한 괴물이다. 아레스의 전사들이 아무리 대단해도 쉽게 상대할 수 없을 터. 게임으로 치면 레이드 보스인 거다.

"아니다! 짐이 진짜 퓌톤이니라!"

여기에 진(眞) 퓌톤까지 가세했다. 특기인 나무줄기를 소환해 아레스의 전사들을 마구 휘저었다. 싸움보다는 어떻게든 자신을 어필하고 싶은 강한 의지가 엿보였다. 하지만 인간들은 퓌톤이란 존재를 거대한 뱀으로만 알고 있다. 인간형으로 변신했을 때 설마 작은 소녀일 거라곤 생각도 못할 터.

"흐음…."

나는 난장판이 된 일대를 살펴보면서도 적의 대장인 흑인 용사를 주목했다. 딱 봐도 대단한 기운을 뿜어내는 자다. 전신이 힘과 생명력으로 넘쳐나는구나.

–테마토스만큼 강해 보이는데?

–아니, 그 이상일지도 모르겠다.

비밀의 서는 꽤나 저 흑인 용사를 고평가했다.

–펠레우스, 예정대로 네놈이 저 자를 맡을 수밖에 없겠다.

테마토스와 퓌톤은 수십 명이 넘는 아레스의 전사들을 상대하느라 벅차다. 둘 다 절정의 강자라곤 하지만 상대의 숫자가 만만치 않았다. 게다가 다들 한 가닥 하는 전사들이었고. 지금 무게만 잡고 나서지 않는 저 흑인 용사를 상대할 건 내가 제격이었다.

"왜 멍을 때리고 있나!"

그때 근육질의 거한 하나가 내게 달려들었다. 아레스의 전사들

중 하나로, 퓌톤과 테마토스의 기세가 워낙 흉흉하자 상대적으로 만만해 보이는 날 공략하려는 듯했다.

"후아아압!"

태산 같은 기세로 그가 날 덮쳐온다. 생포라도 하려는 듯 레슬링을 시도해 왔다. 곰 같이 우둔해 보이는 덩치였으나 근접한 순간 놀랄 정도로 민첩했다. 예전이라면 꼼짝없이 당했을 것 같다.

하지만 지금은 다르다. 반 년 정도긴 하지만, 한때 세계 최고의 영웅이었다는 저주 받은 자에게 무술을 사사 받았으니까.

"합!"

기합성과 함께 달려든 전사를 마주 붙잡고 힘을 줬다. 그러자 상대의 눈이 커진다.

"내게 힘으로 맞서?"

터질 듯한 근육을 보니 완력에 자신감이 대단한 모양이다. 하지만 상대를 잘못 골라도 한참 잘못 골랐다. 이쪽은 헤라클레스의 보석을 가지고 있다. 게다가 지난 반 년간의 노력으로 보석이 가진 힘을 좀 더 끌어낼 수 있게 된 상태다. 아직 보석의 잠재력을 반도 아직 사용하지 못했지만 괴물 소리 듣기 충분한 상태였다.

"마치 어린애와 팔씨름을 하는 것 같군. 좀 더 힘을 써보시지?"

내 도발에 상대는 눈에 띄게 당황한 얼굴이었다. 여유를 한껏 부리면서도 내가 태산처럼 꼼짝도 안 하기 때문이겠지. 반면 그는 이마에 힘줄이 돋아나고 땀도 뻘뻘 흘리고 있었다.

"이이익! 무슨 마법이라도 부린 것이냐!"

"마법 타령을 하다니, 네놈은 가진 근육에 비해 배포가 적군. 하아압!"

있는 힘껏 전사를 들어서 옆으로 던져버렸다. 날아간 거한은 차에 치인 것처럼 동굴에 성대하게 부딪쳤다. 그는 곧장 다시 일어났지만 비틀비틀 거리며 제대로 걷지도 못하더니 술 취한 사람처럼 옆으로 풀썩 쓰러져버렸다. 나는 그런 그를 가리키며 조롱을 퍼부었다.

"너희 아레스 졸개 놈들은 주인 이름에 먹칠을 하는 자들이로구나!"

"뭐야! 네놈!"

"차라리 아프로디테를 섬기는 전사들이 그대들보다 장작 하나라도 더 들겠다!"

그들로서는 발끈할 만한 모욕이었다. 그래서인지 다들 싸움도 잊고 이쪽을 무시무시한 눈빛으로 노려본다. 하지만 나는 조금도 주눅 들지 않고 두 팔을 넓게 펼친 채로 외쳤다.

"어차피 다 고만고만해 보인다. 그러니 그대! 그대가 나서보라! 언제까지 새색시처럼 얌전히 있을 건가!"

나는 직접 흑인 용사를 지목했다. 그러자 그는 곧장 호응해 왔다.

"좋다! 제법 강단이 있는 놈 같으니 친히 상대해 주지!"

"그것 참 영광이로군. 검의 피부의 용사여. 그대는 이름이 무엇인가?"

"앙굴리퍼 나미멘시스다!"

앙굴리퍼는 자신의 목을 으드득, 소리가 나게 풀면서 다가왔다.

"아주 제법이군. 저기 쓰러진 녀석은 우리 중에서도 힘이 강하기로 유명하다. 한데 저렇게 아이처럼 날려버리다니 참으로 놀랐다. 어디 그 용력, 이번엔 내게 발휘해 보라!"

앙굴리퍼는 정면 승부를 걸어왔다. 나 역시 힘에는 자신 있었기에 물러나지 않고 응했다. 앙굴리퍼의 기합성이 흡사 성난 곰과 같았다.

"우어어어어!"

그의 거대한 힘이 덮쳐오자 나는 현격이 밀려났다. 우리는 서로 양손을 맞잡은 채 상대를 찍어 누르려 하는 중이었는데, 내 발이 뒤로 계속 밀려난다.

"으_으윽!"

팔을 통해 느껴지는 상대의 힘이 장난 아니었다. 더 버티다가는 양팔이 모두 부러질 것만 같았다. 설마 헤라클레스의 보석이 있는데도 이 정도일 줄이야. 하지만 상대는 오히려 놀랐다는 반응이었다.

"네놈! 역시 네놈이 진짜 퓌톤이 맞구나! 아레스 신께 받은 힘으로도 바로 제압할 수 없다니!"

아무래도 앙굴리퍼는 아레스에게 특별한 은총을 받았나 보다. 그러니 헤라클레스의 보석을 가지고도 밀리지. 아무리 보석의 힘을 다 끌어 쓰지 못한다고 해도 저놈의 완력은 정상이 아니었다.

"큭."

이렇게 된 이상 작전상 후퇴만이 살 길일 것 같다. 안 그래도 어차피 이 타이밍에 튀려고도 했고.

"도망치려는 것이냐!"

뜨끔!

문제는 상대가 더럽게 눈치가 좋았다. 그는 경험 많은 전투의 달인. 내 눈빛이나 태도만 보고도 즉각 알아챈 것이다.

"어림없다! 아예 분쇄해 주마! 크아아압!"

갑자기 앙굴리퍼의 눈에서 붉은 안광이 뿜어져 나왔다. 그리고 단번에 날 밀어붙이기 시작했다.

"으으윽!"

악을 쓰며 버텼지만 소용이 없었다. 나는 동굴 벽면 쪽으로 계속 밀려났다.

-펠레우스! 놈이 아레스에게 받은 힘을 더욱 끌어내기 시작했다.

비밀의 서의 경고가 아니라도 바로 알 수 있었다. 앙굴리퍼의 눈에서 쏟아져 나오는, 혈광을 연상시키는 붉은 빛. 저건 틀림없이 아레스의 힘이었다.

"으으윽!"

결국 나는 외마디 비명과 함께 밀려나 등이 동굴의 벽면에 부딪쳤다. 앙굴리퍼는 내 손을 모조리 비틀어 떼어냈다. 그리고 한 손으로 내 목을 잡아 벽에 누르기 시작했다.

"그에엑… 그엑!"

이대로라면 질식사 해버리고 만다. 발버둥을 쳐봤지만 워낙 힘의 차이가 커서 소용없었다. 정말 말도 안 되는 완력이군. 헤라클레스의 보석을 쓰는데도 속수무책으로 밀리다니.

-펠레우스! 정신 차려라! 이대로라면 죽는다!

아마 내 예상대로라면 죽이지는 않을 거다. 이대로 목을 졸라 혼절시킨 뒤 사로잡으려는 거겠지. 하지만 피해야 한다는 건 죽음이나 생포나 매한가지다.

"그으윽…. 윽!"

입에서 게거품이 절로 나왔다. 눈앞이 핑핑 돌며 생각이 흐리멍텅해지기 시작했다. 이대로라면 기절한다는 느낌이 든 나는 결국 아껴둔 비장의 수를 꺼냈다.

바로 헤라클레스의 보석이 가진 능력을 한 번에 폭발시키는 것. 실제로 아탈란테와 싸울 때 크게 덕을 보았다. 대신 보석이 한동안 힘을 잃긴 하지만 지금 찬 밥, 더운 밥 가릴 때가 아니었다.

번쩍.

내 의지와 함께 헤라클레스의 보석에서 녹색 빛이 터져 나왔다. 보석이 일거에 힘을 방출한 것이다.

"크윽!"

이를 악문 나는 목을 조이던 앙굴리퍼의 손을 잡아서 떼어냈다. 설마 이렇게 갑자기 내 힘이 강해질 거라고 예상도 못했던지 앙굴리퍼의 눈이 휘둥그레진다. 하지만 반격은 그걸로 끝이 아니었다. 나는 왼손으로 그의 손목을 잡고, 오른손 주먹으로 내리쳐 팔을 부러뜨려 버렸다.

뚜각!

도저히 인간의 것이라 할 수 없던 두꺼운 팔이 단번에 나무 부러지는 듯한 소리와 함께 꺾여버렸다.

"허?"

앙굴리퍼는 고통보다 어이가 없는 듯 자기 팔을 내려다본다. 살면서 이런 일은 처음일 터. 그 틈에 나는 박치기를 해 그의 코를 깨버렸다.

"크악!"

훌륭하게 솟아있던 코가 보기 흉하게 뒤틀어지고 코피가 줄줄 쏟아졌다. 나는 그 틈을 노려 앙굴리퍼의 허리춤에 매달려 있던 랜턴을 우악스럽게 떼어냈다.

"앗! 이놈!"

앙굴리퍼는 격통에 얼굴을 찡그린 와중에도 당혹해했다. 반면 나는 승리감에 절로 웃음이 터졌다.

"크하하하핫!"

이걸로 반절은 이긴 거나 마찬가지다. 눈앞의 이 괴물을 쓰러 뜨리는 건 어려워도 랜턴을 빼앗는 건 가능하리라 여겼는데 보기 좋게 성공했다. 어차피 중요한 건 앙굴리퍼를 잡는 게 아니라 랜턴을 빼앗는 거다. 랜턴이 사라지면 아레스의 전사들은 동굴 안으로 더 들어올 수 없으니 그걸로 상황 종료. 나는 작전이 성공하자 주저 없이 몸을 돌려 달아나기 시작했다. 그러자 앙굴리퍼가 황급히 따라오며 소리쳤다.

"비겁한 놈! 사내가 정당한 승부 중에 등을 보이다니!"

나도 마음 같아서야 널 당장 두들겨 패고 싶긴 하지. 하지만 그게 안 되니까 어쩌겠어. 비록 헤라클레스의 보석을 써서 일시적으로 완력이 더 강해졌다고 하나, 전투력 차이는 여전하다. 그는 경험 많고 아주 노련한 전사. 나 같은 햇병아리가 힘 좀 세졌다고 비벼볼 상대는 아니었다.

"등을 보이는 것에 대한 평가는 바뀌어야 할 것이다! 이건 비겁함이 아니라, 현명함이다!"

"말만 그럴싸하구나! 서라! 네놈은 산지기 퓌톤이 아니더냐!"

앙굴리퍼가 일행도 버리고 날 바짝 쫓아왔다. 도저히 쓰러뜨릴 방법이 없어 보이는 괴물이지만 이대로 집요하게 달라붙어 온다면 생각해 둔 수가 있긴 하다. 무릇 싸움에 나서려면 온갖 경우를 대비해야 하는 법이니까.

"서라!"

등 뒤에서 괴물 같은 흑인 용사가 노호성을 터뜨렸다. 마치 팔다리를 다 뜯어버리겠다는 기세인데 저러면 누가 멈추겠나.

"너라면 서겠냐?"

동굴 안에서 우리 둘의 추격전이 계시됐다. 나는 도망치면서 함정을 피해 달렸다. 반 년간 동굴에 머물면서 함정이 어디에 있는지 빠삭하게 파악했기에 가능했다. 뒤에서 따라오던 앙굴리퍼도 내 동선을 그대로 따르고 있었기에 함정에는 하나도 걸리지 않았다. 비록 랜턴이 없어도 내가 움직인 경로를 보면 된다고 여기고 있겠지.

하지만 그건, 어떤 의미에서 이미 함정에 빠진 것이나 마찬가지였다. 실제로 발이 푹푹 빠지는 함정은 아니지만, 착각이란 곳에 확실히 빠져버렸다. 내가 당연히 함정을 건드리지 않고 이동할 거라 생각하고 쫓아오고 있는데, 그건 근거 없는 믿음에 불과했다.

오히려 나는 적당한 장소에 이르자 기꺼이 함정 속으로 뛰어들어갔다. 이곳에선 강력한 파괴 광선이 수도 없이 쏘아져 나오는 함정이다. 비록 신을 죽일 정도는 아니지만, 곤란하게 할 정도는 된다. 바닥에 함정을 발동시키는 장치가 있어 밟고 지나가면 그대로 파괴광선이 쏘아진다. 밟고 움직이지만 않으면 괜찮은데, 누가 구해줄 수도 없고 제자리에서 옴짝달싹할 수 없는 처지가 되니 더 낫다고 할 수도 없다. 이래저래 사악한 함정이다.

철컥.

함정 지대 안으로 들어온 나는 기관이 작동하는 작은 소리를 들었다. 제대로 함정에 걸려버렸다. 인간은 이 함정에서 버틸 수 있는 자가 거의 없을 터. 애초에 신이 신을 상대로 만든 함정이니까. 생각해 보면 참 무섭다.

꿀꺽.

꿍꿍이가 있어서 이 안으로 들어온 거지만 긴장감에 마른침이 절로 삼켜졌다. 하지만 앙굴리퍼까지 끌어들여야 했으므로 주둥이는 원활히 돌아갔다.

"오라! 나는 여기서 도망가지도 피하지도 않겠다! 승부를 보자!"

내가 더 달리지 않고 제자리에 서자 앙굴리퍼는 반색했다.

"좋다! 이놈! 더는 네놈 다리가 널 구해주지 못할 거다! 어디 본때를 보여주마!"

앙굴리퍼는 다신 놓치지 않겠다는 듯 호기롭게 달려왔다.

철컥!

그때 기관이 작동하는 작은 소리가 났다. 기세 좋게 뛰어들던 앙굴리퍼가 함정을 밟아버렸기 때문이다.

"이 무슨!"

직감적으로 함정을 건든 걸 안 앙굴리퍼는 몸을 움츠렸다. 내 동선만 따르면 함정에 빠지지 않을 거라 여긴 그는 당혹한 기색이었다.

"네놈! 어째서 함정 안으로 들어온 것이냐! 같이 죽자는 건가!"

아마 그의 생각에 동반자살이라도 하자는 것처럼 보이겠지. 하지만 나는 전혀 그런 생각이 없다.

"설마, 그럴 리가."

고개를 살짝 흔든 나는 그에게 작별을 고했다.

"그럼, 잘 가라."

앙굴리퍼가 뭐라 대답하기도 전에 살며시 발을 떼었다. 그 순간 파괴 광선이 무수히 발사돼 눈앞이 빛으로 점멸하고 있었다. 갑자기 아찔할 정도의 별빛이 일시에 눈앞에서 반짝이며 터지는 듯했다. 이 광선들을 모두 맞는다면 생사를 장담하기 어려울 정도. 하지만 나는 도망갈 구석이 있었다.

-비밀의 서!

-알겠다!

꿀꺼억!

이미 옆에서 입을 벌리고 대기하고 있던 비밀의 서가 함정이 발동되자마자 날 집어삼켜 버렸다.

파괴 광선이 닿기 전에 비밀의 서가 날 집어 삼켰다.

"윽!"

갑자기 전신이 사이한 어둠 속으로 빨려 들어갔다. 본능적으로 거부감이 드는 느낌이었다. 마치 깊은 물속으로 빨려 들어가는 것 같다고 할까.

사방은 어둡기 그지없었다.

[&#^%@-! $@#$#@$-.]

귓가에서 괴이한 종족의 노래 소리 같은 게 들리고 깊이를 알 수 없는 바닥의 심연으로 부터 희미한 빛을 발하는 거품이 계속 올라오는 게 보였다. 나는 어쩐지 저게 사람의 영혼 같단 생각이 들었다.

비밀의 서 안쪽인 여기가 대체 어딘지는 모르겠지만 오래 있을 장소가 못 된다. 숨을 쉴 수 없는 건 물론이고, 비밀의 서의 말에 의하면 사람의 정신을 침식해 하얗게 표백시키기 때문이란다. 백치가 되는 것도 금방이라고. 하지만 다행이 이곳에 오래 있을 일은 없었다.

구아아아웩-!

괴상한 소리와 함께 비밀의 서가 나를 원래 세계로 토해냈기 때문이다. 나는 그대로 나는 데굴데굴 굴러갔는데 아무래도 이 녀석, 일부러 세게 뱉은 것 같단 말이야. 뭐라 화를 내려다가 주변 풍경을 보고 말문이 막혀버렸다.

"허……."

이걸 뭐라고 해야 하나? 비밀의 서의 주둥이 안에 잠깐 들어갔다 왔는데 그 사이 동굴의 풍경이 판이하게 바뀌어 있었다.

-굉장하군. 이게 바로 신급 함정이라 그건가.

파괴 광선은 사방에 지금 3미터 정도의 구멍을 무수히 뚫어 놨다. 대체 저 구멍이 어디까지 이어진 건지 짐작도 못하겠다. 아예 산을 뚫고 그대로 밖까지 나간 건지도 모르겠다. 비밀의 서가 아니었다면 얄짤 없이 뒤질 뻔했구나.

"그으윽… 으윽…!"

그때 신음 소리가 들려 쳐다보니 놀랍게도 앙굴리퍼는 아직 숨이 붙어 있었다. 한쪽 팔과 한쪽 다리가 사라지고 몸도 여기저기 시커멓게 탄 몰골이 비참하긴 했으나 여전히 살아있었다.

"대단하군."

원래라면 가루가 돼야 정상인데 이 정도나마 멀쩡히 남다니. 그 긴박한 와중에도 파괴 광선을 상당 부분 막아낸 모양이다. 나로서는 아직 엄두도 못 낼 솜씨로군. 이 전사의 경지는 정말로 높았다.

–정말 대단한 놈이다. 확실히 함정으로 끌어들이길 잘했다. 펠레우스.

–그러게. 정면으로 붙었다가는 뼈도 못 추릴 뻔했네. 역시 이런 강자는 최대한 뒤통수를 쳐서 잡아야 해.

–옳다. 이럴 때는 확실히 네 썩은 인성이 도움 되는구나. 쓸데없이 정정당당한 놈이 아니어서 좋았다.

–그거 칭찬이지? 칭찬일 텐데 왜 두 주먹에 힘이 들어갈까…

함정의 도움으로 테마토스보다도 강해보이는 거물을 너무 쉽게 쓰러뜨려버렸다. 이 녀석은 싸움에는 절정이지만 나머지는 너무 정직했다고 할까. 내 기준으론 오히려 교활하고 언변이 뛰어난 테마토스가 훨씬 무서운 적이었다.

"일단 데려가자."

나는 앙굴리퍼를 한쪽 어깨에 들쳐 멨다. 그리고 퓌톤과 테마토스가 아레스의 전사들을 상대하는 장소로 향했다. 가보니 요란한 폭음과 함께 치열한 전투가 벌어지고 있었다.

"크하하핫! 이 몸이 퓌톤이다! 설마 저런 땅꼬마가 진짜 퓌톤이라 생각하는 건 아니겠지!"

"아니다! 짐이 퓌톤이다! 퓌톤은 저런 못생긴 대머리 거인이 아니야!"

"뭐? 대머리! 아니, 만나는 새끼들마다 남의 머리 가지고 지랄이야! 도저히 참을 수가 없다!"

그중 제일 치열한 건 퓌톤과 테마토스 둘인 것 같았다. 어째 둘의 서슬 퍼런 기세에 아레스의 전사들은 숫자의 우위에도 불구하고 위축돼 있었다.

"절대 저 대머리 거인보고 대머리라 외쳐선 안 된다. 갑자기 전투력이 세 배는 강해진다!"

"젠장! 대머리를 대머리라 부르지 못하다니!"

"시끄럽다! 풍성충이라고 거짓말 해!"

왁자지껄한 와중에 등장한 나는 끼어 들 타이밍을 못 잡고 있었다.

-펠레우스, 이 흑인 용사를 살려 보낼 거냐? 죽이지 않고? 인신공양을 위해 이 몸이 삼켜서 보관해도 괜찮다.

비밀의 서는 아깝다고 여기는 모양이었으나 내 생각은 달랐다.

-아레스와 사이가 나빠질 필요는 없어. 어차피 랜턴을 빼앗았다. 동굴은 다시 안전해.

-적을 더 늘릴 필요 없다 그거냐? 이미 아르테미스와 척을 진 상태에서 아레스까지 추가하긴 부담스럽다는 거군.

-물론 그런 이유도 있지만, 그게 전부는 아니야.

나는 전방에서 벌어지는 싸움을 지켜보며 가볍게 고개를 저었다.

-하면 무엇이냐?

-아레스와 앞으로 좀 더 엉킬 것 같아서 말이지. 일전에 미케네 왕가의 뒤에 신이 있다고 얘기했던 거 기억해?

정확히는 왕가의 뒤라기보다, 아가멤논 왕자의 부친인 아트레우스 대왕을 돌봐주는 존재다. 아트레우스 대왕이 어떤 신과 각별한 관계인지 알 수 없지만 짐작할 부분이 없지는 않다.

-생각난다. 고귀한 혈통에 강한 무력을 가진 자에게 관심을 가질 만한 신. 설마 그게 아레스라는 거냐?

-확신할 순 없지만 강력한 후보긴 하지.

아무래도 아트레우스 대왕 뒤에 있는 게 전쟁의 신 아레스일 확률이 높다. 언젠가 산을 내려가면 나는 다시 미케네 왕가로 돌아가야 한다. 하면 후일 아레스 신에게 미움을 살 일은 자제하는 게 좋지 않을까. 이런 내 생각을 들은 비밀의 서는 드물게 칭찬해왔다.

-전부터 느낀 건데 정치적인 감각은 꽤나 좋은 편이구나.

-그래?

-하긴, 그럴 만도 하다. 네놈 같은 간신배 스타일에겐 패시브 스킬로 장착된 거겠지. 크크큭.

어쩐지 웬일인가 했다. 나중에 공양의식을 할 수 있게 되면 비밀의 서가 세상에서 제일 싫어하는 게 뭔지 부터 물어봐야겠다.

"모두 싸움을 멈춰라!"

마침 끼어 들 타이밍이 나온지라 우렁찬 목소리로 외쳤다. 수십여 명이 뒤엉켜 난장판이던 전장은 단번에 조용해졌다. 단순히 소리친 것에 불과하지만 신성을 가진 내 목소리는 거스를 수 없는 위엄을 갖고 있었으니까.

"아니! 아레스 신이시여!"

"대장님!"

아레스의 전사들은 초주검이 된 앙굴리퍼를 보며 비명을 터뜨렸다. 설마 절대적인 강자인 그가 팔다리 다 잃고 이런 반송장 꼴이 될 줄은 몰랐을 터다. 뭐, 어쩌겠는가. 헤파이스토스가 질시할 정도로 고대 티탄 장인들의 솜씨는 가공할 수준이었으니까.

"이 자의 목숨은 이제 내 손아귀 안에 들어왔다! 또한 동굴의 함정을 보여주던 랜턴 역시 마찬가지다"

나는 오른손에 쥔 헤파이스토스의 랜턴을 흔들어 보였다. 그러자 아레스의 전사들이 격렬한 반발을 해왔다.

"이런 망할 놈이! 가만두지 않겠다!"

"백 배, 천 배로 되갚아야 한다!"

"무슨 비겁한 수를 쓴 게 틀림없다!"

뜨끔.

마지막에 외친 사내는 제법 감이 좋은 자로군. 하지만 내색하지 않고 소리쳤다.

"닥쳐라! 너희는 이미 실패했다. 랜턴을 잃고 대장도 쓰러졌으니! 앙굴리퍼가 없이 우리 셋의 공격을 막아낼 수 있겠느냐!"

이 지적에 다들 말이 없어졌다. 퓌톤과 테마토스만 해도 강자다. 한데 여기에 나까지 가세한다면 식겁할 일일 터.

"게다가 랜턴이 없는 이상 우리 셋이 후퇴해도 쫓아올 수 없다! 즉, 네놈들은 모든 수단을 잃었단 말이다!"

칼을 들고 만난 탓에 내 말투는 신랄했지만 틀린 소리는 없었다. 아레스의 전사들은 가장 중요한 카드 두 개를 잃었다.

-펠레우스, 저들이라면 옥쇄할지도 모른다. 순순히 물러날 거란 기대하지 마라.

–물론 그렇지. 하지만 저런 놈들은 다루는 건 생각보다 쉽다고.

이대로 자존심을 긁으면 끝까지 싸우려고 할 거다. 그렇게 되면 이쪽도 피곤하긴 마찬가지다. 하면 어떻게 해야 하나? 간단하다. 후퇴할 이유를 만들어 주면 될 터.

"우리는 꺾이지 않는다!"

"아레스 신께서 내린 사명을 다할 터!"

아레스의 전사들은 물러나지 않고 기세를 높여 왔다.

"물론 그대들이 결코 굴하지 않을 것이란 걸 잘 알고 있다."

상대에게 제안을 하기 위해선 우선 자존심부터 세워줘야 한다. 나는 은근히 치켜세워 주기를 계속했다.

"그대들이 상대한 우리 셋은 고대에 이름이 높았던 강자들이다. 한데도 한 치의 물러남 없이 싸운 그대들의 용기에 경의를 표하는 바이다."

내 말에 순간 이쪽을 보던 테마토스가 썩은 표정이 된다. 교활한 저놈은 단번에 내가 약 파는 짓거리를 시작했다는 걸 알아챈 거다.

"하지만 현명한 전사라면 검이 부러졌을 때는 물러날 줄도 알아야 한다. 그렇게 한다고 오늘 그대들의 용기가 퇴색되는 건 아니다."

"끝까지 싸우겠다!"

아레스의 전사들의 고성에 나는 이해한다는 듯 고개를 끄덕이며 손을 올렸다. 그러자 다시 조용해진다.

"알고 있다. 이 몸 역시 아레스의 전사들이 얼마나 용맹한지 뼈저리게 안단 말이다. 하지만 그대들은 여기 훌륭한 용사를 죽게 만들 것인가?"

나는 바닥에 쓰러져 있는 앙굴리퍼를 가리키며 제안했다.

"만약 이대로 물러나 준다면 그를 온전히 돌려주겠다. 앙굴리퍼는 명예롭고 위대한 전사. 이런 곳에서 헛되게 쓰러질 자가 아니다. 그대들은 진정 전투의 욕망 때문에 중상을 입은 동료를 외면할 작정인가? 아무런 가망도, 해법도 없는 전투에서? 랜턴을 잃어버린 이상 신들도 두려워하는 함정을 어찌 돌파할 작정인가?"

조목조목 지적하는 내 말에 아레스의 전사들은 침묵했다. 반박할 거리가 없다기보단, 내심 물러나는 게 현명하겠다는 생각이 들기 때문이겠지. 좋아. 마치 갈대처럼 흔들리고 있군. 다 되었다고 생각한 나는 아레스의 전사들에게 일종의 여지를 남겨줬다.

"오늘의 패배가 아레스 신이 그대들에게 내린 과업이 완전히 실패함을 의미하는 게 아니다. 앙굴리퍼를 돌려주고 명예로운 퇴각을 제안함은 후일 다시 겨루자는 뜻에서다."

내 마지막 말에 아레스의 전사들은 즉각 반응했다.

"다시 겨루자는 것이냐?"

일이 실패한 게 아니다란 말은 분명히 매력적이고 혹하겠지. 설득이란 그런 거다. 상대가 원하는 걸 줘야 한다.

"물론이다. 그대들에게 약조하겠다. 나는 이 랜턴을 파괴하지도 팔아넘기지도 않겠다. 그대들과 다시 영광스러운 전투를 벌일 날까지 온전히 보관하겠다. 가서 몸을 추스르고 다시 돌아오라. 그때 그대들이 승리한다면 랜턴을 넘겨주겠다."

즉, 재도전할 기회를 주겠다는 거다. 이 정도로 납득할 만한 조건이 주어지자 아레스의 전사들은 술렁이기 시작했다. 전투 의지는 이미 빠르게 증발하고 있는 게 보였다. 누가 봐도 후퇴했다 다시 돌아오는 게 현명할 듯했으니까.

"용맹한 전사들이여. 여기 이 자리에서 다시 만나자. 그대들이 이곳에 와 날 찾는다면 랜턴을 들고 약속을 지키러 나타나겠다."

결국 아레스의 전사들은 짧게 회의를 하더니 대표자로 보이는 이가 나서 물었다.

"그대는 자신의 명예를 걸고 약속을 지키겠는가? 장례 가면?"

장례 가면?

-갑자기 무슨 소리지?

-지금 네놈 얼굴에 장례 가면을 쓰고 있잖냐, 펠레우스.

-아, 맞다.

이 가면은 본디 저주받은 자의 물건으로, 그가 가진 여러 개의 장례 가면 중 하나이다. 얼마 전에 그중 하나를 선물 받았는데 마침 정체를 감출 겸 쓰고 나온 거다.

"물론이다. 오늘 이 자리에서 다시 만나자."

"…알겠다."

결국 아레스의 전사들은 후퇴를 받아들였다. 울적한 표정이 된 그들은 앙굴리퍼를 비롯한 다수의 부상자들을 데리고 동굴을 떠나갔다.

"장례 가면! 다시 돌아올 때는 각오하는 게 좋을 거다!"

물론 호기 어린 각오를 잊지 않은 채로. 이에 대해 나는 한 손을 들어 올린 군례로 예를 갖춰 그들을 전송했다. 내 이런 예절바른 태도에 이를 갈던 아레스의 전사들도 태도가 조금 누그러졌다. 일부는 마주 예를 표하고 떠나는 자들도 보였다. 아마 그게 사내다운 멋이라고 생각하는지도 몰랐다. 그렇게 모두 떠나자 퓌톤이 달려와 방방 뛰었다.

"이놈! 또 싸우겠다고 하면 어쩌느냐! 저런 근육덩어리들이 다시 몰려오면 짐이라도 힘들어서 못 버틴다!"

퓌톤의 그런 태도에 나는 영 알 수가 없어 고개를 갸웃거렸다.

"또 싸워요? 그럴 일은 없을 텐데요?"

"이 자리에서 다시 싸우자고 방금 약속하지 않았으냐? 아레스의 전사들이 오늘의 굴욕을 되갚고자 열 배로 준비해서 들이닥칠 것이다! 그때는 정말 감당할 수 없다."

"아니, 그럴 일 없을 겁니다."

"음? 대체 그게 무슨 소리더냐. 알아듣게 설명해 봐라."

이해할 수 없다는 퓌톤에게 나는 동굴을 가리키며 설명했다.

"이 동굴의 함정은 자동으로 복구되게 만들어져 있죠?"

"물론이다. 위대한 티탄들의 주문이다. 시일이 필요하긴 하지만 내버려두면 복구된다."

"지금까지 아레스의 전사들이 내려오며 부쉈던 함정도 그렇겠죠?"

"물론이다. 망할 놈들이 동굴의 함정을 1/3이나 박살냈다. 정말 멧돼지 같은 자들이니라."

동굴의 1/3에 해당하는 지점까지 밀고 내려왔다는 거다. 즉, 우리가 다시 붙기로 한 장소는 그런 곳에 위치해 있다.

"하면 퓌톤 님. 함정이 자동으로 복구되면 아레스의 전사들이 여기까지 무슨 수로 내려오겠습니까? 랜턴도 없는데."

"뭐?"

퓌톤은 순간 얼빵한 표정이 됐다. 나는 그 얼굴이 귀여워 머리를 쓰다듬어 주며 설명했다.

"분명 저는 여기서 다시 만나자고 했습니다. 그들이 여기 당도한다면 이 펠레우스, 설령 목숨이 위태로워도 명예롭게 그 약속을 지킬 겁니다. 무릇 훌륭한 사내란 그런 태도를 가져야 하지 않겠습니까? 하지만 만약 그들이 약속을 못 지킨다면, 그건 저쪽 잘못이지요. 저는 하나도 잘못한 게 없답니다."

내 설명에 퓌톤의 벌린 입이 더욱 벌어진다. 결국 그녀는 참지 못하고 소리쳤다.

"아니, 그건 사기 아니냐!"

그런 항의에 나는 정말 억울하다는 표정으로 대답했다.

"사기라니요? 저는 정말 한 마디도 거짓말을 한 적이 없다고요?"

아레스의 전사들이 떠나가고 석 달이 흘렀다. 별일 없이 평화로운 수련의 나날이 이어졌다.

"별일이 왜 없느냐!"

이런 내 회상에 갑자기 퓌톤이 끼어들어 태클을 걸어왔다.

"독심술도 쓰십니까?"

"그게 중요한 게 아니지 않느냐. 지금도 아레스의 전사들이 동굴 앞에서 시위를 하고 있다!"

"허허…"

아레스의 전사들은 패퇴한 뒤 정확히 한 달이 지나자 다시 쳐들어왔다. 함정을 밟고 어이없이 쓰러진 앙굴리퍼는 말할 것도 없이 극대노. 이번에야 말로 추태를 설욕하겠다고 의욕충만했는데, 그들이 내 약속에 문제가 있다는 걸 알아채는 데는 오래 걸리지 않았다.

헤파이스토스의 랜턴을 잃어버린 이상 설욕전의 장소까지 올 방법이 없었다. 분노한 아레스의 전사들은 그날로 부터 무기한 투쟁이 들어간 상태다. 처음에는 소리만 질러댔는데 시위가 장기화되자 피켓까지 등장했다.

-비겁하기 짝이 없는 퓌톤은 대오각성 하라!

-산지기 퓌톤은 자살추천!

-접시물에 코 박고 얼른 으앙, 죽음! 하시길.

원색적인 구호가 써진 피켓을 들고 아레스의 전사들은 하루도 빠짐없이 고래고래 소리를 질러댔다. 어지간히 분한 모양이었다. 나야 그들이 그러거나 말거나 귓구멍만 쑤시고 있었는데, 혼자 욕이란 욕을 다 먹고 있는 퓌톤은 방방 뛰었다.

"짐의 명예가! 짐의 명예가 땅 밑으로 떨어지지 않았느냐!"

"하하하, 퓌톤 님. 좋게 생각하십시오."

"좋게 생각하라고?"

"살면서 누군가가 저렇게 열렬히 퓌톤 님의 이름을 외친 적이 지금껏 있었습니까? 친구가 없던 퓌톤 님에겐 처음이겠지요. 이 어찌 아름답다 하지 않겠습니까?"

"으에······."

퓌톤은 썩은 생선이라도 보는 것처럼 날 바라본다. 안타깝네.

원래 생명의 은인으로 출발했는데 이제는 거의 음식물 쓰레기 취급일세.

"그걸 떠나서 시끄럽지 않느냐? 둔한 네놈은 모르겠지만 산지기인 짐에겐 산에서의 온갖 소리가 잘만 들린다. 하루 이틀도 아니고 못 견디겠노라!"

"그래도 결국 퓌톤 님이 이길 겁니다. 제가 살던 세계에 이런 말이 있었죠. 경청하는 한 사람의 귀는 백 명의 혀를 지치게 한다고. 가만히 있으면 결국 아레스의 전사들은 알아서 나가떨어집니다."

"당장 짐의 귀가 떨어지겠다!"

이런 사소한 문제가 있었지만 신성의 융합은 성공적으로 진행되고 있었다. 더불어 저주 받은 자에게 무술을 배우는 일도 제법 진척됐다.

[이제야 겨우… 애송이 티를 벗었군….]

"그간 굴려주신 덕분이지요."

감사를 해야 하는데 어째서 이가 이렇게 갈리는 걸까.

[무재가 부족한 네놈을 여기까지…… 끌어올린 건… 순전히 내 능력이다. 더욱 감사하라….]

"끄응…."

억울하다. 저주 받은 자는 한 때 세계 최고의 영웅이었던 몸. 그런 사람이 보니 일반인인 내가 시원찮아 보이는 거겠지. 그런데 생각해 보니까 내겐 영웅의 재능이 있다고 했었다. 하면 무술도 빨리 익혀야 하지 않나? 이런 점을 묻자 저주 받은 자가 어이없어 한다.

[뭐든 날로 먹으려는… 그런 심보를 버려라…. 싸움을 할 때는

속임수가 통하지만⋯, 수련이란 적은⋯ 오직 정직함만으로⋯ 상대할 수 있다.]

"하면 영웅의 재능이란 대체 뭡니까?"

저주 받은 자는 영웅의 재능이란 단순히 강해질 잠재력을 가진 게 아니라고 했다.

[그 정도라면 영웅의 재능⋯ 이라고 할 것도 없다. 타고난 무술적 재능을⋯ 가진 이는 넘쳐난다. 그건 선천적으로 훌륭한 선물을⋯ 받은 것이긴 하나⋯, 신들이 살아 숨 쉬는 이 세계에서⋯ 한계를 가진 힘일 뿐이다⋯. 네놈, 훗날 신과 대적할 때⋯ 무술의 소양이 있다는 것만으로⋯ 통할 것 같은가?]

뭔가 그의 말투에서 경험이 느껴졌다.

"그럴 것 같지 않습니다."

[⋯어림도 없지. 반면 영웅의 재능이란⋯ 좀 더 상위의 영역. 요컨대⋯ 그건 운명(運命)이다.]

"운명?"

저주받은 자는 고개를 끄덕였다.

[그렇다. 운명. 그것은⋯ 네놈을 이곳으로 이끈 '인연' 못지않게 강력한 힘이다⋯⋯. 위대한 허공의 기록에⋯ 예정되어 정해진⋯ 삶의 여정이다⋯.]

"정해져 있는 겁니까? 제가 영웅이 되는 것이?"

[정확하다⋯. 하지만 방심하지 말도록⋯. 운명은 바뀌기도 하는 것이니⋯. 신들의 힘이라면⋯⋯ 네 운명에 개입해⋯ 정해진 진로를 틀어버리기도⋯ 할 것이다. 하지만 쉽지는⋯ 않겠지.]

즉, 나는 높은 확률로 영웅의 반열에 올라 절대강자가 된다는 거다. 그런 운명을 타고났으니 단순히 무재가 뛰어난 것과는 차원이 다르단다.

"그건 참 다행이군요."

[과연… 다행일까? 영웅의 재능이란… 불행한 얘기기도 하지….]

"어째서입니까?"

내 물음에 저주 받은 자는 한동안 침묵하다 쇠를 긁는 듯한 처참한 음색으로 대답해 왔다.

[모든 영웅은 불행해지니까…. 모든 영웅은 비참해지니까…. 유사이래, 단 한 명의 영웅도… 행복한 끝을 맺지 못했다. 한때… 세계 제일이라 불렸던 나 역시… 마찬가지다. 세상의 기록에 이 몸은 더 없이… 행복하게 동화적인 끝을 맞이한… 영웅으로 알려져 있을 터…. 하지만 진실은 상상 이상으로 가혹한 법이다….]

"신들이 그렇게 만들었습니까?"

자세한 사정은 모르지만, 저주 받은 자가 이런 꼴이 된 건 신들 때문이라 듣긴 했다.

[그렇다….]

과거 저주 받은 자가 무슨 일을 겪었는지 모르겠다. 물어봐도 답해주지 않을 거고. 그러나 한 가지 확실한 건 저 사무치는 원한이 그가 세계 종말을 향해 움직이는 원동력인 것 같았다.

[교육은 이걸로… 끝이다….]

"오늘은 일찍 끝나는군요?"

평소라면 앞으로 두 시간 정도는 더 굴려야 하는데 무슨 바람이 분 거지.

[내가 널 가르치는 일이… 끝났다는 거다.]

"네?"

[마침 네놈과… 퓌톤이 하고 있는 신성융합도 완성이… 눈앞이지 않나…. 딱 좋은 때다. 이 정도면… 기본은 닦았으니… 앞으로는 네놈 하기 나름이다….]

괴롭긴 했지만 상당히 도움이 됐기에 아쉽다는 생각이 들었다.

"그간 감사했습니다."

[감사는… 내가 해야지. 너로 인해 모든 일이… 진행되기 시작했으니…. 네놈은 종말의… 단초가 될 것이다.]

"다시 뵐 수 있는 겁니까?"

[때가 되면… 싫어도 다시 만나게 될 터…. 그리고 빌려간 장례 가면은… 네놈에게 주마.]

그 말만 남기고 저주 받은 자는 땅의 갈라진 틈으로 홀연히 사라졌다. 별다른 작별의 말도 없었다.

한 달 뒤.

내가 퓌톤의 동굴에 들어온 지 10개월이 되었을 때 마침내 신성융합의 결과물이 나왔다.

"펠레우스! 이제 의식의 실행만이 남았다."

같이 고생한 퓌톤은 눈 밑에 다크서클이 가득했다. 지금 우리가 서 있는 동굴의 넓은 바닥에는 수많은 계산식과 마법진이 가득 그려져 있었다. 보기만 해도 두통이 밀려올 정도였지만 오늘로 이것도 끝이다.

"고생 많으셨습니다. 퓌톤 님."

"흐… 제우스를 엿 먹이는 게 아니었다면 이런 일은 절대 하지 않았다. 더 시간 끌 것도 없다. 바로 의식을 시작하자꾸나. 펠레우스, 이제 네놈은 완전히 새로운 존재로 태어나는 것이다."

제우스의 신성과 불타는 이름 없는 자의 신성을 합쳐 모두 내 안에 품게 되는 거다. 실로 어마어마한 힘이라 할 수 있다.

"알겠습니다."

이미 의식을 위한 준비도 다 끝내둔 상태다. 두려움보다는 기대감이 더욱 컸다. 금서에서 익힌 방대한 지식 덕에 실패할 거란 생각은 들지 않았다.

"펠레우스, 의식은 조심스럽게 진행되어야 한다. 그래야 제우스 놈이 자기가 내린 신성에 뭔가 문제가 있다는 걸 알아채지 못하지."

"알겠습니다. 바로 시작해 주세요."

퓌톤은 고개를 끄덕이더니 신성융합의 주문을 발동했다. 비록 어수룩하고 어린아이 같은 성정의 그녀지만 능력만은 확실하니 걱정할 건 없다.

우우우우웅!

미리 그려 놓은 마법진이 발동하며 동굴 전체를 진동시켰다. 둘이 서로 상이한 힘을 합치는 건 결코 쉬운 과정이 아니다. 하물며 제우스의 것은 전격 속성이고, 불타는 이름 없는 자의 것은 화염 속성이다. 서로 다른 원소력을 융합해야 하니 그 과정이 하루 이틀 만에 해결될 리도 없다.

"펠레우스, 의식은 칠주야 내내 계속된다. 버틸 수 있겠느냐?

아마 의식이 끝날 때면 초주검이 될 터."

"해낼 수 있습니다. 아니, 해야만 합니다."

"좋다. 그런 각오면 충분하다."

마침내 신성을 융합하는 의식이 시작됐다. 퓌톤이 예고한 대로 결코 간단하지 않았다. 처음 이틀 동안은 서로 다른 두 개의 힘이 전혀 합쳐질 생각을 안 하고, 성난 황소처럼 맞부딪치기만 했다. 마치 어느 한쪽이 우세한지 가리려는 것처럼 말이다.

"크으으윽…."

덕분에 나는 격통을 느끼며 이를 악물 수밖에 없었다. 몸 안에서 강력한 신성이 서로 충돌하니 정신을 잃지 않고 버티는 것도 쉽지 않았다.

"펠레우스, 가혹해도 끝까지 집중해야 한다."

"…알겠습니다."

퓌톤의 도움을 받으며 그렇게 버티자 사흘째에 마침내 변화가 있었다. 황소처럼 싸우던 두 힘이 서서히 잠잠해진 것이다. 그리고 마치 서로를 탐색하는 듯 부딪쳤다 떨어졌다를 반복했다.

"펠레우스, 반발이 약해졌다. 예정대로 양자의 융합을 시작하거라."

상황을 지켜보던 퓌톤이, 나흘째에 적절한 시점이라 판단해 지시를 내려줬다.

"알겠습니다."

많이 안정을 찾은 나는 두 개의 신성을 하나로 합치는 작업에 들어갔다.

우우우웅.

낮게 울리는 그것은 천천히 서로를 향해 나무뿌리 같은 잔가지를 뻗어 엉켜 붙어 들어갔다. 중간, 중간 반발이 있었지만 퓌톤이 잘 보조해줬다. 그리고 마침내 일주일째 아침이 되던 날.

번쩍!

그 무엇보다 강렬한 빛이 뿜어지며 어두컴컴한 동굴 안을 온통 하얗게 만들었다. 두 개의 신성이 융합해 엄청난 마력을 뿜어내기 시작한 탓이다. 나는 그 빛 속 한 가운데 있었다. 그리고 이 거대한 마력을 조용히 내 안에 갈무리하기 시작했다. 신성 융합은 성공적이었다.

"후…."

절로 한숨이 나왔다. 지금까지 전혀 알 수 없었던 세계가 눈앞에 펼쳐지기 시작한 탓이다. 마치 저층에 있다가 고층 빌딩에 올라가 주변을 보게 되면 이런 기분일까. 같은 장소, 같은 시간에 있지만 모든 게 전혀 달라 보인다.

"해냈습니다."

짧은 말 한 마디면 충분했다. 퓌톤은 드물게 내 손을 잡으며 축하해 줬다.

"고생이 많았구나. 이걸로 제우스도 자기가 내린 신성을 함부로 가져가지 못할 것이다."

"다 퓌톤 님 덕분입니다."

"암, 물론 그렇지. 앞으로도 계속 충분히 감사하도록 하거라."

참으로 퓌톤다운 대답에 웃음이 나오고 말았다. 퓌톤도 자기가 말하고도 우스운지 모처럼 함께 웃음꽃을 피웠다. 그러다 퓌톤이 아쉬워하는 듯한 어조로 묻는다.

"이제 내려갈 것이더냐?"

현재 제1사서와 한 내기의 기한은 두 달 정도 남은 상태. 여기서 헤라클레스의 보석까지 흡수하는 일까지 끝내도 좋겠지만, 너무 오래 아가멤논 곁을 떠나있던 게 아닐까 싶었다. 내가 없는 사이 아가멤논이 치열한 왕가의 권력 다툼에서 어떤 처지에 놓여있을지 궁금하기도 했고. 하여 일단 하산해 상황을 보며 헤라클레스의 보석 문제를 해결할 작정이었다.

"네, 그간 신세 많이졌습니다. 퓌톤 님."

"……알겠다."

퓌톤은 쓸쓸해 보였다. 산지기라 산을 떠날 수 없는 데다가 친구도 없다. 내가 떠나는 게 아쉬울 수밖에. 그걸 아는 탓에 나도 발걸음이 쉽게 떨어질 것 같지는 않았다. 그래서 한 가지를 약속하고 싶었다.

"퓌톤 님."

"응?"

"불타는 이름 없는 자가 깨어나고 종말이 시작되면, 퓌톤 님도 산을 떠날 수 있게 됩니까?"

"물론이다."

"하면 그때부터 저와 함께 다니지 않겠습니까? 제겐 꼭 현명한 퓌톤 님이 필요합니다."

내 말에 우울해 하던 퓌톤의 얼굴이 환하게 밝아진다.

"좋다! 이 녀석, 짐이 필요하다니 그 정도는 들어줄 수 있다. 하하하. 현명하다고 하다니, 역시 네놈은 보는 눈이 있구나."

"그럼 약속입니까?"

"응. 알겠다. 약속이니라."

퓌톤과 새끼손가락을 걸어 약속했다. 그리고 나는 그걸로 동굴을 떠날 채비를 했다. 사실 의식이 성공할 걸 예상하고 짐을 다 싸놓은 상태였다. 퓌톤은 모른 척하고 있었지만 이미 이별을 예상하고 있었겠지.

"퓌톤 님, 감사했습니다. 강녕하시길."

"흥, 따로 작별인사는 필요 없다. 세계 종말의 때에 다시 만날 테니."

퓌톤은 돌아서서는 내가 떠나는 걸 보지도 않는다. 어쩐지 짠해 발걸음이 떨어지지 않았지만, 지금은 퓌톤의 얼굴을 보지 않는 게 배려일 터. 나는 살짝 고개를 숙여보이고는 동굴을 나섰다. 밖으로 나가는 동안 나는 앞날에 대해 생각했다. 해결해야 할 문제가 많았다.

"펠레우스."

"음?"

"거의 동굴 입구에 도착했다. 밖에 아레스의 전사들이 진을 치고 있는 걸 알겠지?"

"아, 맞다. 그랬지."

중요하지 않은 문제라 깜빡하고 있었다.

"원한다면 다른 통로로 몰래 돌아나가지 그러냐?"

비밀의 서의 제안은 합리적이었다. 하지만 그럴 필요를 느끼지 못했다. 신성 융합이 끝난 탓에 지금의 나는 몇 달 전과 완전히 달라졌으니까.

파지직!

왼손을 들어 올리자 제우스의 번개가 하얀 빛을 내며 튀어 오른다.

화르르륵!

오른손을 들자 불타는 이름 없는 자의 검붉은 화염이 일렁였다.

이 둘은 모두 온전히 나의 힘이었다. 안 그래도 몸이 근질근질했는데 마침 시험해 볼 곳이 생겼다니 잘 됐군. 나는 품에서 저주받은 자에게 선물 받은 장례 가면을 꺼내 쓰며 비밀의 서에게 대답했다.

"영웅은 돌아서 가지 않아."

혼자서 앙굴리퍼를 비롯한 아레스의 전사들을 무찌르겠다고 하자 비밀의 서는 한 가지 사실을 상기시켜줬다.

"의욕은 알겠는데 무리할 필요는 없다. 강력한 조력자가 있으니까."

비밀의 서가 말하는 건 식인거인 테마토스였다. 현재 녀석은 비밀의 서의 주둥이 안쪽 세계에 들어가 있어서 필요하면 언제든 꺼낼 수 있다.

"그런데 어째서 테마토스는 네놈 주둥이 안쪽 세계에 영향을 받지 않는 거야? 나는 얼마 버틸 수 없는데."

비밀의 서 안쪽은 정체를 알 수 없는 신비한 세계다. 혼돈으로 가득 찬 그곳에서 인간은 잠시도 견디기 어려웠다. 내가 앙굴리퍼를 속이기 위해 그 안에 들어갔을 때도 금세 도로 튀어나와야 했으니까.

"티탄의 피를 이은 존재를 너희 하찮은 인간 따위와 비교하면 곤란하다. 티탄은 혼돈의 힘이 구체화된 신격. 어찌 보면 혼돈 그 자체라고 할 수 있지. 그런 존재의 후예이니 안쪽 세계에서도 지내는 게 가능하다."

태생적으로 혼돈에 친화력을 가지고 있단 거다. 덕분에 맘대로 넣었다, 뺐다 할 수 있으니 나야 좋나.

"그렇군. 위험하면 테마토스를 부르지. 하지만 오늘은 그러고 싶지 않아."

"좋다. 나도 네놈이 얼마나 성장했는지 궁금하다."

동굴의 입구로 향하자 오랜만에 보는 선명한 태양빛이 날 맞아줬다. 원래 매일 보던 것인데도 낯설기 그지없구나. 산중의 공기는 깨끗하고 차가웠다. 장례 가면을 얼굴에 쓴 나는 기분 좋게 동굴 밖으로 나섰다. 그리고 수십여 명의 사내들이 진을 치고 있는 걸 발견했다. 아레스의 전사들이었다. 그중 유난히 덩치 큰 흑인이 있었는데 날 발견하자마자 노호성을 터뜨렸다.

"네 이놈! 장례 가면!"

"앙굴리퍼, 날 기억하고 있는 건가?"

"어찌 네놈을 잊을 수 있겠느냐! 거짓말의 달인이여! 이 오디세우스 같은 놈!"

오디세우스라니… 말이 너무 심하군.

"어찌 그런 태도로 본인을 탓하는 것이지? 나는 분명 약속한 장소에서 그대들이 재도전해 오길 기다리고 있었다."

"정말 어이가 없다! 랜턴이 없는 이상 그곳까지 갈 수 없음을 누구보다 잘 아는 놈이!"

앙굴리퍼의 성토와 함께 아레스의 전사들이 맹렬한 야유를 쏟아냈다. 그런다고 눈 하나 깜짝할 내가 아니다.

"내 그대들을 과대평가해 충분히 그곳까지 올 수 있었다고 여긴 건 사과하지."

"뭐라?"

"그래서 오늘 이 자리에 오지 않았나? 억울하고 분한 게 있다면 여기서 털어버리면 될 터."

"이놈! 잘 말했다!"

앙굴리퍼는 성큼성큼 걸어 나오더니 근처에 꽂아둔 커다란 창을 잡아서 다짜고짜 집어던졌다.

쎄액―!

창이 엄청난 속도로 날아왔지만 이미 던질 걸 예상하고 있던 나는 오른손을 들어올렸다. 팔의 대부분이 불타는 이름 없는 자의 신성인 검붉은 색으로 뒤덮인 상태다.

카아앙!

날아온 창이 내 팔목에 막히는 게 아주 느리게 보였다. 날카로운 창두가 찌그러져 들어갔고, 두툼하고 탄력있는 창자루는 둥글게 휘어지더니 압력을 이기지 못하고 중간 부분이 부러지며 사방으로 나무파편을 흩뿌렸다. 내 눈에는 그 모든 게 초고속 카메라로 찍은 화면처럼 느릿느릿하게 보였다.

퍽!

튕겨나간 창두 부분이 땅에 짧은 소리를 내며 박혔고, 그때 내

극한의 집중력도 사라져 시간이 정상으로 돌아왔다. 신성을 품은 덕에 위기의 때면 이런 식으로 보통 인간은 불가능한 영역을 인지할 수 있었다.

치이이익.

땅바닥에 박힌 찌그러진 창두가 선홍색으로 달아올라 연기를 뿜어내고 있었다. 나는 그걸 들어 재밌다는 듯 살폈다.

"이놈!"

아무래도 그게 앙굴리퍼의 신경을 자극했나 보다. 흑인 용사는 폭발적으로 돌진해 와 내 가슴팍에 거대한 주먹을 꽂아 넣었다. 그러자 나는 마치 대포에라도 맞은 것 같은 충격과 함께 뒤로 팅겨나갔다. 눈앞의 풍경이 갑자기 멀어지더니 곧 어두워졌다.

우르르르! 콰아앙!

아무래도 땅에 경사면에 처박히고 머리 위로 부서진 돌무더기가 우르르 쏟아져 내린 듯했다. 실로 대단한 용력이구나. 하지만 이번 일격은 숙련도를 점검하려 일부러 허용한 것이다.

과거 나는 제우스의 신성을 이용해 아르테미스의 힘을 견뎌낸 적이 있다. 이 사례를 들은 저주 받은 자는 매우 흥미롭게 여기며 더욱 개발할 필요가 있다고 조언했었다.

[재밌는… 기술이다. 아주 대단한 방어력을…… 보여주는군. 앞으로 훌륭한 밑천이 돼줄 것이다.]

그 뒤로 나는 저주 받은 자의 도움을 가장한 무차별적인 폭행 속에서 이 방어 기술을 연마해 왔다. 죽기 싫으면 실시간으로 언제든 제우스의 신성을 이용해 몸의 내구력을 증가시켜야 했으니까. 열 받긴 했지만 맞으면서 배우니 학습 효율은 대단했다.

–펠레우스. 타격이 있나?

비밀의 서의 질문에 나는 이번에는 몸 안에서 불타는 이름 없는 자의 신성을 끌어올리며 대답했다.

–전혀.

–놀랍군. 방금 일격은 테마토스도 움찔할 만한 것이었다. 그런데 조금도 피해가 없다고? 네놈, 방어력만은 괴물이 됐구나.

처음 써볼 때도 아르테미스의 신성이 담긴 화살의 힘도 견뎌본 적이 있다. 그 능력이 심화됐으니 이제 나도 내 방어력이 어디까진지 잘 모를 지경이다.

–좋아, 가볼까.

일어서기로 한 나는 전신에서 불타는 이름 없는 자의 힘을 터뜨렸다.

콰아아앙!

커다란 폭발이 일어났고, 날 생매장했던 돌무더기와 부서진 바위가 사방으로 날아갔다.

"완전히 못 쓰게 됐네."

정체가 드러나는 왕가의 갑옷 대신 오래된 옷을 챙겨 입었는데, 완전 거적때기가 됐다. 없는 살림에는 이것도 아깝다, 생각하던 나는 손을 들어 올려 코앞까지 쇄도해 오던 시커먼 주먹을 막아냈다.

콰아아아앙!

폭발이 일어나며 길어진 내 머리칼이 미친 듯 흩날렸다. 그리고 주변의 고목들이 충격파에 우르르 넘겨졌다.

"하!"

어이가 없어서 헛웃음이 나왔다. 대체 주먹질이 얼마나 강하기에 막기만 했는데도 이런 충격파가 일어나나? 나는 눈앞에서 시뻘겋게 충혈된 눈으로 삼나무 같이 두꺼운 팔을 뻗고 있는 앙굴리퍼를 보며 웃었다.

"미안하지만, 두 번은 곤란하지."

가면 때문에 제법 사람 좋은 내 미소가 안 보이는 게 아깝다. 나는 왼손으로 앙굴리퍼의 주먹을 막은 채 오른손으로는 여유롭게 비뚤어진 장례 가면을 바로 고쳤다.

"네놈 대체! 어떻게 그리… 간단히 막은 것이냐?"

앙굴리퍼의 목소리에서 충격이 느껴졌다.

"왜 이상한가?"

고개를 살짝 갸웃거리며 묻자 그가 버럭 화를 냈다.

"이 주먹은 성벽도 일격에 무너뜨릴 수 있단 말이다!"

과연 아레스가 보낸 전사답다는 생각이 들었다. 어떤 무식한 인간이 성벽을 주먹질 한 방에 날려버리겠는가. 이러니 거인도 때려죽인다는 소리를 듣지. 하지만 세상일이란 불공평한 거다. 나처럼 올림포스 최고신과 신화급의 괴물에게 한꺼번에 은총을 받은 말도 안 되는 존재가 튀어나오기도 하니까.

"그러면 다시 때려보던가."

관대하게 제안했지만 안타깝게도 상대는 응하지 못했다. 붙들린 손을 빼내지 못하고 있었기 때문이었다.

부들부들.

악을 쓰는데도 붙잡힌 손을 빼내지 못하자 앙굴리퍼의 얼굴이 굴욕감으로 덜덜 떨렸다. 앙굴리퍼 얼굴에는 한 가운데로 가로지르는 깊은 흉터가 있었는데, 그 갈라진 틈을 따라 핏물이 진득하게 흘러나온다.

"으으윽! 크윽!"

나는 애를 쓰는 그를 보고 무심하게 물었다.

"이번에도 내가 그대를 과대평가한 건가?"

대답 대신 앙굴리퍼는 왼손으로 내 턱을 가격해 왔다.

콰앙!

주먹질 한 번에 가공할 권풍이 일어났다. 내 목은 살짝 꺾였는데, 슬쩍 뒤를 보니 땅이 포크레인으로 몇 번이고 파낸 것처럼 깊게 파여 있었다. 제자리에서 치는 주먹도 이 정도 위력을 가진 건가. 상식을 아득하게 초월하는 자로구나. 하지만 구경은 이 정도면 됐다. 달라진 내 힘이 어느 정도인지 충분히 가늠했고.

"이제 슬슬 끝내면 될 것 같군."

"누구 마음대로 끝낸단 말인가!"

앙굴리퍼는 발끈했지만 원래 결정이란 건 힘을 가진 이가 하는 법이다. 나는 앙굴리퍼의 손을 놔준 뒤 걷어차서 날려버렸다.

촤아아악!

그는 무술이 뛰어났기에 바로 막아냈지만 워낙 힘의 차이가 커 뒤로 십여 미터 이상 주욱 밀려갔다. 이제 마무리를 할 때였다. 상대도 이제 이판사판인 듯했다.

"한꺼번에 쳐라!"

앙굴리퍼의 명령에 지켜만 보던 전사들이 일거에 달려들어 왔다. 다들 흉흉한 연장을 하나씩 든 게, 날 당장이라도 정육점 고기처럼 해체해 버릴 작정인 듯했다. 그렇다면 나도 봐줄 것 없지.

화르르르륵!

내 주위로 검붉은 화염이 돌풍처럼 몰아치기 시작했다. 그러자 그 열기에 달려들던 아레스의 전사들은 비명을 지르며 주춤거린다.

"으으아아! 빌어먹을!"

"옷이 타들어갑니다!"

그들 중 앙굴리퍼와 특별히 솜씨가 뛰어난 자로 보이는 몇몇이 불길을 뚫고 들어오기 시작했다.

"크아아압!"

적의 기세와 힘이 내 불길을 밀어내며 공간을 만들어 내고 있었다. 그럼에도 나는 눈을 반개한 채 침착하게 신성을 움직였다.

〈신성발현〉이라 명한 단계의 힘을 사용하기 위해서다.

나는 신성을 다룰 수 있게 되면서 빠르게 몇 가지의 기술을 구상해 봤다. 동굴을 나오면서 주로 한 생각이 그거다.

-정말 구상만 가지고 신성을 발현해 기술을 쓸 수 있다 그거냐?

지켜보고 있던 비밀의 서는 도무지 믿을 수 없단 말투였다.

-조악하긴 하겠지만 기초적인 건 가능해.

-말도 안 돼! 이건 정말 사기야! 신성을 다루는 영역조차 지독한 재능의 영역이다. 그리고 그 후 기술 같은 응용법을 만드는 건 지난한 노력과 세월이 필요하다. 한데 동굴을 걸어나오면서 생각한 걸 지금 해보겠다고?

-간단한 거라고 했잖아.

-그게 말도 안 된다는 거다! 이 미친놈아! 스승도 없이 시작하

려면 그런 간단한 것조차 반평생은 걸려도 안 이상해!

이게 그렇게 어려운 건가? 할 수 있을 것 같은데 말이지. 되게 고차원적인 걸 하려는 것도 아니고.

−못 믿겠으면 그냥 지켜봐.

비밀의 서는 대꾸할 말도 없는지 그대로 입을 다물어 버렸다. 그때 앙굴리퍼의 그를 따르는 전사 몇이 내 주위로 몰아치는 화염을 밀어내고 쇄도해 왔다. 바로 코앞이나 다름없었다.

−펠레우스!

비밀의 서가 참지 못하고 소리친 그 순간, 나는 조용히 중얼거렸다.

−됐어.

이 급박한 상황 속에서도 모든 게 놀랄 정도로 차분하게 느껴졌다. 예상대로 몸 안의 신성이 움직이고 있었다.

신성발현.
오소서, 화염 무덤의 주인이여.

화염 무덤은 불타는 이름 없는 자를 섬기는 이가 죽어서 간다는 저승의 이름이다. 즉, 〈화염 무덤의 주인〉은 〈불타는 이름 없는 자〉의 다른 명칭이니 이것은 그녀의 힘을 부르는 의식이라 할 수 있다.

나는 따로 스승이 없었기에 신성발현이라 부르는 단계의 힘을 쓰기 위해 신께 기원하는 듯한 형태를 빌렸다. 신전 서기의 경험이 큰 영향을 미쳤다고 할 수 있다. 물론 불타는 이름 없는 자는 잠들어 있으니 지금 사용하는 힘은 모두 내 안에 있는 힘이다. 나중에 그녀에게 직접 힘을 받아올 수 있다면 〈신성발현〉 단계 이상의 뭔가를 할 수 있으리라.

"어림없다! 일거에 소멸시켜 주마!"

앙굴리퍼는 악귀 같은 얼굴로 아레스의 힘을 일으켜 날 덮쳐왔다. 그리고 그 순간 반개하고 있던 내 눈이 번쩍 뜨였다.

콰아아아아아아앙!

산지가 무너져 내릴 듯한 폭음이 터지며 내 안에 있던 신성이 전부 연소되는 듯한 느낌을 받았다.

우르르르릉! 쿠아아앙!

아니, 정말로 산 전체가 흔들렸다. 내 주위로 말도 안 될 정도의 폭발이 일어났고 거대한 산 전체가 대지진이 난 것처럼 흔들렸다. 동시에 내 주위에 있던 모든 게 사라졌다.

쿠아아앙!

폭발의 여파는 하늘 높이 치솟고 있었다. 시커먼 연기가 마치 버섯구름 같은 모양으로 저 높은 곳까지 계속 퍼지는 중이었다. 내 주위로는 일거에 산소가 모두 연소했고 숨을 쉬면 그대로 폐가 타버릴 듯한 열기가 사라지지 않고 계속됐다.

화르르르륵!

일대는 완전히 불바다였다. 산림이 온통 타오르고 있었고, 땅바닥에 불길이 마치 바닷물처럼 넘실거렸다. 모든 게 타들어갔다.

"정말 말도 안 되는 힘이야…"

무수히 많은 불티가 흩날리며 곧 화염폭풍을 만들어 주변을 집어삼킨다. 산자락 한 부분이 불지옥으로 변해가는 중이었다. 나는 되도록 희생자가 없게 하고 싶었지만, 적에 내 목을 따려고 한 이상 바보처럼 망설일 수 없었다. 게다가 처음이라 힘 조절도 제대로 하지 못했고.

바닥을 보니 누군가의 것인지 모른 타버린 뼛조각이 보였다.

타닥타닥.

뼈의 한 부분에 작은 불이 붙어 있었다.

"후!"

입으로 불어 그걸 끈 나는 볼에 한 줄기의 물방울이 흐르는 걸 느꼈다. 아무래도 희생자의 비참함에 눈물이 흐르는 건가. 역시 아직 나는 마음이 여려서 탈이란 생각이 들었다. 앞으로의 싸움은 험난할 테니 마음을 단단히 먹어야만 한다. 그렇게 씁쓸한 기분으로 볼의 물기를 엄지로 닦은 뒤 한 가지 사실을 알게 됐다.

"이런, 눈물이 아니라 땀이로군."

손에 있던 희생자의 뼈가 땅바닥으로 떨어졌다.

파각!

나는 그것을 그대로 밟고 부수고는, 불타는 산자락을 유유히 걸었다.

(다음 권에서 계속)

헌티드 시티 2권

유하는 여기에 전재산도 꼴아박을 수 있었다.

 +037

글 : 글쓰는기계 / 그림 : 노뉴

가격 : 9,000원

글 : 달필공자 / 그림 : KOSANMAKA

가격 : 10,000원

V +035

V +040

글 : 빅제후 / 그림 : GAMBE

가격 : 10,000원

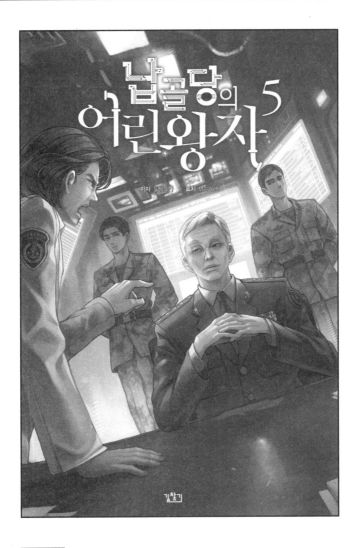

글 : 통구스카 / 그림 : MARCH
가격 : 10,000원

신화 속 무법자 1

초판 1쇄 발행   2019년 4월 15일

저자 박제후
표지 ICE

디자인 윤아빈
주간 홍성완
마케팅 김정훈
발행인 원종우
발행처 (주)이미지프레임

주소 (13814) 경기도 과천시 뒷골1로 6, 3층
영업부 02-3667-2653   **편집부** 02-3667-2654   **팩스** 02-3667-2655
메일 edit03@imageframe.kr   **웹** vnovel.co.kr

ISBN 979-11-6085-891-4 04810   (세트) 979-11-6085-892-1 04810